写作之癖

巴尔加斯·略萨的人生与创作

[西] J.J.阿玛斯·马塞洛 著

侯 健 译

生活·讀書·新知 三联书店

Chinese Copyright © 2024 by SDX Joint Publishing Company.
All Rights Reserved.
本作品中文版权由生活·读书·新知三联书店所有。
未经许可，不得翻印。

图书在版编目（CIP）数据

写作之癖：巴尔加斯·略萨的人生与创作 /（西）J.J. 阿玛斯·马塞洛著；侯健译. —北京：生活·读书·新知三联书店, 2024.10
ISBN 978-7-108-07850-6

Ⅰ.①写… Ⅱ.① J…②侯… Ⅲ.①传记文学－西班牙－现代 Ⅳ.① I551.55

中国国家版本馆 CIP 数据核字 (2024) 第 110182 号

责任编辑	黄新萍
装帧设计	瞿中华
责任校对	张　睿
责任印制	卢　岳
出版发行	生活·讀書·新知 三联书店
	（北京市东城区美术馆东街 22 号 100010）
网　　址	www.sdxjpc.com
经　　销	新华书店
印　　刷	北京隆昌伟业印刷有限公司
版　　次	2024 年 10 月北京第 1 版
	2024 年 10 月北京第 1 次印刷
开　　本	880 毫米 × 1230 毫米　1/32　印张 14.75
字　　数	330 千字　图 36 幅
印　　数	0,001-6,000 册
定　　价	68.00 元

（印装查询：01064002715；邮购查询：01084010542）

献给并纪念卡洛斯·巴拉尔

目录

新版前言 _ 001

引子 _ 005

第一部分　反抗的精神
019

1 目标：巴黎或写作的野兽（1960—1966）_ 020

2 在女人堆里：阿雷基帕、柯恰潘巴、皮乌拉、利马（1936—1958）_ 036

3 从袋鼠谷到化身明星（1966—1970）_ 051

4 巴塞罗那：权力与名望（1970—1974）_ 062

5 两朵献给你的栀子花：胡利娅姨妈和帕特丽西娅表妹 _ 075

6 庞大的家庭部落 _ 087

7 突厥与印第安人，或加西亚·马尔克斯与巴尔加斯·略萨（1967—1976）_ 104

8 从这里到利马：回归记忆（1974）_ 126

9 在"成熟女人"的怀抱中（1988—1990）_ 140

第二部分 政坛过客
155

10 我们的主人公在哈瓦那（1971）_ 156

11 顶风破浪：伟大的政治头脑（1984—1986）_ 171

12 乌楚拉凯事件：报告之外（1983）_ 181

13 竞选中的魔鬼（1988—1990）_ 192

14 大主教到访（1990）_ 209

15 加西亚与极权的诱惑（1985—1987）_ 219

16 不能当总统的作家（1990）_ 231

17 巴尔加斯·略萨和自由的宣言（1987—1991）_ 238

第三部分 "包法利夫人就是我" 247

18 英雄与骗子:《城市与狗》(1962) _ 248

19 催眠记忆:《绿房子》(1966) _ 272

20 维克多·雨果在"恐怖之城"利马:《酒吧长谈》(1969) _ 287

21 弑神之理论(1971—1991) _ 301

22 军人与丛林娼妓:《潘达雷昂上尉和劳军女郎》(1973) _ 312

23 鲜活的自画像:《胡利娅姨妈与作家》(1977) _ 322

24 回归全景小说:《世界末日之战》(1981) _ 338

25 另一些"魔鬼"叙事人(1958—1987) _ 353

26 "被诅咒的部分"颂(1988) _ 365

27 舞台上的魔鬼(1981—1986) _ 373

第四部分　弑神者回归

381

28 多年之后 _ 382

29 马尔罗综合征（1993）_ 399

30 对抗古老的乌托邦（1996）_ 412

31 关于古老的魔鬼：记录幽灵（1997）_ 428

32 2000 年效应 _ 435

译后记 _ 454

新版前言

1991年5月初，今日主题出版社（Temas de Hoy）在西班牙出版了首版《写作之癖：巴尔加斯·略萨的人生与创作》。出版当日，在马德里，由卡米洛·何塞·塞拉在公众及媒体面前进行推介，那盛况可以满足任何虚荣的作家对图书首发式的要求。查阅当日的报道就可以轻易了解到发布会的内容：塞拉首先赞美了巴尔加斯·略萨的文学创作生涯，同时建议他不要阅读这本传记，"因为我们这些注定要变成'活体标本'的人要想面对这类细致的描写就必须得有无尽的耐心"。巴尔加斯·略萨心领神会，同样开起了玩笑，他回答说他觉得自己"很不舒服"，因为"这本传记的作者肯定收买了不少我的家人，不然怎么可能得到这么多关于我的信息呢"。他还说他还没读完自己正在推介的这本书，所以他无法准确地评价它，他说不准这是部思想传记、文学传记，抑或是人生传记。

不管被问多少次，我始终会回答说我写《写作之癖：巴尔加斯·略萨的人生与创作》是为了把我对巴尔加斯·略萨的人生和文学的记忆记录下来。我和他成为好友并阅读他的著作已经超过二十五年了，我始终认为他是"当代最重要的作家之一，是一位典范作家"。我也始终不吝于当众承认写作此书的另一个重要原因：

我本人就是巴尔加斯·略萨作品的忠实读者。我下定决心写这本书是在 1976 年访问利马之时。那时，这位秘鲁小说家陪伴我游遍了《城市与狗》所描写的各个场景，在重读过那本小说之后，我对他的文学作品的热情被彻底地激发了出来，我甚至对书中描写的事件、场景和人物如数家珍。实际上，在动笔写这本书时，我只是搜集了大量的文献资料，并没有明确的写作纲领，不知道它要朝何方向发展，也不知道这些生自阅读激情的文字最终会成为什么样子。

我在 1971 年时曾想把这本书写成学术著作，甚至想把它写成博士学位论文，我曾和曼努埃尔·阿尔瓦·洛佩斯、何塞·桑切斯·拉索·德拉维加和路易斯·希尔·费尔南德斯聊过这个想法。可后来大学里的官僚规定终结了我最初的设想。我又想利用已经搜集到的资料对巴尔加斯·略萨进行一场长访谈，然后将访谈内容出版成书，但是这位秘鲁作家打消了我的这个念头。"那样的话，这本书就变成我找人代写的自传了"，他的话直击要害。最后我决定把这本书变成一种混合物：以这位秘鲁作家的经历、激情和矛盾为基础，结合我自己的视角，将巴尔加斯·略萨的公众形象与他的真实形象（或者说我眼中的巴尔加斯·略萨）联系起来。在这本传记中，我既要写他的人生，包括其涉足政坛的经历，也要写他的文学，还要写他的思想。这部作品融合了我的私人记忆、访谈、真实事件、逸事、阅读感想和大量相关的研究成果。我总是开玩笑似的把巴尔加斯·略萨称为"伦敦印第安人"：这个秘鲁混血白人从很年轻时就想当福楼拜，同时他对巴尔扎克也推崇备至；二十世纪六十年代时，他成了拉丁美洲"文学爆炸"的主将，后来还涉足政坛；无论从文学成就上看，还是从对其身处时代的思想领域的影响来看，他都与维克多·雨果有几分相似。

在本书首版出版之后,有一些评论聚焦于我和巴尔加斯·略萨的友谊,不无"妒忌"地声称我"足够幸运",写出了一本"官方传记",尽管巴尔加斯·略萨和我本人一再拒绝接受这顶帽子,可看上去我们始终没能成功。不管怎么说,无论当时还是此刻,我从未想过要写一部"官方传记",我只是想去描写一位小说家,一位亲密朋友的人生和作品,哪怕如今他确实已经以浪漫主义冒险家式的人生经历和无比杰出的文学作品变成了全世界最知名的人物之一。这也是我修订本书时所秉持的宗旨。在这一修订本中我增加了第四部分"弑神者回归",标题已经足够说明其内容了:作家在1990年年中离开政坛之后的人生经历及文学创作,换句话说,自作家参加秘鲁总统大选失败之后的经历。在这段时间里,他选择定居马德里,还创作出《公羊的节日》等佳作,他终于义无反顾地回到了文学世界中。如今他正埋头创作那部早就在他写作计划里的小说《天堂在另外那个街角》的最后章节,这部小说的主人公是弗洛拉·特里斯坦和她的外孙保罗·高更。

2001 年 10 月 15 日于马德里

引子

我是在圣克鲁斯－德特内里费的港口认识马里奥·巴尔加斯·略萨（Mario Vargas Llosa）的。当时这位秘鲁小说家在返回秘鲁的旅途中在此地停歇，在他长居欧洲时，他还是会经常怀着对未来命运的思考返回他的祖国。那是个天气晴朗、平静祥和的夜晚，时间是1972年年初。巴尔加斯·略萨正准备乘坐威尔第号轮船横渡大西洋，他的出发地是他在旧大陆的最近一个居住地巴塞罗那，目的地则是利马的卡亚俄港。我住在加那利群岛的拉斯帕尔马斯岛上，当时正在走军方的审判流程，原因是我在临时清单出版社（Inventarios Provisionales Editores）出版了何塞·安赫尔·瓦伦特（José Ángel Valente）的短篇小说集《十三号》（*Número trece*）。巴尔加斯·略萨给了我同他见面的机会，当时身处那座"缓刑监狱"的我毫不犹豫地赴约了，尽管这么做会违反军方审判的规定。我搭乘飞机从拉斯帕尔马斯启程，在圣克鲁斯－德特内里费的大西洋酒吧里等了整整一下午，一直等到巴尔加斯·略萨乘坐的那艘轮船出现在海平面上。

不过在那之前很久我就已经熟读巴尔加斯·略萨的文学作品了，在我们第一次见面之前他的所有已出版作品我都阅读过了。他的小说让我如此着迷，甚至让我产生了与他相识、在思想上产生联系的迫切需求。《城市与狗》（*La ciudad y los perros*, 1963）、《绿房子》（*La casa verde*, 1965）、《酒吧长谈》（*Conversación en La Catedral*, 1969）以及《首领们》（*Los jefes*, 1959）和《崽儿们》（*Los cachorros. Pichula Cuéllar*, 1967），这些篇幅或长或短的小说使得巴尔加斯·略萨——何塞·多诺索（José Donoso）在他的《"文学爆炸"亲历记》（*Historia personal del boom*, 1972）里友好地用开玩笑的口吻将他称为"小嫩芽"——成了"拉丁美洲新小说"的排头兵，如今我们已经可以将包括其中的作家们定义为"六十年代在偶然和必然因素的共同作用下涌现出的文学天才们"了。

在结识巴尔加斯·略萨之前，我无比畅快地阅读了当时他刚出版不久的著作《加西亚·马尔克斯：弑神者的历史》（*García Márquez. Historia de un deicidio*, 1971）。这部不朽且犀利的文学评论作品研究的是当时作者在文学世界里最好的朋友的人生及文学作品。我们一起在圣克鲁斯-德特内里费的普利多大道上的一家餐厅吃晚饭时，我才得知加夫列尔·加西亚·马尔克斯（Gabriel García Márquez）和巴尔加斯·略萨当时几乎算是门对门的邻居，他们都住在巴塞罗那的萨里亚区，秘鲁作家住在奥斯洛街，哥伦比亚作家住在卡波纳塔街。在1972年2月的那个夜晚，我还搞清楚了为何巴尔加斯·略萨要花费如此多的精力来写一本关于加西亚·马尔克斯的作品，原因有很多，但其中占主导地位的一定是他的慷慨态度和文学直觉。

《加西亚·马尔克斯：弑神者的历史》是我为那个2月的夜晚挑选的接近巴尔加斯·略萨的媒介，当时我们沿着圣克鲁斯港附近的圣何塞街漫步，因为这位秘鲁小说家想买一台便携的奥林匹亚牌打字机，它的好处显而易见。加那利作家维克托·拉米雷斯（Víctor Ramírez）那次也陪着我们，他在谈话时盛赞了马拉美（Mallarmé）和萨维拉·托雷斯（Sabela Torres），与此同时还不停地拍照，为巴尔加斯·略萨的加那利之行留下了影像资料。我选择《加西亚·马尔克斯：弑神者的历史》作为谈资倒并不是想借此赞誉这位秘鲁作家，而是因为我依然对当时刚刚结束的阅读体验记忆犹新，而且我当时认为——现在依然这么认为——巴尔加斯·略萨本人的小说创作理念都蕴含其中了，或者至少他是充满热情地这样去尝试的。

和马里奥一起的五个小时[1]——那次陪在他身边的还有他的夫人帕特丽西娅·略萨（Patricia Llosa）——对我来说已足以深深地刻入脑海了，它成为一段漫长而牢固的友谊的开始，短暂的激动或不安都随着时间化成了记忆。相反，圣克鲁斯–德特内里费的那次相遇不仅意味着一个作家对另一个已经成名的作家的崇拜（后者已经创作出了伟大的作品，还有更多伟大的作品等待面世），还意味着我验证了自己在阅读巴尔加斯·略萨那成百上千页作品时生出的感觉：他不仅十分睿智，对文学也怀有巨大热情，这一点也得到了专家、评论家和学者几乎一致的认可。国际文学评论界对西班牙语文学的态度往往十分专断，可巴尔加斯·略萨甚至获得了他们的尊敬。正因如此，何塞·玛利亚·巴尔韦德（José María Valverde）毫不犹豫地坚称巴尔加斯·略萨的《城市与狗》是自《堂塞孔多·松布拉》（*Don Segundo Sombra*）之后用西班牙语写成的最能经受住考验的小说。为了强调这部小说令人惊叹的说服力，他在为巴尔加

---

[1] 此处作者对西班牙著名小说家米格尔·德利维斯（Miguel Delibes）的著名小说《和马里奥一起的五个小时》（*Cinco horas con Mario*）进行了戏仿和致敬。——译注。（如无特殊标注，本书注释均为原注。）

斯·略萨赢得简明丛书奖后出版的首版《城市与狗》撰写的前言中不断重复、确认自己的上述观点。

那次相遇距离本书出版已经过去许多时日了。在那之后，我一直有为巴尔加斯·略萨作传的想法。我不仅想客观地记录下每一件在我看来有助于塑造这位秘鲁作家充满激情与矛盾的人格的事件，也想记录下对其小说和文论作品的主观感受及思考，毕竟在我看来，巴尔加斯·略萨是当代作家的典范。

从那时起，直到此时，差不多二十年过去了。如今已值世纪之交，出现了许多让全世界惊讶的奇怪变化。和文艺复兴进行得如火如荼的时期一样，文学和政治又交织在了一起，让关注这两种激情的人都心生困惑，而它们正是巴尔加斯·略萨在演讲、文论、讲座和报刊文章中多次表示具有排外性或排他性的两种事业。对巴尔加斯·略萨的作品和人格很熟悉的人一定都记得他的那篇冲劲儿十足的演讲稿，那篇稿子文字深邃、睿智，展现出了这位作家对文学事业抱有的十足激情。巴尔加斯·略萨是在 1967 年于加拉加斯宣读那篇演讲稿的，当时他凭借《绿房子》赢得了罗慕洛·加列戈斯国际文学奖。那篇稿子的标题是《文学是一团火》，在那篇捍卫写作事业的精彩文章中，巴尔加斯·略萨回忆了一位已被人遗忘的诗人奥贡多·德阿玛特（Oquendo de Amat），以呼吁人们关注彼时作家们的悲惨处境。

"在我们的社会里，"巴尔加斯·略萨写道，"在我们内心中的幽灵或魔鬼推动我们踏上的这条道路上[1]，和过去一样，和当下

---

[1] 指文学创作的道路。巴尔加斯·略萨常将文学创作比作"驱魔"的过程，把作家心中的那些不得不写的主题或想法比作"魔鬼"，本书后文多次借用巴尔加斯·略萨的这一比喻。阿根廷作家埃内斯托·萨瓦托也有类似表述，但他多用"幽灵"进行比喻。——译注

一样，我们要始终敢于说'不'，要敢于起身反抗，必须要求他们承认我们有持不同意见的权利，通过只有文学能做到的那种充满活力和魔力的方式，展现出教条主义、审查制度、武断专制都是人类尊严及进步的道德敌人，让人们知道生活并不简单，并不能用提纲来概述，通往真理的道路不总是平坦笔直的，通常充满荆棘阻碍，我们要用作品来一次又一次展现这个世界的复杂性和多样性，以及人类行为的模糊性和矛盾性。和过去一样，和当下一样，如果我们热爱自己的抱负，我们就该让奥雷里亚诺·布恩迪亚上校的三十二场内战继续下去，哪怕像他一样输掉所有的战争也在所不惜。我们的抱负将我们这些作家变成了永不喜悦的人、社会中有意或无意的搅局者、怀着理想的反叛者、在未收复的领土上起事之人、让人难以忍受的魔鬼代言人。我不知道这是好是坏，我只知道事实就是如此。这就是作家的天职，我们理应维持它的原貌。近年来，文学在拉丁美洲被发现、接受、传播，这片大陆也应当知晓那种针对它的、处于酝酿状态的威胁，为了发展文化，这是文学必须付出的苦涩代价。我们的社会应该明白：被拒绝也好，被接受也罢，被迫害也好，被奖赏也罢，配得上'作家'名号的写作者为人们奉上的永远不会是那种在他们遭受苦难和不幸时还能笑出声来的作品。"[1]

我们刚刚引用的劲力十足的文字表明，拥有抱负的作家是社会中的*异类*，他们的目标是持续不断地提醒同路人他们在历史上的角色正是"在未收复的领土上起事之人"，提醒他们在当下，写作意味着一场无休止的纵欲。在文学思想方面，比起福克纳和加

---

[1] Vargas Llosa, Mario, *La literatura es fuego, Antología mínima de Mario Vargas Llosa*, Tiempo Contemporáneo, Buenos Aires, 1969.

西亚·马尔克斯来,巴尔加斯·略萨要更趋近维克多·雨果、奥诺雷·德·巴尔扎克、费奥多尔·陀思妥耶夫斯基和列夫·托尔斯泰。借助《文学是一团火》,巴尔加斯·略萨撼动了那个截至当时一直抗拒或矛盾地赞美职业作家、有抱负的作家的社会和世界,而无论是抗拒还是矛盾地赞美,秘鲁作家和这两种态度都保持着距离。

我最早写成的关于巴尔加斯·略萨的作品恰恰题为《马里奥·巴尔加斯·略萨:火焰般的文学》(*Mario Vargas Llosa: la literatura como fuego*),书的内容是对这位秘鲁小说家在一些演讲和文章中提出的思想的凝练,其中最成熟的内容应该来自对他的小说和《加西亚·马尔克斯:弑神者的历史》的阅读。在这些作品中,他不仅是指出"配得上'作家'名号的写作者为人们奉上的永远不会是那种在他们遭受苦难和不幸时还能笑出声来的作品"的扫兴之人,还是"弑神者",这种人不仅敢于通过虚构出一片和上帝的造物完全不同的天地的方式来替代上帝,还敢于在进行文学创作这一全景化的写作行为时抹杀那种神性。新近出版的《顶风破浪》(单卷本:1984年出版;第二卷和第三卷:1986年出版;第三卷:1990年出版)证明,在巴尔加斯·略萨笔下,文学书写和政治理念间并没有不可逾越的鸿沟。那种主要源自萨特的思想使得这位严于律己的作家的思想和文字充满矛盾和悖论。因此,很多时候我们都不确定自己面对的是一个政治性作家的文学文章和政治宣言,还是一个既是政治家又是作家的人写下的政治文章和文学宣言。在五十五岁时,巴尔加斯·略萨投身于政治活动。他超越了矛盾的身份,沉浸到了和文学事业一样"排外"又"排他"的政治事业中去,进入了那个对他来说在那之前只在笔下出现过的世界,他曾用文字对那种充满悖论的现实进行过复杂的批判。如果说从《城市与狗》开始,直到最近的小说,尤其是《世界末日之战》(*La guerra del fin del mundo*),巴尔加斯·略萨的政治思想总是蕴含在他的作品中的话,那么在《顶风破浪》里,那种有时显得十分矛盾的政治思想就真正强有力地被展现在了聚光灯下,我们甚至可以将之看成对这位充满激情的作家在近二十多年里思想演变的概述。

由著名的帕迪利亚事件造成的与古巴的决裂实际上是巴尔加斯·略萨在六十年代末数年时间里漫长的思想转变最终爆发的结果,这种转变是随着古巴革命政府斯大林化的进程而逐渐发生的。思想上的变化,与君特·格拉斯等一众作家的论战,对拉丁美洲的秘鲁和该地区其他国家政局的展望,这一切都促使他呼吁这些国家应争取真正的、欧洲式的民主,他始终不认可——至少在他的政治文章中是这样——拉丁美洲的第三世界国家有其特殊性,因而必须找到和西方民主*不同*的解决方案的说法。我不是唯一一个拥有巴尔加斯·略萨写于七十年代初的信件的人。在那些信件中,这位秘鲁小说家对古巴革命和卡斯特罗主义提出了明确的质疑。我也不认为在面对如今被称为"铁幕国家"的那些东欧国家经历的历史事件和瓦茨拉夫·哈维尔(Václav Havel)成为捷克总统之后,自己是唯一一个关注到巴尔加斯·略萨在思想方面发生转变的人。他曾是共产党组织"卡魏德"的成员——这段经历曾被他写入《酒吧长谈》,后来转向自由主义,这种思想与在许多所谓的第三世界国家不幸蔓延的政治救世主思想完全相悖。在当今许多作家的想象中,那种与职业政治家打交道的人总能令他们感到惊讶,甚至引起他们的称颂——有时是危险的赞歌,那些职业政治家往往是衰败的官僚主义笼罩的老牌政党内部的领导人员,而那些人时常能利用他们的人格魅力和革新力量改变那种死气沉沉的政治局面,从瓦茨拉夫·哈维尔到巴尔加斯·略萨都是如此，后者的文学作品和充满激情的人生经历正是本书试图描写的主题。

除了文学之外，还有其他许多因素帮助巴尔加斯·略萨塑造了他的形象和生活。他的家人（妻子帕特丽西娅和三个孩子阿尔瓦罗、贡萨洛及莫尔加娜）在作家的私人生活和政治生活中都扮演了重要角色。年轻时的巴尔加斯·略萨曾多次表示作家的最大障碍就是生儿育女（在六十年代，巴尔加斯·略萨依然持这种看法），后来，随着家庭成员的增加，在照料家庭的过程中，巴尔加斯·略萨的想法逐渐产生了变化。在那些看似斩钉截铁、固守不变的看法方面，巴尔加斯·略萨实际上也在反思和改变，逐渐成熟的不仅是他的思想，还有他的行动方式。

当巴尔加斯·略萨决定站到自由运动组织（Movimiento Libertad）的最前线，抵制阿普拉党人、秘鲁时任总统阿兰·加西亚（Alan García）发起的银行国有化进程时，他受到了来自进步人士和左翼人士的大肆抨击，这些人既包括普通人，也包括精英。传统左翼及其信徒——不管是否在体制内——因秘鲁作家坚定投身政治的态度感到十分惊愕，他们决心谴责那种决心，投身政治的作家往往只会迎来失败的命运，他们就从这点入手对巴尔加斯·略萨展开抨击。在我看来，他们真正惧怕的是巴尔加斯·略萨日益增长的政治影响力，他们害怕他凭借激励人心的演讲和逻辑获得具有决定性作用的政治地位，他们认为巴尔加斯·略萨想要当选秘鲁总统的决定本身就该是失败的。

借由《城市与狗》——这部作品从根本上来看是反军国主义的，它利用军校这一微缩版的秘鲁或拉丁美洲社会控诉了野蛮的军国主义思想——我们接触到了波普尔（Popper）的政治理念，巴尔加斯·略萨作为该理念的实践者，从他本人创立的自由运动组织出发，逐渐获得其他一些传统的保守派和中间派政党以及独立个体的支持，一步步成为秘鲁总统候选人。

毫无疑问，我们即将面对的是一个充满激情、经历丰富的人物，他的人生从政治和文学两个平行的维度展开。巴尔加斯·略萨反复表示投身政坛只是短暂的经历，"因为我一辈子都是作家。"他曾这样坚称道。也许那种有时显得有些矛盾、不合常理、引人注意的走钢丝式的行为，也是在那个关键性时刻吸引众多读者和公民追随巴尔加斯·略萨的原因之一。

我们在本书中无意预测作为作家或政治家的巴尔加斯·略萨未来会做些什么，而只是评析他的人生经历，我们也要评析那些让巴尔加斯·略萨在当下成为世界知名的知识分子、政治人物的文学作品。

不过要说我和巴尔加斯·略萨之间的联系，其开始时间要远早于我们在圣克鲁斯-德特内里费港相见的那个2月的夜晚。我得坦承我第一次读巴尔加斯·略萨的作品是在1967年前后，读的是《城市与狗》，但当时并没有提起太大兴趣。那时候，1968年的那些暴力事件即将发生，法国的五月风暴也已奏起序曲，在马德里大学生的圈子里，大家满怀敬意地在谈论西班牙语美洲新小说"爆炸"。那场运动中最光彩夺目的人物之一就是马里奥·巴尔加斯·略萨，当时他已经在我国文学圈子里最严苛的学者和读者中间获得了盛誉，凭借的正是1962年斩获简明丛书奖，后由赛伊克斯·巴拉尔出版社出版的《城市与狗》。在我和其他同学聊文学时（当时我们在康普顿斯大学学习古典文学专业，但当代文学对我们却具有特殊的吸引力，而且越具有战斗性的作品就越有吸引力），巴尔加斯·略萨和

《城市与狗》总会出现在我们的谈话中。所以,我们都会在学习古典文学之余去阅读《城市与狗》,当时给我们讲授古典文学课的都是些难以被忘却的人物:何塞·桑切斯·拉索·德拉维加、路易斯·吉尔·费尔南德斯、弗朗西斯科·罗德里格斯·阿德拉多斯、曼努埃尔·费尔南德斯-加利亚诺和塞巴斯蒂安·马利内尔·比格拉。

也许我最早阅读《城市与狗》时过于敷衍了,一目十行,既没对故事产生兴趣,也没留意到巴尔加斯·略萨那异于前人、令人惊讶的写作技巧——他把那些技巧渗透进了每一页纸中。我再次阅读那部小说是在1969年年初的几个月里,当时我已经毕业了,正在霍亚·弗里亚军营(德特内里费)服兵役。我就是从那时开始厌恶当兵的。某种奇怪的联系让我想起了那本小说《城市与狗》,我当时已经对它的作者马里奥·巴尔加斯·略萨没什么印象了。我发现那本小说里的情节实际上正在佛朗哥军政府的那座军营中上演。在获得允许能够上街几小时后,我做的第一件事就是跑去书店买了本《城市与狗》。

我畅快地重读了那本小说,记住了诸多事件、情节、地名和人物。"美洲豹"遭遇的人生剧变和士官生阿尔贝托的边缘地位令我动情。我在遥远的地方理解了秘鲁的巨大的阶级、种族和文化差异。我甚至感觉自己需要去一趟那个国家,走进莱昂西奥·普拉多,前提是那所军校,那个"男孩子们去变成男人的地方"——很像那个时期西班牙所有的军营——像巴尔加斯·略萨在小说里写的那样,真实存在于利马。不过和语法形式——不要忘记我的文学之根扎在古典语言的研究上——一样让我目眩的是那种完全凭作者的意志扭曲、打碎西班牙语句型的写法,作家成了在小说中使用的所有语言资源和句法资源的主人、领主。我当时觉得巴尔加斯·略萨的小说讲求形式、风格和故事性，他属于那些勇于打破一切，再把它们拼凑起来，赋予它们深刻含义，进而丰富文学语言的另类作家。

在那次主显节过去短短一年之后——我甚至不断*幻想*有人监督我阅读并重读《城市与狗》，1月幽暗又寒冷的氛围加剧了那座不幸军营中的孤独感，我往巴塞罗那给巴尔加斯·略萨写了封信。由于不知道他的私人地址，我把信寄给了赛伊克斯·巴拉尔出版社，希望出版社能帮我把信转交给作家。我在那封短信里提出希望巴尔加斯·略萨能给我一篇短篇小说，允许我在临时清单出版社出版它。我随信寄去了临时清单出版社已经出版的部分图书，我请求他至少给我回封信。我的那些共同进行青年时期冒险的同伴嘲笑我天真。巴尔加斯·略萨怎么会回复一群如此年轻的作家从加那利向他发出的合作请求呢？

不过临时清单出版社出的第七本书——一个魔幻而带有先兆性的数字——是路易斯·洛艾萨（Luis Loayza）的《吝啬鬼》（*El avaro*）。洛艾萨当时在日内瓦为某国际组织工作，和巴尔加斯·略萨一样也是秘鲁人，两人是很要好的朋友，他们两人再加上阿贝拉尔多·奥贡多（Abelardo Oquendo）组成的和临时清单类似的团体——当然，*有些不同*[1]——曾经在利马出版过《写作手册》（多人撰文的小册子，每期一个关于虚构文学的主题）和杂志《文学》（1958—1959）。审读《吝啬鬼》的手稿和与路易斯·洛艾萨接触的任务落到了何塞·安赫尔·瓦伦特手上，他当时住在日内瓦。我们这才得知《吝啬鬼》——由七则很短的小故事组成，几乎都是博

---

[1] 原文为拉丁文。本书斜体字句，均为非西班牙文，包括英文、法文、拉丁文。后文不再具体标注。——译注

尔赫斯式的故事,但写得很棒——首次出版是在 1955 年,出版地是利马,是那场起义式冒险的组成部分,发动者是"一群适度反对如文献学家一样描写秘鲁社会的'五〇一代'作家的年轻人,他们认为作家应该通过写作艺术来履行自己的社会责任"[1]。

在收到我的信件短短几天后,巴尔加斯·略萨就从巴塞罗那寄来了回信。他感谢我给他寄书,然后带着点思愁和兴奋劲儿地提醒我说《吝啬鬼》已经"在利马灰暗的日子里"由那群作家出版了,而且他在《酒吧长谈》的献词中提到了几位朋友,路易斯·洛艾萨就在其中。《酒吧长谈》无疑是作家向那段艰苦斗争、几乎看不到文学上的努力会有回报的岁月的致敬。读过他的信后,我到我的私人小藏书室里取出了《酒吧长谈》,读了献词。它不仅仅是一则简单的通告,它记录的是逝去的时光,是对在他刚刚成为作家的那段时间里陪伴在他的身边、坚定支持他的那群好朋友的示爱和回忆:"献给住在佩蒂·杜阿路上的博尔赫斯研究者路易斯·洛艾萨和'海豚'阿贝拉尔多·奥贡多。"

因此,可能得感谢"住在佩蒂·杜阿路上的博尔赫斯研究者"路易斯·洛艾萨和"勇敢的小萨特"马里奥·巴尔加斯·略萨之间的友情,像是居于我们之上的命运之神的偶然安排,我才得以和巴尔加斯·略萨建立起了直接的联系。

我们后来又互通了许多次信件。巴尔加斯·略萨在每封信中都对我说他没法给我们写东西,因为如今他想写的东西"篇幅越来越长了"。后来,在我读过《绿房子》和《酒吧长谈》后,我们就经

---

[1] Oviedo, José Miguel, *Mario Vargas Llosa: la invención de una realidad*, Barral Editores, Barcelona, 1970.(引自该书首版,Seix Barral, Barcelona, 1987, p.27。)

常通电话了。

又过了几个月，巴尔加斯·略萨走下"威尔第号"轮船，来到了圣克鲁斯-德特内里费港。见到他真容的时刻终于到了。虽说从很久之前开始，我就已经准备要研究他的经历和作品了，为的是有朝一日能写出一本关于这位秘鲁作家的书来。在《城市与狗》出版后，他——顶风破浪——已经成为最杰出、最受追捧的西班牙语小说家了。

第一部分
反抗的精神

"文学展现出的是对现实的反叛、批评和质疑。"

马里奥·巴尔加斯·略萨

1

目标：巴黎或写作的野兽
（1960—1966）

二十世纪六十年代初的那个午后，卡洛斯·巴拉尔无聊地待在他的出版社办公室里。巴塞罗那，赛伊克斯·巴拉尔出版社，卡洛斯·巴拉尔绕着自己的办公桌转来转去，想摆脱那些日常性工作，就好像他突然之间无事可做了似的。尽管经常被文学和私人事务搞得焦头烂额，可巴拉尔有时还是会感到无聊，会厌倦在那些灰暗的下午进行编辑工作，也许是因为他内心深处始终存在的另一个诗人自我在作祟。于是，他决定利用那个下午来*重读*某些被编辑部审稿人毙掉的原创文学作品。那些承载着作者梦想的手稿如今正静静地躺在被遗忘的书架上，此时此刻，在世界各地的出版社里这一幕也依旧在反复上演。

巴拉尔打开了其中一份手稿，读过几页后就把它丢到了一旁。他选了另一本，不久之后又做了同样的动作。在读过审稿人意见后，他觉得那些看法与他的不谋而合，于是又把那份手稿扔到了一边。他又像很多速读读者一样翻看起了第三份手稿：读读最后两页，再读读"高潮"部分的某些文字，最后读读前面的几页内容。那一刻，直觉告诉他应该继续读下去。于是，他决定从头读起，那本小说很快就征服了他。卡洛斯·巴拉尔完全沉浸在阅读里，没注意到天已经黑了。他开始认识到自己手中的是一本超凡的原创文学作品，那份由审读人提供的弃用报告很可能是一个巨大的错误。在读完那本复杂的长篇小说后，巴拉尔再一次翻看书名和作者的名字：《英雄之所》（*La morada del héroe*），马里奥·巴尔加斯·略萨。这个名字很陌生，不过他感到很震惊。那个下午，他经历了他口中的"文学显灵"，通过直觉发现了一部大作。他必须尽快认识这位作者，他要和他言简意赅地聊一聊，他必须向对方做出某些承诺。那本后来更名为《城市与狗》的小说让巴拉尔着了魔，他记下了那位默默无闻的小说家的住址。他现在人在巴黎，是个秘鲁人。文学敏感度驱使巴拉尔想起了塞萨尔·巴列霍（César Vallejo）。

这件当时看上去似乎无足轻重的事情发生数年之后，卡洛斯·巴拉尔给我讲述了上述版本。"只读了几页我就明白了自己手里拿着的是本伟大的小说，那是个伟大的发现。我当时对那位作家一无所知，我做的第一件事就是试着和他取得联系。我那会儿刚好要去巴黎待几天，一得知他住在那里我就给他拍了电报，我想跟他见面，互相认识一下。我第一次见到他的时候，他留着那撮小胡子，眼神深邃，同时充满怀疑的意味，我觉得站在我面前的是个阿根廷探戈舞者，而非秘鲁作家。"他半认真半开玩笑地对我说道。

1967年，在他为《崽儿们》的第一版——由巴塞罗那的鲁门出版社（Lumen）出版——所撰写的介绍性小文里，卡洛斯·巴拉尔给出了他同马里奥·巴尔加斯·略萨会面的"官方版本"描述。"认识他的时候，他住在卢森堡公园后面的图尔农街上。要到达他的住所，得先靠点儿运气在一个巴尔扎克式的内院里的几扇不同的门中做出选择，旧日马蹄铁在地上留下的痕迹似乎依旧在闪烁光芒。

年轻的作家在巴黎,摄于六十年代初

有扇门上的玻璃又蓝又绿，晃动起来时的色彩很像印象主义绘画，走上一段折磨人的、路标般的楼梯，突然路就没了，你的眼前出现了那样一扇门，根据巴尔加斯·略萨的说法，那种古老的设计可以很好地把屋内和外界隔绝开来，而且那扇门的制作工艺可以保证它不被腐蚀。巴尔加斯·略萨住处内部的楼梯平台上住着个领取半饷的退伍军官，他家门上交叉挂着两把军刀，还有一面绣着几条龙的旗子。"巴拉尔继续他对马里奥·巴尔加斯·略萨在巴黎的住处无与伦比的、小说式的——也是他本人喜欢的巴尔扎克式的——描述："就像是想让密谋者和通奸犯绝望一样，楼梯一直在吱嘎作响。那间公寓小得离谱。用于求生的东西以打字机——文学工具——为中心堆放着。打字机位于绝对核心的位置。我在巴尔加斯·略萨家的长沙发上紧张地午睡过几次，我感觉自己就像个没有找到旅行乐趣又无处可去的游客。每次，那台打字机都以一种奇怪的节奏在运转着，响响停停，提醒我它的存在。我们两人的一个共同的朋友曾经说过，巴尔加斯·略萨是头*写作的野兽*。我认为，简单说来，他是那种怀有坚定文学志向的作家，而这种作家在我们这个时代已经不多见了。"

有两件事——也许只是两件小事——可以作为马里奥·巴尔加斯·略萨拥有"我们这个时代已经不多见"的"坚定文学志向"的佐证。其中一件发生于巴拉尔在巴尔加斯·略萨位于图尔农街的家中进行某次"游客的紧张午睡"时。那位沉着守纪律的秘鲁小说家那次单独在家。巴拉尔躺在长沙发或巴尔加斯·略萨本人的床上小憩，处于半睡半醒的状态。也许他记起了自己和巴尔加斯·略萨第一次相遇的场景，记起了当他得知对方不喝酒时的惊异感。"我们一下午都在聊文学，"卡洛斯·巴拉尔对我说道，"我一杯又一杯地要加汤力水的杜松子酒,这是很自然的事情,而马里奥只喝牛奶,一杯又一杯地喝纯牛奶。"就在巴拉尔要睡着的时候,他听到门铃声响了。他远远地关注着发生的事情。巴尔加斯·略萨起身离开打字机,去开了门。"嗨。"巴尔加斯·略萨回应了问候,然后又用他那永远保持沉着的声音补充了一句,"我在工作。"小说家对待工作的严格态度并没有吓走那位不知姓名的女性来访者,她走进屋子,大概——巴拉尔在黑暗中想象着——坐到了作家身边的某把椅子上。巴拉尔的心里立刻生出了新的惊异感:巴尔加斯·略萨又继续开始打字了,完全不理会那位女性访客,而她本可以把他从繁重的工作中解放出来。几分钟后,他听到巴尔加斯·略萨的声音再次响起:"你干什么呢?穿好衣服,你这样会着凉的。"年轻的小说家这样要求那位女性访客。然后,就像某种无法停止的酷刑一样,打字机的声音再次响起,依然"以奇怪的节奏运转着,响响停停"。几秒钟后,伴着打字机声和作家的呼吸声,突然传来暴怒的摔门声,它标志着在巴尔加斯·略萨沉浸在创作中时出现的那场意外来访的结束。

西班牙小说家胡安·加西亚·奥特拉诺(Juan García Hortelano)有次曾讲述说,在六十年代上半叶,巴尔加斯·略萨一家——卡洛斯·巴拉尔也喜欢这样称呼他们——来到了塔拉戈纳(Tarragona)的卡拉斐尔(Calafell),那里是那位加泰罗尼亚编辑巴拉尔和几乎总是围绕在他周围的文学团体的夏日度假地。胡利娅·乌尔基迪(Julia Urquidi),巴尔加斯·略萨的第一任妻子,一到那里就立刻下楼到沙滩上去了。当时天气炎热,在经历了漫长的旅行之后,大家都迫不及待地想冲到海里去。"大概过了一个小时左右的时间,"加西亚·奥特拉诺这样对我说道,"巴尔加斯·略萨还是没有下来。""到达旅游地的时候,他常常喜欢把带来的东西摆放整齐,他觉着这样很有意思。"胡利娅·乌尔基迪是这样解释的。

大家的好奇心被勾了起来。加西亚·奥特拉诺从滚烫的沙子上站了起来,朝巴拉尔的房子走去,它位于卡拉斐尔沿海大道边的第一排房屋中,他想揭开巴尔加斯·略萨迟迟不来的谜团。通向巴拉尔家二楼的楼梯刚上到一半,加西亚·奥特拉诺就清楚地听到了持续猛敲打字机的声音,那种"敲敲停停"的声音从巴尔加斯·略萨一家的房间里传了出来。马里奥·巴尔加斯·略萨这头*写作的野兽*正在进行创作,与此同时,巴拉尔身边的那群"声名狼藉的作家"却在享受盛夏海滩,在大笑声和粗鄙的玩笑话中纵情声色。

卡洛斯·巴拉尔在他的"官方版本"中回忆说:"当初我想认识巴尔加斯·略萨的时候,他对我来说就只是个名字而已,是一本参选简明丛书奖的手稿上标注的作者姓名,而后来他却成为我编辑生涯中最大的、最让人激动的发现之一。"后来他又描述了巴尔加斯·略萨的一些基本特征:"第一次见面时我觉得他是个容易让别人手足无措的人。他是那种高傲的文学家,思维清晰,时常出人意料地蹦出侵略性十足的想法来,不过他展现那些想法的方式又十分宽容,让人想到船只抢风航行时闪烁的耀眼光芒,有时他不经意地高兴起来,又让人觉得像是湍急的水流在起伏,在后退。他讲话十分流畅,节奏不断变化。讲一讲就会说一声'不是吗?',看上去是在自问,实际上是在强调自己说话的内容。"后来,作为那次描述的结尾,他又写道,两人之间进行的最初几场谈话"都以那种经典的伊比利亚式谈话的方式开场,为什么不呢,我们每次都先谈论现代文学,然后再谈些没有那么明确也不那么让人紧张的文学话题——巴尔加斯·略萨让我发现了他文学灵感的秘密源泉,他总是充满热情地跟我谈论《阿玛迪斯·德高拉》(*Amadís de Gaula*)和《骑士蒂朗》(*Tirant lo Blanc*)[1],聊聊诗歌,各自随意背诵几句推崇的诗句,最后必定以对作家的抱负和职责作为讨论的结束话题"。谈到这里时,卡洛斯·巴拉尔坚持表示:"巴尔加斯·略萨认定自己是个伟大的作家,是与他最推崇的那些作家同一水平的作家,他已经做好了准备,愿意牺牲一切,运用智慧,让那种形象化为现实。"

卡洛斯·巴拉尔的那些记忆与评价大致与智利小说家豪尔赫·爱德华兹(Jorge Edwards)的看法相同,后者从那时起直到现在一直都是巴尔加斯·略萨最亲密的朋友之一。豪尔赫·爱德华兹在一篇题为《年轻的巴尔加斯·略萨》(*El joven Vargas Llosa*)的有趣文章里首先重拾对那段巴黎时光的回忆。后来,爱德华兹又在他所撰写的关于巴勃罗·聂鲁达(Pablo Neruda)的作品《再见,诗人》(*Adiós, poeta*)中对那段记忆进行了加工。在《在巴黎的拉美人》一章中,爱德华兹详细回忆了他和巴尔加斯·略萨第一次见面时的场景。那是六十年代初,"文学爆炸"才刚刚露出苗头,对于拉丁美洲作家来说,巴黎这座"光明之城"依然是一场"盛宴",是真正的作家必须抵达的目的地。在《再见,诗人》中,爱德华兹表示最早在巴黎和他提到巴尔加斯·略萨的人是伟大的诗人于勒·苏佩维埃尔(Jules Supervielle)的儿子让·苏佩维埃尔(Jean Supervielle),后者当时正负责法国广播电台的一档西班牙语栏目《每日文学》,"每周三晚上 10 点钟在弗朗索瓦总理街上的演播室里录制"。爱德华兹、让·苏佩维埃尔、居住在巴黎的西班牙作家卡洛斯·赛普伦·毛拉(Carlos Semprún Maura)——他是一位西

---

[1] 均为西班牙骑士小说。——译注

班牙共和国外交官的儿子,是堂安东尼奥·毛拉的孙子——曾经一道参加过那档对谈式的广播节目,与他们同上节目的还有位"年轻的秘鲁小说家,他才刚刚开始写作生涯,是个谦逊的小伙子,正在艰难谋生。让·苏佩维埃尔觉得他的头脑有点闭塞,太推崇左翼的那套理念。他对那位秘鲁小说家写的东西压根儿没有概念,也很怀疑自己会不会对它们产生兴趣,不过他承认那个小伙子的阅读量很大,尤其对他这个年纪的人来说,而且还很聪明,甚至可以用'杰出'这个词来形容。他叫什么名字?叫巴尔加斯·略萨,马里奥·巴尔加斯·略萨"。

爱德华兹记得那是 1962 年 7 月初的事情。"马里奥当时只有二十五六岁,"这位智利作家回忆说,"那时马里奥·巴尔加斯·略萨的外貌可以媲美电影明星。"后来他开始以其卓越的文学才华描述起了那位秘鲁作家:"他长得像个公子哥儿,留着小胡子,头发打理得像个波莱罗舞的舞者或是墨西哥电影演员,穿着倒是很简单,对当时知识分子的流行着装有些无动于衷,或者说(这样说更好)对此毫不在意。看到他时,没人会相信在他们面前站着的是个伟大的作家,而他的抽屉里那时已经存放着那本即将成为拉美新经典小说的书(《城市与狗》)的手稿了。"

爱德华兹还写道:"尽管让·苏佩维埃尔说了那些话,但我一和马里奥开始交谈就立刻明白自己面前的这个小伙子是个一流作家。"巴尔加斯·略萨十分健谈,激情四射,"有时甚至让人觉得光芒万丈","他声称自己非常欣赏托尔斯泰的作品,尤其是《战争与和平》",他还坚持认为(为此还与卡洛斯·赛普伦激烈争论了一番)"陀思妥耶夫斯基的作品主观性太强,情绪过于丰富,有些死抠心理描写。而他——马里奥·巴尔加斯·略萨——对那些更有雄心的小说家更感兴趣,那些小说家就像泰坦巨人一样,努力从小我中走出来,构建有趣的客观世界,它们多样而完整,作为虚构的现实,在真实的现实面前拔地而起,那是一种全景式的现实,被作为一种无所不包的发明物创造了出来"。举个例子,他坚持认为"骑士小说是伟大的文学作品,骑士小说的作者们天真地相信那些神话和中世纪的传说,没有任何讽刺式的距离感,而这正是那些小说具有十足表现力的原因之一"。出于这个原因,与卡洛斯·巴拉尔的说法一致,爱德华兹也提到巴尔加斯·略萨"是个极具热情的读者,在提到瓦伦西亚人霍安诺特·马托雷尔(Joanot Martorell)的骑士小说《骑士蒂朗》中的某些场景时,他甚至会充满激情地说得口沫横飞,在提到巴尔扎克、福楼拜、大仲马和威廉·福克纳时也是一样"。与诗人巴拉尔的回忆类似,爱德华兹坚称:"我读了《城市与狗》最早的几本样书中的一本,我震惊了,尤其对马里奥娴熟地把各种时间虚构化的能力和塑造并保持故事的悬疑性的技巧感到吃惊……那个长得像墨西哥电影明星的年轻人,那个狂热而富有激情的阅读爱好者,每当他讲述《幻灭》中的吕西安同假阿巴特·埃雷拉见面的场景时,或是重复《通信受阻》(Comunicaciones desmentidas)[1]中那些充满魔力的句子时,他的眼里总像是有团火在烧,他还痴迷于西部片和法国黑色香烟,他走进现代文学殿堂时的起点很高。"在爱德华兹讲述的最后,他回忆说在那段日子里"马里奥已经开始修改《绿房子》了,每天都像是被钉在了他的木桌和老打字机上,周围摆放着秘鲁雨林的地图和人物概述表,就像个文学苦役犯似的。他是受福楼拜溺爱的孩子,尽管由于某些原因,

---

[1] 收录于聂鲁达的诗集《大地上的居所》(*Residencia en la Tierra*)中。——译注

福楼拜实际上并没有亲生骨肉。即将抵达巴黎'攻城略地'的卡洛斯·富恩特斯（Carlos Fuentes）给巴尔加斯·略萨起了个绰号，叫'士官生'"。

不过，在充满传奇色彩的六十年代，给巴尔加斯·略萨起了那样一个亲切绰号的人真的是卡洛斯·富恩特斯吗？在我看来，"士官生"这个绰号更像是巴尔加斯·略萨的"发现者"卡洛斯·巴拉尔充满文学性的幽默感的产物。我记得每次见面时，巴拉尔和我都会聊巴尔加斯·略萨，他在提到那位秘鲁小说家时总是叫他"士官生"。巴拉尔的确是喜欢抖这种机灵的人，所以我认为巴尔加斯·略萨的这个绰号应当来自这位加泰罗尼亚编辑、诗人。

如果说豪尔赫·爱德华兹在《再见，诗人》里对巴尔加斯·略萨进行了细致入微的描写的话，那么德国评论家、译者、西班牙语文学研究者、巴尔加斯·略萨在文学领域的朋友沃尔夫冈·A.卢赫廷（Wolfgang A. Luchting）也不遑多让。在他的著作《马里奥·巴尔加斯·略萨，现实分解者》（*Mario Vargas Llosa, desarticulador de realidades*）中，沃尔夫冈·A.卢赫廷说他之所以会结识巴尔加斯·略萨，是因为他想把后者的第一本长篇小说《城市与狗》翻译成德语，时间是1964年。"见面的场景当时（现在也是）给我留下了深刻印象，"卢赫廷这样写道，"他看上去个子很高，实际并没有那么高。他的眼睛很亮，像冰块一样闪烁着微小的光芒。尽管当时是在他家里，也就是卢森堡花园附近图尔农街上的那间公寓。为了抵达那里，我爬了一段很难爬、很折磨人的楼梯，我敲了门，然后听到里面传来一些声响，听到脚步声由远及近，还有一声短暂的咳嗽声，一扇门吱吱嘎嘎响的声音。总之，所有那些一个人或好几个人生活的迹象会让第一次来访的客人忍不住多想，生出邪恶的想法和自卫的想法来，最后房门被打开了：他打着领带，头发打理得很妥帖，非常客气地接待了我。"

"我已经说过了，"卢赫廷后来坚称道，"他是个能让人印象深刻的人。很有教养，彬彬有礼，风趣幽默，待人接物简单大方，非常睿智、谨慎，谈到文学话题时总会说个不停，他并不是那种未见过世面的人（在他看来，很多秘鲁人都是这样）；他十分自律，像个苦行僧，很有条理，非常勤奋，真的可以说爱文学成瘾，他拥有成为文坛领袖的核心素质（上述所有特质很少会体现在一个非印第安人的秘鲁人身上，在秘鲁土生白人身上几乎不存在）。他戒了烟，饮酒量非常小，他喜欢慢跑，也就是现在人们称为有氧运动的东西。他经常出现在公众视线中，这种过分的曝光引发了我的好奇心：他满世界跑，可他依然不停地在写作。"后来他又自问道："他渴望权力吗？我觉得是这样的。政治权力？——这个时候谈论这种冒险似乎为时尚早——谁知道呢？"卢赫廷的自问自答充满神秘色彩，给人们对巴尔加斯·略萨的最早印象留下了一个疑团。

正是在那些年里，"士官生"巴尔加斯·略萨将会看到自己在世界当代小说领域的地位逐渐上升。那是他为了成为有影响力的作家而埋头奋斗的岁月。在那时拍摄的照片里我们能看到巴尔加斯·略萨在法国电视广播电台工作时的场景，他身边还有几个同事——例如马里奥·埃斯库德罗（Mario Escudero）和路易斯·加维斯（Luis Gaivez），他们现在依然对他记忆犹新。还有一张照片，在雷内·克莱尔（René Clair）拍摄电影的间歇，巴尔加斯·略萨和多丽丝·德加维斯（Doris de Gaivez）、胡利娅·乌尔基迪一起当了临时演员。同样是在那些年里，他还曾前往文学先驱塞萨尔·巴列霍的埋身之地，还读了某份纪念那位伟大诗人的文件。照片拍摄地大多在巴黎，1959年，1960年，1961年。或者在伦敦，在海格特公墓里的卡尔·马克思墓前留下的照片里的巴尔加斯·略萨严肃、入神、面无表情。

在所有那些照片里——有的存在于我们的记忆里，有的则被公开刊出过，巴尔加斯·略萨总露出一副十分严肃的表情，仿佛没有什么事情能够改变他的那股严肃劲儿。在刚成名的几年里，那撮小胡子让他显得比实际年龄要大一些。他目光深邃，眼球漆黑，配上无动于衷的表情，好像在怀疑一切，使他看上去十分冷酷。他的头发总是打着发蜡，梳理妥帖，下颌紧绷，脸上的朴素感几乎让人感觉有点哀伤，这实际上揭示出了他内心中的某些焦虑。那间公寓见证了巴尔加斯·略萨早期的文学热情，他后来在某个场合曾经表示尽管那间公寓很小，可那里却保存着他最好的回忆，因为演员热拉尔·菲利普曾住在里面。实际上，那位伟大的法国演员——在出演过阿尔贝·加缪（Albert Camus）笔下的卡利古拉一角后成为传奇，正如巴尔加斯·略萨在文章《卡利古拉，一个朋克》（*Caligula, punk*）中所写的那样——刚好曾住在巴尔加斯·略萨楼下的那间公寓里。豪尔赫·爱德华兹依然记得每当巴尔加斯·略萨晚上12点钟坐到打字机前准备开始工作的时候，心情就会变差，因为他就像身处可怕的地狱之上，那位演员的遗孀安妮·菲利普总会拿着某样东西愤怒地敲击屋顶，于是巴尔加斯·略萨的工作就会被打断，一整晚随心所欲地敲击打字机的想法也总因此被放弃。

路易斯·哈斯（Luis Harss）在他那本被视为六十年代拉丁美洲小说"爆炸"纲要式的著作《我们的作家》（*Los nuestros*）中提到，他也曾在六十年代中叶到访过巴尔加斯·略萨位于图尔农街的家。"我们走进巨大的厅门，穿过铺着瓷砖的花园，沿着黑暗弯曲的楼梯爬上去，一直爬到三楼，当房门打开，房主在门槛边出现时，阳光才再次驱散黑暗。……我们一只脚已经踏进了门内，他亲切地迎接我们，微笑着，忍耐着。他不喜欢聊关于他自己的事情，不过没过一会儿我们就在有些残破的床上坐了下来，接着就开始畅聊了。"哈斯接着回忆道："巴尔加斯·略萨嗓音有些沙哑，音量也不大，就像是在说悄悄话，又像是在谈论某些秘密，又仿佛有其他什么人正在隔壁房间睡觉似的。"

哈斯是在读过《城市与狗》和《绿房子》后，受到那两本书的吸引，才前去拜访巴尔加斯·略萨的。在哈斯拜访巴尔加斯·略萨时，《绿房子》还没有正式出版，那次拜访过去几年之后，哈斯在写自己的那本书时，《绿房子》则已经出版了。在那个时期，巴尔加斯·略萨已经坚定了成为作家的信念。在自己的著作里，哈斯把描写那位秘鲁小说家的章节命名为"马里奥·巴尔加斯·略萨，或连通器法"，通过他的记录我们可以看到，巴尔加斯·略萨再次提到了那些被巴拉尔称为他的"文学灵感的秘密源泉"的作家。他提到了福楼拜、巴尔扎克和福克纳，但提得最多的还得算霍安诺特·马托雷尔的小说《骑士蒂朗》，他对此书十分痴迷，后来还成功促使极负盛名的西班牙阿利安萨出版社（Alianza）再版了包括那部小说在内的多本骑士小说。哈斯成功地让巴尔加斯·略萨吐露出了他与那类"总是被恶意地忽略"的小说结缘的过程。"那是大学一年级的事了，"巴尔加斯·略萨说道，"我记得在一堂西班牙文学课上，老师在讲到骑士小说时仅仅用几句话一笔带过，他说那是种糟糕的文学，粗俗、浅薄、毫无理智可言。在叛逆心和好奇心的驱动下，我开始阅读在国立图书馆里能找到的所有骑士小说。"

大约十年之后，巴尔加斯·略萨对里卡多·卡诺·加维里亚

（Ricardo Cano Gaviria）提到了自己和加夫列尔·加西亚·马尔克斯在巴黎共同经历过的一桩趣事，里卡多·卡诺·加维里亚将之记录在了《秃鹫与凤凰，与马里奥·巴尔加斯·略萨对谈》（*El buitre y el ave fénix, conversaciones con Mario Vargas Llosa*）中。他当时是第二次来到巴黎，住进了拉丁区索梅拉德街上的威特酒店里，酒店是由拉克鲁瓦夫妇经营的。巴尔加斯·略萨和他的第一任妻子胡利娅·乌尔基迪在那里等待作家获得的奖学金发放下来，一等就是一个半月。"我们那一个月过得棒极了，去看电影、看戏剧、买书，"巴尔加斯·略萨说道，然后补充道，"我还记得人们通知我我的名字不在获得奖学金人员名单里的那一刻我有多么恐惧。……结果就是我身处巴黎，身上只剩五十美元，根本不够用来回秘鲁。"这位恐惧的"士官生"跑去把这种情况告诉了拉克鲁瓦太太。"别担心，"拉克鲁瓦太太答道，"就住在这儿，直到您找到工作，能还得起房钱为止。当然了，二位得从最好的房间搬到最差的房间去……"于是，巴尔加斯·略萨和胡利娅·乌尔基迪直接搬去了威特酒店的阁楼。有趣的是，1967 年巴尔加斯·略萨在加拉加斯结识加夫列尔·加西亚·马尔克斯的时候，后者给他讲述了自己和其他一些拉美人在巴黎的种种奇遇。在巴尔加斯·略萨来到巴黎的四五年前，拉克鲁瓦夫妇还经营着位于库加斯街上的弗兰德酒店。哥伦比亚独裁者罗哈斯·皮尼亚查封加夫列尔·加西亚·马尔克斯工作的《观察家报》（*El Espectador*）的时候，后者正待在巴黎，住在弗兰德酒店中。加西亚·马尔克斯没了工作，也没有找到工作的希望。巴尔加斯·略萨讲述道："而她（对加夫列尔）讲了后来同我讲的一样的话：待在阁楼里吧，直到您找到工作，能还得起房钱为止。"在加拉加斯的时候，加西亚·马尔克斯记不起那位法国女房东的姓名了。巴尔加斯·略萨则向加西亚·马尔克斯保证说自己身上也发生过类似的事情。"我们当时说,"巴尔加斯·略萨回忆道,"不是所有法国人都是小气鬼,至少有两个人不是:弗兰德酒店的老板和威特酒店的老板。过了一年或两年,在某次旅程中,加博[1]和我又在巴黎相遇了……他到威特酒店找我,我发现他一进门就脸色发白。他把我叫到一边,发着抖对我说:那就是弗兰德酒店的女房东……拉克鲁瓦太太。但是她已经看到他了。我对她说:'拉克鲁瓦太太,您还记得马尔克斯先生吗?'她答道:'当然了,马尔克斯先生嘛,住在顶楼的那位记者。'""双球连击。"里卡多·卡诺·加维里亚在他的书里讲述这桩逸事时用了这样一个词。在向巴尔加斯·略萨问及他是不是在威特酒店里写完《城市与狗》的时候,那位小说家答道:"我当时已经写好初稿了,是在马德里开始写的。不过大部分是在威特酒店写完的,大概用了一年半的时间。小说最终完稿于1961年,我是在图尔农街上的公寓里把它完成的。"

反抗的精神使他沉浸于骑士小说中,很快又变成了这位"士官生"最大的特征之一。这种精神早在他坚定自己的作家志向之前就已存在了。巴尔加斯·略萨在对童年生活的朦胧记忆中追根溯源,认为那些反抗的精神就发源于那时,它们逐渐膨胀,最终成为小说家的强烈志向,也即这位未来作家最主要的精神特征。不过在巴黎度过的那些既艰辛又幸福、充满疑虑的日子标志着巴尔加斯·略萨作家生涯的开始,那段时间充满执念、谵妄、焦虑和幻想,还有日夜不停的工作,或隐秘或公开的情事(其中一段感情使他低落了很长一段时间),在图尔农街的公寓里被安妮·菲利普的敲击声折磨

---

[1] 加西亚·马尔克斯的昵称。——译注

的每个夜晚。当然了，大家都已经明白，正是那种反抗的精神和自律性帮助巴尔加斯·略萨顶风破浪，使他深信自己能够成为和他尊崇的那些作家同样伟大的作家。

2

在女人堆里：阿雷基帕、柯恰潘巴、皮乌拉、利马
（1936—1958）

豪尔赫·马里奥·佩德罗·巴尔加斯·略萨1936年3月28日出生在阿雷基帕城中的女人堆里。在十岁之前他一直以为自己的父亲早就去世了。从他有记忆开始，家人们就是这样告诉他的，他也就接受了这一事实。而他的童年生活依然过得十分幸福，母亲、外祖父母和姨妈们都悉心照料他。根据秘鲁人的说法，阿雷基帕人有自己一套独特的处事方式。"阿雷基帕人无论走到哪里，"何塞·米格尔·奥维多这样写道，"都会保留他们原来的风格，忠实于他们眷恋的那个'小祖国'，自愿被别人看作'外省人'。"[1]不过巴尔加斯·略萨很快就发现自己是个特例，因为"我和阿雷基帕的关系是突然中断的，没什么乡愁可言，更多的是种朝圣感，而非记忆"[2]。

要一分为二地去看待阿雷基帕人身上的那种身为外省人的多愁善感的自豪感：自认为是"山里人"的阿雷基帕人和被称为"沿海地区人"的阿雷基帕人。巴尔加斯·略萨本人是这样解释的："各

---

[1] Oviedo, José Miguel, op.cit.
[2] *Semana de Autor: Mario Vargas Llosa*, Ediciones Cultura Hispánica, ICI, Madrid, 1985, p.31.

马里奥与他的母亲朵拉·略萨，1940年

8岁，第一次领圣体当日，柯恰潘巴（玻利维亚）

位都知道在阿雷基帕城里，人们认为出生在武器广场以南的就是沿海地区人，出生在武器广场以北的就是山里人。我出生在武器广场以北，所以我算是山里人。"[1] 奥维多描绘过巴尔加斯·略萨出生的那栋房子——"两层小楼，带花园和铁栅栏"，认定它位于帕拉大街 101 号，是他外祖父母家的房子。实际上作家的父亲埃内斯托·巴尔加斯（Ernesto Vargas）当时留在了利马，在未来的小说家出生时，他已经和作家的母亲朵拉·略萨（Dora Llosa）分开了。巴尔加斯·略萨只在阿雷基帕住了短短几个月时间，后来被他称为"没有记忆的朝圣"的旅程就开始了。也许他真正的冒险和个人史，一个作家在无意识中逐渐成形的那些模糊时刻，是在玻利维亚的柯恰潘巴经历的，他和母亲、外祖父母一道搬去了那里，因为外祖父被任命为了秘鲁驻该地的领事。

在巴尔加斯·略萨撰写的传记、评论性和档案式的文字里，以及其他人写的同类题材的文字中，对于作家的童年生活已经有过不少描写，最主要的信息来源是那些经过作家本人认定的"可靠记忆"——也许用巴尔加斯·略萨本人的话来说，它们是魔鬼的萌芽，或者正是魔鬼本身。生命的最初几年——从 1937 年到 1945 年——在作家看来是无比幸福的，他生活在天堂般的家庭氛围中，大人们照顾他，溺爱他。在女人堆里，那个小男孩慢慢长成了男人，也在无意中慢慢有了逆反心，这种逆反心也可以被视作反抗精神的根源。甚至在拉萨耶中学里，这位未来的作家就经历了对文学最早的陶醉时刻，他在脑海中不断重复和诠释自己看过的电影（尤其是"人猿泰山"系列）、广播剧、节日盛典和其他对那个"从未想过死亡的

---

[1] *Semana de Autor: Mario Vargas Llosa*, Ediciones Cultura Hispánica, ICI, Madrid, 1985, p.31.

问题，也许认为自己永远都不会死，还有着当体操运动员或斗牛士的雄心"的小男孩来说无比满足的节目。

早年的家庭环境总被描述成某种令人愉快的涅槃经历。一种涅槃，没有任何扮演父亲角色的人在身边，我们对这一时期的巴尔加斯·略萨的印象就是一个被家人们保护在花园里的男孩。那段岁月使得巴尔加斯·略萨第一次认识了玻利维亚，后来玻利维亚元素又不断在作家的生命历程中出现。在玻利维亚（柯恰潘巴），巴尔加斯·略萨度过了童年岁月，这个没有父亲的孩子在家中女眷们的溺爱中成长。后来他在利马遇到了另一种玻利维亚元素，那是个玻利维亚人，后来成为他的小说里我最喜欢的人物之一：佩德罗·卡马乔。十八岁时，他和玻利维亚人胡利娅·乌尔基迪成婚，那段经历成为他对家族的最大反叛（也是对记忆中的玻利维亚的反叛），也是对利马，或者说对整个秘鲁的社会、文化和政治传统的反叛。

年幼的巴尔加斯·略萨从未怀疑过父亲的生死问题，他生活在一个由美妙的仙女组成的世界里，生活在各式各样的童年神话中，一切调皮捣蛋的想法都能得到满足。巴尔加斯·略萨认为自己的文学志向——尽管十分模糊——就诞生于那段没有界限的童年时光中，一方面因为家人们总会满足他的一切愿望，他想做什么就做什么，另一方面也因为当他觉得自己与周围环境格格不入的时候，这位未来的作家就在精神的世界里，在内心世界里切断自己同外部世界的联系。巴尔加斯·略萨把这种精神层面和记忆层面的适应力称为"魔鬼"，这些经历逐渐在未来的日子里成为这位小说家创作活动的隐秘根基。所有这些矛盾的经历后来都成为他的长篇小说、短篇小说和文论作品的思想萌芽。去分析作家是在哪个时刻从哪些童年经历出发变身成另一种人——具有反抗精神的人，这样的行为没什么意义。在巴尔加斯·略萨的例子里，我们看到的是一个在很年轻的时候就成为作家，而且同样在很年轻的时候就声名远扬的人，所以在很长时间里，大家都把他看作六十年代西班牙语美洲小说"爆炸"中的"奇异男孩"。那些天堂般的、冒险式的经历有时会让人伤心，有时会让人觉得像神明显灵，我们总能在巴尔加斯·略萨的小说里轻易找到它们的痕迹。种种回忆、记忆和场景隐藏在这位未来小说家的脑海中，直到变成无可辩驳的文学创作素材。魔鬼们是在皮乌拉开始震慑他的灵魂的，巴尔加斯·略萨一家在1945年搬到了那座城市。在那之前，巴尔加斯·略萨的记忆并没有被魔鬼占据，因为，正像他对哈斯说的那样："您是知道的，幸福意味着文学层面的歉收，那些年里发生的事情没有一件对我产生过刺激作用。"[1] 天堂的幻梦"并没有持续太长时间。在我十岁时，一切都戛然而止了"[2]，在皮乌拉，"微不足道的乡村生活在巴尔加斯·略萨的记忆中变成了一种神化的经历"[3]。"那是可怕的一年。"[4] 巴尔加斯·略萨坦承道。

但是生活给小巴尔加斯·略萨的*重击*——让他开始看到另一种世界，那个世界不再娇惯他。母亲出人意料地告诉他，他的父亲还活着，他马上就要见到他了。巴尔加斯·略萨一直觉得父亲是个*伟大的陌生人*，他从来就没搞清楚过父亲是个怎样的人，可他却来打破了小巴尔加斯·略萨家庭天堂中很重要的一部分，搞乱了原本秩序井然的幻想世界，那位未来的小说家是那片每日创造完善的精神

---

1 Harss, Luis, *Los nuestros, s.d.*, p.433.（转引自 José Miguel Oviedo, op.cit., p.21。）
2 Ibid., p.422.
3 Ibid.
4 Ibid., p.433.

世界的国王。"我很晚才认识他,我一直坚信他已经去世了。在我发现他还活着时,我已经没办法和他交流了。住在一起的那些年里,我俩的关系很差。他的行事方式和我完全不同。他不信任我,我也不信任他。我们几乎可以算是两个陌生人。他觉得我是被娇生惯养着长大的,认为我是个任性又软弱的孩子。"[1] 巴尔加斯·略萨来到利马,开始和如今支配他的生活的那个陌生人——他的父亲,埃内斯托·巴尔加斯——斗争。在那十年里他的父亲一直生活在美国,还在那里又结了婚——那是在他和朵拉·略萨和解,返回利马之前的事了,还生了两个孩子:一个叫埃内斯托,在六十年代初得了不治之症去世了("我还记得,"巴尔加斯·略萨说道,"有一次他来利马探望我们,那时候他的病已经很严重了,能看得出他十分虚弱。"),另一个叫恩里克·巴尔加斯,后来当了律师,目前生活在加利福尼亚的洛杉矶。那个陌生人试图纠正那位未来小说家每天的任性行为,最后还说服巴尔加斯·略萨进入莱昂西奥·普拉多军事学校学习,那里将成为那位未来作家生活经历的具有基础性作用的试金石。在利马的拉萨耶中学读完中学二年级(1947—1949)后,巴尔加斯·略萨就开始了自己的军校生涯,那段经历毫无疑问锻造了作家的反抗精神,"*包法利夫人就是我*"也成为巴尔加斯·略萨贯彻一生的信仰。在皮乌拉,当巴尔加斯·略萨写出那些童年故事时,外祖父母总是鼓掌祝贺,"因为他们觉得那是种才华",巴尔加斯·略萨本人向哈斯这样说道,可在埃内斯托·巴尔加斯看来,那正是懦弱的最佳体现,因为在那时的秘鲁社会里,就像巴尔加斯·略萨本人曾多次回忆的那样:"什么人要是成了半个诗人,也

---

[1] Harss, Luis, *Los nuestros, s.d.*, p.433.(转引自 José Miguel Oviedo, op.cit., p.21。)

就意味着他成了半个娘娘腔……因为所有秘鲁作家（由于那个国家社会的独特性）都是失败者。"[1]埃内斯托·巴尔加斯发现自己的儿子喜爱代表懦弱的文学之后，决定彻底改掉巴尔加斯·略萨身上的毛病，给他一个变成真正的男人的机会，等到许多年过去之后，儿子想起自己童年时当诗人的想法时，肯定会哈哈大笑。但是，就像在我们这些矛盾的社会里经常会发生的事情那样，人们费尽心机制定的策略往往收效甚微。尽管之前在和父亲对抗时已经萌生过当作家的念头，可巴尔加斯·略萨的作家志向正是在莱昂西奥·普拉多军事学校得到强化的。大仲马、雨果、埃米利奥·萨尔加里（Emilio Salgari）是他心中遭封禁的英雄，偷偷阅读那些英雄的作品的行为诱发了巴尔加斯·略萨对未来的思考：他想成为像他们一样的人，成为一名作家，而且是伟大的作家，尽管他对文学世界的认知还不够全面。

　　莱昂西奥·普拉多变成了一座虚假的教养所。巴尔加斯·略萨观察、体验，在脑海中存储和记录那些将为他写作《城市与狗》提供养分的魔鬼，他同样也把自己第一次在皮乌拉停留的那些如梦似幻的日子保存在了记忆里，它们成为促使他写出《绿房子》的*神秘本源*。在莱昂西奥·普拉多就和在秘鲁社会里一样，如果有人说自己是半个诗人，那就意味着"他是半个小丑，是半个不正常的人"，半男半女，半娘娘腔，所有特征都要加个"半"字，比一个男人想要成为的那种"真正的男人""完整的男人"要少了些东西。因此巴尔加斯·略萨只能秘密地做着作家梦，在那项被禁止的隐秘活动

---

[1] Vargas Llosa, Mario, "Sebastián Salazar Bondy y la vocación del escritor en el Perú", *Revista Peruana de Cultura*, n. 7-8, 1966年6月, p.2154.（转引自 Vargas Llosa, Mario, *Contra viento y marea*, Seix Barral, Barcelona, 1983.）

1950年,莱昂西奥·普拉多军事学校士官生,下图校园照片摄于1987年

中汲取养分。他知道文学是种*社会罪孽*，尤其是对他父亲而言。莱昂西奥·普拉多军事学校是块试验田，是他不会浪费的显影剂。两年军校生涯（1950—1951）的确给这位"士官生"带来了深刻影响。

1952年，经历了上一年年末假期时给《纪事报》（*La crónica*）兼职打工的体验后，巴尔加斯·略萨返回了皮乌拉，进入圣米格尔中学学习。在女人堆里长大的那个男孩，那个就秘鲁社会的情况而言怀有反抗精神的"半个诗人，半个作家，半个小丑，半个不正常的人"如今已经真正地长大了，变得完整了，但反抗的精神依旧。他在圣米格尔中学的一些经历化成了他写《首领们》的时候依据的想法和魔鬼，那本短篇小说集在多年之后的1958年获得了莱奥波尔多·阿拉斯短篇小说奖，1959年在西班牙由罗卡出版社（Ediciones Roca）出版。不过巴尔加斯·略萨并没有放弃媒体行业：他在皮乌拉当地的日报《工业报》（*La Industria*）以专栏作者的身份工作，创作《绿房子》的想法就是在那时产生的，他记录下了与那本小说相关的许多线索和故事。

何塞·米格尔·奥维多给我们讲述了那段时间生活在皮乌拉的巴尔加斯·略萨的"文学史前史"。"有意思的是，他的文学创作生涯始于一部印第安主题的戏剧作品，《印加王的逃遁》（*La huida del Inca*）。"那是部三幕剧，还有开场和尾声，上演日期是1952年7月17日，地点是巴利埃达剧院。"剧是前一年在利马写的，在作家本人的指导下上演，作为建城节系列演出的一部分。那部剧大获成功，反复上演，直到庆典结束。"[1]今时今日，巴尔加

---

1 Oviedo, José Miguel, op.cit., p.25.（关于《印加王的逃遁》的信息源自路易斯·阿方索·迪耶斯，由奥维多引述。）

斯·略萨本人也承认那部剧的文学价值并不高，皮乌拉更重要的作用在于给了巴尔加斯·略萨创作《绿房子》时使用的许多"隐秘材料"。不过，皮乌拉不仅给巴尔加斯·略萨留下了许多后来帮助他创作自己最好的长篇小说之一的记忆，还让他有了许多埋藏心底的秘密，就像作家本人在《永恒的纵欲》（*La orgía perpetua*）中所言："我第一次接触《包法利夫人》是在电影院。那是1952年一个炎热夏日的夜晚，在皮乌拉的枣椰树的掩映下，武器广场上新开了一家电影院，电影就是在那里上映的：詹姆斯·梅森饰演福楼拜，扮演罗多尔夫的是瘦高的路易斯·乔丹，爱玛·包法利焦躁的神情和动作被珍妮弗·琼斯演了出来。那部电影应该没给我留下深刻的印象，因为看完电影后我并没有迫切想要找书来读，不过我正是在那个时期开始如饥似渴地读小说的。"[1]

巴尔加斯·略萨最早的几则故事发表于利马，是他在返回那座城市居住时写的。他在秘鲁首都学习、工作。他进入圣马科斯大学（Universidad de San Marcos）学习，结果那里又成了他未来文学事业的试验田，《酒吧长谈》里的许多故事就源自那段经历。巴尔加斯·略萨依然是个"娇生惯养的小男孩"，是个让母亲和姨妈们牵肠挂肚的年轻人，尽管他的父亲向他投来的总是凶狠的目光。从他的自传可以看出，在那个时期，最令他焦虑的事情就是在不中断学业的情况下打工。巴尔加斯·略萨本人曾坦承那些日子是自己经历过的最艰辛的时期之一，他别无他法，只能"干很多活儿"，做很多工作，很多细碎的零活，好让他能够独立起来，有时间写作。于是，他开始明白了后来成为他职业准则之一的一条原则：放浪消遣

---

[1] Vargas Llosa, Mario, *La orgía perpetua*, Taurus, Madrid, 1975, p.16.

的生活与作家或想要当作家的人必须坚守的纪律是难以共存的。在广播电台工作时,他各种种类的消息都要写,甚至包括那些家长里短的事情。他还在利马总公墓干过活儿,那份工作(奥维多称之为"记录员")对于一个作家来说十分荒唐:在那座墓地里记录和整理无人祭拜的死者的姓名。

利马,对于他来说,就像对于他最尊敬的作家之一——塞巴斯蒂安·萨拉萨尔·邦迪——来说一样,是座恐怖、灰暗的城市,他被挤压在工作、挫败感和丑闻之间,就像患上了幽闭恐惧症。比较而言,给他带来麻烦较小的倒是他和胡利娅·乌尔基迪的那段引人注目的婚姻了(巴尔加斯·略萨当时只有十八岁,而胡利娅·乌尔基迪则已经三十岁了),作家后来将其中的某些经历转变成他最重要的小说之一《胡利娅姨妈与作家》(*La tía Julia y el escribidor*)中的某些重要情节,本书将在后续章节中详细讲述中间的来龙去脉。巴尔加斯·略萨还回忆说多亏了几个朋友推荐的一些工作,才缓解了他当时面临的困难境地,而那种困境几乎要扼杀掉他的作家梦了。巴尔加斯·略萨经常提及历史学家波拉斯·巴雷内切阿(Porras Barrenechea),他认为那是让年轻的自己获益最多的人,那时的巴尔加斯·略萨刚刚在利马发表了自己最早的几则短篇小说。五十年代后半叶,巴尔加斯·略萨坚持不懈地与几家固定的出版物和报纸保持合作关系,他的作家梦也在逐渐成形:在《秘鲁水星报》(*Mercurio Peruano*)上首次刊发了他的短篇小说《首领们》,在《商业报》(*El Comercio*)的周末副刊上发表了《祖父》(*El abuelo*)。千奇百怪的冒险经历滋养着巴尔加斯·略萨的文学创作。他和洛艾萨、阿贝拉尔多·奥贡多一起推出了上文有所提及的《写作手册》(1956—1957),后来又推出了《文学》(1958—

1959）。在所有那些冒险中，巴尔加斯·略萨一直抱有跳脱出利马那让人窒息的、乡土风浓郁的文学环境的理想。他第一次出国之旅算是个惊喜：《法兰西杂志》（Revue Française）在秘鲁组织了征文比赛。巴尔加斯·略萨用《挑战》（El desafio）参评，那则短篇小说后来也被收录到了《首领们》中。《挑战》后来获了奖，奖品是到法国旅行。那次旅行更加坚定了巴尔加斯·略萨逃离秘鲁、在精神层面上流亡的想法。决心已下，他要离开秘鲁，去看看外面的世界，就像诗人路易斯·塞尔努达（Luis Cernuda）写的那样：*因为欧洲即世界。*

机会来了，巴尔加斯·略萨获得了到西班牙马德里攻读博士学位的奖学金，后来在作家的回忆中，彼时西班牙的首都仍处在依然掌控全西班牙的佛朗哥主义的控制下，是一座落后而压抑的城市。"我当时最大的理想是到巴黎去，"巴尔加斯·略萨在 1985 年撰写的一篇回忆那个时期经历的文章中这样写道，"因为我那时阅读的所有文学作品几乎都是美国作家和法国作家写的。不过身处利马的我觉得马德里也是个不错的选择。当然了，那个时期（1958）佛朗哥还在，不过我还是对自己说，能到剧院里去看看那些在秘鲁我们只能阅读的黄金世纪的戏剧实在是太棒啦。"[1] 巴尔加斯·略萨在描写当时的马德里和他所在大学的氛围时用了"必要的残酷"这个词，不过在文中的某些部分，我们能看到巴尔加斯·略萨本人对那段马德里时光的怀念压倒了对那种残酷性的批判，他坦承正是在那座压抑的城市里他开始明白自己能够成为真正的小说家。"博士课

---

1 Vargas Llosa, Mario, *Contra viento y marea*, Seix Barral, Barcelona, 1990, vol.111.（《当时还是乡村的马德里》一文发表于 *Le Temps Stratégique*, Ginebra, n.13, 1985 年夏，pp.27-32。）

程里的一个同学，"巴尔加斯·略萨举例说道，"在得知我并不是由神父见证完婚的之后就不再同我打招呼了。"他还提到了政治审查的问题。"出于奇怪至极的原因，"巴尔加斯·略萨说道，"很多骑士小说，例如《兰斯洛特》（*Lancelot du Lac*），被划入了题为《地狱》的书系中去。"在提及马德里国立图书馆时，他这样写道："那是栋巨大而阴暗的建筑，顶极高，位于拉卡斯特亚纳大道上，到冬天的时候，我们这些读者在里面几乎要被冻僵了。"在那篇题为《当时还是乡村的马德里》的文章中，巴尔加斯·略萨回忆了他在西班牙首都生活的时光，"那时阿方索·帕索（Alfonso Paso）还是在那里最受欢迎的剧作家"。他认为在众多的案例中，对电影的审查是最荒诞的："审查机构禁止在大银幕上上映的那些影片后来都经历了可怕的剪辑，最有甚者，被剪得像短片一样。"此外，审查机构"也在影片译制方面起作用，它会对原来的台词进行加工'润色'，按照当时的道德标准进行修改，有时候因此造成了很滑稽的结果（对译制片最有名的篡改当属把《红尘》里的情人变成了兄妹）"。那篇文章最后一部分的内容与巴尔加斯·略萨在ICI[1]于马德里组织的向其作品致敬的系列活动上的讲话的内容很相似，"我认为就是在这里，在马德里，在1958年年中之后的几个月里，我第一次严肃思考了自己的志向问题……就是在这里，在马德里，我做出了决定"[2]，巴尔加斯·略萨指的是他作为小说家的志向。他当时住在萨拉曼卡区的一间公寓里，具体位于卡斯特洛医生路上。巴尔加斯·略萨还记得皮奥·巴罗哈（Pío Baroja）小

---

[1] 疑为于1979年在西班牙成立的伊比利亚美洲合作院（Instituto de Cooperación Iberoamericana）。——译注
[2] *Semana de Autor: Mario Vargas Llosa,* op.cit., p.13.

说里的情节发生的路线图，记得书中人物进出希洪咖啡馆（el café Gijón）的情景（时至今日，巴尔加斯·略萨仍会时不时地到那里去，有时甚至孤身一人，去品尝西班牙传统美食：杂烩菜、菜豆汤、肉丸、土豆饼……），他也记得佩雷斯·加尔多斯（Pérez Galdós）笔下旧日马德里的样子，尤其是《福尔图娜塔和哈辛塔》（*Fortunata y Jacinta*）中的描写。"从那时起，"巴尔加斯·略萨写道，"我在旧大陆和新大陆的许多城市居住过。但从没有哪座城市像这座西班牙'乡村'一样让我有家一般的感觉，让我体会到西班牙人民在对待外国人时慷慨好客的热情。这种品质在接下来的六年巴黎时光中反复在我的记忆中闪现，因为有趣的是，巴黎正是同时汇聚两种特点于一身的城市：对外国人有不可抵挡的吸引力，但又对外来人（我就是其中之一）最不热情。"[1]

巴尔加斯·略萨离开了秘鲁，来到了欧洲，拿着名为"哈维尔·普拉多"的奖学金来到了马德里。他要在康普顿斯大学攻读博士学位。他的论文是关于鲁文·达里奥（Rubén Darío）的，这也是他公开表示尊崇的作家之一，他对这位作家十分了解，在利马读本科时就写了题为《解读鲁文·达里奥的基础问题》（*Bases para una interpretación de Rubén Darío*）的论文。不过在那个时期他并没有完成博士学业，那时候，"那所大学里的西班牙语美洲文学方向的老师只了解浪漫主义及之前的文学，因为他觉得现代主义及之后的文学十分可疑"[2]。那时他已经写成了短篇小说集《首领们》，在我看来，那本书只是他的"史前"作品。他作为作家的冒险始于马德

---

[1] Vargas Llosa, Mario, *Contra viento y marea,* op.cit.
[2] Vargas Llosa, Mario, *Contra viento y marea,* op.cit. p.9.

里。在卡斯特洛医生路上的那间公寓附近的酒吧和咖啡馆里，巴尔加斯·略萨开始创作《城市与狗》的初稿，后来全书基本上是在巴黎完稿的。在马德里度过的一年对于巴尔加斯·略萨坚定自己的小说家志向，立志把文学作为毕生事业，决心靠文学生活，成为像他尊崇的那些作家一样的写作者来说具有决定性意义。但是从经济层面来看，巴尔加斯·略萨面临的困难越来越多了。"奖学金的钱数并不多，"奥维多这样写道，"这种状况迫使巴尔加斯·略萨进行了许多有趣的冒险活动，例如，成为不可思议的'印加舞团'的一员（舞蹈演员：巴尔加斯·略萨和保罗·埃斯科巴，后者后来成为游击队员，死在了秘鲁；舞蹈编导：秘鲁诗人巴勃罗·格瓦拉），他们参加了一项在西班牙组织的民间舞蹈大赛，还得了奖。"[1]在拍摄于那个时期的一张照片里，巴尔加斯·略萨陶醉地跳着舞，他想用舞蹈艺术来滋养自己着迷的另一项艺术，这种信念将在短短几年后把他变成写作的野兽。

---

[1] Oviedo, José Miguel, op.cit., p.28.

3

从袋鼠谷到化身明星
（1966—1970）

在秘鲁，包括巴尔加斯·略萨父亲在内的所有人都知道他最终投向了他所钟爱的那项事业。他希望成为职业作家，就像他从青年时期起就一直非常尊崇的那些作家一样，而现在他的名字和作品开始征服全世界读者了。那个时期——至少在许多严苛的评论家看来是这样——也是拉丁美洲小说"大地主义"终结，与世界小说发展趋势并轨的时期。而巴尔加斯·略萨毫无疑问是拉丁美洲小说发生质变的进程中的标志性人物之一。在被巴尔加斯·略萨于1958年视为"乡村"的西班牙首都马德里，他最终确立了自己的作家志向，后来他来到"光明之城"巴黎，许多拉美作家认为那里是世界文学的首都，他们认为只要去了那里，自己的文学事业就能迎来高潮，可实际上大多数人只是迎来了永久的失败。巴尔加斯·略萨在巴黎忘我地写作。短暂的几次秘鲁之旅和几次前往哈瓦那及拉丁美洲其他地区的旅程无法改变他的作家激情。巴黎的娱乐生活和其他消遣形式丝毫没有改变他的想法，尽管条件艰苦，但他依然顶风破浪，绝不改变自己的准则。巴黎见证了他的成长，无论是内在还是外在。他在那里写完了《城市与狗》《绿房子》《崽儿们》，并且着手创作他的小说中最具巴尔扎克风格的一部——《酒吧长谈》，这部小说最终完成于伦敦。时至今日，每当巴尔加斯·略萨想要躲避名声带来的麻烦，隐居起来安心在一周七天里每天写作八小时的时候，他就会到伦敦去。

不过在刚开始的时候，伦敦绝对不是什么天堂。巴尔加斯·略萨成为年轻的作家，他剃掉了小胡子，丢掉了过度严肃的表情。不过他的经济状况依旧糟糕。如果说在巴黎的时候他还能竭尽所能遵守纪律地写作，不丢掉对文学事业的福楼拜式的执着的话，自1966年末起，在伦敦，他就真正处于"流放欧洲"的状态中了，他不得不调和写作这种孤独的癖好（他本人称之为"绦虫"）与"固定工作"——"在玛丽女王学院（Queen Mary College）当西班牙语美洲文学方向的老师"[1]——之间的关系。此外，他也没有丢弃"另一只绦虫"：为报纸杂志撰文。就这样，他守时地定期给利马的《面具》（Caretas）杂志寄去文章。后来，巴尔加斯·略萨所写的最精彩的纪事、文论、思考和评论文章集结成了文论集《顶风破浪》（1962—1982）。

在创作《酒吧长谈》的时候，《崽儿们》印刷出版了。这部小说的最终修订稿也是巴尔加斯·略萨在伦敦完成的。同样是在伦敦，巴尔加斯·略萨获得了他文学生涯中最大的认可[2]：他于1967年凭《绿房子》获得了罗慕洛·加列戈斯国际文学奖。他成为文坛熠熠生辉的新星，但是巴尔加斯·略萨在公共性活动中表现出的批判精神却"烦扰着"他的冤家对头们。借获得罗慕洛·加列戈斯国

---

[1] Oviedo, José Miguel, op.cit., p.28.
[2] 作者写作本书的时间在巴尔加斯·略萨获诺贝尔文学奖（2010）前，因而说罗慕洛·加列戈斯国际文学奖是略萨"文学生涯中最大的认可"。——译注

际文学奖之机,他写了一篇激昂的演讲稿《文学是一团火》。多年之后回头看去,我们发现那实际上是他的战斗檄文,他总是无所顾忌地给那些甘于屈从之人泼冷水,无论对方的政治立场和态度如何。《文学是一团火》无疑把文学理想置于世间其他任何问题之上,包括政治问题,人们的政治激情往往站在文学的对立面上。执着思考那些许多作家张开双臂欢迎的东西,这就是巴尔加斯·略萨习惯做的事情。政治这种总是活力四射的"职业"具有排外性——这一点和文学一样,要求人们全身心地投入其中。他也用那篇演讲稿为因结核病死于瓜达拉马的秘鲁诗人奥贡多·德阿玛特辩护,借用这位诗人的例子来为文学呐喊。有趣的是,《文学是一团火》是作家本人信仰的宣泄,文中依然可见萨特的影响。而与此同时,巴尔加斯·略萨还在创作《酒吧长谈》,这部小说恰恰是他的作品中对极权主义政治和不公抨击最为猛烈的一部。但是,我坚持认为《酒吧长谈》无论如何不应被划入政治小说之列,它是一部关于政治权力和极权化的政治环境的小说。

也许正是在那个时期,或者可以算上之前几年,出现了人们谈论颇多的那个"协议":某几位属于"文学爆炸"的小说家约定一起创作与拉丁美洲独裁政权相关的小说。他们中的每个人——加西亚·马尔克斯、卡洛斯·富恩特斯、胡里奥·科塔萨尔(Julio Cortázar)、巴尔加斯·略萨和其他几位——各自根据自己国家遭受独裁者统治的历史撰写一个章节的内容。不管这是个真实存在的写作计划,还是说只是流传于这几位小说家圈子里的简单设想,随着岁月的流逝,具体从对作为野蛮政治思想代表的独裁政权的记录来看,拉丁美洲小说真正不可避免地变成了一种历史记忆,从米格尔·安赫尔·阿斯图里亚斯(Miguel Ángel Asturias)的《总统先生》（*El señor presidente*）到奥古斯托·罗亚·巴斯托斯（Augusto Roa Bastos）的《我，至高无上者》（*Yo, el Supremo*），自然还得算上加夫列尔·加西亚·马尔克斯的《族长的秋天》（*El otoño del patriarca*）和马里奥·巴尔加斯·略萨的《酒吧长谈》。无论是迷失于西班牙内战中的超现实主义诗人奥贡多·德阿玛特，还是迷失于墨西哥革命中的安布罗斯·比尔斯（Ambrose Bierce），对于巴尔加斯·略萨而言，他们都代表着文学最狂乱而富有激情的一面。在伦敦，巴尔加斯·略萨把他对于秘鲁最混浊的政局的记忆转化成了小说。如果说他最初的创作想法是刻画一个复杂的保镖人物的话，他最终写成的却是"一部伟大的社会、政治、历史纪实作品，可以与巴尔扎克和狄更斯媲美"[1]。在小说开篇，巴尔加斯·略萨引用了巴尔扎克的《夫妇纠纷》中的一段话，这绝非偶然，"既然小说被认为是一个民族的秘史，那么，要成为真正的小说家，就必须对社会生活进行调查"。就这样，写于遥远的伦敦的那个被巴尔加斯·略萨本人称为"袋鼠谷"的地方的《酒吧长谈》便成为迄今为止描写"八年时期"——奥德里亚将军在秘鲁执政的八年，从1948年到1956年，恰恰是巴尔加斯·略萨的青年时代——最优秀的文学作品。如果说领取罗慕洛·加列戈斯国际文学奖时的发言是通过向奥贡多·德阿玛特致敬来要求全面提高文学地位的话，那么《酒吧长谈》这部在所有描写拉丁美洲独裁者的小说里也算得上最现实——作者本人记录那个时期的愿望也最强烈——的作品就是作家巴尔加斯·略萨（一个全景式的小说家）在面对历史被遗忘的现状时发出的呐喊。在那个时期，他需要面对的还有文学服从于某种意识形态

---

[1] Oviedo, José Miguel, op.cit., p.46.

（尽管作家本人当时也尊崇那种意识形态）的困境，以及小说家在创作小说时需要忍受的压力和自我审查。《酒吧长谈》中展现出的难以达成的平衡性，标志着作为小说家的巴尔加斯·略萨的成熟时期已经到来——无论是名望，还是随之而来的形象问题，抑或是总会将任何小说雏形引向毁坏的具体的指导性意识形态，都没有影响那本小说的质量。一边是小说家的激情——而且常常是非理智的激情；另一边是作者敢于讲述的史料，《酒吧长谈》的伟大成功就归功于它在二者之间找到了恰当的位置，它远离某些具体的伦理道德标准的束缚，只受小说家本人的支配。

巴尔加斯·略萨不断创作出新的小说，与此同时，他的孩子们也接连降生。在伦敦时他已经有了两个儿子：阿尔瓦罗和贡萨洛。巴尔加斯·略萨受到福楼拜式的文学态度的影响，曾经十分排斥成为父亲。"文学之内，万事皆可；文学之外，一切皆休。"他觉得这是所有真正的作家、真正的小说家应该秉持的态度。"真正的作家应该全身心地为自己的文学志向服务"，他曾这样对里卡多·卡诺·加维里亚说道[1]，"一切会影响到文学创作的因素都要被放弃。相反，伪作家会把文学和生活中的其他需求放置在同等重要的位置上，对文学的渴求也许可以同对金钱和荣誉的渴求一样。如果一个作家开始为了荣誉而写作的话，他不仅将成为伪作家，也将成为一个平庸的作家。"可如今他却和家人和谐地生活在一起，家庭生活不但没有损害巴尔加斯·略萨的批判精神，反倒使它日益强大了起来。在巴尔加斯·略萨进行自己的"绦虫任务"、扮演隐藏在所有

---

[1] Cano Gaviria, Ricardo, *El buitre y el ave fénix, conversación con Mario Vargas Llosa*, Anagrama, Barcelona, 1972, pp.24-25.

小说创作背后的弑神者的形象的那段时间,他所处的空间狭小而不舒适。多年之后,巴尔加斯一家仍能回忆起他们在伦敦住过的公寓的样子,尤其是位于克里克伍德的那间,帕特丽西娅每天都要花费数小时时间来制止孩子们哭闹,好让小说家继续创作《酒吧长谈》。除此之外,还应该提一提时常出入巴尔加斯一家位于伦敦的公寓里的大老鼠们。时至今日,回想起那些老鼠,巴尔加斯·略萨一家依然会寒毛直竖,小说家本人在讲述他第一次居住在那座城市里的经历时也是如此。

毫无疑问的是,凭借《绿房子》获得罗慕洛·加列戈斯国际文学奖的经历对于巴尔加斯·略萨的人生来说是重要的转折点。无论是在拉丁美洲,还是在其他地区,他所获得的认可远远超出了作家本人的期待。与此同时,他依旧在伦敦坚持高强度的创作工作。他在那里修订了《崽儿们》,那个故事创作于 1965 年 6 月至 12 月间的巴黎。1967 年,《崽儿们》在巴塞罗那刚一出版[1],从各个层面对这部作品的解读便纷至沓来,这也使得专家学者和普通读者(还有出版商们)对六十年代拉丁美洲小说"爆炸"中的这位年轻大师的兴趣与日俱增。巴尔加斯·略萨面前出现了无限可能。受到评论界的追捧后,巴尔加斯·略萨接连出现在了美国和欧洲最重要的讲台上,或进行讲座,或担任教师授课。"问题在于,他还是个伟大的老师。"卡洛斯·巴拉尔在提到巴尔加斯·略萨对理论和实践的平衡时这样笃定地说道。"士官生"的年龄增长了,学识和掌控力也提高了。在世界各地,尤其是他登台授课的那些大学里,出现了

---

[1] Vargas Llosa, Mario, *Los cachorros. Pichula Cuéllar*, Lumen, Barcelona, 1967. 内含哈维尔·米塞拉奇斯(Xavier Miserachs)拍摄的照片。

罗慕洛·加列戈斯（左）与巴尔加斯·略萨（右）在加拉加斯，摄于1967年8月，巴尔加斯·略萨获罗慕洛·加列戈斯国际文学奖期间

同作家塞巴斯蒂安·萨拉萨尔·邦迪（左）在利马

大量研究他的三部杰出的长篇小说和一部非凡的中篇小说的论文。

他的心中始终保存着文学创作的激情和几乎算得上非理智的癫狂，它们为他创造并滋养那条"绦虫"，它像是成了他的宗教信仰，他对它着迷，充满敬意。也正是这同一条绦虫，拖动塞巴斯蒂安·萨拉萨尔·邦迪——在巴尔加斯·略萨看来代表着对文学的绝对献身精神的秘鲁作家之一——为了理想牺牲自己，在秘鲁，这样的作家很少，直到巴尔加斯·略萨的出现。在萨拉萨尔·邦迪去世后不久，巴尔加斯·略萨就搬到伦敦生活了。萨拉萨尔·邦迪的去世促使巴尔加斯·略萨满怀激情地写成了一篇捍卫作家志向的文章：《塞巴斯蒂安·萨拉萨尔·邦迪和秘鲁作家的志向》，这篇文章虽是《文学是一团火》的雏形，但我们也不应小看它的价值。那种在面对文学这条绦虫的召唤时艰难地俯首帖耳的做法所带来的后果往往是遗忘，接受那种文学志向的人只能艰难求生，可能终将走向失败。萨拉萨尔·邦迪一生都没有放弃写作，可他的命运恰如上文所述。1966年6月，巴尔加斯·略萨这样表示："如果秘鲁作家不把自己的灵魂卖给魔鬼（也就是说，不放弃写作），同时不让自己的肉体和灵魂全都逃往海外的话，他就只能变成殉道者，除此之外别无他法。当然了，我指的是真正的创作者，对于这种人来说，文学不是消遣活动，而是一种强制性需求，也是一种不祥的需求，对于拥有文学志向的人来说，正如福楼拜所言，文学具有'一种几乎算得上实体化的功能，一种笼罩在完整个体身上的存在方式'。"他总是能回归到自己的思想中去，那些思想是他身体里的那条绦虫造就的，它同时也把他心中的魔鬼组织起来。"作家应该是根据文学事业来安排自己生活的人，而不是依据其他标准（安全感、舒适度、赚钱多、有权力）来选择自己的生活方式，然后再给那条绦虫划出一小片区域来居住的人,这种人认为自己可以给生活选择另一个主人,再让文学去适应那种生活:把自己的灵魂出卖给魔鬼的作家就是这么做的。塞巴斯蒂安为文学而活,决不牺牲文学,与此同时,在最近十五年里,在不背叛那条绦虫的前提下,他一直在努力奋斗,想让那两个仇敌——文学和秘鲁——互相接近,变得可以共处。他用实际行动揭穿了历史和经验留给我们的假象,他告诉我们可以捍卫自己的作家志向,对抗充满敌意的环境,同时我们还可以战胜那种敌视文学和文学创作者的环境。他不甘于只是当一个作家,他还想把文学带给秘鲁。他深入这个敌对的社会中去,对我们来说,他是我们在这个依然失败的事业中的保护人。"[1]这篇因萨拉萨尔·邦迪的离世而写的文章并不只是一篇"悼亡颂词"——这种用来赞誉亡者、抹掉人们对亡者的不好记忆的文体自修昔底德的时代一直延续至今——它也是巴尔加斯·略萨的战争宣言,他在这个敌视文学和作家的社会面前展现出了自己的姿态。

《塞巴斯蒂安·萨拉萨尔·邦迪和秘鲁作家的志向》和《文学是一团火》是巴尔加斯·略萨写于伦敦,在搬到巴塞罗那之前完成的《加西亚·马尔克斯:弑神者的历史》的先导。不过这位受欢迎的小说家并没有停止漫游世界的脚步,在他本人的名字和伟大小说家的头衔的加持下,他无论走到哪里都会受到追捧。1968年年中,在华盛顿州立大学(Washington State University)的旅程成了远离伦敦的一场死局,他暂时中断了《酒吧长谈》的创作,尽管那次旅程并非直接原因——成为那所美国大学的驻校作家也不是直接

---

[1] Vargas Llosa, Mario, "Sebastián Salazar Bondy y la vocación del escritor en el Perú", op.cit., p.2154.(引自 Vargas Llosa, Mario, *Contra viento y marea,* op.cit。)

原因。巴尔加斯·略萨一向是个能掌控自己命运的作家，他如巴尔扎克一般，睿智而耐心地润色那份手稿。在经历了四年与奥德利亚将军"八年时期"中的那些他青年时期的执念、幽灵和魔鬼的纠缠后，那部小说最终在巴塞罗那出版。他终于可以整理自己的文学思想，开始撰写《加西亚·马尔克斯：弑神者的历史》了。直到现在，依然没有哪本分析那位哥伦比亚的诺贝尔文学奖获得者的著作可以和这部里程碑式的文论作品相媲美。他也没有丢开自己对《骑士蒂朗》近乎病态的喜爱。1969 年，霍安诺特·马托雷尔的那部天才小说由马德里的阿利安萨出版社编辑出版。巴尔加斯·略萨为该书撰写了一篇严谨而大胆的前言——其中展现的依然是他本人的文学思想，以及他关于小说创作的那些勇敢而决绝的理念。《为骑士蒂朗下战书》是一位现代小说家对一位早已被遗忘的最优秀的骑士小说创作者的热情捍卫。巴尔加斯·略萨关于马托雷尔的这篇文章热情十足又充满争议，多年之后，它变成一篇无法回避的经典文论。就像之前他为奥贡多·德阿玛特、塞巴斯蒂安·萨拉萨尔·邦迪、加西亚·马尔克斯写的文论一样，巴尔加斯·略萨是通过他尊崇的那些作家这面"镜子"来审视自己的。他一直如此，以后也将如此，他还会把自己的名字和福楼拜、雨果这些他尊敬已久的作家联系到一起。巴尔加斯·略萨的写作计划不断，他的姓名总是和那些杰出的传统（我们为什么不能大胆使用"十九世纪的"这个形容词呢？难道小说不是十九世纪文学的标志吗？）小说家联系到一起，他痴迷于文学，如今他再也不可能把那条绦虫从生活中赶走了。

在伦敦生活的时期，他经常往返于美国和波多黎各的几所大学之间，他把伦敦时期最后几个月的时间用在了到那个加勒比海岛国的大学里教课。将来他还会继续做教书的工作。对于巴尔加斯·略萨而言，伦敦是座开放的城市，他的私生活和工作安排得到了生活在那座古老的帝国城市中的各种族人群的尊重。1970年年中，巴尔加斯·略萨决定搬到西班牙的巴塞罗那生活，留在他身后的是一个永不知疲惫、永不满足、焦躁的被永恒的文学绦虫病折磨的作家形象。他以小说家、大学老师和记者的身份受人尊重。他在抵达巴塞罗那时刚年满三十四岁，却已经成为有名的小说家了，比文学报道中体现出的地位还要高得多。他为实现自己的文学抱负而坚持遵守自己制定的写作纪律，这一点成为让人钦慕的典范。他在思想领域的反抗精神、他的那些充满激情的立场姿态，他引发的争议——已经发生的和未来将要出现的，这些都是全面接纳那条绦虫所带来的鲜活结果。正因为有了这样的"癖好"，他才变成一头*写作的野兽*。

4

巴塞罗那:权力与名望
(1970—1974)

巴尔加斯·略萨和伯爵之城[1]的联系在他决定搬到那里居住之前很久就存在了。正是在巴塞罗那,先是通过卡洛斯·巴拉尔,再通过卡门·巴塞尔斯(Carmen Balcells),巴尔加斯·略萨的名字出现在了文学市场中。也是在巴塞罗那这座吸引了他的工业城市里,巴尔加斯·略萨才有了今时今日的声望。总之,这座以反佛朗哥主义著称的城市帮助他接触到了知识分子界和出版界的精英,后来他也成为其中一员。巴塞罗那在加西亚·马尔克斯以及"文学爆炸"其他代表作家身上也起到了类似的作用。他们齐聚在这个加泰罗尼亚首府,因为从各种迹象来看,这里就是集中了西班牙出版界的权力和荣耀的大本营。正是在这里,在巴塞罗那,被称为*神圣左派*的知识分子群体获得了成功。在西班牙,他们是最先发现下列事实的人:文化发展不见得一定要走充满风险的道路,*也*可以走出版工业之路。这个"城市部落"的个性特点混合了因持续的抵抗行动——思想领域的、政治领域的——而获得的高傲感和即将出现的欧洲主

---

[1] 即巴塞罗那。——译注

义精神。

巴尔加斯·略萨在 1970 年年中搬到了巴塞罗那。他在靠近山区的上巴塞罗那找了间公寓，他当时的朋友加西亚·马尔克斯就住在附近。要是想见见加夫列尔·加西亚·马尔克斯，巴尔加斯·略萨只需要拐个街角就行了。其实在那之前巴尔加斯·略萨就已经在精神层面上和巴塞罗那联系到一起了，他搬到那里生活的想法也越来越强烈。彼时的巴尔加斯·略萨已经成为有分量的作家，编辑们会聆听并在意他的想法，尤其是卡洛斯·巴拉尔。不过就在巴尔加斯·略萨决定移居巴塞罗那之前不久，巴拉尔在赛伊克斯·巴拉尔出版社的领袖地位开始摇摇欲坠，他的许多想法难以得到落实，问题主要出在经济方面。巴拉尔后来离开了赛伊克斯·巴拉尔出版社，转而建立了巴拉尔出版集团（Barral Editores），他在其中依然居于领袖地位。集团总部设在巴尔梅斯街（la calle Balmes）上，离对角线大道（la Diagonal）不远。巴尔加斯·略萨曾经试图阻止巴拉尔出走，因为那会影响与之关系密切的赛伊克斯·巴拉尔出版社的良性发展。从很多年前开始，巴尔加斯·略萨就是简明丛书奖评奖委员会的成员了，不止于此，在他搬到巴塞罗那之前，他除《崽儿们》之外的所有作品都是在文学领域最具影响力的赛伊克斯·巴拉尔出版社出版的。

在巴塞罗那，巴尔加斯一家在文学界和知识分子界遇见了老朋友，也结识了一些新朋友，还和其他领域的许多人建立起了友谊。同卡洛斯·巴拉尔和卡门·巴塞尔斯的友谊绝非孤例。好友名单上自然还要加上加西亚·马尔克斯和里卡多·穆尼奥斯·苏亚伊（Ricardo Muñoz Suay），后者曾在 1963 年危机爆发前领导西班牙共产党［1963 年他同豪尔赫·赛普伦（Jorge Semprún）、费尔南多·克劳丁（Fernando Claudín）一同退党］。不过，在巴塞罗那知识分子的热情相待面前，巴尔加斯·略萨并没有飘飘然起来，他依然不知疲惫地写作，严格遵守自己制定的工作时间，就好像他是个矿工或建筑工人一样，又好像是个——事实也的确如此——日理万机的办事员，受雇在每天固定的时间里完成小说家的创作工作。在巴塞罗那生活的最初时光里，巴尔加斯·略萨专注于修订《加西亚·马尔克斯：弑神者的历史》这部"丰富的著作"，该书后来由巴拉尔出版集团出版。这一出版事件使得一种看法在出版界的消息灵通人士之间传播开来：巴尔加斯·略萨站到了卡洛斯·巴拉尔一边。他还推荐后者出版了一些当时已小有名气的作家的作品。他似乎扮演起了拉丁美洲"文学领事"的角色。七十年代初，在巴拉尔和赛伊克斯·巴拉尔出版社决裂的那段时间里，许多作家感到彷徨失措，"文学领事"巴尔加斯·略萨慷慨地扮演了不计回报的"教父"角色。正是在那些"文学领事"——巴尔加斯·略萨、加西亚·马尔克斯，也许还得算上何塞·多诺索和不久之后出场的豪尔赫·爱德华兹——的努力下，巴塞罗那成了所有年轻作家向往的圣地，他们无一例外地想成为和那些"文学领事"一样的作家。

我可以毫不害臊地承认我也是在那个时期奔赴巴塞罗那的年轻作家中的一员，我想近距离接触那些已经封神的"文学领事"。令我感到十分惊讶的是——实际上，许多人控诉"文学爆炸"成员是"黑手党团伙"，我倒觉得他们说的有些道理，一个像巴尔加斯·略萨这样地位崇高的作家竟然愿意花几年时间去写一本关于一位和他同时代的小说家的作品，那人是他的"同伙"、亲密朋友，几乎算得上亲人；总而言之，加西亚·马尔克斯在很多方面都像是巴尔加斯·略萨的二重身。《加西亚·马尔克斯：弑神者的历史》的出版让人们对二人的关系再无怀疑。此外，它还代表着一种怪异而慷慨的认可。从我的角度来看，可能也无法单纯用慷慨来解释，它把所有荒唐可笑地指责"文学爆炸"作家群是"黑手党团伙"的说法都碾在地上了，那些说法实际上只是源自嫉妒，源自低人一等的感觉。

在巴塞罗那，巴尔加斯·略萨接到了一通自巴黎打来的电话。这位秘鲁小说家当时正在埋头创作新小说《潘达雷昂上尉和劳军女郎》（*Pantaleón y las visitadoras*）。在写完《酒吧长谈》后，对全景小说的追求使他颇有些筋疲力尽的感觉。出于这个原因，他不希望自己的新小说再走那充满雄心壮志的三部曲的老路——对于许多评论家来说，那三部小说依然是巴尔加斯·略萨最有雄心的作品：《城市与狗》《绿房子》《酒吧长谈》。因此，作为新阶段的开始，《潘达雷昂上尉和劳军女郎》并不是一部充满野心的小说。此外，幽默元素就像一阵奇怪的微风，吹进了《潘达雷昂上尉和劳军女郎》，这种幽默不仅体现在语言形式上，也体现在故事内容上，这与巴尔加斯·略萨之前一再教条般坚持的想法完全相悖：他认为只有次等的文学作品里才会出现幽默元素。

在那段加泰罗尼亚岁月里，他接到了派拉蒙影业公司巴黎分公司负责人克里斯蒂安·费里打来的电话。费里告诉他，电影工作者鲁伊·古雷拉当时就在光明之城。"他在寻找电影脚本创作者，"巴尔加斯·略萨这样说道，"那家公司想拍一部电影，由于鲁伊读过而且很喜欢我的小说，所以他想到也许我可以同他合作撰写电影脚本。"[1] 于是，巴尔加斯·略萨奔赴巴黎，主要原因就是电影一直以来就是他私下钟爱的艺术之一（其实说"私下"并不准确，因为

---

[1] Vargas Llosa, Mario, *El escritor y la crítica*. 由何塞·米格尔·奥维多整理，Taurus, Madrid, 1981, p.307。

无论是在朋友面前还是在专家面前，他从不掩饰自己童年时期对"人猿泰山"系列电影、墨西哥电影和一切能调动他想象力的影片的喜爱）。他之前看过古雷拉的两部电影（《步枪》和《甜蜜猎人》），后来和那位巴西导演成了朋友。"我们从一开始就建立了良好的关系，于是我就接受了那个建议。"[1]古雷拉希望把一段奇怪而让人震惊的历史改编成电影，这就是卡努杜斯起义，"而我当时对那场起义一无所知"[2]。古雷拉本人（而非其他人，后来关于其他人给巴尔加斯·略萨寄材料的说法只是种投机行为）往巴尔加斯·略萨在巴塞罗那的住处寄去了让作家了解卡努杜斯起义的必需材料。"没过几天我就开始收到书了，我读的第一本就让我震惊不已，那就是欧克利德斯·达·库尼亚（Euclides da Cunha）的《腹地》。从文学的角度来看，那是部巨著，具有史诗的结构……又过了短短几个月，鲁伊就来到巴塞罗那了，我们开始一起加工那个故事。那份工作花了我四五个月的时间，许多场谈话'变成了面红耳赤的争论'，我们的工作安排很紧凑，从早干到晚，最后我们完成了一个剧本，一开始叫《特殊的战争》（*La guerra particular*），后来改叫《地狱中的角色》（*Los papeles del infierno*），电影由派拉蒙影业公司负责拍摄。"[3]但是那家电影公司最终没有把电影拍出来，后来也没有。电影脚本作者巴尔加斯·略萨手头的一切材料都变成了加泰罗尼亚时期一个悬而未决的魔鬼，及至此后它——又一次——化身成了充满野心的文学计划，也是巴尔加斯·略萨自《酒

---

1 Vargas Llosa, Mario, *El escritor y la crítica*. 由何塞·米格尔·奥维多整理, Taurus, Madrid, 1981, p.307。
2 Ibid., p.308。
3 Ibid.

吧长谈》之后最有野心的作品。他曾一度放弃创作全景小说的执念，转而写一些体量没那么大、风格更加单一的故事，随着之前几部小说的成功，名望和荣誉纷至沓来，巴尔加斯·略萨似乎被捧到了天上，他也想用几本轻盈的小说让自己重新脚踏实地起来。以卡努杜斯起义为主题创作小说的想法盘旋在巴尔加斯·略萨脑中，不过直到他结束自己在诸多欧洲城市的漫长停留期，在1974年返回秘鲁后，他才开始真正着手创作那部小说。小说名为《世界末日之战》，据作者本人所言，在他自己的小说作品里，他最钟爱的就是这本。

　　加泰罗尼亚时期拍摄的照片呈现出的是截至目前生活状态最稳定的巴尔加斯·略萨。跟留着黑色小胡子、深邃的双眼透着悲伤和疑虑、给梳理妥帖的头发打上发胶、颧骨微微突出、写小说时常带着焦虑心情的那个像混血种人的新手作家比起来，此时的巴尔加斯·略萨反应更加灵活，也更"欧洲化"了。他总穿黑色衣服，套着外套，里面穿黑色高领套衫，脚上蹬的短靴也是黑色的，比正常的靴子跟要略高一点儿。他走在巴塞罗那街头，有时会被认出来。他还在巴塞罗那自治大学贝亚特拉校区授课。文学创作活动占据了他绝大多数时间，偶尔只能做些为期数日的短期旅行作为调节，或者到某所欧洲大学做场讲座，然后迅速回到他和家人居住的奥西奥街（la calle Osio）上的公寓屋顶平台上的写字桌前继续创作。孩子们慢慢长大，低调的客厅墙上挂着他的朋友卡洛斯·门萨（Carlos Mensa）画的一幅油画：巴尔加斯·略萨在画的前景，不过穿的衣服不是黑色的，身后有几条狗在奔跑，隐喻他的首部长篇小说的标题，那几条狗几乎要跑到画框外面去了，色调偏暗绿色，可能是想把作家的形象衬托得更加显眼。经常有访客来问候巴尔加斯·略萨一家，每到此时阿尔瓦罗和贡萨洛就会跑出来。巴尔加斯·略萨依然在继续着他的"工人／作家"的传奇：他严格遵守工作时间的安排，尽管我们这些其他人从来不尊重他的时间表。换句话说，他依然在屋顶平台的房间里写作，直到下午 2 点钟他才现身，4 点半的时候又回去写作了。"晚上 8 点之前我都不在。你们可以留在这儿，不过我得去干活了。"每次搞文学的时间一到，他就会这样对我们说，那条严酷的绦虫高喊着"受刑时间到"。

在那段巴塞罗那时光中，巴尔加斯·略萨已经被西班牙知识分子界十分尊重了。他在继续进行小说创作的同时还在为报刊媒体撰写文学评论类文章。"写得非常好。"有一天在他位于奥西奥街的家里，巴尔加斯·略萨这样对我说道，他正在读西班牙小说家胡安·贝内特的《灵感与风格》。我问巴尔加斯·略萨读其他人的小说会不会影响到他本人的创作。"我读文论作品，读我喜欢的书，这种阅读能帮助我，让我放松。"在那个时期，他还为巴塔耶的作品《吉尔·德·莱斯案：蓝胡子事件》作序。他再次撰写与霍安诺特·马托雷尔相关的文章，潜心研究福楼拜的信件——为后来写成《永恒的纵欲》奠定了基础，还关注起了秘鲁的文学，例如在《山上的狐狸和山下的狐狸》（*El zorro de arriba y el zorro de abajo*）中对他进行了指责的阿格达斯（José María Arguedas）和续写完小说《不是一次死亡，而是很多次》（*No una, sino muchas muertes*）的恩里克·贡戈拉因斯（Enrique Congrains）的作品。他依然坚守福楼拜式严格而自我的信条："文学之内，万事皆可；文学之外，一切皆休。"作为作家，他的权力和名望越来越大；与此同时，他却依旧坚持自己的写作之癖。

1971 年，不幸的帕迪利亚事件爆发后，巴尔加斯·略萨拿起了论战的武器，同胡安·戈伊蒂索洛（Juan Goytisolo）以及其他一些曾支持过古巴革命的知名或非知名的作家一起，表露出了他们的批评态度，他们写了许多东西，而那些东西标志着这些早些时候同卡斯特罗站在同一阵线的拉丁美洲及欧洲的文学创作者同古巴的决裂。不过他也与在西班牙发生的一些事件扯上了关系。蒙特塞拉特的葬礼（el entierro de Montserrat）是西班牙国内外反抗即将垮台的佛朗哥主义的行动，巴尔加斯·略萨就在支持反佛朗哥主义行动的外国人之中，还出现在了行动现场。西班牙国内外纷纷反对针对加泰罗尼亚无政府主义者普伊格·安蒂奇（Puig Antich）的死刑判决，巴尔加斯·略萨在抗议书上签了字，这展现出了他反对政治、社会或文化不公的态度。他在巴塞罗那接受了许多文化界人士的拜访，不管这些人属于哪个意识形态阵营。他们时常会邀请他以嘉宾的身份参加他们举办的文学活动。有趣的是，1973年初，诗人路易斯·罗萨莱斯（Luis Rosales）和费利克斯·格兰德（Félix Grande）——两人都是西班牙语文化学院（Instituto de Cultura Hispánica）的成员，该机构在西班牙民主时期变成了伊比利亚美洲合作院——到巴塞罗那拜访他。他们想要说服巴尔加斯·略萨和加西亚·马尔克斯——身居西班牙的拉丁美洲小说两大"巨头"——参与他们举办的活动，例如，*临时安排*的授课活动，两人可以一起参加，去一个人也行。话说回来，那家机构在佛朗哥统治期间为西班牙和拉丁美洲保持良好的文化交流关系发挥了一些作用。加西亚·马尔克斯把决定权交到了巴尔加斯·略萨手中，后者做决定的依据并非他同前者的商量结果，而是他长久以来秉持的原则：他不跟任何与佛朗哥政府有关系的机构合作，哪怕是"非政治性机构"。

巴尔加斯·略萨在政治方面的个性是在之前几年间发展起来的，他在苏联入侵捷克斯洛伐克、所谓的"布拉格之春"的终结、

本书作者 J. J. 阿玛斯·马塞洛（左一）与巴尔加斯·略萨夫妇在圣克鲁斯 - 德特内里费（1972）

马里奥·巴尔加斯·略萨(左)与卡洛斯·巴拉尔(右)在阿加埃特(大加那利),1973年3月

安德烈·西尼亚夫斯基（Andrei Sinyavsky）和尤里·丹尼尔（Yuli Daniel）被监禁等事件上就表现出了坚定的立场。他批评苏联及其他社会主义国家的审查制度——以刚刚发生的索尔仁尼琴事件为导火线，还在帕迪利亚事件中表露出明确的批判态度，于是他成为西班牙语世界作家——从那个时候起成了"资产阶级作家"，如果不用"反动作家"这一称呼的话——反对卡斯特罗政权的真正排头兵。不过从那个时期开始，巴尔加斯·略萨的政治观点或曰意识形态方面的观点就开始使那些大人物感到烦心了：每当在谈到或被问到政治话题的时候，他都会严厉抨击独裁政权，无论对方是左翼政权还是右翼政权，他都一视同仁。

在加泰罗尼亚时期，巴尔加斯·略萨的名望持续上涨，在国际社会也享有盛誉。他成了耀眼的明星，他的风格——充满争议性，如果他愿意的话，他的话语可以轻易引发热议——使他受到全世界的关注，他在媒体上的言论绝对不会被人忽视。在他决定结束在巴塞罗那的旅居生活时——他已经在欧洲生活了十六年多了，"加泰罗尼亚姑娘"出生了，我指的是巴尔加斯·略萨在巴塞罗那出生的女儿希梅娜·旺达·莫尔加娜。我们来到 1974 年年初，巴尔加斯·略萨当时正在考虑"最终"返回秘鲁。在那之前一年，我们曾经邀请他到大加那利的拉斯帕尔马斯，我们在那里出了本向他和他的作品致敬的书：《入侵现实：马里奥·巴尔加斯·略萨》（*Agresión a la realidad: Mario Vargas Llosa*），其中收录了几篇评论巴尔加斯·略萨 1972 年之前作品的文章。在加那利之行中，具体是在北部小村阿加埃特（Agaete），巴尔加斯·略萨第一次骑了骆驼，他的表情显得十分惊恐，就好像摩洛哥入侵伊比利亚半岛了一样，与他同行的还有他的第一个编辑、好友卡洛斯·巴拉尔。每次下午喝上点儿酒，这位加泰罗尼亚诗人就会显得十分恐惧,他就像变成了新的阿拉伯的劳伦斯,"睿智地"探索《古兰经》中描绘的世界……

加那利是巴尔加斯一家返回秘鲁之前踏上的西班牙最南端——也是欧洲最南端——的土地。和数年前一样,巴尔加斯一家从轮船上下来,我们一起前行。陪在我们身边的还有一些朋友,我记得其中包括民间乐队洛斯萨班德尼奥斯的指挥、热情的拉丁美洲主义者埃尔菲迪奥·阿隆索(Elfidio Alonso)。我们一起去了建筑师、画家埃米利奥马查多(Emilio Machado)位于比斯塔贝亚(Vistabella)的家里。我们休息了几个小时,同巴尔加斯一家喝了点儿酒,我在和这位秘鲁小说家时断时续的对话中得出的结论是:他这辈子剩下的时光都会在秘鲁度过了。他需要在秘鲁待一段时间,就这样。他就是这么对我说的。家庭成员越来越多了,巴尔加斯一家希望和一直待在秘鲁的家人们住得近一些,孩子们的爷爷奶奶、外公外婆、表兄弟姐妹。在缺席的十六年间,利马一直在等待他们的回归。在巴塞罗那,大家频繁地组织欢送活动,全都带着那种不知何时才能再和这位朋友相聚的忧伤情绪。在那些欢送活动上拍的照片被登在了西班牙和西班牙语美洲的各大报纸上。1974 年 7 月,在卡门·巴塞尔斯家,加夫列尔·加西亚·马尔克斯、豪尔赫·爱德华兹、巴尔加斯·略萨、何塞·多诺索和里卡多·穆尼奥斯·苏亚伊从左至右排开,他们五位都是各自领域的佼佼者,直到今日,这五个人再没聚首过。比起刚来巴黎,在"光明之城"以《城市与狗》开启辉煌的小说家生涯时候的样子,要与欧洲告别的巴尔加斯·略萨在照片里显得更年轻了。他冲着照相机镜头微笑,露出白亮的牙齿,他在面对公众时也习惯露出同样的笑容,这是他最具标志性的表情之一。十六年"流亡"生涯——半自愿半强制——让他变成了一个非常成熟的人。也许他认为秘鲁——那个就像小萨在《酒吧长谈》开头处自问的那样一直在"倒霉"的国家——如今已经无法再伤害他了,因为那时的他怀着无比思念故土的心情。反抗的精神已经成了现代小说,或者说文化和文学领域中的一种无比清晰的要素。从很久之前开始,人们——尤其是他的祖国之外的人们——就把他视为秘鲁最优秀的作家了。他也从很久之前就开始怀念那片土地、那个国家、那里的人民了,他对这些始终抱有一份难以超越的爱恨交加的感觉。那是种充满矛盾的感觉,却部分地为那头*写作的野兽*提供了鲜活的能量、丰富的激情和必需的非理智。带着那种矛盾的精神,他圆了青年时期的梦,来到欧洲,体验了这里的冒险和现实。如今,在结束了多年的欧洲生活后,他要追随塞巴斯蒂安·萨拉萨尔·邦迪的脚步,回到那个被后者从道德和美学的角度评价为"灰暗的利马,恐怖之城"的地方了。

5

两朵献给你的栀子花:
胡利娅姨妈和帕特丽西娅表妹

卡洛斯·巴拉尔喝着一杯又一杯伏特加,陷入回忆,问我道:"你知道为什么巴尔加斯·略萨在图尔农街的公寓里写作,我在他家沙发上边小憩边偷听的那次,他不理睬那个来访的姑娘吗?"我把手从印着橘子图案的伏特加酒杯上拿开,盯着这位诗人,我看到他泛白的胡子下面露出了坏坏的笑容。"因为'士官生'只喜欢是他亲戚的女人。"他边说着,边不停地笑。思维跳跃的巴拉尔从不会放过讲精彩笑话的机会。这则笑谈在七十年代的巴塞罗那流传甚广,不过它却并非虚言。巴尔加斯·略萨当时结过两次婚:他的第一任妻子胡利娅·乌尔基迪是他真正意义上的姨妈;他的第二任妻子帕特丽西娅·略萨则是他的表妹(也是胡利娅姨妈的外甥女)。

巴尔加斯·略萨是在路易斯·略萨舅舅家认识胡利娅·乌尔基迪的,当时的巴尔加斯·略萨正怀揣着作家梦想。他当时大约十八岁,已经十分叛逆了,这使得他在那个中高产阶层的家庭里代表着一种反叛精神,甚至拥有了一定的领头人的地位。胡利娅·乌尔基迪当时刚刚离婚,依然十分有魅力,而且还拥有那些并未完全成熟,却正走在成熟之路上的女人所特有的吸引力。那种女人仅凭眼神就

马里奥·巴尔加斯·略萨（左二）与胡利娅·乌尔基迪（照片右侧坐者）在法国广播电视台工作，巴黎，1962年

马里奥·巴尔加斯·略萨和胡利娅·乌尔基迪，1963年，于伦敦海格特公墓的卡尔·马克思墓前

可以传递她丰富的生活经历，而且有能力将之传递给最亲近她们的人。据作家本人所言，他"立刻"就爱上了她。同胡利娅姨妈结婚的疯狂想法让他异常兴奋，却同时使他的父亲埃内斯托·巴尔加斯、母亲朵拉·略萨和家里其他所有女性成员处于梗死的边缘，他们都是眼看着年轻的巴尔加斯·略萨一点点长大成人的。胡利娅姨妈在巴尔加斯·略萨生命里的出现不只意味着某种幼稚而短暂的激情。

巴尔加斯·略萨曾坦承他当时和那个时代、那个国家的年轻人一样，有很多性方面的经历：在皮乌拉和利马的下层街区的妓院里，和妓女进行性行为。"跟现在的年轻人相比，我在性方面的启蒙开始得很晚……我记得很清楚，那是 1946 年，当时我十岁，住在皮乌拉，他们让我知道了孩子们是如何降生到这个世界上的……我不知道我当时是否还相信孩子们是白鹳带来的这种说法，不过小孩究竟是怎么来到这个世界的，我确实并不清楚。得知真相的我被吓坏了，我感到非常害怕，应该和我当时接受的宗教教育有关。而且我来自一个相当保守的家庭，大家在家里几乎从来不谈性的话题。"[1]

后来他跟里卡多·A. 塞蒂（Ricardo A. Setti）聊到了光顾妓院的事情，他说自己还是小青年的那个时代，"姑娘们都是处女，而且在结婚之前都要保持处女之身"。他还承认说在马上年满十六周岁的时候，"我过着放浪的生活，那个时代的记者都是那样过日子的：晚上工作，下班后去妓院或酒吧。我还认识许多艺术圈里的人，他们也过着同样放浪的生活，不过那个圈子里的姑娘们要更加前卫、大胆。我记得我曾经很爱一个叫玛格达的姑娘，当然了，她

---

[1] Setti, Ricardo A., *Diálogo con Vargas Llosa*, Intermundos, Madrid, 1989, p.115.

年纪肯定比我大,那是我没付钱就和她睡觉的第一个女人(笑声)。那段经历实在让人着迷,而且那也是我第一次同一个对我来说是人而非物的姑娘睡觉。是我认识的人,我同她聊天,而且我是真的爱她"[1]。

在那段时间,年轻的巴尔加斯·略萨梦想着前往巴黎,亲身体验大仲马或雨果笔下的传奇世界。他已经想要成为职业作家了,他要逃离所有那些让他筋疲力尽的工作,而且那些工作无论在智识方面还是经济方面都回报极低。他把文学当作解放,当作在大洋彼岸等待他的命运,在那里他将接触到全世界的文学传统和小说传统。他把关于莱昂西奥·普拉多军事学校的野蛮又稚嫩的记忆抛在身后,把流连于罪恶小巷("瓜蒂卡巷、维多利亚巷,都是有名的罪恶小巷。其实都是一条条的街道,小房子一间挨一间,都被当作妓院用了。我的性启蒙就是在那里开始的……"[2])中的放荡青年时期抛在身后,还有那个相当保守的家庭——在那里,连"性"这个字眼儿都是种禁忌。在那个时期,希望成为作家的巴尔加斯·略萨同时做多份工作,最多的时候同时做七份,不过他的心里始终装着逃出秘鲁、前往欧洲的想法。就在那时,在他青春气盛的时候,胡利娅·乌尔基迪出现在了他的生命里。巴尔加斯·略萨决定同胡利娅姨妈结婚,这个决定意味着他要同全家人站在对立面上,双方之间必将爆发一场"殊死搏斗"。胡利娅·乌尔基迪曾试图让他想明白这一点,但是"士官生"并不轻易因为身边人的劝诫而改变自己的主意。他那不驯服的性格已经在许多场合表现出来了,这种性

---

[1] Setti, Ricardo A., *Diálogo con Vargas Llosa*, Intermundos, Madrid, 1989, p.118.
[2] Ibid., p.117.

格往往会帮助他顶风破浪，坚持做出那些看上去会给他的生活带来巨大麻烦的决定。在家人们看来，同胡利娅·乌尔基迪结婚就是类似的决定之一。她比他大十二岁，两人的年纪相差太大。"士官生"那时是个什么样的人呢？一个没有什么生活经验的年轻人，顶着父亲的不解和抗拒，一心想到海明威和马尔罗的巴黎去当小说家。他已经决心要把那些计划付诸行动了。胡利娅·乌尔基迪试着说服他：她说自己年纪太大，已经够当他的妈妈了。他对她来说只是"朵丽塔[1]的儿子"。但是小巴尔加斯没有让步。剩下的就是私生活的秘事了，或者说是被巴尔加斯·略萨本人在 1977 年出版的小说《胡利娅姨妈与作家》中使用的隐秘素材。"我记得很清楚，那天午饭的时候他跟我提起过无线电播音的问题，因为我就是在那天第一次见到胡利娅姨妈的。她是我的舅舅鲁乔的小姨子，前一天晚上刚从玻利维亚来。她刚刚离婚，来这儿是为了从上一段失败的婚姻中放松恢复的。'实际上是来找个新丈夫'，在一次家庭会议上，我的亲戚里最爱嚼舌根的奥登西娅姨妈这样说道。"巴尔加斯·略萨在《胡利娅姨妈与作家》里如此写道。胡利娅·乌尔基迪立刻询问"朵丽塔的儿子"是否读完中学了。"没什么比'小马里奥'这个称呼更让我恼火的了，"巴尔加斯·略萨回忆道，"当时胡利娅姨妈踢了我一下，说'我觉得你还像个小婴儿呢，小马里奥'。"

《胡利娅姨妈与作家》的最开始几页直接把巴尔加斯·略萨生活中持续出现的两种元素联系到了一起：他在文学上对福楼拜的狂热痴迷（《情感教育》就是创作《胡利娅姨妈与作家》的参照典

---

[1] 对巴尔加斯·略萨母亲朵拉·略萨的昵称。——译注

范)和他的反抗精神。想要了解巴尔加斯·略萨同第一任妻子的遥远往事详情的读者可以直接阅读《胡利娅姨妈与作家》，那部作品展现出了巴尔加斯·略萨人生中最重要的两种激情：文学和家庭，或家庭和文学。因为恰恰是在《胡利娅姨妈与作家》中，巴尔加斯·略萨以最明显的福楼拜式的笔触描写了关系与冲突、生活的喜悦与痛苦，在文学和家庭之间，"情感教育"不断出现，想要成为作家的想法和家人们希望他成为另一类人的想法之间的直接冲突也接连出现。

由于这些原因，还由于另外一些原因，胡利娅·乌尔基迪对"士官生"小巴尔加斯而言所代表的东西与贝阿特丽切对于处于但丁地狱中的那位诗人所代表的东西一样：一个闪闪发光的灵魂向导——而且经验十足，她将在所有事情上支持他，把他带出充满死路的利马迷宫。对于想当作家的"勇敢的小萨特"来说，利马的天空是灰暗的，在那里他永远当不了真正的作家，可巴黎不同，巴黎的天空庇佑着职业作家，巴尔加斯·略萨希望成为那些作家中的一员。胡利娅·乌尔基迪关于年轻的巴尔加斯·略萨在文学方面的志向、严格和守纪律性的描述让我们更加坚定地相信这样一个事实：尽管小马里奥十分年轻，尽管小巴尔加斯还毫不起眼，但他在面对周围环境时表现出的态度、做出的行动都让我们能够隐约看到一个作家的影子，他的文学抱负比钢铁还要坚硬。胡利娅·乌尔基迪在她写的、1983年出版于拉巴斯（玻利维亚）的《小巴尔加斯没说的事情》(*Lo que Varguitas no dijo*)里曾反复提及巴尔加斯·略萨的那种文学志向。巴尔加斯·略萨在《胡利娅姨妈与作家》中讲述了一个故事：小巴尔加斯和胡利娅跑去找一位熟人法官见证他们结婚，然后再把"冒险"的结果——生米已成熟饭——告诉家人。这个故事是被已经成熟且处于创作力巅峰的巴尔加斯·略萨一直记在心中的"脱衣舞表演"[1]的一部分，同时也是对那个"曾经帮助过他的人"的致敬。

在胡利娅的两个外甥女，也就是她的姐姐奥尔加（Olga）和鲁乔·略萨的女儿，旺达和帕特丽西娅来到巴黎的时候，"贝阿特丽切－胡利娅"的地位已经摇摇欲坠了。胡利娅·乌尔基迪本人就在《小巴尔加斯没说的事情》里讲述了小巴尔加斯和胡利娅姨妈关系破裂的过程，不过双方分道扬镳的迹象在《胡利娅姨妈与作家》中就露出了苗头。那个时期的某些见证者坚持表示他们知道在巴尔加斯·略萨的生活中出现过许多段短暂的暧昧关系，这种关系在他同胡利娅·乌尔基迪的关系日趋冷淡的时候出现得尤为频繁。至少同某个墨西哥电影明星的关系使得巴黎时期年轻的巴尔加斯·略萨失落了很长一段时间。不过，就像卡洛斯·巴拉尔说的那样，没有哪个非巴尔加斯·略萨亲戚的女人对他有过重要影响，哪怕在成名后的这许多年里，围绕着他出现了许多桃色传闻。"好吧，"巴尔加斯·略萨对里卡多·A.塞蒂这样说道，"我是个软弱的人，有时候会经不住诱惑（大笑）。我时间不多，这是事实，我时间不多。但是我倒不缺欲望！我觉得如果我有时间的话，我肯定会屈服的，可事实是我没有时间。我只有一种生活，就是您在利马这儿看到的这种，每天忙忙碌碌的。所以说，很不幸，哪怕在那个领域里我也没精力应付那些事（笑），因为我要写作。"[2]

只是在明白自己的第二段婚姻已经失败之后，胡利娅·乌尔

---

[1] 巴尔加斯·略萨对文学创作过程的比喻。——译注
[2] Setti, Ricardo A., *Diálogo con Vargas Llosa*, Intermundos, Madrid, 1989, pp.112-113.

基迪才离开了那个由巴尔加斯·略萨掌控的领域。表妹帕特丽西娅几乎在同一时间登上了舞台。小说家胡里奥·拉蒙·里韦罗（Julio Ramón Ribeyro）当时住在巴黎，他记得自己留意到了在巴尔加斯·略萨同表妹帕特丽西娅之间"有些事情"，因为有一天他带她去跳舞了，她那时刚到巴黎，还没人想到她和巴尔加斯·略萨会组建家庭，但当胡里奥·拉蒙·里韦罗把她送回巴尔加斯·略萨的住处时，后者就像父亲一样一直在家门口等着自己的表妹帕特丽西娅，要"斥责她的行为"，事情已经很明显了，那种可以被视为一个人对另一个人产生了吸引力的基本表征——醋意——已经出现了。"小黑妞"——胡利娅·乌尔基迪声称在她与小巴尔加斯关系最密切的时期，后者是这样称呼她的——消失了，帕特丽西娅表妹出现了。又是家族里的女人。看来卡洛斯·巴拉尔所言不虚。

在那个时期，巴尔加斯·略萨把《城市与狗》的版权（仅限于出版领域的作者版权，不包括电影、戏剧等影视作品改编的版权）转到了胡利娅·乌尔基迪名下，此时他已经计划要和表妹帕特丽西娅结婚了，他的决心和当年与胡利娅姨妈结婚时的决心（此时已被他抛到九霄云外了）同样坚定。在和胡利娅姨妈的婚姻以失败告终后，巴尔加斯·略萨同帕特丽西娅表妹于 1965 年 5 月完婚。家人们（又是家人，家人在巴尔加斯·略萨的生命里占有太重要的地位了）再次被依然年轻的巴尔加斯·略萨的想法震惊。这次可并不是所有事情都那么容易解决：鲁乔舅舅要求二人必须在教堂里成婚。那场"家族"盛事的现场留下了许多照片。巴尔加斯·略萨本人在《胡利娅姨妈与作家》的最后一章里这样写道："后来，胡利娅姨妈和我离婚时，我的大家族里的许多人都落泪了，因为所有人（当然是从我的父亲和母亲开始）都很爱她。一年后，当我再婚时——这次是和我的表妹（奥尔加舅妈和鲁乔舅舅的女儿，真是巧合）——在家族中激起的风波要比第一次小多了（他们只在私下议论）。是的，他们挖空心思，要逼着我在教堂举行婚礼，甚至连利马的大主教也参与策划（当然，他也是我们的亲戚），他对我们采取了宽宏大量的态度，迅速签字，同意我们结婚。那时，我家里人已经从恐慌中恢复过来，不管我做出什么荒唐事都不感到意外了。"[1] 在巴尔加斯·略萨的这本首部《情感教育》式的小说的结尾处，主人公同大巴布利托和巴斯库亚尔一起回忆了年轻时在利马度过的放荡的记者生涯："午餐拖了很长时间，热气腾腾的各色当地风味菜肴一道道地端上来，还有冰镇啤酒。席间，大家无话不谈，讲有趣的故事、奇闻逸事，对某些人评头论足，还谈了政治。我则不得不再次讲些关于欧洲女人的事情来满足他们的猎奇心。"[2] 不过小说家巴尔加斯·略萨对他的表妹、新婚妻子帕特丽西娅·略萨最精彩的描写还在后面："当我到了鲁乔和奥尔加舅父母（他们已经从我的舅父母变成了我的岳父母）家中时，头痛得厉害，浑身酸软无力，打不起精神。那时已近黄昏，帕特丽西娅看到我，脸上显出怒气冲冲的样子。她对我说，我可以借口搜集材料写小说骗过胡利娅姨妈在外边寻花问柳，而她呢？为了不让人想到我会去干那些伤风败俗的事，我一句话也不敢说。可是，哼，她帕特丽西娅小姐可不是好惹的，她可不许我干那些伤天害理的事。假如下次我再敢借口到国家图书馆阅读曼努埃尔·阿波利纳里奥·奥德里亚将军的讲话稿，从早上8点出门，到晚上8点回家，眼睛通红，还发出满嘴的臭啤

---

[1] 引自中译本《胡利娅姨妈与作家》，赵德明、李德明、蒋宗曹、尹承东译，人民文学出版社2021年版，第327页。——译注
[2] 同上书，第341页。——译注

酒味，手帕上沾着女人的口红，她就要撕破我的脸，或者把盘子掷在我的头上。帕特丽西娅表妹是个很有个性的姑娘，她可是说话算数的。"[1]

巴尔加斯·略萨和已经变身成巴尔加斯·略萨夫人的帕特丽西娅表妹一起返回了巴黎，他的文学活动也越来越多了，并在不同的刊物上发表文章。他又在"光明之城"里住了一段时间，然后在1966年年底搬到了伦敦，那时他的大儿子阿尔瓦罗·巴尔加斯·略萨还不满一岁。何塞·米格尔·奥维多这样写道："他一开始住在克里克伍德的那个带着忧伤气息的偏僻区域里，那里位于伦敦北部相当不起眼的地方。后来他搬去了伯爵宫附近，搬进了一栋伦敦西南部典型的乔治国王时期风格的房子里。"[2]

数年之后，1970年，在《酒吧长谈》出版后，巴尔加斯·略萨来到巴塞罗那。帕特丽西娅表妹怀了他们的二儿子，贡萨洛·加夫列尔。在西班牙、拉丁美洲和世界其他地区，对巴尔加斯·略萨的人品及其叙事文学作品的敬意与日俱增。巴黎、伦敦、巴塞罗那、利马、华盛顿、伦敦，接连不断的旅程标志着巴尔加斯·略萨的成熟期已经到来，也标志着了解他的作品和思想的人越来越多了。同样不断壮大的还有他的家庭（又是家庭，家庭就像是个有血有肉的神灵一样，时刻守候在他的周围）——女儿希梅娜·旺达·莫尔加娜于1974年在巴塞罗那出生。帕特丽西娅负责打理一切家庭事务，和巴尔加斯·略萨曾经设想的能安排他生活的妻子形象一样。在这两朵开在巴尔加斯·略萨家族中的栀子花之外，他的生命里还出现

---

[1] 引自中译本《胡利娅姨妈与作家》，赵德明、李德明、蒋宗曹、尹承东译，人民文学出版社2021年版，第341—342页，个别表述略有改动。——译注
[2] José Miguel Oviedo, op.cit., p.41.

过别的女人吗？答案很可能是肯定的。不过，正如卡洛斯·巴拉尔的笑话所表明的那样，她们并没有那么重要，"因为她们不是他的亲戚"。我们可以确凿无疑地相信的是："帕特丽西娅表妹是个很有个性的姑娘"，甚至像作家本人证实的那样，"她是我们家的决策人"。巴尔加斯一家的所有事情都要经过帕特丽西娅表妹——她至今依然个性十足——严格的目光的审视。也许莱纳·特劳博（Rainer Traub）在汉堡的《镜子》（Der Spiegel）杂志上发表的文章能很好地解释那种个性，马德里的《阿贝赛报》后来转发了那篇文章。在谈到加西亚·马尔克斯和巴尔加斯·略萨友情破裂的事件时，特劳博写道："当时有种关于那次拳击事件起因的传闻，说巴尔加斯·略萨出现了婚姻危机，加西亚·马尔克斯掺和了进去，在前者的妻子并没有要求的情况下给出了自己的建议。无论如何，可以确信的是在事发现场，两位作家各自的妻子吵闹的辱骂声加剧了现场的混乱局面。"也许就是这种个性使得帕特丽西娅变成了巴尔加斯·略萨生命中不可替代的人。她安排日程表，确定讲座和旅行的行程，保证作家的写作时间。也许正是这种个性使得她给予了作家所需的那种平衡性，帮助他把滋养他写作的脆弱和疑惑转化成了创作的能量。

如今，这对表兄妹的婚姻已经持续了二十多年。同胡利娅姨妈和帕特丽西娅表妹的爱情记忆已逐渐远去，但写作的工作依旧，巴尔加斯·略萨依然在写，未来也还会继续写，他是个不知疲倦的小说家。卡洛斯·巴拉尔则似乎把自己的玩笑变成了一种教条，每当巴尔加斯·略萨又有桃色新闻传出，他就会再次强调自己的理论："没什么可担心的，J.J.，那女人不是他亲戚……"然后这位来自地中海沿岸的诗人就会大笑起来，正是那种演员般的表情使得他成为他最好的朋友们喜悦、忧伤、迷茫、平静等情绪的最佳阐释者,当然了,他最好的朋友里永远都有巴尔加斯一家,先是胡利娅姨妈,后来是帕特丽西娅表妹和马里奥·巴尔加斯·略萨。

6

庞大的家庭部落

"我父亲当年是个非常严酷的人,我和他的关系很不好。我很晚才认识他,当时我已经十岁了,我的父母在那之前一直处于分居状态,可是却在那时和好了。我跟他的关系很糟。他是个很严酷的人,完全没有能力理解我。"[1]巴尔加斯·略萨曾这样对里卡多·A. 塞蒂坦承,了解巴尔加斯·略萨生平和作品的人都很清楚这段话只是对父子之间巨大隔阂的简单概述。就像巴尔加斯·略萨总结的那样,那段关系哪怕不是持续性的暴风骤雨,也始终十分冷淡。是否正是因为在生命中的前十年父爱缺失,巴尔加斯·略萨后来在自己的孩子们身上,在由他的妻子帕特丽西娅和孩子们组成的庞大家庭部落上用尽心思呢?

"因此我决不希望我的孩子们看我的眼光和我看我父亲的眼光一样。在处理和孩子们的关系时,我总是十分谨慎小心,我不想以一种会给他们带来创伤的形式把自己的意志强加给他们。"[2]巴尔加斯·略萨说道。不过,在文学生涯刚开始的时候,他甚至不想要

---

[1] Setti, Ricardo A., *Diálogo con Vargas Llosa*, Intermundos, Madrid, 1989, p.119.
[2] Ibid., pp.119-120.

孩子。虽说只是他生命中的某个阶段，但就和其他一些把文学当作宗教事业来看、把作家视为特殊神职人员的写作者一样，他也曾认为家庭只是种累赘，是神父—作家决不允许自己长出的赘疣。巴尔加斯·略萨做好了准备，让生活围绕文学运转。文学不只是"家中的疯女人"，它是种信仰，要求作家每天都把最多的精力和最深入的思考投入其中。寻找实现那种"牺牲"的适当氛围，像隐秘宗教的传教士一样投入其中，这要求作家把其他所有社会活动推到次要地位，以此保持必要的孤独状态来进行写作。巴尔加斯·略萨这样对埃莱娜·波尼亚托夫斯卡（Elena Poniatowska）说道："我唯一知道的就是，所有让我分神的东西，所有阻碍我写作的东西，都会让我的情绪变差。"[1]

进行那场访谈的时候，巴尔加斯·略萨还不是拥有现今地位（全世界文学圈、出版界、大学和社会中被提及最多的作家之一）的作家，埃莱娜·波尼亚托夫斯卡还敢问关于他的家庭的问题。"但是，马里奥，你不觉得应该像个'正常人'那样生活吗？也就是说，身边有几个叽叽喳喳的孩子，晚上吵得你难受，要求大人关注，还时不时会生病的孩子。还要去处理各种杂乱而棘手的家庭事务……"巴尔加斯·略萨在回答时显得有些迟疑："我不确定……就目前来说，当爸爸的想法让我有些慌乱……""为什么呢？"波尼亚托夫斯卡继续发问。"让我慌乱，让我慌乱。因为只有我一个人的话，没有别的东西可吃的时候我可以吃面包配奶酪，我觉得这没什么，但是孩子不行，孩子要吃东西……"秘鲁小说家这样答道。

---

[1] Poniatowska, Elena, y otros, *Antología mínima de Mario Vargas Llosa*, Tiempo Contemporáneo, Buenos Aires, 1969, p.46.

他又补充道:"我觉得要是我带着某种目的去写作的话,或者说我要带着某种牵挂去写作的话,我就不再自由了。"[1]根据他们的对话背景来看,巴尔加斯·略萨这里提到的"某种牵挂"指的应该是家庭,庞大的家庭部落要求人们以它为中心安排生活,而且要求人们无限制地投入精力,而年轻的巴尔加斯·略萨——那时他只有二十九岁——只想把精力投入文学事业中去,只想把时间用来进行文学创作。

不过,巴尔加斯·略萨又一次不得不同他生活于其中的现实和解,同他既作为作家又作为人的命运和解。和表妹帕特丽西娅·略萨的婚礼 1965 年在利马举行,这次家人们要求他们必须在教堂里成婚。毫无疑问的是,巴尔加斯·略萨的确对来自他的家族的女性怀有某种偏爱。所有朋友都知道他和他的母亲关系很好,他的第一任妻子是他的姨妈胡利娅·乌尔基迪,那场婚姻掀起了一场家族风暴,甚至是社会风暴。那场风暴在他和父亲埃内斯托·巴尔加斯的多次激烈争论后逐渐平息了。所有这些逸事,以及作家本人在此期间与他父亲的几场对话都被记录在了《胡利娅姨妈与作家》中。与帕特丽西娅·略萨的婚姻*并没有改变*作为小说家的巴尔加斯·略萨,不过倒也把他变成了*另一副样子*。尤其在他的大儿子阿尔瓦罗·巴尔加斯·略萨于 1966 年出生后。不久之前还令年轻作家巴尔加斯·略萨感到慌乱的父亲身份如今已降临到了他的身上。一年之后,1967 年,二儿子贡萨洛·巴尔加斯·略萨也降生了——同样出生在利马。在巴尔加斯·略萨的记忆中,创作《酒吧长谈》(这部

---

1 Poniatowska, Elena, y otros, *Antología mínima de Mario Vargas Llosa*, Tiempo Contemporáneo, Buenos Aires, 1969, p.46.

小说被许多评论家认为是他最伟大的作品,包括卡洛斯·富恩特斯也这样认为)时在伦敦的生活场景依然鲜活。在那里,住在一间小公寓里,也就是被他称为"袋鼠谷"的地方,帕特丽西娅·略萨想尽办法来保证孩子们的哭闹声不会打断正在写作的巴尔加斯·略萨的工作节奏。她希望父亲的身份尽可能小地影响巴尔加斯·略萨的创作过程,最好是和没有孩子们的时候一样。尽管那些大老鼠藏在房子里的各个角落中,巴尔加斯一家还是尽力去适应全新的家庭氛围,巴尔加斯·略萨也在逐渐适应在自己小说家生涯刚开始时让他感到慌乱的父亲身份。

阿尔瓦罗·奥古斯托·马里奥·巴尔加斯·略萨出生于1966年3月18日。"他本来要出生在巴黎,但是我当时不得不去一趟阿根廷担任一个小说竞赛的评奖委员会成员。这样一来帕特丽西娅就不能一个人待在巴黎了。我们一起回到秘鲁。帕特丽西娅待在那里,于是孩子就出生在利马了。"[1] 贡萨洛·加夫列尔·巴尔加斯·略萨出生时又发生了类似的事情,他于1967年9月11日出生在利马。"我的二儿子本来要在伦敦降生。我甚至在诊所里把婴儿床都给他订好了,但那时我因为《绿房子》在委内瑞拉获得了罗慕洛·加列戈斯国际文学奖,我必须到加拉加斯去,所以帕特丽西娅这次又不能单独待在伦敦了,她和我一起上了路,差点儿在飞机上分娩。所以我的两个儿子都出生在利马,这跟爱国心无关,只是巧合。我的女儿莫尔加娜则出生在巴塞罗那。"[2]

希梅娜·旺达·莫尔加娜于1974年1月16日出生在巴塞罗那的

---

[1] Setti, Ricardo A., op.cit., p.113.
[2] Ibid., pp.113-114.

德克休斯诊所。在父母带她去接受洗礼时，神父不允许父母按照自己的意愿管她叫旺达·莫尔加娜——这个名字无疑是在向帕特丽西娅 1962 年 6 月 22 日死于瓜德罗普岛皮特尔角空难的名唤旺达的姐姐以及骑士小说中的传奇人物莫尔加娜仙女致敬。神父建议小女孩叫希梅娜，那是个更加宗教化的名字，巴尔加斯一家接受了这个微小的变化，可实际上希梅娜这个名字也与西班牙语史诗文学、骑士传统有关，它是《熙德之歌》（*Cantar de Mío Cid*）中女性角色的名字。

如今，阿尔瓦罗·巴尔加斯·略萨成了见习记者。他在伦敦完成了大学学业，成了巴尔加斯·略萨的庞大家庭部落每天出现的"讨论活动"的主要参与人。他的学业都是在伦敦政治经济学院完成的，除了曾有一个短暂的时期他打定主意要去美国新泽西州的普林斯顿大学学习——应该是同父母商议后做出的决定。阿尔瓦罗·巴尔加斯·略萨是个亲切的小伙子，感情不外露，很注意自己的言行，是典型的"秘鲁绅士"，可同时他的内心深处也隐藏着对政治、文学和生活的激情，他还对记者职业很感兴趣，虽说巴尔加斯·略萨觉得媒体是比政治更让小说家沮丧的事业。记者阿尔瓦罗·巴尔加斯·略萨尚且不算长的人生中发生过的最有意思的事件之一就这样出现了。阿尔瓦罗·巴尔加斯·略萨无法忍受普林斯顿的生活。在那里短暂停留了一两个月后（"我们刚把他送到那儿去"，在提到这个事情时，巴尔加斯·略萨是这样对我说的），他又出现在了利马。他不敢直接回位于巴兰科区的家，而是——可能是出于谨慎，想要避免一场"战争"——先从豪尔赫·查韦斯机场（利马）给他父亲打去电话。"我到这儿了，现在回家。"阿尔瓦罗说道。巴尔加斯·略萨让他别想着出现在家里，他建议儿子立刻

巴尔加斯·略萨同女儿莫尔加娜合影，1979 年

搭乘飞机,"马上回去",返回普林斯顿,他应该在那里学完已经注册的课程。但是阿尔瓦罗·巴尔加斯·略萨想要按照自己的方式体验青年人的冒险生活。他决定留在利马,当个记者,但不住在巴兰科区的家里,那里过于舒适了,还处于家人的庇护下。他想要住到利马的平民区去,"住到一个小房间里",他也真的开始了一段独立的生活,这很像生活在"灰暗的利马"中、奔赴欧洲之前的青年巴尔加斯·略萨曾经做过的事情。

我们来到1983年夏天。巴尔加斯一家、作家恩里克·蒙铁尔(Enrique Montiel)、婷卡·比拉维森西奥(我当时的妻子)和我一起从塞维利亚到圣费尔南多(加迪斯)旅行。巴尔加斯·略萨对阿尔瓦罗·巴尔加斯·略萨的决定感到遗憾:留在秘鲁,没能完成计划的学业,那些课程本来是父母二人同他一起挑选的。"不管怎么说,"我对巴尔加斯·略萨说道,"他正在重复你的经历。你曾经试图做,后来真的做了的事情,差不多和他现在做的是一回事。阿尔瓦罗如今的叛逆行为只不过是在复制你曾经做的事罢了。"但是巴尔加斯·略萨依然对他儿子的那个决定感到异常担心。"胡安乔,这中间还是有些差别的,"巴尔加斯·略萨对我说道,"我从没有中断过学业。"我回答说:"我猜想也就是一学期的事儿,他想要在时机还未到来之前就自己当家做主,这是头脑发热,很快就会过去。"幸运的是,巴尔加斯·略萨那时的忧愁被现实化解了。阿尔瓦罗·巴尔加斯·略萨没有回到普林斯顿,不过却返回伦敦完成了自己的大学学业。他只是匆匆体验了一把放浪的利马生活,就和多年之前年轻的巴尔加斯·略萨体验过的一样,到利马城里最低俗的酒吧、最廉价的妓院、最底层也最危险的区域去,那座城市曾被秘鲁最重要的作家之一塞巴斯蒂安·萨拉萨尔·邦迪称为"恐怖之城"。"我只忍耐着在那个小房间里住了很短一段时间,这是事实。"阿尔瓦罗·巴尔加斯·略萨说道,"房东实在是个怪人,有一天我去找他要我需要的某样东西,发现他正和另一个男人睡在一起。我吓坏了,赶紧跑了。"

阿尔瓦罗·巴尔加斯·略萨是位优秀的记者,巴尔加斯·略萨的许多作家朋友都曾亲身领教过这位秘鲁小说家的大儿子那挑起话题、引发讨论的能力。伟大的俄国诗人叶夫图申科曾经到巴尔加斯·略萨位于利马巴兰科区的家中拜访。秘鲁作家邀请叶夫图申科一起吃午饭,再聊一聊关于神性与人性的话题。叶夫图申科当时已经在文学领域成了"苏联的编外大使",他东奔西走,到处联系西方世界最重要的作家们,想让他们不要忽视苏联对二十世纪来说所代表的东西。此外,叶甫根尼·叶夫图申科还默默相信苏联有朝一日会发生巨变。米哈伊尔·戈尔巴乔夫当时还未入主克里姆林宫,苏联民众还很少有人幻想他们国内的政治生活会发生大的变化,实际上引领那种变化的是自由这一要素。"政治透明度"和"改革"[1]这样的辞藻在叶夫图申科到利马家中拜访巴尔加斯·略萨时还未在西方世界出现。两位伟大作家之间的谈话是私密的,可以猜到他们应当无所不聊。现场只有一位目击者:阿尔瓦罗·巴尔加斯·略萨,他在整场谈话中始终保持谨慎的沉默,这很可能是他父亲的建议。但是,到了谈话最后,巴尔加斯·略萨发现他的大儿子叫来了——也是秘密进行的——《领会》(*Oiga*)杂志的一个摄影师,当时阿尔瓦罗正在为那家杂志工作,那个摄影师唯一的任务就是给叶夫图申科到巴尔加斯·略萨家拜访留下影像资料。巴尔加

---

[1] 引号内的两个词语原文均为英文。——译注

斯·略萨在《领会》杂志的摄影师拍摄照片的一瞬间露出了惊讶的神情，可更令他和叶夫图申科惊讶的大概是读到《领会》杂志上刊登的题为《叶夫图申科，心术不正的西伯利亚人》的文章了。文章的署名人是——还能是谁呢——阿尔瓦罗·巴尔加斯·略萨。这是巴尔加斯一家里对政治、文学和一切与写作相关的事业抱有极大热情的大儿子擅长制造争议性事件的绝好例子。

数年之后，当巴尔加斯·略萨决定参加秘鲁总统大选的时候，竞选阵营中负责媒体宣传的人正是阿尔瓦罗·巴尔加斯·略萨。根据许多在那段紧张岁月中见过或拜访过巴尔加斯一家的人所言，在那场选举中，作家巴尔加斯·略萨的庞大家庭部落的存在感比其他任何时候都更强。在父亲于总统大选中落败后，阿尔瓦罗回归现实，写出了《竞选中的魔鬼》（*El diablo en campaña*）[1]一书。《竞选中的魔鬼》在马德里正式出版前，书里的一些章节在利马被刊登了出来，在媒体中引发了极大的争议。阿尔瓦罗·巴尔加斯·略萨则说："我在书里只是讲了些在那场选举中真实发生的事情。"不过《竞选中的魔鬼》绝非充满怒意的纪实作品，也非心平气和的纪实作品。那本书的写作对象本身就极易引发争议。他在书里所写的从竞选到该书出版前发生的事情都属于职业政治家视为"机密"的东西。可能发生在任何一个国家的任何一场选举中的那些大大小小的风波都被写进那本书里了，不过在秘鲁这样一个政局不稳的国家，那种事情发生得要更多些。我在其他地方曾经写道，阿尔瓦罗·巴尔加斯·略萨在那本书里讲述的事情不够完整，只是从一个视角描述那次竞选，他的写作目的并没有达到。不过真正让人心痛的并不是

---

[1] Vargas Llosa, Álvaro, *El diablo en campaña*, El País-Aguilar, Madrid, 1991.

他的写作方式，而是他在书里所讲述的那些事情。从阿兰·加西亚（Alan García）到大主教巴尔加斯·阿尔萨莫拉（Vargas Alzamora），秘鲁的统治阶级，政治演讲，那场选举的前因后果，多亏了那场"脱衣舞表演"，这些被视为"机密"的让人惊愕的人与事都被呈现到了读者面前，它们的确争议性十足。正所谓虎父无犬子。如今的阿尔瓦罗·巴尔加斯·略萨已经成了西班牙《时代》杂志国际政治领域的专栏作家，他还和美国的一些广播电台、电视频道有合作，如今住在迈阿密。"我只会在这儿住一段时间，"他说道，"无论从家庭的角度还是从事业的角度来看，我都喜欢住在西班牙。"

随着时间的推移，幽默性在巴尔加斯·略萨的文学作品中所占有的地位越来越重（尽管在刚开始的时候，幽默是这位秘鲁小说家非常排斥的一个元素，就和当父亲一样），他带着这种幽默性讲述了在孩子们逐渐长大成人的过程中他与他们的一次次相逢和再相逢的过程。"每次再见到他们的时候，他们身上出现的变化都会让我感到惊讶。变化最大的往往是我的大儿子阿尔瓦罗。举个例子，去年我们在放假的时候到柏林参加电影节活动，他告诉了我们这样一些情况：一、他有了些神秘的体验，他因而有可能去研究神学；二、他不再当天主教徒了，改当了英国圣公会教徒；三、宗教是一个民族的精神鸦片，所以他后来又变成无神论者了。"[1]那时阿尔瓦罗·巴尔加斯·略萨只有十六岁，一年之后，巴尔加斯·略萨才得知他的二儿子贡萨洛·加夫列尔（"加夫列尔"这个名字也有文学根源，是为了纪念加夫列尔·加西亚·马尔克斯而起的，起名时加

---

[1] Vargas Llosa, Mario, "My son, the Rastafarian", *The New York Times*, Nueva York, 16-2-86, pp.20-30, 41-43, 67, 英译者为 Alfred J. MacAdam。（引自 Vargas Llosa, Mario, "Mi hijo, El Etíope", *Contra viento y marea,* op.cit., vol.III。）

西亚·马尔克斯还是巴尔加斯·略萨的挚友)——从他小时候起巴尔加斯·略萨就开始称呼他为"幻想家"了,因为他总是有些异想天开的想法——"永久性地"变成了拉斯特法里教[1]教徒了。

"在贡萨洛·加夫列尔身上,"巴尔加斯·略萨这样写道,"改变通常比较微小,有时让人觉察不到,一般都是音乐品味上的改变(从 AC/DC 乐队到 Kiss 乐队),或者是体育爱好方面的改变(从乒乓球到田径)。从他懂事起,我就发现他对表演很着迷,而且把很多时间用来沉浸在幻想的世界里,所以我曾经觉得他可能有当演员的潜质。但是贡萨洛·加夫列尔从来就没为自己的未来操半点心。直到最近的假期,他把学校里的一个同学带到了利马。俩人天天像服装模特那样打扮自己,突然有一天,他们对我们说,也许他们长大了之后要像皮尔·卡丹和伊夫·圣罗兰那样,当服装设计师。"[2] 实际上,和阿尔瓦罗·巴尔加斯·略萨相比,贡萨洛·加夫列尔这个小弟在参与"大人们"的谈话时总是表现得十分谨慎小心,往往会保持沉默,只是偶尔露出一丝笑容,可没人知道那种笑容是在表示认可还是讽刺性的抗拒。连巴尔加斯·略萨也没想到在自己的小儿子贡萨洛·加夫列尔身上出现的变化。那次柏林电影节评奖委员会给了特许,他得以到机场去接小儿子。父亲、小说家巴尔加斯·略萨看到贡萨洛·加夫列尔是这样一副样子:"膨大的头发杂乱地遮着他的脸,扫着他的肩。比起长度来,更让人惊讶的是它们盘根错节的样子,就像是梳子从来没有梳到过似的,好像一片原始丛林。一缕缕长长的辫子打着结,卷着。他没穿外套,而是套了个

---

[1] 拉斯特法里教(rastafari),二十世纪三十年代起自牙买加兴起的一个黑人基督教宗教运动。——译注
[2] Vargas Llosa, Mario, *Contra viento y marea,* pp.310-311.

巴尔加斯·略萨一家在利马的巴兰科区,摄于1989年圣诞节

奇怪的袋子在身上，材质说不清楚，像是用布条拼起来的，底端尽是破洞，上面的颜色反差极大，主要是红色、黑色和金色。那玩意儿毫无生气，布料堆在臀部，形状显得很可笑，扣子就跟向日葵似的，让人隐约感觉那是小丑或稻草人身上套的东西。那种着装里透着股幽默劲儿，可贡萨洛·加夫列尔配上那么一副滑稽可笑的样子，实在让人笑不出来……"[1]

在同一篇文章中，巴尔加斯·略萨同样不失幽默地描写了正在伦敦大学学院读书的贡萨洛·加夫列尔是怎样在一段时间后——大概两年后——"回归理智"的，他说在进入大学后，贡萨洛·加夫列尔的"政治观念和思想倾向一道露出了发生巨变的征兆"[2]。差不多同·时期，巴尔加斯·略萨在马德里停留过一阵子，他跟我说那次见到贡萨洛·加夫列尔的打扮时，非常烦心，让他同样烦心的还有二儿子当时的精神及思想状态。那次帕特丽西娅命令贡萨洛·加夫列尔留在靠近塞拉诺街的酒店里，"因为这样他就哪儿也去不了了"。在痴迷拉斯特法里教的那段日子里，贡萨洛·加夫列尔着实让那个庞大的家庭部落操心不已。在我的印象里，他一直是个谦逊的小伙子的形象，大人们说话时永远都不会插话，不过却对大家谈话的内容十分关注。最后，他的脸上总是挂着微笑，他的态度似乎始终介于接受大家提出的所有意见和从未被表达出的抗拒犹疑之间，至少就我所知，他从没用讽刺性的话语把那种抗拒和犹疑表达出来。他当时是，现在依然是那种从来不会给别人带去麻烦的人，非常亲切，很有教养，而且他的文化敏锐度使他和他的兄长差

---

[1] Vargas Llosa, Mario, *Contra viento y marea,* pp.311-312.
[2] Ibid., p.331.

异明显:他是个善于思考的大学生,能够包容一切。也许正因为如此,在我们热情过了头,激进地讨论问题时,贡萨洛·加夫列尔依然能保持那种笑容,仿佛他心中十分清楚自己听到的、看到的、经历到的事情的真谛。

在《竞选中的魔鬼》的结尾部分,阿尔瓦罗·巴尔加斯·略萨讲述了在我看来描绘出了今时今日(在参与过那场秘鲁总统大选后)的贡萨洛·加夫列尔看待世界的方式的事件。我认为有必要把全文引用到此处,因为这段文字还很好地解释了巴尔加斯·略萨和他的孩子们的关系,那种关系是他和他父亲之间没有的,直到现在,在许多演讲和访谈中,我们的这位知名作家依然会时不时地回忆起那件事来。

选举结束几小时后,我的父亲飞去了巴黎。他在那里收到了我弟弟贡萨洛从伦敦寄来的礼物,那是一本书,上面写着这段真诚的赠言:

大师,欢迎重新回到这个属于你的地方来:你的写字桌前。你应该在这里,而非总统宝座上,继续与心中的魔鬼战斗,为你的国家和全人类的进步做贡献,也许你比其他任何一个作家都更加懂得如何利用自己的作品去行动,按你自己的话来说——这个说法很正确,这叫"修正的诱惑"或"现实的变革"。在秘鲁的历史上,没有任何一位总统对这个国家的贡献大于"诗人"、潘达雷昂·潘托哈、劳尔·苏拉塔斯、伏屋或琼卡[1],这些人物为秘鲁做出了巨大的贡献,今后也将继

---

[1] 均为巴尔加斯·略萨笔下的人物。——译注

续,他们在读者的脑海中塑造了一种意识,促使他们试图揭露并解决困扰我们国家的那些最严重的问题。投票箱上的失败并不意味着真正的失败,对于那个渴求你在场的世界——文学的世界——来说,那恰恰意味着一场胜利。6月10日的那场论战不只是在你和那个神秘的陌生人[1]之间展开的,而是在两股上层力量之间展开的:文学与政治。对我们来说,对这个世界上的知识分子来说,幸运的是文学再次展现出了它至高无上的力量,把你拉回到了你该在的位置上。在你的生命中,政治应该是第二位的。不管怎么说,这段涉足政坛的经历对你来说并不意味着浪费了时间,你在这场为期两年的选举过程中表现出的诚实和透明度帮助我们认识到,秘鲁政治并非像很多人认为的那样,是一潭天然的死水[2]。

这段文字很像巴尔加斯·略萨从小说家罗慕洛·加列戈斯手中接过那个文学奖后朗读的那篇演讲稿:《文学是一团火》,结构清晰,有条不紊,层次明确,富有战斗性。那句"欢迎"也是我们这些人在得知巴尔加斯·略萨在参选秘鲁总统败选时想对他说的话,政治失败换个角度来说就是文学胜利。我们这些作家本来就要失去我们之中最杰出的一位了。"最好的一位",这是奥克塔维奥·帕斯(Octavio Paz)的原话。"巴尔加斯·略萨当上总统也没什么。他已经写了太多很好的作品。"在聊到巴尔加斯·略萨胜出的可能性时,卡米洛·何塞·塞拉这样对我说道。"我为巴尔加斯·略萨

---

[1] 指战胜巴尔加斯·略萨当选秘鲁总统的藤森。——译注
[2] Vargas Llosa, Álvaro, op.cit., pp.216-217.

感到高兴，为秘鲁感到遗憾。"同样是卡米洛·何塞·塞拉在得知巴尔加斯·略萨败选的消息后这样说道。

在那个时刻——竞选失败，文学胜利的时刻——陪在巴尔加斯·略萨身边的人是帕特丽西娅和他们的孩子们。也许他们，那个庞大的家庭部落，才是巴尔加斯·略萨在一生中能够遇到的最亲密、最好的朋友。我总是说他们家里的政治家不是巴尔加斯·略萨，而是他的大儿子阿尔瓦罗，因为谈到政治的时候他总会表现出真正的激情，而且他关注的领域不仅限于秘鲁政治。可是《竞选中的魔鬼》让我们明白阿尔瓦罗并非纯正的政治人物，也并非传统的政治人物。相反，那本书展现出的是个"老奸巨猾"之人的形象，他乐于用文字来扫别人的兴，这也是巴尔加斯·略萨在进行理论性文章写作时表现出的特点。不过，我还是认为阿尔瓦罗·巴尔加斯·略萨具有我们在马里奥·巴尔加斯·略萨身上看到的那种双重性：对政治和文学的具有排外性质的激情，这种激情会在他们进行思考时震动、"燃烧"，对于他们之间的相似性，我一点儿都不惊讶。真正让我感到惊讶的是曾经的拉斯特法里教教徒贡萨洛·加夫列尔，他也来到了文学的阵营中，和作家们站到了一起，和写作之癖同行，就像上文引述的那段文字所表现出的那样，尽管那些文字是私人性质的，但它表达出的东西绝不仅限于对父亲的爱。不管怎么说，这是循循善诱的教育带来的结果，巴尔加斯·略萨家里的两头"幼兽"被这种教育滋养长大，又反过来壮大了这个庞大的部落。把他们联系到一起的有血缘关系，也有面对生活的姿态和视野。

希梅娜·旺达·莫尔加娜出生的时候，我刚巧在巴塞罗那。她出生的同一天我就要回到加那利去，但是在启程前巴尔加斯·略萨、卡门·巴塞尔斯和我在德克休斯诊所的咖啡厅里聚了聚。如果说对于作家巴尔加斯·略萨来说，当爸爸是种充满矛盾的沉重负担的话，那么当三个孩子的爸爸，而且第三个孩子还是个女孩，事情就更复杂了。巴尔加斯·略萨对当父亲这件事的厌恶此时达到了难以复加的程度。巴尔加斯·略萨不想要孩子（不论男孩女孩），尤其不想要女孩。可是希梅娜·旺达·莫尔加娜来了，她立刻变成了*家中的女王*，成了那个家庭部落的王，无论他们身处哪座城市，也无论在哪个时间段上。"你还记得你当时跟我说你很害怕生个女儿吗？"在莫尔加娜出生那天，我略带嘲讽地提醒巴尔加斯·略萨道。"我现在的愿望就是我能活得够久，让她当我的秘书，陪着我到处走。"他立刻这样回答我道。从莫尔加娜出生的那刻起，当时的*部落之主*已经开始盘算着，让她在逐渐长大的过程中为这个巨大的家庭部落出力，而他将依然是他，永远是他，注定要变成这个世界上最重要的作家之一的那个他。

7

突厥与印第安人,或加西亚·马尔克斯与巴尔加斯·略萨
(1967—1976)

"文学爆炸"真正在西班牙引发剧烈反响是《百年孤独》在布宜诺斯艾利斯出版之后,不过甚至早在该书正式出版之前,它就获得了卡洛斯·富恩特斯的赞誉,他在埃米尔·罗德里格斯·莫内加尔领导的杂志《新世界》(Mundo Nuevo)上撰文盛赞该小说。在《城市与狗》、《绿房子》、《跳房子》和《三只忧伤的老虎》(Tres tristes tigres)震惊世人后,《百年孤独》大获成功。同年,也就是1967年,卡洛斯·富恩特斯出版了《换皮》(Cambio de piel),该书在获得赛伊克斯·巴拉尔出版社的简明丛书奖后曾一度在西班牙被禁止出版。

在公众面前,"文学爆炸"的"教父"是卡洛斯·巴拉尔,那时他无疑正在经历自己编辑生涯的巅峰时期。因此,他被指责、批评、憎恨,也被喜爱、叫好、尊敬。人们专心听他发表意见,就好像他是先知一样。在出版《城市与狗》时,他发现了巴尔加斯·略萨,他与欧洲最重要的编辑们保持着不错的私交,也有一定的影响力,他负责组织颁发简明丛书奖,是反佛朗哥主义的排头兵——这是他日常生活的主旋律,还"掌控"法国福明托文学奖(Prix

Formentor）评选过程中的西班牙力量。他住在巴塞罗那，一座抵抗气息浓郁的城市，尽管在二十世纪初，拉蒙·德尔·巴列-因克兰（Ramón del Valle-Inclán）在返回马德里后被问及巴塞罗那时曾轻蔑地表示那是座"注定要消失的城市"。

文学代理人卡门·巴塞尔斯也住在巴塞罗那，那时的她已经凭借自己的建议、敏锐性、专业直觉、慷慨大度和与作家们的友谊成为"文学爆炸"作家群体的"格兰德大妈"[1]。当然了，她还拥有巨大的天赋——有时甚至可以用"魔幻"一词来形容，能让小说家们在和出版社讨论报酬时获得成功，无论他们是西班牙语美洲人还是西班牙人——但大多数都是西班牙语美洲人。卡门·巴塞尔斯一开始跟伊沃娜（Ivonne）与卡洛斯·巴拉尔一起工作，后在六十年代独立出去，成为文学代理人，也变成"文学爆炸"中数位重要作家职业生涯中起到基础性作用的"人性因素"。

巴塞罗那将在六十年代接下来的几年里见证这两位成功的作家——巴尔加斯·略萨和加西亚·马尔克斯——来到这座城市，在这里生活和写作，获得社会、大学和文学界的关注。在佛朗哥统治下的西班牙处于经济转型期的时代，这些关注标志着作家获得了认可。巴尔加斯·略萨从伦敦那个被他称为袋鼠谷——"因为那里住着成百上千个澳大利亚人"——的地方来到巴塞罗那。加西亚·马尔克斯则从墨西哥城来，他在那里为十几家报纸撰稿，写报道类的文字，也写与文学和电影有关的东西。他和"文学爆炸"的另一主将卡洛斯·富恩特斯合作，在胡安·鲁尔福的《金鸡》（*El gallo de oro*）的基础上创作了一部电影脚本。他还在那里交了不少朋友。

---

[1] 加西亚·马尔克斯笔下的著名人物。——译注

墨西哥也是个神奇的地方，使得《百年孤独》的创作想法最终转化成文字。但是卡门·巴塞尔斯在巴塞罗那。那里还有卡洛斯·巴拉尔，还有那家促使拉丁美洲文学在西班牙语世界"爆炸"成为现实的出版社：赛伊克斯·巴拉尔出版社。

不过，巴尔加斯·略萨和加西亚·马尔克斯并非在伯爵之城相识。他们在很久之前就知道对方的存在了。他们经常互通信件，巴尔加斯·略萨记得许多逸事趣闻，几乎都与文学相关。也许两人还带着对对方的敬意阅读了彼此的作品。他们也知道两人有位共同的文学导师：威廉·福克纳。还有位被两人同时认为算是英雄的人物：欧内斯特·海明威。至少在那时，他们还认为两人的政治观点十分相似，尽管不能说完全相同。不过两人始终没能见面。加西亚·马尔克斯不参加，或者说很少参加作家之间的会议，在拉美小说蓬勃发展的那个年代，类似会议的机会是很多的。相反，巴尔加斯·略萨则频繁出席大学的相关活动。在那些活动中，对政治、道德和文学问题的讨论往往以不欢而散告终：论战不止，大家对未来进行着千奇百怪的畅想，最后往往还会搞个"联合声明"。

相见时刻还是到了。加西亚·马尔克斯和巴尔加斯·略萨终于在离委内瑞拉的拉瓜伊拉港仅有几公里远的麦盖蒂亚机场——也就是现在的西蒙·玻利瓦尔国际机场——相见了。命运——一如以往，祸福相依——让哥伦比亚小说家和秘鲁小说家在加拉加斯第一次面对面交流，那里是"财富的巴别塔"，当然是相对于那片大陆的情况来说的，在那里——当时如此，现在依然如此——文化欠发达，充满政治和社会不公，人们总想着脱离第三世界国家的行列，加入所谓的西方文明世界中去。加西亚·马尔克斯恰好在移居巴塞罗那之前打破了不参加学术会议的惯例，接受了两场活动的邀约：第十三届伊比利亚美洲文学国际研讨会和罗慕洛·加列戈斯国际文学奖的颁奖仪式；另外，加西亚·马尔克斯还同意出任"头版"小说奖的评委，该奖项同年于布宜诺斯艾利斯颁发。因此，两人在那个对两位小说家来说都至关重要的年份的8月初在加拉加斯会面了。

四年之后，在《加西亚·马尔克斯：弑神者的历史》中，巴尔加斯·略萨回忆了自己与《百年孤独》的作者的相遇过程。"我们是在他抵达加拉加斯机场的那个晚上认识的；我从伦敦去，他从墨西哥去，我们俩的航班几乎是同时落地的。在那之前我们给彼此写过几封信，我们甚至曾生出合写一本小说的想法：一本关于1931年在哥伦比亚和秘鲁之间爆发的悲喜交加的战争的小说。不过要说见面，那还是第一次。我还记得那天晚上第一次见到他的场景：他刚刚惊魂未定地从飞机上下来（他极度惧怕坐飞机），一大群记者和摄影师围了上去，让他感到很不自在。我们成为朋友，在研讨会进行的那两周里一直待在一起；与此同时，加拉加斯也庄严地掩埋了地震造成的死者，清理了震后废墟。《百年孤独》当时获得的巨大成功使他成了名人，可是他却依然随心所欲地取乐：在研讨会期间，他穿的大花衬衫让博学的教授们目瞪口呆；在接受采访时，他像佩特拉姨妈一样板着脸，对记者们说他的小说都是他夫人梅塞德斯写的，但署名的是他，因为那些书写得都很糟糕，梅塞德斯不想承担责任；在一档电视节目中，在被问及罗慕洛·加列戈斯是不是个伟大的小说家时，他想了想，回答道：'在《卡纳伊马》中有一段对公鸡的描写，写得很不错。'但是在那些游戏背后，其实隐藏的是他对自己明星般身份的厌烦。同时隐藏着的还有一个内向的加西亚·马尔克斯，对他而言，在公众面前对着麦克风讲话是一种折磨。8月7日，他不得不参加加拉加斯作家协会组织的名为'小说家及其评论者'的活动,他要做十五分钟的演讲,来谈论自己的作品。我俩坐在一起,在轮到他之前,他身上散发出的无尽的紧张感甚至把我也传染了:他面色苍白,手上不停地冒汗,还一直拼命地抽烟。他是坐着发言的,刚开始语速很慢,我们所有人都为他担心,不过他最终讲了个精彩的故事,引得所有人都鼓掌叫好。"[1] 这件逸事不仅被现场的摄像机录了下来,还被写成了文章刊登在同年8月刊行的加拉加斯《图像》(*Imagen*)杂志上。

加西亚·马尔克斯的某些个性吸引了巴尔加斯·略萨。实际上,来自加勒比海沿岸的某些区域——主要是哥伦比亚和委内瑞拉的一些地方——的人的性格本就很讨喜,大家习惯用一种奇特的称呼来描述那种性格:"公鸡的奶瓶"。唯一有能力准确定义"公鸡的奶瓶"的就只有生自加勒比海沿岸那片地区、保持着该地区身份特征的那些人。我们这些外人只能去感受它,也许可以在几个小时里——你压根儿不会注意到时间的流逝,也不会记得那天是星期几——体验那种"骚乱"的感觉,让接连不断的放声大笑把我们带到一种难以控制的、极度亢奋的状态中,笑到下巴疼痛。巴尔加斯·略萨就曾写道,加西亚·马尔克斯"身上有一个最令我着迷的特点:他可以把任何事情都绘声绘色地描述出来。经过他的回忆和加工,所有事情都能变成引人入胜的趣事。无论是政治观点还是文学见解,对人物、事件或国家的评价,乃至于计划和展望:所有这些都可以变成故事,或是通过故事的形式被他表达出来。他的智慧、素养和感觉具有独特而具体的个人印记,这些特征既是反理智

---

[1] Vargas Llosa, Mario, *García Márquez. Historia de un deicidio*, Barral Editores, Barcelona, 1971.

主义的，也是极端反抽象主义的。一旦和他有了接触，你的生活里就会充斥着种种奇闻逸事"[1]。除了这些话语和表情方面的特点之外，我们还得添加上那种加勒比海地区人特有的幽默感，也就是"公鸡的奶瓶"，带有这种性格的加西亚·马尔克斯无论是写长故事、短故事还是逸事，都能从现实本身出发，从现实中的某个事件出发，利用丰富的联想，使它变得讽刺夸张、多姿多彩。不过，如果说"公鸡的奶瓶"总是和对世界的讽刺视角联系在一起的话，那么加西亚·马尔克斯——尽管他的确十分喜欢"给公鸡喂奶"——也绝没有以那种性格哗众取宠的癖好。他想象力无穷，本身就具有惹人们哄堂大笑的才华。巴尔加斯·略萨这样写道："加西亚·马尔克斯同时也很擅长做各种大胆而自由的想象，在他身上，夸张不是用来扭曲现实的，而是审视现实的一种工具。我们一起搭乘从梅里达飞往加拉加斯的航班，大风把飞机吹得摇摇晃晃的（由于他对飞机的恐惧，再加上我也有同样的问题，紧张感就更甚了），使得那次旅行带上了些许恐怖的色彩。注意，我说的是*些许*。可是几个礼拜后，我在报纸上读到了加西亚·马尔克斯的采访文章，他说我在那次旅程中异常惊恐，不断大叫着背诵鲁文·达里奥的诗，想以此抵抗暴风雨的侵袭。几个月后，在另外几次采访中，他又说那场猛烈的暴风雨让外面的环境变得如世界末日一般，飞机开始下坠，我抓着加西亚·马尔克斯的衣服领子问道：'现在咱们就要死了，你说实话吧，你觉得《神圣的区域》（卡洛斯·富恩特斯刚刚出版的小说）写得到底怎么样？'后来，他曾在多封信件中对我提起那次从

---

[1] Vargas Llosa, Mario, *García Márquez. Historia de un deicidio*, Barral Editores, Barcelona, 1971, p.81.

梅里达到加拉加斯的旅行,他说我俩一直在吓唬彼此。"[1]

加西亚·马尔克斯和巴尔加斯·略萨之间的友情对于文学圈里的人来说成了一段传奇,不过也有人认为那是"声名狼藉的旋涡中心"(这样说的往往是那些在两人朋友圈边缘的作家),他们觉得两人看待其他同行的眼神和雅典娜女神看她的敌人们的眼神没什么两样:那是种充满敌意的眼神。与此同时,在拉丁美洲这片土地上,只要是稍有文化的人基本都知道二人的关系。等到两人在巴塞罗那的萨里亚区几乎门对门居住的时候,这种友情就更加牢固了。在那段友情交织出的传奇中,人们总会提及——尽管从未有人得知真相——卡洛斯·巴拉尔拒绝出版《百年孤独》的事情。"胡安乔,在《百年孤独》印刷出版之前,我从没读到过它。"卡洛斯·巴拉尔在我面前始终坚持这种说法,直到他去世。不过,还有一种说法在西班牙语出版界中流传甚广。"事实是,"巴拉尔这样补充道,"他们把那本小说的手稿寄给我时,我正在卡拉斐尔度假呢。他们把稿子寄到了我的办公室里,直到他们告诉我南美出版社已经把书的版权买下了我才知道这件事。"巴拉尔的确像个固执的小学生一样每到夏天就要去度假。夏天一到,他就会和家人们一起搬去卡拉斐尔,他的办公室会关门不用,而他直到 9 月份才会回来。《百年孤独》就是在那段时间被寄给卡洛斯·巴拉尔的吗?也许更可信的版本是——尽管并非所有人都接受这个版本——巴拉尔身边的某人读过那份手稿。在我想来,可能那人草草翻了翻那份稿子,毫不专业,几乎一目十行,继而忽视了那份稿子的文学价值,犯了巨大的

---

[1] Vargas Llosa, Mario, *García Márquez. Historia de un deicidio*, Barral Editores, Barcelona, 1971, pp.81-82.

错误。只不过直到现在为止，这个错误都被归咎到了卡洛斯·巴拉尔头上。

不过，卡洛斯·巴拉尔更为偏爱巴尔加斯·略萨也是不争的事实。很多人坚持认为这种偏爱并非诞生自1962年他从废弃稿件中发现《城市与狗》的那个时刻，而是诞生自巴拉尔出于疏忽或轻视决定不出版《百年孤独》的时刻。在《百年孤独》大获成功数年之后，此时的卡洛斯·巴拉尔已经创办了巴拉尔出版集团，他决定出版加西亚·马尔克斯的一部由七个故事组成的短篇小说集：《纯真的埃伦蒂拉和她残忍的祖母令人难以置信的悲惨故事》(*La increíble y triste historia de la cándida Eréndira y de su abuela desalmada*，1972)。当时的我和卡洛斯·巴拉尔有种亲密的"通敌关系"，他甚至打算把诺贝尔文学奖得主帕特里克·怀特（Patrick White）的一本小说的版权出让给我，不过那位小说家和他的文学代理人拒绝了巴拉尔的提议——时至今日我已经可以确定他们当时做了正确的选择。我们两人一杯接一杯地喝着伏特加，聊着那个时期的一些作家的事情，他们的文学成就、光辉、才华。巴尔加斯·略萨和加西亚·马尔克斯自然也是我们聊的对象。我曾经跟卡洛斯·巴拉尔提到过我最喜欢的西班牙语作家，我当时选择的是加西亚·马尔克斯和巴尔加斯·略萨两人；此外，我还选了西班牙小说家卡米洛·何塞·塞拉。巴拉尔就是在那时说出他对加西亚·马尔克斯*最轻视、最不合时宜的评价*的。实际上，在《百年孤独》出版之前，许多喜欢提出负面意见的专业人士（还有许多大学教授）已经错误地给加西亚·马尔克斯贴上了记者的标签。巴拉尔在说出不合时宜的评价的几秒钟前先笑了笑，笑容里带着有时会出现的阿拉伯人式的奇怪表情，然后说道："加西亚·马尔克斯比非洲北部口头讲故事的那些人强不了多少。"至少我们可以这样理解卡洛斯·巴拉尔的这个夸张且错误的论断：他总是习惯这样说话，他总喜欢耍小聪明似的说些不合时宜的东西。事实是，不管理由是什么，他一向更喜欢巴尔加斯·略萨。"他不仅很懂文学，而且比其他任何人都懂得该如何写小说。"巴拉尔在谈到巴尔加斯·略萨时这样说道。

在作品勒口处的照片里，加西亚·马尔克斯总是表现得十分不严肃。在关于他的传说中，很多人说他不仅写作时穿着建筑工或机械工的工服，在巴塞罗那到一些朋友家里拜访时他也会穿着那件深蓝色的工装。甚至在他已经为巴塞罗那民众所熟知之后，晚上去电影院看电影时他也会穿着那件衣服。我在巴尔加斯·略萨家认识他时他也是那样一副打扮。在我到巴塞罗那的一次旅程中——我觉得是1973年，当时临时清单出版社出版了卡洛斯·巴拉尔的诗集《高利贷与幻想》(*Usuras y figuraciones*)，里面收录了他写于1952年至1972年间的诗歌——我建议巴尔加斯·略萨把加西亚·马尔克斯请到他家去。跟我一起到巴尔加斯·略萨家的还有诗人胡斯托·豪尔赫·帕德隆（Justo Jorge Padrón）和小说家莱昂·巴雷托（León Barreto），我们都想认识一下那位哥伦比亚作家。巴尔加斯·略萨安排了那场见面。我们在巴尔加斯·略萨家待了半小时后，加西亚·马尔克斯出现了，他笑嘻嘻的，喜欢开玩笑，身上则穿着那件我从很久之前就已有所耳闻的工装。我和加西亚·马尔克斯之前已经通过信件认识彼此了——我们通过几次信，因为临时清单出版社出过费利佩·奥兰多（Felipe Orlando）的一本短篇小说集，那位墨西哥画家是加西亚·马尔克斯的好朋友，不过另外两位加那利作家并不认识他。当时我们每个人都带了一本《百年孤独》，想让作者本人给我们签名。加西亚·马尔克斯把我们每个人的书都拿在手里仔细打量了一番,然后签了名。在把胡斯托·豪尔赫·帕德隆的那本书递还过去的时候,加西亚·马尔克斯说道,"这本书是新的,是刚买的",他递书的时候还盯着那本书的书脊。的确如此,豪尔赫·帕德隆的那本《百年孤独》是在抵达巴尔加斯·略萨家半小时之前刚买的。这个细节没能逃出加西亚·马尔克斯的法眼,他一向很注意各种细节。

在那场聚会中,我注意到巴尔加斯·略萨说话不多。他看加西亚·马尔克斯的眼神中透着股距离感,于是我得出了在当时看来像是子虚乌有的结论:那位秘鲁小说家并不喜欢哥伦比亚小说家在外人面前有时过于不修边幅的打扮。"我现在要去看电影了。"加西亚·马尔克斯告别时这样说道。"穿成这样?"我有些看热闹不嫌事大的意思,故意这样问道。"当然了,"他对我说道,"去吓唬吓唬那些资产阶级分子。"巴尔加斯·略萨又一次有些不悦地看着他。就在那时我发现加西亚·马尔克斯穿了两只不同颜色的袜子,他好像完全不在意自己的外表。从那时起,每当我在电视上看到基克·莱佳德(Kiko Ledgard),就会回想起我在巴尔加斯·略萨位于巴塞罗那的家中结识的那位哥伦比亚小说家脸上挂着的微笑。那个电视明星在表演时也总喜欢穿不同颜色的袜子。

不过,一起突然发生的重要事件对巴尔加斯·略萨和加西亚·马尔克斯的友谊产生了巨大影响。1971年,帕迪利亚事件在古巴爆发。巴尔加斯·略萨与其他许多作家、知识分子和艺术家一道明确表达了对古巴革命政府在文化政策态度方面的不满。尽管加西亚·马尔克斯当时并没有像后来那样明确地站到菲德尔·卡斯特罗一边,可他也没在作家们给总司令卡斯特罗写的联名信上签字。也许他想用这一态度表明自己不会参与由帕迪利亚事件引起的作家们与古巴的决裂浪潮。又也许因为他对媒体宣传那套东西太了解了，他不想让自己被媒体利用来报道在古巴发生的事情，因为那是当时全世界各大报纸关注的焦点。在接受《加勒比日报》（*Diario del Caribe*）记者胡里奥·罗卡（Julio Roca）采访时——那篇访谈后来被收录到了《自由》（*LIBRE*）杂志第一期"帕迪利亚事件特刊"中，加西亚·马尔克斯坚定地声称："我没有签署那封联名信是因为我不赞成他们寄那样一封信出去。"他接着补充道："不过，我没有任何时刻怀疑过签署联名信的人们的正直品性和革命理想。"此外，他还说了些区分积极的政治态度和文学创作的话。"实际上，"加西亚·马尔克斯说道，"我们这些作家想搞政治的时候，我们不是在搞政治，而是在做道德上的评判，而那两种概念很多时候是不兼容的。政治家们不希望我们这些作家掺和他们的事情，通常只有在我们支持他们的时候，他们才会接纳我们，一旦我们站到他们的对立面上，他们就开始排斥我们了。可这并不意味着一场灾难。相反，这种辩证的矛盾性是很有用也很积极的，哪怕政治家们含恨而死，作家们丢掉性命，全人类迎来末日，这种情况也会持续下去。"这种论断无疑得到了许多作家的支持，它的来源可能是阿尔贝·加缪的思想，他也是巴尔加斯·略萨十分偏爱的作家、思想家。多年之后，在提及两位作家——加西亚·马尔克斯和巴尔加斯·略萨——的决裂时，那位秘鲁小说家对《面具》杂志记者阿尔贝托·博尼亚（Alberto Bonilla）提到了作家在积极参与政治性活动时在道德层面扮演的角色，"对，我觉得那种描述十分准确。阿尔贝·加缪曾经说过一句话，如今我绝对认同：当一个问题从政治领域转移到道德领域的时候，那就意味着那个问题真正得到解决了。我觉得这句话十分准确。我关心的政治问题都和伦理道德相关"[1]。他对里卡多·A.塞蒂则说:"一个作家可以选择成为激进的人或保守的人,但他必须始终保证自己是个正直的人,既不固守陈规,也不说敷衍话,也不能咬文嚼字耍小聪明来博取掌声。"这段话清清楚楚地表明了他对知识分子——无论是不是作家——在意识形态和道德领域应作何表现的看法。当里卡多·A.塞蒂询问他与加西亚·马尔克斯的政治分歧和私交破裂时,巴尔加斯·略萨斩钉截铁地答道:"你看,我不会因为其他人在政治观点上和我有分歧就跟他打架。我跟乌拉圭作家马里奥·贝内德蒂(Mario Benedetti)就有巨大的政治分歧。还和他有过论战。不过我很欣赏他……我们已经很久没见了,不过我很尊敬他,因为他始终如一,是坚守自己理想的人。我和加西亚·马尔克斯的私人关系出现问题的原因我不想去谈……"塞蒂试探性地继续发问:"除了政治分歧……"巴尔加斯·略萨答道:"……是私人问题。但是我反对让政治分歧变成私人关系恶化的诱因,我觉得这是野蛮的表现。"[2]

无论是加西亚·马尔克斯还是巴尔加斯·略萨都不愿意谈论他们的决裂问题。哪怕是在私下里也是一样,他们跟最亲密的朋友也不愿说起那件事。1974年,在巴尔加斯·略萨和他全家即将"最终"搬回利马生活的时候,他的朋友们纷纷在巴塞罗那为这位秘鲁小说家饯行。加西亚·马尔克斯、豪尔赫·爱德华兹、巴尔加斯·略萨、何塞·多诺索和里卡多·穆尼奥斯·苏亚伊一起拍了照。就像上文提及的那样,那张照片是在四位拉美作家的文学代理人卡门·巴塞

---

[1] Vargas Llosa, Mario, *Contra viento y marea,* op.cit.
[2] Setti, Ricardo A., op.cit., pp.17-35.

1974年7月,巴塞罗那,欢送巴尔加斯·略萨。从左到右:加西亚·马尔克斯、豪尔赫·爱德华兹、巴尔加斯·略萨、何塞·多诺索和里卡多·穆尼奥斯·苏亚伊

尔斯家拍的。直到现在为止，这个由精英作家组成的团体中的几位成员，即照片里的几人，再也没有重逢过。就像我们说的那样，巴尔加斯·略萨和加西亚·马尔克斯再未想要谈论他们的私人关系和友谊。两人也不愿提及他们的那场充满暴力元素、引人注目的决裂。事情发生在1976年的墨西哥城美术宫。当时，"两位老朋友"——巴尔加斯·略萨和加西亚·马尔克斯——又在公众面前相逢了。一个跨国电影公司准备首映其拍摄的一部电影。无数台照相机对准二人，准备拍下老友重逢的场面，事情就是在那时候发生的。自从巴尔加斯一家从巴塞罗那搬回利马，加西亚·马尔克斯决定搬到墨西哥城的埃尔佩德雷加尔住宅区（El Pedregal）生活后，他们就再未见过面。当巴尔加斯·略萨挥拳击中加西亚·马尔克斯的时候，在场的所有人都惊呆了。当时那位哥伦比亚作家正张开双臂准备拥抱秘鲁小说家。加西亚·马尔克斯伴随着周围人的惊叫声摔倒在地。巴尔加斯·略萨转过身去，对陪他一起来到现场的夫人说道："咱们走，帕特丽西娅。"第二天，这条不那么文学的消息传遍了全世界，拉丁美洲最伟大的两位作家，在那之前一直是挚友的两人，在公众面前上演了这样一幕。利马《领会》杂志主编弗朗西斯科·伊加尔杜阿（Francisco Igartua）是两人共同的朋友（不过他和巴尔加斯·略萨关系更密切），他在数年之后这样对我说道："我当时在场。太可怕了。我们回过神儿来的时候，加夫列尔已经倒在地上了，而巴尔加斯·略萨则已经走了。是我跑去找了块牛排来给加博[1]敷在脸上。"不过，帕特丽西娅·巴尔加斯·略萨给出的版本和报纸上的报道并不一致："幸运的是，我当时并不在现场。"她在那次

---

[1] 对马尔克斯的昵称。——译注

事件发生数年之后这样对我说道。

关于两位好友决裂原因的说法层出不穷，所有版本都充满低俗小说的桥段，说什么吃醋嫉妒啊，意识形态分歧啊，总透着股八卦的意味。导致巴尔加斯·略萨挥出一拳，终结他和加西亚·马尔克斯关系的东西到底是什么？我觉得他们两人之间在1967年于加拉加斯出现的亲密关系很像"一见钟情"，但随着时间的推移逐渐淡化。意识形态方面的分歧，例如在帕迪利亚事件中的不同立场，只是那种临界关系的表征，只不过加速了那段从很久之前起就开始出现裂痕的关系的破裂罢了。在知识分子圈子里流传的种种版本都是些猜测，是名声惹出来的麻烦。毫无疑问的是，所有人，所有有血有肉的人，所有充满激情、想象力丰富的写作者，内心深处都有隐秘的区域，那里隐藏着诸多出人意料、充满矛盾的神秘态度。所有伟大的作家都难以从中逃脱，例如雨果，尽管这个例子离我们有些遥远了。哪怕诺贝尔文学奖得主也无法逃出那片幽暗区域。不过，巴尔加斯·略萨曾表示他们之间关系的破裂很大程度上要归因于加西亚·马尔克斯和他的私人问题。但是，在做出那次解释之后又过了一段时间，那位秘鲁小说家由于在公共场合的一番言论，与小说家君特·格拉斯产生了论战。加西亚·马尔克斯再次成为论战主题之一。格拉斯力挺加西亚·马尔克斯的政治立场，和拉丁美洲其他几乎所有有名望的作家不同，加西亚·马尔克斯此时已经公开成为卡斯特罗的拥护者。巴尔加斯·略萨又一次批评了那位哥伦比亚小说家，甚至给了他"卡斯特罗的朝臣"这样的评语。巴尔加斯·略萨是在于纽约进行的国际笔会（PEN Club Internacional）的一次会议上说出这番话的。在落款为"1986年6月28日，伦敦"的回复文章中，巴尔加斯·略萨在回复君特·格拉斯时提到了自己和加西亚·马尔克斯的关系，他提醒君特·格拉斯说："他和我曾经是非常要好的朋友。后来我们分道扬镳了，在这些年里，政治分歧在我们两人之间掘出了一条难以逾越的鸿沟。"[1]

加西亚·马尔克斯有一次接受了电视采访，他很少做那种会把他的形象和声音都录下来的节目。现场有人问他在一生中是否失去过朋友。"只失去过一个。"他举起右手食指说道，同时声音和表情中透出股思绪万千的感觉。他指的是巴尔加斯·略萨吗？是费尔南多·博特罗（Fernando Botero）或者普利尼奥·阿普莱约·门多萨（Plinio Apuleyo Mendoza）吗？在公共场合，加西亚·马尔克斯始终对巴尔加斯·略萨在政治话题上展现出的直率态度表现出敬意。有时巴尔加斯·略萨似乎对那项"额外事业"投入过多激情了，这位秘鲁小说家在公众面前展现出了他的道德标准，也增加了他参与政治活动的筹码。

后来，在墨西哥也好，在马德里也罢，我再见到加西亚·马尔克斯时，他从未在我们两人的对话中提到巴尔加斯·略萨。1979年2月的一个晚上，在他位于埃尔佩德雷加尔住宅区的家里，在圣天使酒店里，我们两个什么都聊。那天晚上他最关心的话题是魏地拉将军治下的阿根廷的那些死去或失踪的人。"你是最适合把这封信带给埃内斯托·萨瓦托（Ernesto Sábato）的人。只有他才会真正在意孔蒂（Conti）和沃尔什（Walsh）的下落。"他这样对我说道。当时在场的还有诗人安赫尔·冈萨雷斯（Ángel González）、编辑何塞·埃斯特万（José Esteban）和诗人——同时也是伟大的小说家——卡巴列罗·伯纳德（Caballero Bonald）。第二天，在我们

1　Vargas Llosa, Mario, *Contra viento y marea*, op.cit.

启程往南方行进之前，加西亚·马尔克斯把他在前一天提到的那封信交给了我。他是以人身保护权协会（Fundación Habeas）主席的身份写那封信的。在到达布宜诺斯艾利斯后，我立刻着手做的事情之一就是和萨瓦托取得联系。我去了桑托斯卢加雷斯（Santos Lugares），把信交给萨瓦托。他读了信，然后立刻对我说道："加西亚·马尔克斯关心阿根廷失踪作家的事，这很不错，不过他也应该关心所有在左翼独裁者统治下的国家失踪的那些人。"我了解萨瓦托，我觉得这正是我在等待的答复。这也正是巴尔加斯·略萨一而再，再而三地批评加西亚·马尔克斯的政治态度的原因。还有一次，同年（1979）春天，时任伊比利亚美洲合作院院长的曼努埃尔·普拉多·伊科隆·德卡瓦哈尔把我紧急叫到了他的办公室。加西亚·马尔克斯在那儿，他好像想跟曼努埃尔聊聊。我们在合作院里的一条"西班牙语国家"长廊里碰面了，墙上有挂毯，地上还铺着地毯，外交官的画像就像幽灵一样挂在墙上，象征着拉丁美洲和它那（邪恶的）"母国"之间混乱的乱伦关系。加西亚·马尔克斯穿了件加勒比海风情的薄布短衫，一看到我就笑了。"只要皮诺切特还在任，胡安乔就得阻止西班牙国王到智利去。"他对我说道。于是，我记起了他最有名的"政治宣言"中的一句："只要皮诺切特还是智利总统，我就不会再出版小说。"这句话正是他在那段日子里说的。值得庆幸的是他没过太久就食言了。那次，在马德里的伊比利亚美洲合作院里，我开玩笑似的让他不要再谈论那些政治领袖了……"不管是对教皇还是国王，我现在都不屈尊躬身了。"他这样答道，几乎笑出声来。他又一次"给公鸡喂奶"了，在氛围有些或至少看上去有些严肃的情况下说出俏皮话来，在和巴尔加斯·略萨初识之时，这个特点曾经吸引了后者。巴尔加斯·略萨本人曾这样写道:"加西亚·马尔克斯身上有一个最令我着迷的特点:他可以把任何事情都绘声绘色地描述出来。"

在两位作家决裂之后,我在很长时间里都不敢在巴尔加斯·略萨面前谈起加西亚·马尔克斯,可能是出于谨慎、尊重或克制,又或者三者皆有。我从卡洛斯·巴拉尔处得知巴尔加斯·略萨下了命令,不允许再版《加西亚·马尔克斯:弑神者的历史》。"所以那本书就只有首版的两万册,卖完了就完了。"巴拉尔难过地说道,一杯接一杯喝着酒。他是在我们二人之间的一场聚会中说的那些话,我们当时经常私下碰头。除此之外,巴尔加斯·略萨研究加西亚·马尔克斯的那部著作也没被翻译成任何一门外语。只是到了1983年夏天,我才在公开场合和巴尔加斯·略萨谈到了加西亚·马尔克斯。当时那位秘鲁小说家受到梅嫩德斯·佩拉约大学(Universidad Internacional Menéndez Pelayo)时任校长的邀请赴该校领取金质勋章。他先去了塞维利亚,在一场由我组织的关于西班牙和西班牙语美洲文学的研讨会上发表闭幕演讲。在圣克鲁斯区的核心区域,在宫殿般的皮内洛之家(Casa de los Pinelo),巴尔加斯·略萨在公众面前朗读了一篇杰出的演讲稿,《千面之国》[1]。在活动尾声,校长洛尔丹邀请一些出席了研讨会的作家到拉阿尔巴亚卡饭店吃饭。友好而轻松的晚饭结束后,到了甜点时间,我们开始开玩笑了,许多人说了很多透着智慧的段子,引起了大家不同的回忆。我就在那时记起了小说家阿方索·格罗索(Alfonso Grosso)在几年前对我说的话。我鼓足勇气把它转述给了巴尔加斯·略萨和在场的其他人。阿方索·格罗索——一个优秀的小说家,他的《绽放的五月》(*Florido*

---

[1] 中译本《酒吧长谈》代前言。——译注

mayo）非常优秀——在拉丁美洲"文学爆炸"于六十年代出现之前就曾表示拉美小说家"会来淹没我们这些西班牙小说家"。"你是知道的，胡安乔，'黑鬼'和'印第安人'已经把我们搞死了。"他以那种特有的夸张语调严肃地说道。"你指的是谁啊，阿方索？"我有些调侃地问格罗索道。"你是知道的，"他说这话的时候一直在故意吞音，"'黑鬼'就是加西亚·马尔克斯，'印第安人'就是你的朋友巴尔加斯·略萨。"大概格罗索根本没留意到他自己也抛出了一个睿智的"公鸡的奶瓶"，这句话似乎可以用来说明西班牙小说家们和拉丁美洲"文学爆炸"小说家们之间的关系。或者，他至少表达出了一种在当时西班牙小说家之间蔓延的情绪。我讲完之后，饭店里所有在场者都大笑了起来，包括巴尔加斯·略萨，他之前从没听过这件事。他坐在我正对面，这时立刻对我说道："他不是黑鬼，他是突厥。"他那幽默的态度使我确定我转述的格罗索的话着实让他觉得有趣。而且，随着时间的推移，多年之前在他们两人之间出现的那条无法逾越的"鸿沟"似乎也在逐渐缩小。

既然谈到了那两位伟大作家之间传奇般的友谊，就应当提及两人在刚刚相识后曾一起去过哥伦比亚。不过看上去巴尔加斯·略萨并没有在那次旅程中结识加西亚·马尔克斯的那位当话务员的父亲加夫列尔·埃利西奥·加西亚（Gabriel Eligio García）。两人应当是在1972年相识的。当时巴尔加斯·略萨在去利马的途中，加夫列尔·埃利西奥·加西亚斥责了他，因为"在您的书里您把加比托[1]写小了一岁，他是1927年出生的"。大概那位阿拉卡塔卡（后来还在里奥阿查、巴兰基亚和苏克雷住过）的话务员当时已经和家人一起

---

[1] 对加西亚·马尔克斯的昵称。——译注

定居在卡塔赫纳了。几年之后，加西亚·马尔克斯获得诺贝尔文学奖的消息传来，加夫列尔·埃利西奥·加西亚接受了访谈，他说的话内容十分丰富，尽管当时他已经上了年纪，但是那种与国籍、思想或宗教无关的加勒比海地区人"公鸡的奶瓶"式的幽默感依然未变。

"从小时候起，从很小的时候起，加比托就喜欢撒谎。他这辈子没干别的事，光撒谎去了。"加夫列尔·埃利西奥·加西亚这样说道。当时采访他的那位记者坚持提醒这位老人回忆多年之前巴尔加斯·略萨来访的事情。"那人？巴尔加斯·略萨？他撒起谎来比加比托还厉害。"聪明的加夫列尔·埃利西奥·加西亚毫无惧色地答道。不过无论是他的儿子，还是巴尔加斯·略萨，"撒谎"的技艺都与他们的作家职业密切相关。在历史长河中，那种被我们称作小说的文体不断在"即将死去"和"已然复苏"之间徘徊，那两位作家所痴迷的正是这种文体。正是通过编故事、写故事，通过"谎言中的真实"——巴尔加斯·略萨以此命名收录了他评价众多他喜爱的二十世纪作家及小说的文章的文论集[1]，他们才变成了年轻时希望成为的那种人。胜利、成绩、崇拜、"文学爆炸"、诺贝尔文学奖以及其他许多东西在之后陆续到来，也包括两人之间的私人问题和政治分歧，直到现在，这些问题依然让那段本来无懈可击的传奇友情变得无可修复。"我觉得这个奖项的政治意味太浓了，"当瑞典学院把1982年诺贝尔文学奖颁给加西亚·马尔克斯的消息传来时，身在意大利的巴尔加斯·略萨这样说道，并补充说，"豪尔赫·路易斯·博尔赫斯更配得上获奖。"

许多年过去了，影响加西亚·马尔克斯和巴尔加斯·略萨友情

---

[1] Vargas Llosa, Mario, *La verdad de las mentiras*, Seix Barral, Barcelona, 1990.

的具体的政治事件早已过去，可双方的距离感依然存在。在这段漫长的时间里，让人不快地在我们的许多知识分子和政治家的圈子里滋生出的所谓的"意识形态谎言"开始蔓延到普通人关于加西亚·马尔克斯和巴尔加斯·略萨的公开或私人的谈话中。所以就出现了那种不公正的、简化的评价，它武断地认定巴尔加斯·略萨是右翼作家，而加西亚·马尔克斯是左翼作家。人们至今依然未能从这种刻板思维（它体现在各个方面，自然也包括意识形态领域）里面跳脱出来，包括我们这些从未参与其中的人。怀有这些刻板印象的人的行事出发点更多的是原始的激情——加西亚·马尔克斯和巴尔加斯·略萨的某些朋友、追随者或阿谀奉承者的吝啬和嫉妒也包含在内——而非巴尔加斯·略萨在他的文论中提到的"真实的现实"。

就我本人来说，我也迎来了"站队"的时刻，因为许多顽固分子执意要把加西亚·马尔克斯和巴尔加斯·略萨分成两个水火不容的阵营。我在巴塞罗那和一位同时是加西亚·马尔克斯和巴尔加斯·略萨挚友的女性吃饭。她也是个杰出的人物，她在谈话中跟我提到了她的一些担忧，因为她觉得巴尔加斯·略萨在公共场合谈论了太多与政治相关的话题。她还跟我提到说加西亚·马尔克斯当时正在伯爵之城。"我很想见见他，"我对她说道，"我已经很久没跟他聊天了。"她仔细打量了我一番，非常严肃地对我说："你疯了吧。你在很久之前就已经站好队了……"也许她的话有一定道理。她从很多年前就知道我有以巴尔加斯·略萨的私人、文学和政治冒险为主题写本书的想法。她也知道我在公共场合总是会站出来捍卫那位秘鲁小说家，尽管我并不认同他的所有文学或政治观点。不过那并不意味着我把加西亚·马尔克斯排除在了我感兴趣的现代小说家之列。我把这话说给那位朋友听。她却坚持说道："不管怎么说，你已经选队站了。你说的话，做的事，写的东西，捍卫的东西，这些都足以说明问题了。"后来我还想起过那次谈话，那是在加西亚·马尔克斯已经获得诺贝尔文学奖后。有一次他参加了一场公开活动，当时刚刚被选为西班牙工人社会党第一书记的费利佩·冈萨雷斯也在场。加西亚·马尔克斯一走进会场，马德里会展中心礼堂里的所有人都掌声相迎。掌声结束后，加西亚·马尔克斯坐了下来。他立刻做了个奇怪的动作（用右手摸了摸嘴），然后望向在场的人。我当时坐在第一排。他的目光在我身上停留了片刻。我冲他点了点头。我感觉他好像有点心虚。他没笑，也点了两三次头。也许那一刻他想起了自己一生中失去的唯一一个朋友：巴尔加斯·略萨，那位——根据我们的那位女性朋友的看法——我在很久之前就站到他那一边的小说家。不过，我从未认同巴拉尔对加西亚·马尔克斯文学作品的看法。

有时候，午后时分，我会再次阅读《百年孤独》和《一桩事先张扬的凶杀案》，我总会陶醉于加西亚·马尔克斯作品里的那种完美的想象力中。我总觉得他就在我眼前，在巴塞罗那的卡尔沃·索特洛广场的人行道边停下他那辆很有金属质感的蓝色宝马车。他从车上下来，笑着，脸上永远留着的"突厥式"的小胡子不自觉地晃动着，这种胡子可能是他从格劳乔·马克斯（Groucho Marx）的电影里学来的。又或者他曾把自己幻想成跟随埃米利亚诺·萨帕塔（Emiliano Zapata）搞革命的墨西哥人中的一员。他边走近，边冲我坐的方向挥手。他把一只手放在头上，轻轻抚摩卷曲的头发。他又笑了。"我跟梅塞德斯说了，加那利人和哥伦比亚人是一样的。一辈子都在说话、吃鸡、没日没夜地喝朗姆酒。"他这样对我说道。

8

从这里到利马：回归记忆
（1974）

1968年发动政变推翻贝朗德（Belaunde）总统的贝拉斯科·阿尔瓦拉多（Velasco Alvarado）将军进行的改革只不过是他刚刚入主皮萨罗府（Casa de Pizarro）一时高兴搞的镜花水月罢了。在巴尔加斯·略萨抵达利马的时候，同一批军人又在密谋推翻胡安·贝拉斯科·阿尔瓦拉多，他们想要在秘鲁再搞一场态度一百八十度大转变的"革命"。巴尔加斯·略萨对待在他的国家发生的军人政变的态度并不热情。他有一段时间没有发声，后来在一些声明中表现出了自己的谨慎态度，尽管他并不否认直觉告诉他，贝拉斯科·阿尔瓦拉多总统的许多计划恐怕将以失败告终。

在利马，巴尔加斯·略萨有着丰富的社交活动，重新寻回了当年的老朋友们，他定居在自己的祖国，不过并没有停止文学创作，而他的作品也继续让熟悉他的人和不熟悉他的人感到震惊。写作的纪律如今已经变成了他的工作和生活的基本特性。他还是不知疲倦地到处旅行，不过他的固定居所还是在利马观花埠老区的雷杜克托公寓区里，那里是给他和家人们带来最多回忆的地方。他曾经在那里一直住到奔赴欧洲。在自愿流亡这么多年后，他又回到了那里。

从另一个角度来看，秘鲁依然贫穷。唯一能够逐步削减军人权力的秘鲁公民路易斯·班切罗·罗西（Luis Banchero Rossi）被当权者视为眼中钉，也被除掉了。班切罗·罗西建立了庞大的经济帝国，掌控着秘鲁的鱼粉工业，拥有大量不动产、媒体（十一家报纸），在秘鲁社会有巨大影响力，这些都让军人和民众感到紧张，于是在一场奇怪的案件中，班切罗·罗西被杀了。凶手是他的某个花匠的儿子，默默无闻的华尼托·比尔卡。但包括我在内的人至今都怀疑这个调查结果的真实性。可是凶手被处死了，这就是所谓的犬狗灭迹，狂犬病无。班切罗·罗西忠诚的秘书尤金尼娅·塞萨雷戈在庭审现场受尽屈辱，可能比华尼托·比尔卡把她和班切罗绑架到那位企业家位于利马的豪宅后受到的屈辱还多。

巴尔加斯·略萨并没有偏离航向。在利马，他依然生活在文学的世界里，同样是在利马，他又和老朋友布兰卡·巴雷拉（Blanca Varela）、费尔南多·德·西斯罗（Fernando de Szyszlo）、弗雷迪·库珀（Freddy Cooper）以及其他几位老友重新建立起了联系，他们始终是他的忠实好友。除了由恩里克·斯莱里（Enrique Zileri）领导的《面具》杂志之外，墨西哥由奥克塔维奥·帕斯主编的《翻转》（*Vuelta*）杂志，受奥特罗·席尔瓦（Otero Silva）影响很大的加拉加斯《国家报》的《文学刊》（*Papel Literario*）以及马德里由何塞·奥内托（José Oneto）领导的《变革16》（*Cambio 16*）杂志都与巴尔加斯·略萨保持着合作关系，尽管作家本人并未身处上述国家。1976年，在巴尔加斯·略萨身上发生了一起对他的社会身份－文学身份影响颇大的事件：他被选为国际笔会的主席，这个机构由独立作家——包含所有不同意识形态的作家——组成，它的宗旨是捍卫作家的自由及权利。巴尔加斯·略萨的外交官天赋又有了用武之地，另外得到突出的还有他敢于抗争的精神和争议作家的身份。他满世界跑，关注各个地区的作家因为政治思想和政治活动而被限制自由的问题。巴尔加斯·略萨和东方的一些国家，甚至包括苏联和中国，也商讨了开设国际笔会办公室的事宜。总而言之，他没有浪费任何时间。我还记得在马德里举行过的众多会议中的一场，那场会议的目的是促使西班牙笔会恢复正常工作。当时已经有了加泰罗尼亚笔会，但它的工作范围仅限于加泰罗尼亚地区和用加泰罗尼亚语写作的作家。西班牙笔会从几十年前开始就名存实亡了，从来没人听说它有可能重焕生机。巴尔加斯·略萨在位于白塔（Torres Blancas）的丰泉出版社（Alfaguara）办公室里与几位朋友和作家进行了会面，我记得在场的人里包括海梅·萨利纳斯（Jaime Salinas）——他当时是丰泉出版社的领导、加夫列尔·伊·加兰（Gabriel y Galán）、赫苏斯·阿吉雷（Jesús Aguirre，后被任命为文化部音乐舞蹈事务负责人，在与阿尔巴女伯爵结婚后成为阿尔巴伯爵）、卡洛斯·巴拉尔、卡巴列罗·伯纳德、莱奥波尔多·阿桑科特（Leopoldo Azancot）、何塞·埃斯特万和其他一些人。按照巴尔加斯·略萨的说法，他们要"重建"西班牙笔会。这种想法一开始进展良好：由六位作家组成的代表团飞往斯德哥尔摩，参加了正在热火朝天地进行的国际笔会会议。代表团的诉求是寻得西班牙语世界的认可，可这种诉求显然深受由帕拉乌·伊·法布雷（Palau i Fabre）领衔的加泰罗尼亚笔会代表团的抗拒，作家玛尔塔·佩萨罗多纳（Marta Pessarrodona）也在加泰罗尼亚代表团中。卡巴列罗·伯纳德用带着阿拉伯语和安达卢西亚方言腔、发音更像阿尔及利亚地方口音的法语在会议上抛出了代表团的诉求。巴尔加斯·略萨在看到加泰罗尼亚代表团成员们的反应时表现出了吃惊的表情。这件事，还有其他许多事,都是我在斯德哥尔摩亲身经历过的,我把这些经历写成了一份至今仍未出版的报告,标题是《一个热带作家的瑞典日记》(*Diario sueco de un escritor tropical*)。当时是1978年夏天。一年之前,我曾冒险前往澳大利亚,因为巴尔加斯·略萨领导的国际笔会当时正在悉尼召开会议。我们被通知出席该会议也是为了促使西班牙笔会加入那个国际组织中去。于是西班牙笔会的女负责人就派我前去了。后来巴尔加斯·略萨于1982年在他为纪念我的小说《燃烧的船》(*Las naves quemadas*)出版而写的文章里记录了我那次的行程和经历。他这样写道:"十五年前的那个充满激情的少年此时已经长成了一个决绝的、巴洛克式的男人,他想法很多,而且大多出人意料,他有能力为西班牙作家们组织一场不道德的朝圣之旅,到泰国去做'马杀鸡',两天后又能身着白衫,脖子上挂着几串纸做的项链,在国际笔会于悉尼召开的会议上宣读演讲稿,而且用的还是毛利语(我亲耳所闻)。"的确如此,我的蹩脚英语在那场会议上几乎起不到什么作用。那篇发表在西班牙《阿贝赛报》上的文章后来还成了读者圈出版社(Círculo de Lectores)出版的《燃烧的船》的前言[1]。

"他没帮上你任何忙。你让他写篇文章,他就写了。"在我告诉卡门·巴塞尔斯我一点儿也不喜欢巴尔加斯·略萨为《燃烧的船》写的文章时,她这样对我说道。"他没评论你写的东西。你可以把那篇文章忘了。"卡洛斯·巴拉尔那次也这样对我重复着同样的观点。但我还是想把它发表出来,那本书也是我在读者圈出版社

---

[1] Armas Marcelo, J. J., *Las naves quemadas*, Círculo de Lectores, Barcelona, 1983. 马里奥·巴尔加斯·略萨作序。

出的第一本小说。我记得很清楚，那个时期我和巴尔加斯·略萨关于文学的聊天内容几乎一直局限在我这代作家身上，我时常纠正他，有时非常傲慢，不过我也从那些讨论里学到了很多东西。我不会罗列那些作家的名字，不管巴尔加斯·略萨有没有读过他们，在我们的谈话中，他总会提到那些作家。举个例子，在悉尼的时候，在国际笔会的会议进行期间，我们聊到了他的最新小说《胡利娅姨妈与作家》——我带了一本过去，想让他给我签名，聊天的过程中我们提到了几位西班牙年轻小说家的名字。巴尔加斯·略萨一个都不认识，但他对他们很感兴趣。在西班牙语文化学院运转最好的那段日子里，那群作家中最出色的一位曾经作为西班牙的代表到拉丁美洲进行演讲，他的父亲带去了许多本他儿子写的小说，专门跑去在拉丁美洲每位著名作家的家门口放上一本。巴尔加斯·略萨就是其中之一，而爱德华兹则是另一位，他在给我讲述那件事时和我此时的语气差不多。后来又过了很长一段时间，我又跟巴尔加斯·略萨聊起了我这一代的作家。他总问我要关于那些作家的新消息，我给他的总是同一些名字。"还有别人吗？"他问我道。"可他们也很好啊。"我也一直带着同样的笑容这般回复他。

　　许多人认为巴尔加斯·略萨这次必定会久居利马了，而阿格达斯也成了利马之行中巴尔加斯·略萨重点提及的作家。他回到利马还有个原因：他当选了秘鲁语言学院院士。在表达了自己对祖国的怀念之后，他提到说如果二十年前有人告诉他他会成为院士的话，他肯定会觉得那人在开玩笑。巴尔加斯·略萨还提到说他之所以接受成为院士的"友善阴谋"是出于两个基本原因：秘鲁文学无依无靠的现状（情况和他二十九年前离开秘鲁奔赴巴黎时没有太大变化）以及"所有秘鲁人都应该为讲西班牙语并因而成为世界文化

（从左到右）巴尔加斯·略萨、卡洛斯·巴拉尔和 J. J. 阿玛斯·马塞洛，摄于《燃烧的船》发布会，巴塞罗那，1982 年 2 月

版图中的重要组成部分而感到骄傲,这也有西班牙的功劳"。阿格达斯成为他当选院士演讲中提及的中心人物,不过他同时也以隐喻的方式再次提及了秘鲁作家的斗争精神和孤独感——这与他在那之前撰写的与奥贡多·德阿玛特和塞巴斯蒂安·萨拉萨尔·邦迪相关的文章中所表述的想法一致,他认为秘鲁作家周围环绕着蟾蜍和游隼,这与《所有的血》(*Todas las sangres*)和《深沉的河流》(*Los ríos profundos*)的作者阿格达斯的"真实"想法不谋而合(尽管那同样是个戏剧性的隐喻)。多年之后,1996年11月,巴尔加斯·略萨将在墨西哥的经济文化基金会出版社出版《古老的乌托邦:何塞·玛利亚·阿格达斯和土著主义文学》(*La utopía arcaica: José María Arguedas y las ficciones del indigenismo*),我们将在本书的最后一部分详述这部文论作品。

回到秘鲁定居意味着再次回归到那种混乱的环境中去,也意味着和老友们的重逢,不过这一切都没有改变巴尔加斯·略萨。在1977年年底于悉尼举行的那场会议中,巴尔加斯·略萨将他的外交才能展现得淋漓尽致,不断在韩国人、英国人、菲律宾人、墨西哥人、流亡的克罗地亚人、犹太人、阿拉伯人和各种各样的基督徒、写作者中间游走。作为领袖人物,巴尔加斯·略萨对于国际笔会在全世界范围内开展工作来说是不可或缺的,面对那些总是非常激动的写作者,他能够始终保持谨慎克制。那时的我们怎么也想不到柏林墙会永远倒塌掉,也想不到戈尔巴乔夫会把人类历史上最阴暗的帝国之一的老底展现给我们,我们同样想不到当时流亡于澳大利亚的几位克罗地亚作家提及的自由的克罗地亚的边界竟然真的有可能被划定下来:当时这些都还是虚无缥缈的事情。在那几天里,巴尔加斯·略萨展现了自己的外交才能、协调能力和影响力,他在各个层面影响着那次会议的进行。后来他病倒了，我从没见过他得那么重的感冒。等到他再次出现在会场的时候，他穿了件具有菲律宾特色的薄布短衫，会场上爱嚼舌头的人因而造谣说他"逃到曼谷和马尼拉待了几天……"，类似的谎言我从来没信过……

也许利马的气息，观花埠的某些地方，与分别多年的家人们的团聚，促使他重拾多年前的一个写作计划，他早就想写一部关于一位他年轻时认识的"广播剧作家"的小说了——当然了，那人是观花埠人，他决定把一些私人"魔鬼"添加到那部小说——那部关于佩德罗·卡马乔，关于劳尔·萨尔蒙的小说——里去，随着情节的展开，那些私人"魔鬼"竟慢慢在他写作的过程中成了小说的主旋律。《胡利娅姨妈与作家》于1977年上市。小说中的自传成分显而易见，老到的读者可以轻易将之辨别出来——在巴尔加斯·略萨的小说里还是头一遭出现这种情况，那本小说里依然伴着幽默的气息，言语细腻柔和，因此许多评论家把它同曼努埃尔·普伊格（Manuel Puig）的小说联系到一起——那些评论家中包括卡布雷拉·因凡特（Cabrera Infante）和安德烈斯·阿莫罗斯（Andrés Amorós），科林·特亚多（Corín Tellado）则把那本小说同巴尔加斯·略萨痴迷一生的关于"写作之癖"的主题联系到了一起。

不过正如奥维多所言，从巴塞罗那离开，抵达秘鲁之时，巴尔加斯·略萨的脑子里就已经有了一个伟大的写作计划，他要写一本史诗级的小说，只不过那时这个想法还有些模糊，盘旋在他脑海中的是1973年和鲁伊·格拉合作的那部电影脚本，当时他才刚刚写完《潘达雷昂上尉和劳军女郎》。他想讲述关于卡努杜斯起义的故事，还有那次历史事件留下的有关宗教狂热的传说和谜团，关于那次事件，巴尔加斯·略萨已经通过阅读库尼亚的《腹地》而有所了解了。

写作的想法愈加强烈,为了能更自由地进行创作,巴尔加斯·略萨一丝不苟地搜集各种各样的材料,从1976年开始,直到他奔赴"那片荒凉的巴西腹地,来直观地感受故事发生地的样貌特点"[1]。《世界末日之战》对所有人来说都是一个惊喜。首先,那是巴尔加斯·略萨创作的小说第一次不以自己的祖国秘鲁为故事背景;其次,那部小说是文学"魔鬼"(我又借用了巴尔加斯·略萨的说法)作用的结果,是他阅读如社会学、历史学著作一般具有纪实性的《腹地》的结果;再次,巴尔加斯·略萨再次创作出了一部大部头小说,再次回归到了对全景小说的执念中去,那种久已有之的念头使得他在创作人物和故事情节时总是想要——也几乎总是徒劳——囊括方方面面的东西,把如弑神者般的小说家脑子里构思的虚构世界的所有维度都呈现出来。据巴尔加斯·略萨对里卡多·A.塞蒂所言,《世界末日之战》是他本人最喜欢的个人作品。[2] 同样的话他还对许多对他为何想到要写这样一部小说感兴趣的记者说过,那些记者有的来自巴西,有的则来自其他国家。对我和其他许多人来说,这是他写得最像托尔斯泰的《战争与和平》的小说,这样的比较绝对没有任何让人反感的意思,至少在这个例子里没有。在创作《世界末日之战》时,巴尔加斯·略萨坦陈道:"我一直想让这部小说符合故事发生的时代的文学风格,《战争与和平》、大仲马的历史小说或《白鲸》;换句话说,要像那些具有伟大的史诗情节的小说一样,以此弥补我和那个故事之间的时空差。我觉得我在这个故事里寻觅到了这种可能性。"[3]《世界末日之战》最终于1981年10月

---

[1] Oviedo, José Miguel, op.cit., p.49.
[2] Setti, Ricardo A., op.cit., p.39.
[3] Vargas Llosa, Mario, *El escritor y la crítica,* op.cit., p.311.

同时在墨西哥、加拉加斯和巴塞罗那出版发行（由两家出版社出版：赛伊克斯·巴拉尔出版社发行精装版，普拉萨·伊·哈内斯出版社发行平装版）。同样是在那段日子里，在马德里的一档由路易斯·德尔奥尔默主持的广播电台节目中，巴尔加斯·略萨提到自己还没见过西班牙国王。他立刻就接到了萨苏埃拉宫（la Zarzuela）的来电，国王胡安·卡洛斯一世将在那天早晨在私人接见室接见他。现场照片展现出了那场会面的和谐氛围，在二二三政变发生之后，已经没人再质疑西班牙国王在民主思想上的坚定立场了。

有趣的是，在对卡努杜斯起义和《腹地》着迷的同时，由于回到了秘鲁（有时还会做些短期旅行来"感受一下国外的气息"，还在 1977 年下半年到 1978 年 5 月在英国剑桥大学的西蒙·玻利瓦尔讲堂主讲一门课程），重新和家人们相聚到了一起，巴尔加斯·略萨也重拾了家庭"魔鬼"，同一时期，他还重新创作起了在遥远的——时间和空间上都是如此——皮乌拉以入门写作者的身份实践过的文体：戏剧。《塔克纳小姐》（*La señorita de Tacna*）是在远离秘鲁的剑桥写成的，当时巴尔加斯·略萨正在进行西蒙·玻利瓦尔讲堂的课程。那部戏剧在布宜诺斯艾利斯首演，由埃米利奥·阿尔法罗出色指导，女演员诺玛·亚历杭德罗出演剧中的主要角色。《塔克纳小姐》于 1981 年 4 月在巴塞罗那出版，比《世界末日之战》的出版早了几个月。同年，由于《塔克纳小姐》在布宜诺斯艾利斯大获成功，巴尔加斯·略萨重新赢得了阿根廷读者和支持者的喜爱。在那段时间，巴尔加斯·略萨在阿根廷首都同埃内斯托·萨瓦托进行了会面，在之前许多年里，两人始终保持着疏远的关系。我并不认为巴尔加斯·略萨对豪尔赫·路易斯·博尔赫斯作品的喜爱是造成埃内斯托·萨瓦托当年对巴尔加斯·略萨持负面观点的原因,我是在1977年了解到那种负面观点的,但我一直对此闭口不言,直到今天。

萨瓦托当年来到大加那利的拉斯帕尔马斯来做庆祝10月12日[1]的讲座活动。我负责联系通知舟车劳顿的埃内斯托·萨瓦托他的讲座被安排在了西班牙国王和墨西哥总统发言之前。1977年10月12日,在表达了惊讶之情后,萨瓦托振奋精神,表现出了自己的语言天赋,在大加那利的拉斯帕尔马斯的佩雷斯·加尔多斯剧院里发表了一番呼吁西班牙语国家为自由而奋斗的宣言。当时拉丁美洲各国驻西班牙的大使全数在场。其中一位,厄瓜多尔大使,是埃内斯托·萨瓦托的好朋友,也是我的好朋友,他叫阿方索·巴雷拉·巴尔韦德(Alfonso Barrera Valverde),他当时已经是优秀的小说家、外交官了,一段时间以后还当了厄瓜多尔的外交部长。巴雷拉·巴尔韦德在某个晚上邀请我们到他家吃晚饭,那已经是在萨瓦托在西班牙国王和墨西哥总统面前成功演讲之后的事情了。那次晚宴在和谐的氛围中展开。参加晚宴的有不同年龄、不同国籍、不同政治思想和宗教信仰的作家,众人之间唯一的相似之处就是大家都使用西班牙语。在面对巴雷拉·巴尔韦德大使的问题时,我的回答触碰到了敏感话题。当时大家自然而然地谈论起了文学,我也不记得巴尔加斯·略萨的名字是怎样出现在谈话中的。这让那位伟大的阿根廷作家的怒意爆发了出来。"你的那位小友巴尔加斯·略萨,恬不知耻地剽窃了我很久之前写的东西,我写那些东西的时候他还没出生呢。对,当然了,"他说这番话的时候盯着我,我露出了惊讶的表情,"他给改头换面了一番,他用了'魔鬼'这个词,而我老早就

---

[1] 哥伦布"发现"新大陆的日子,也是西班牙国庆日和西班牙语世界日。——译注

把这个想法写了出来，而且用的是它应该有的名字：'幽灵'。"他指的是他的《作家及其幽灵》（*El escritor y sus fantasmas*），那本书出版的确先于巴尔加斯·略萨写加西亚·马尔克斯的著作。后来他平静一些了，谈论了"文学爆炸"和与之相关的许多小说家，他说那些人忘记了在他们出现之前就有另一些同他们一样重要的作家或比他们更重要的作家取得了成功，那些也是在文学世界里留下了姓名的人，"奥内蒂、阿莱格里亚、阿格达斯、鲁尔福、卡彭铁尔，甚至博尔赫斯"，萨瓦托这样说道，他显然是做了一番挣扎才提到了博尔赫斯的名字。

这是个无足轻重的小插曲，但在《塔克纳小姐》在布宜诺斯艾利斯首演的那段日子里，我在《领会》杂志上看到萨瓦托和巴尔加斯·略萨一起出现的照片时，还是想起了它。尤其是那位阿根廷作家还从文学的角度盛赞了《塔克纳小姐》和那位秘鲁小说家的所有作品。他们的文学关系又变得和谐了起来。

在一次又一次旅途中，在对戏剧的重新发现和为追逐全景小说而做出的同往日一般的奋斗中，在家人之间，在秘鲁和文学之间，在那条绦虫持续不断吸收着文学家创作活动的能量的状态下，巴尔加斯·略萨继续生活、旅行、写作。巴尔加斯·略萨的三部戏剧作品写于不同的大陆，剧中的人物出现在了不同地方的舞台上：《塔克纳小姐》（1981）和《凯蒂与河马》（*Kathie y el hipopótamo*，1983）写于利马（1985年11月，巴尔加斯·略萨和我曾经在迈阿密观看过一群戏剧爱好者排演后一部剧，当时迈阿密正在举办书展，巴尔加斯·略萨以嘉宾的身份受邀出席）；《琼加》（*La Chunga*，1986）则写于伦敦（巴尔加斯·略萨时常会回到那座城市去，甚至视为自己"二次流亡"的"肉体居住的祖国"），首演于1987年

10月的马德里,由娜蒂·米斯特拉尔担任主演。

"有时候人们留意不到马里奥也是个思想家,他把自己的政治思想、社会思想融入了文学作品中,就和雨果、巴尔扎克一样。"埃米利奥·阿尔法罗在与我的某次会面中曾这样说道。他当时是在排演《塔克纳小姐》,后来那部剧顺利上演了。他说得没错。《世界末日之战》和《绿房子》一样,也和《城市与狗》与《酒吧长谈》一样,甚至和巴尔加斯·略萨的其他所有作品一样,都被打上了他的思想烙印,只不过他不想以之对读者宣教,也不想被他人教化。巴尔加斯·略萨的作品呈现在读者面前的是一种肉体和地理意义上的野蛮状态,既包含有人性,又有兽性,他出身的那个世界就是这个样子。通过展示那样一个世界,他希望那里能够朝着他在自己的作品里描绘的另一个世界——西方民主世界,理性的世界——不疾不徐地发展。在那种民主状态下,不公正现象无论如何也无法切断个体自由的根,无法阻止人们对权力进行批判。"他从来就不是个马克思主义者,"他在政治和文学领域的"敌人"之一米尔科·劳埃尔(Mirko Lauer)后来这样说道,"他只是个改革分子。"他在巴尔加斯·略萨看上去有望成为秘鲁总统时这样补充道:"他如今已经表现出了他那张真实的右翼人士的面孔。"

不过在我的记忆中,埃米利奥·阿尔法罗的话至今仍像水滴声一般清爽:"他们不想理解他。他是个思想家,是个文化人、文明人,他希望自己的祖国和拉丁美洲能像欧洲一样找到解决政治和社会问题的途径。"在巴尔加斯·略萨提及他最大的政治目标——让拉美国家像欧洲国家一样找到民主良方——之时,我也听到了他的众多敌人——几乎总是作家,还有些记者,他们顶着意识形态方面的谎言,理应为我们的历史上出现的部分错误负责——的反应。

"怎么能那么说呢？欧洲人的方法只适用于欧洲，"那些人这样说道，"对于我们这些拉丁美洲人、拉丁美洲国家来说，能起效的只有拉丁美洲的方法。"巴尔加斯·略萨的小说总能在思想领域掀起一番争论，而那些人总以这同样一番说辞来作为回应。

9

在"成熟女人"的怀抱中
（1988—1990）

埃米利奥·阿尔法罗表示，自从《世界末日之战》出版以来，巴尔加斯·略萨的政治思想插上了风帆，有了更多维度。在那个时期，他甚至拒绝了被秘鲁人称为"副职"的政治职务，而那份职务是共和国总统费尔南多·贝朗德亲自向他提出的。从那时开始，在近十五年的忙碌岁月中，他不断在重要的国际事务中发声，也在多所大学的讲台上展露自己的观点和立场。就这样，巴尔加斯·略萨在那些捍卫西方世界，想要把西方民主思想传播给第三世界国家的人的心中有了举足轻重的地位，不过与此同时，他也慢慢在他早就放弃的另一块"练兵场"——与拉丁美洲乃至全世界左翼人士的论战——上逐渐败下阵来。菲德尔·卡斯特罗治下的古巴的一些官方作家曾经到访巴尔加斯·略萨在太平洋海岸边巴兰科区的住所——他从1978年起就住在那里了，但毫无成果。在这些年里，巴尔加斯·略萨的声音愈发有力，道德声望也越来越高，不仅因为他在持续发声，更是因为那时的拉丁美洲的民主政府数量达到了顶峰，但外债和内耗问题也同样达到了峰值。

那是在1985年前后，在我们这些朋友中间开始流传关于对巴尔加斯·略萨未来的揣测。当然了，他并没有停止工人-作家的工作习惯——固定的写作时间，为文学创作而着迷，但我们文化圈子里流传的消息显示他似乎把许多精力放在了政治上，他不断就发生在全世界的政治事件发表观点。所以我们当时就开始认定巴尔加斯·略萨"可能要当秘鲁总统了"，卡洛斯·巴拉尔说这句话时语气透着忧郁，那是在巴尔加斯·略萨建立自由运动组织（Movimiento Libertad），决定参加秘鲁总统大选的五年之前。如今在我们面前的是一位随着岁月流逝政治思想已日渐成熟的政治家了吗？他还是那个几十年前怀着又爱又恨的心情逃离马克思主义的人吗？也许在我们眼前的是这样一位作家：他和许多让他崇敬的作家一样，在多年之后依然无法摆脱政治的折磨。是这样吗？从某种程度上来说，托尔斯泰式的作品《世界末日之战》（1981），还有《狂人玛依塔》（*Historia de Mayta*，1984）、《谁是杀人犯？》（*¿Quién mató a Palomino Molero?*，1986），可能还得加上《叙事人》（*El hablador*，1987），这些作品都表明巴尔加斯·略萨又开始——也许是无意识的——利用自己的文学作品呼吁对不断重回野蛮状态的拉丁美洲历史进行反思了，他发现拉丁美洲并没有像自己期待的那样步入文明化和现代化：政治和宗教狂热、民族主义、军国主义，从很久之前就阻碍着民主意识进入有着庞大官方体系的秘鲁，土著传统和那些敢于深入雨林考察那个让人难以理解的国家的人（巴尔加斯·略萨正是其中一员）之间有着巨大鸿沟，而那个国家是如此可怕，谁也不知道末日究竟会在哪天降临。

　　文学评论界在评论《世界末日之战》时有各种不同的观点。而正如预料的那样，《狂人玛依塔》的接受程度很糟糕，让人感到遗憾的是，无论是在西班牙还是在拉丁美洲，人们都无力理解巴尔加斯·略萨真正的努力方向，他想让其他地方的人，非秘鲁人，了解军国主义思想让那里的人疯狂到了何种程度。至于《谁是杀人犯？》这部短篇小说，它承接了多年之前的《绿房子》中的某些人物和故事，可却被许多人认为只不过是对《一桩事先张扬的凶杀案》的简单粗暴的回应（因为人们依然喜欢把加西亚·马尔克斯和巴尔加斯·略萨的公共活动乃至文学作品放到对立面上去看）。最后，按照西班牙喜欢斗牛的人们的说法，《叙事人》是"一根骨刺"。问题还是同一个：作为作家的巴尔加斯·略萨从十年前就开始显露出了疲态，他一直在写一些短篇小说，而这些短篇小说的文学价值较小，或者至少存疑；与此同时，他一直在试图投入那个"成熟女人"的怀抱中，他一向认为没有任何作家能抗拒这么做，那个"成熟女人"就是政治。

根据巴尔加斯·略萨本人的说法，当时他正在利马休养，"在靠近通贝斯的一处沙滩上"，他从广播里听说了阿兰·加西亚总统要将秘鲁的全部银行国有化的计划。那是1987年7月28日。8月12日，他在《商业报》上发表了题为《走向极权化的秘鲁》的文章。同日，他的名字又出现在了一份由秘鲁知名人士签署的反对阿兰·加西亚银行国有化政策的联名信上，后者在其竞选总部里曾表示自己永远不会做出那个决定。9月24日，巴尔加斯·略萨向所有秘鲁人民发表公开信，这是他决意对抗阿兰·加西亚政府的结果。公开信题为《在历史的旋涡中》，朗读行动在广播电台和电视上同步直播。巴尔加斯·略萨这个"魔鬼"——这是后来一个阴暗的共产党议员对他的称呼——开始为竞选秘鲁总统做预演了。我们这些朋友所担心的事情就要发生了，作为二十世纪末全世界最有影响力的作家之一，巴尔加斯·略萨正飞速向他的政治命运靠拢。在超过十年的时间里，世界各地都在为他颁发各种各样的文学奖项。他的名字多次出现在诺贝尔文学奖候选人名单上。巴尔加斯·略萨还经常奔赴数千公里之外的地方领取授予他的某部作品或他的文学成就或他的公民态度的某个奖项。或者就像有些人说的那样，有人觉得必须让这位充满争议、有教养、勤劳、说着一口秘鲁利马腔英语的外国绅士作家更具有权威性。这位作家不分日夜地沉浸在文学的世界里，不断滋养他体内的那条绦虫。

他在1986年获得了阿斯图里亚斯王子奖，这个奖项似乎成为他疯狂的政治之旅的前奏。我们这些朋友都在谈论他在政治领域的积极活动，而他则进行了自我辩解，他解释说那只不过是局势所迫罢了。"我将永远是个作家。"他这样说道。几年之后，沉浸在荒唐的秘鲁总统大选中无法自拔之时，他依然坚定地对许多追逐他的记者说道："在政治领域，我只是个过客。"但事实上，我们很多人都害怕他并非只是在政坛上匆匆而过。我们害怕政治——或曰作家的废墟——会杀死那条绦虫，让他不再痴迷文学，害怕那条在他不去写作或轻松写作时都会咬他一口的绦虫消失，害怕他会丢弃他的"写作之癖"。他在坎波亚莫剧院宣读了一篇堪称典范的发言稿，再次捍卫了西班牙语，以作为获得阿斯图里亚斯王子奖的回应。发言稿《"鬼面人"在阿斯图里亚斯》谈论的是"出生于1629年到1632年间"的秘鲁印第安人"鬼面人"。"鬼面人"原名叫胡安·埃斯皮诺萨·德梅德拉诺，"脸上长着肉瘤和一颗巨大的痣，因而得了那样一个绰号。不过与他同时代的人还给他起了另一个绰号：'崇高的博士'。因为那个来自阿普里马克的印第安人最后成了那个时代最有学识的人之一，还当了作家，他的文字风格扎实辛辣，极具画面感，如迷宫一般，五光十色，让人回味良久。那些

1986年11月，巴尔加斯·略萨从堂费利佩·德波旁（右）手中接过阿斯图里亚斯王子奖

文字巩固了拉美文学中的巴洛克传统，为几个世纪后的莱奥波尔多·马雷查尔、阿莱霍·卡彭铁尔和莱萨玛·利马的文学奠定了基础"[1]。

我们来到 1986 年秋天。我们这些跟巴尔加斯·略萨关系密切的人知道有些不一样的*东西*——至少这一次——正在他的脑子里盘算着。那只是种直觉，但却让我们很不安。举个例子，我同豪尔赫·爱德华兹聊过许多次，我俩一致得出结论：对巴尔加斯·略萨来说，政治是件很危险的事情，但也是一种过于强大的诱惑。当时已经成了社会党议员的卡洛斯·巴拉尔断言这次我们会输，因为看上去政治对身为当今文坛最重要的小说家之一的巴尔加斯·略萨的吸引力比我们想象的还要大。巴尔加斯·略萨在演讲稿《"鬼面人"在阿斯图里亚斯》中对他的文学之癖、文学激情进行过一番蓄但明确的捍卫，不过至少在大部分民众面前，巴尔加斯·略萨已经被政治这个"成熟女人"抓到手里了，不久之后他就爱上了这个"女人"，当大批民众聚集在利马的圣马丁广场示威反对银行国有化政策的时候，当他们不停地大声喊着"马里奥，朋友，人民同你在一起"的时候，还有人喊话的内容更糟糕："马里奥，总统！马里奥，总统！"有些人是他的敌人，却和我保持着比较近的关系，他们给巴尔加斯·略萨"诊断"的"病根"是：虚荣心。就我来说，我一直试图为我们当时已经预见到的巴尔加斯·略萨参与政治的选择找到合理的解释。在我看来，那位秘鲁小说家从来就没有停止过对政治的关注，不过他的确从未真正地参与过实实在在的政治活动。他

---

1 Vargas Llosa, Mario, "El Lunarejo en Asturias"，领取阿斯图里亚斯王子奖时的演讲稿。发表于 1986 年 11 月 23 日的西班牙《国家报》，并收录于 Vargas Llosa, Mario, Contra viento y marea, op.cit., vol.III。

的确抵达过"地狱之门"的边缘,那令人目眩的边界,我指的是令作家痴迷的政治主题,不过他从来没有进到那个满是无耻谎言、外交辞令、虚情假意的地狱里面。政治就是那副样子,至少巴尔加斯·略萨的小说、文论和充满争议的报刊文章中描绘的政治就是那副样子。此外,他还面临失去生命的风险。"光辉道路"(Sendero Luminoso)已经把他列为他们的恐怖行动所针对的头号目标。在决定跻身政坛,竞选秘鲁总统——在巴尔加斯·略萨还是个问题多多的青年人的时候,有些家人就已经对他父亲埃内斯托·巴尔加斯预言过这种情况——之前他必须考虑到这一点。

1988年9月16日,巴尔加斯·略萨通过利马媒体发表了一份声明。总结来看,那份声明应该被视作他参选秘鲁总统的宣言,此时离大选正式开始(1990年4月)还有不到两年时间。巴尔加斯·略萨已经投入刚刚创建的自由运动组织的工作中去了,而且后来他还和秘鲁中右翼的几个传统政党联合组建民主阵线(FREDEMO),可实际上——至少在我看来是这样,那种联盟对"士官生"登上总统大位来说没起到任何积极作用。在那份声明里,巴尔加斯·略萨概括性地表示自己的哲学、经济、社会和文化理念是有可能有效的。"为了一个可能的秘鲁。"这正是巴尔加斯·略萨的愿望,也是作为其竞选先声的文章《静谧的革命》的极佳概括。这篇文章写于1986年11月的利马,被用作了秘鲁经济学家埃尔南多·德所托的著作《另一条道路》(*El otro sendero*)的序言,那时后者是前者的好友兼经济顾问。

接下来,让我们这些朋友和他的许多家人担心的事情发生了。那也是他的敌人们一直在等待的事情,那些敌人有的来自秘鲁国内,但更多来自秘鲁之外,他们想要利用这次机会彻底搞坏巴尔加斯·略萨的形象。"虚荣心可以搞定所有人,包括文学明星。"一个对"士官生"又崇敬又抗拒的知名拉美作家大笑着这样对我说道。我除了以同样的方式("这是个道德姿态,"我这样说道。)来回应他之外别无他法了,因为巴尔加斯·略萨决定参与政治活动,想要把他的国家的总统大权握在手中的选择本身就充满争议性。我又补充了一句:那是个废墟一样的国家,文化凋零,还受到了恐怖主义的摧残,社会不公问题摧毁了那里,人们已经放弃它了,总之,那是个"千面之国"(巴尔加斯·略萨在他描写秘鲁的那篇激动人心的文章里就是这样称呼那个国家的),那个国家自己都不知道在某个时刻会迎来怎样的命运。关于那个国家,巴尔加斯·略萨已经说了太多,也写了太多,而且总是持强烈的批判态度,他和自己祖国的关系,用他自己的话来说就是:"要说明这种关系,用比喻要比下定义更有用。秘鲁对我而言就是种难以治愈的恶疾,我和它的关系剧烈而紧张,充满暴力又满怀激情。小说家胡安·卡洛斯·奥内蒂曾经对我说过作为作家的他和我之间的差别何在,他说我和文学是婚姻关系,而他和文学是通奸关系。"[1] 巴尔加斯·略萨还说道:"我觉得比起夫妻关系来,我和秘鲁的关系也像是种通奸关系,也就是说,充满了猜疑、激情与愤怒。我有意识地与所有形式的民族主义进行斗争,我认为民族主义是人类最大的缺陷之一。它为最糟糕的违法行为提供了不在场证明。可事实是,在我的祖国发生的事情让我更加激愤也更加兴奋,在那里正在发生的事情或曾经发生的事情总是不可避免地与我产生密切的联系。如果要衡量一番的话,很可能在我写作的时候,心里想到的关于秘鲁的东西更多的是它的

---

[1] Vargas Llosa, Mario, "El país de las mil caras", *Contra viento y marea*, op.cit.

1989年4月,签署民主阵线成立文件。从左到右:路易斯·贝多亚·雷耶斯(基督教人民党)、费尔南多·贝朗德·特里(人民行动党)和马里奥·巴尔加斯·略萨(自由运动组织)

缺点。也许我对困扰秘鲁的问题进行批评时有些过于严厉了,甚至有失公允。不过我认为,在那些批评背后隐藏着的是我对秘鲁深沉的爱。哪怕我对秘鲁心生恨意,那种恨,就像塞萨尔·巴列霍的诗句里写的那样,也始终透着浓情蜜意。"[1]

1990年6月,在总统大选第二轮选举中,巴尔加斯·略萨在面对"变革90"推出的总统候选人阿尔韦托·藤森(Alberto Fujimori)时败下阵来。藤森是在选战最后几天踏着铺着沥青的丛林之路进入利马政坛的,他就像是幽灵一样飘浮在巴尔加斯·略萨政治之梦的上方。在家族里,藤森算得上第一代日裔秘鲁移民,后来一直在秘鲁共和国总统宝座上坐到2000年。在那一年,他做出了所有秘鲁小说家——包括巴尔加斯·略萨在内——都虚构不出来的事情:在对亚洲多国进行国事访问途中逃到了日本,并宣布辞去秘鲁总统的职务,因为他担心自己会因为那些从没有任何一个政坛领袖犯过的严重罪行而被抓捕,判刑。许多专家认为巴尔加斯·略萨之所以败选是因为他向自己的祖国秘鲁展示了那个国家最丑陋不堪的一面,那些东西也许就像他于1986年11月在奥维多的坎波亚莫剧院提及的"鬼面人"的肉瘤一样让人难以忍受。此外,为了把他的祖国从深深的井底拉上来,他决定采用最激进的经济政策,在他的敌人们看来,推行那样的政策会让穷人更穷,富人更富。巴尔加斯·略萨的经济顾问之一,他当时的朋友埃尔南多·德索托是个信奉自由主义理念的经济学家,后来他背弃了巴尔加斯·略萨。巴尔加斯·略萨和他在前者公开反对银行国有化不久之后就关系破裂了。似乎是种矛盾又邪恶的文学式的偶然,埃尔南多·德索托扮演

---

[1] Vargas Llosa, Mario, "El país de las mil caras", *Contra viento y marea,* op.cit.

过一段时间藤森政府中专管经济的要员的角色，终日生活在死亡、神经痛和无穷无尽的经济、政治、社会及文化衰败之间。

巴尔加斯·略萨输掉了秘鲁总统大选。或者说秘鲁失去了他，从很久之前开始就失去了他。巴尔加斯·略萨在"成熟女人"——政治——的怀抱中的短暂冒险将是本书下一章节"政坛过客"的描述重点。"士官生"的败选自然意味着候选人藤森的胜选。我们这些朋友第一时间表达出了那种有些矛盾的感觉：我们为巴尔加斯·略萨回到文学的世界中来感到高兴，但又为他在一场连马托雷尔笔下的骑士蒂朗都无法想象的最为精彩的战役中败下阵来而感到难过。选举结束，回到欧洲后的巴尔加斯·略萨在巴黎酒店里他的儿子贡萨洛·加夫列尔的赠书中发现的那段文字把事情说得很明白了：感谢那场政治失败，它让巴尔加斯·略萨重新成为文学家。

在那段日子里，当藤森已经在皮萨罗府登上总统宝座时，我生出了阅读巴塞罗那读者圈出版社出版的收录了巴尔加斯·略萨在选战期间为该出版社"普拉塔图书馆丛书"（la Biblioteca de Plata）所撰写的前言和介绍文章的集子，那是那条绦虫指引着他回归生活和文学的结果。《谎言中的真实》（*La verdad de las mentiras*）1990年3月在各书店上架，当时大家都认为巴尔加斯·略萨在大选中胜券在握，几乎可以提前宣告胜利了。书中的文章是巴尔加斯·略萨为自己最喜爱的小说撰写的前言，它们不仅展现出作者渊博的文学知识，更表现出一个满怀激情的作家从那些同样怀有写作之癖的文坛前辈身上学到的东西，这些前辈有：托马斯·曼、乔伊斯、多斯·帕索斯、菲茨杰拉德、伍尔夫、黑塞、福克纳、赫胥黎、亨利·米勒、卡内蒂、格雷厄姆·格林、加缪、莫拉维亚、斯坦贝克、纳博科夫、帕斯捷尔纳克、兰佩杜萨、君特·格拉斯、海因里希·伯尔、川端康成、莱辛、索尔仁尼琴、贝娄和海明威。那些评论大多是巴尔加斯·略萨对这些作家的某些作品进行过深入阅读之后的结果。文章的落款要么是利马的巴兰科区，要么是伦敦，那是他文学生活的两个避难所。这些文字也表现出巴尔加斯·略萨在文学绦虫和对政治这个"成熟女人"的激情之间的摇摆状态。

读完《谎言中的真实》后，我得出了一贯的结论：作家巴尔加斯·略萨永远都不可能放弃文学。同样是在那段时间，我还读了他在1988年6月出版的小说《继母颂》（*Elogio de la madrastra*）。我读它，或者说重读它，是因为巴尔加斯·略萨的败选。在重读《继母颂》之后，我又去读了巴尔加斯·略萨非常喜爱的乔治·巴塔耶的作品。巴塔耶是漫长的情爱写作传统的现代代表。巴尔加斯·略萨笔下的情爱因素并不是什么新鲜事，但是像《继母颂》这个故事一样把这种因素如此明白无误地展现并进行文学描写的却绝无仅有。在这个故事里，一位秘鲁女性诠释了巴塔耶在《我的母亲》中描绘并讲述的社会悲剧。我当时想到的是那个男人，那位作家，那个已经不可能当选秘鲁总统的人。这是不是只是*第一回合*呢？只是他在政坛的第一场战斗，一场突击战？毕竟政治曾经使得许多作家的生活*变得完整或变得黯淡*。在不久的将来，巴尔加斯·略萨还会再次在他的国家，那个矛盾、奇特、怪异、遥远的千面之国，积极投身政治事业吗？

秘鲁选择了藤森，选择了那个"怪人"——外交圈子里几乎所有的专家都这样称呼那位候选人。还有另一些人，例如记者塞萨尔·希尔德布兰特，倒是说出了外交界出于谨慎而从未说出的部分真相。"秘鲁放了个臭屁。"阿尔瓦罗·巴尔加斯·略萨在《竞选中的魔鬼》中这样写道。阿尔瓦罗·巴尔加斯·略萨的这句话实际上是记者希尔德布兰特说的，他认为候选人、未来总统藤森给利马的空气留下的就是那样一种气息。"奇怪的臭屁"也好，宿命论结局也罢，巴尔加斯·略萨的败选有些矛盾地被他的朋友们和敌人们同时庆祝着，当然这两拨人的情绪是不同的，不过高兴的原因大同小异。对于一些人来说，巴尔加斯·略萨输了就意味着他们赢了；对我们来说，巴尔加斯·略萨输了就意味着另一个巴尔加斯·略萨赢了，作为作家、属于文学的巴尔加斯·略萨。

在确认"战败"短短几个小时之后，作家巴尔加斯·略萨就抛下了他和政治这个"成熟女人"的通奸关系，从地狱逃向了自由的文学世界。在伦敦这个多年里一直是他文学府邸的地方，他走向与自我的重逢。他回归平静的生活，继续不知疲倦地写作，到海德公园散散步，再次按照工人-作家的时刻表生活。何塞·费雷尔希望把巴尔加斯·略萨的新戏剧《阳台狂人》（*El loco de los balcones*）搬上舞台。巴尔加斯·略萨在一年时间里没有再发表与政治有关的声明，仅限于就全世界发生的重要事件撰写文章，他严谨地撰写他的回忆录《水中鱼》（*El pez en el agua*）。他对另一本与《谁是杀人犯？》和《狂人玛依塔》同类型的小说的构思也已经十分成熟了。那本小说是《利图马在安第斯山》（*Lituma en los Antes*），《绿房子》中的主要人物之一、警长利图马再次现身（实际上他还曾在戏剧《琼加》中露过面）。利图马在小说里针对一起案件进行了细致的调查，小说描写很有福楼拜的风格。巴尔加斯·略萨还有一个正在开展的写作计划，他想写点儿关于他最喜欢的小说家之一维克多·雨果的东西，从青少年时期到成年时期，他一直很喜欢那位法国作家。同时他还一直再三思索，想要根据女权主义者弗洛拉·特里斯坦的经历写一本小说。他的文学典范之一，作家塞巴斯蒂安·萨拉萨尔·邦迪已经写过关于那位女性的东西了，可这个想法依然变成萦绕在他脑海中的文学魔鬼。

他继续在全世界旅行。在不同国家、不同层次的大学里做讲座、开课程。他满怀热情地写了许多关于撒切尔夫人的文章。在海湾战争中，他支持联盟军队一方。他每发表一篇文章，就会在文化圈内外招来骂声。但是他从不在自己的世界观方面让步。他的道德观、经验、美学观和文学观帮助他在每次发表观点时都表现得愈发成熟。在他的祖国选择了"怪人"后，他每年都要跨越大西洋三到四次。五十五岁的作家巴尔加斯·略萨依然是诺贝尔文学奖强有力的竞争者。在 1990 年 6 月总统大选之后，"士官生"巴尔加斯·略萨要在多年之后才重回秘鲁。他住在伦敦，滋养着体内的绦虫，虚构着那些已成为魔鬼——人物魔鬼、文学魔鬼、历史魔鬼、想象魔鬼——的事件，让它们化作文字。

第二部分
政坛过客

"一个作家用以描写他的祖国的文字越尖锐，越可怕，他对它的爱意就越浓烈。"

马里奥·巴尔加斯·略萨

10

我们的主人公在哈瓦那
（1971）

"昨天埃贝托·帕迪利亚（Heberto Padilla）在哈瓦那被抓了。"我在 1971 年 3 月 21 日上午对诗人安赫尔·贡萨雷斯说道。那是平静的一天，我开着我的那辆白色老亨伯轿车，沿着大加那利的海岸线糟糕的公路行驶。诗人安赫尔·贡萨雷斯是"五〇一代"诗人中最重要的代表人物之一，还是个反佛朗哥的共产主义人士，很同情全世界的革命事业。他曾不止一次把化名"费德里科·桑切斯"的豪尔赫·赛普伦——在西班牙，尤其是马德里，地下活动搞得最积极的共产党领导人之一——藏匿在自己家。

安赫尔·贡萨雷斯当时正在参观大加那利的拉斯帕尔马斯，他来到这里的主要目的是给自己几周前临时清单出版社出版的诗集《传记短注》做宣传活动。他是个朴素有教养的诗人，曾经多次表现出对古巴革命的支持态度，此时沉默了几秒钟，想要缓和自己的惊讶心情，然后目不转睛地盯着我。"我是在报纸上读到这个消息的，几分钟前广播里也播了。"我补充道。"如果消息无误的话，在哈瓦那肯定正在发生什么严重的事情。"他停顿了片刻，对我这样说道。他也许想到了那位古巴诗人此时的艰难处境。实际上，在哈瓦那确实正在发生十分严重的事情。

帕迪利亚事件——西方媒体上很快就以此命名该事件了——是个延迟引爆的炸弹,实际上世界上的许多诗人、作家和知识分子早就已经开始低声议论古巴的情况了。大家似乎早就预料到会有类似的事情发生。在哈瓦那和古巴其他地方都出现了日益高涨的不满情绪,还有些信息通畅的人更是发出了批评声。例如巴尔加斯·略萨,他一直在对某些亲密好友表达他对古巴政府的不信任感,他甚至写过几封信,表达自己对古巴政府那段时间以来独断专行的政策的不满,不过他并没有觉得自己的这些行为会引发多大的问题。

埃贝托·帕迪利亚是革命一代诗人(那个时期所有文学选集里都是这样归类的)中最重要的人物之一,临时清单出版社的工作人员——虽说和他通信时落款的一直是我——一直同他保持着十分隐秘的关系。出于某些后来人尽皆知的原因,帕迪利亚和他的诗人朋友们每次寄信或诗歌作品都不会从哈瓦那寄出,尽管他们住在那里,而是会通过他们信任的朋友们从巴黎或罗马寄给我们。我所在的临时清单出版社因而得以在 1970 年出版帕迪利亚的诗集《暂时》,那部诗集是从罗马寄来的,一起寄来的还有塞萨尔·洛佩斯(César López)——临时清单出版社不久之后就出版了他的作品——和曼努埃尔·迪亚斯·马丁内斯(Manuel Díaz Martínez)的手稿。《暂时》一书中收录的诗歌包含着一些政治元素,这一点同《游戏之外》(*Fuera del juego*)中的诗歌很相似,后一本诗集获得了胡里安·德尔卡萨尔诗歌文学奖,同时也成为引爆帕迪利亚同古巴革命政府领导人恶劣关系的导火线。抛开《胡志明之死》这样的诗歌不谈,帕迪利亚还写了《调查问卷》和《有时》这样的诗歌,它们对于关心古巴问题的读者来说起到了通知、警示、传递信息的作用。

我认为应当在这里引用《有时》这首诗,以此展示帕迪利亚在那个时期的诗歌创作风格。

有时,
必须有人为民族而死,
但永远不该让整个民族,
为一个人而亡。

写下这首诗的不是埃贝托·帕迪利亚(古巴),
而是加泰罗尼亚人萨尔瓦多·埃斯普里乌,
帕迪利亚只是背过了这首诗,
又喜欢把它重复出来,
给它伴上音乐,
为朋友们高歌。
他唱个不停,
就像马尔科姆·劳瑞,
不停地弹着尤克里里。

诗人帕迪利亚再次现身已经是 5 月了,他被关了三十七天。"那年 3 月和 4 月是我经历过的最残酷的日子。"多年之后,他在《海边的诗人》中这样写道。他的自我批判在欧洲、拉丁美洲、西班牙作家中间引发了关于政治和意识形态的论战,传统的斯大林主义就曾要求异见分子这样做,往事似乎在舞台上重演了。那是帕迪利亚向外界传出的真实信息,尽管不是所有人都能理解,或者说那些不愿意理解他的人自然无法理解。不过帕迪利亚事件的确变成了一桩丑闻，引发了大量充满争议的文章和报道。人们情绪复杂，进行着充满激情的论战，正是同一批人——尽管有些是刚刚露头——曾经公开或私下表达过对古巴革命的关注。

西班牙小说家胡安·戈伊蒂索洛曾在古巴革命胜利之初写过一本题为《古巴，前进中的民族》（*Cuba, un pueblo en marcha*）的书，为早期卡斯特罗主义取得的成绩感到欢欣鼓舞。他创办的《自由》杂志第一期中发表了关于那次充满争议的事件的诸多资料，它给那些在政治态度和政治行动方面表现积极的作家和知识分子组成的阵营撕开了一道裂缝。一直到帕迪利亚事件爆发之前，巴尔加斯·略萨都是古巴革命最忠实且勇敢的捍卫者。有些人在看待这个问题时掺杂了太多非意识形态的情绪；除此以外，熟悉巴尔加斯·略萨作品的大部分作家和几乎所有公众舆论普遍认为他对卡斯特罗主义的捍卫不仅仅源自单纯的亲切态度。巴尔加斯·略萨在上大学时就曾在利马加入过共产党地下组织"卡魏德"（同名组织曾出现在《酒吧长谈》中），后来又清楚地表达了自己对古巴革命和民族解放运动，尤其是拉丁美洲的民族解放运动的支持。

那个堪称辉煌的时期——最初那些努力斗争的岁月——留下的照片中的巴尔加斯·略萨仿佛成了当时流行于欧洲以及美洲的进步思想的代表。他还和一些被认为是全世界革命事业"倡导者"和"话事人"的作家一起出现在极具煽动性的公开声明或大学会议中。他平静、耿直，让人捉摸不透，像是在做宗教朝拜一样于1963年在伦敦海格特公墓的卡尔·马克思墓前留影。1965年，他又在哈瓦那以同样的姿态出现在了同来自拉丁美洲的学生们一起开会时拍摄的照片中。当时他的"老式"胡子还没剃掉，这使他显得比实际年龄大了许多。他一脸坚毅，那种表情毫不费力地传递出他的严苛性与纪律性，尤其在一些复杂的政治局面中，他经常会把自己的立场毫无遮掩地展示出来。1967年4月，他现身在一场圆桌会谈中，他的身边是萨特和波伏娃。从文学的角度来看，那时的巴尔加斯·略萨依然尊崇萨特的思想，而且看上去这种关系是牢不可破的，不过那撮陪伴他度过最初的成名时光和文学奋斗时光的小胡子已经从他的脸上消失了。那次圆桌会谈的照片已经在好几本书里出现过了，与会者谈论的重点是团结起来捍卫秘鲁的数位政治犯，那次会谈的地点是巴黎互助宫。照片里的巴尔加斯·略萨位于萨特和时任人权委员会主席的勒内·梅耶（René Mayer）中间。同年，还出现了一些巴尔加斯·略萨和胡里奥·科塔萨尔在希腊现身的照片，两人以联合国教科文组织译员的身份一同赴该国工作。他们就像是两个大男孩，巴尔加斯·略萨显得比胡里奥·科塔萨尔年轻一点儿，后者的体形巨大，这位1914年出生在布鲁塞尔的阿根廷"巨人"实在是太高了，他是个出色的小说家，被其他许多作家——包括巴尔加斯·略萨在内——视为知识分子和文学家的典范。

1967年，巴尔加斯·略萨凭借小说《绿房子》在加拉加斯赢得了罗慕洛·加列戈斯国际文学奖。在那里等待他的还有想要当面结识他的加夫列尔·加西亚·马尔克斯，后者刚刚出版了《百年孤独》。两位拉丁美洲作家在加拉加斯开始建立深厚的友谊，后来，出于私人原因——巴尔加斯·略萨是这么说的，他们的友谊破裂了，直到现在两人也没有和好如初。在那里，在加拉加斯，巴尔加斯·略萨又得到了新的机会来展现自己对古巴革命的支持。他用一篇剖析那片大陆文学和政治现状的领奖词冲击着现场听众，也冲击着拉丁美洲的公众舆论。在描绘了拉丁美洲作家混乱而悲惨的境况后，在将演讲题目定为《文学是一团火》后，在一次又一次批判阻碍拉美实现现代化、进入文明世界的现实后,他强调作家和文学应该继续用文字来进行抗争。"文学可以死去,但永不屈从。"巴尔加斯·略萨在演讲稿中这样说道。这位秘鲁小说家再次提及自己关于"文学的社会作用"的理念。"文学只有履行了这项职责,才算对社会有用。"巴尔加斯·略萨指的是文学不屈与反抗的职责。"只有这样,"巴尔加斯·略萨坚称道,"它才能为人类进步做出贡献,阻止人们思想停滞、自我满足、因循守旧、麻木不仁、软弱败坏。文学的使命就是要让人们感到不安,获得警示,让人们始终保持不满足的状态。它的职责是无休止地激发人们改变、改善现状的意愿,哪怕为了达到这一目的,它必须用上最扎眼而有害的武器。所有人都该理解下面这一点,这非常重要,即一个作家用以描写他的祖国的文字越尖锐、越可怕,他对它的爱意就越浓烈。因为在文学的世界里,激烈的言辞是爱的试金石。"

在充满激情地描述了拉丁美洲作家的境况,演讲达到高潮后,巴尔加斯·略萨又补充说,哪怕"在十年、二十年或五十年后所有拉美国家都像如今的古巴一样迎来社会正义,从剥削、抢掠它们的帝国和冒犯、榨取它们的强权手中解放出来……",文学和作家的使命"也依然不会变。从作家的角度来看,任何让步都意味着背叛"。那时古巴和委内瑞拉的关系十分糟糕,不过在这场划时代的演讲中,巴尔加斯·略萨睿智地把意识形态问题和文学问题融合到了一起,把古巴的卡斯特罗主义描述成应被追随的典范。

在同一时期,还很少有人了解作家们同《美洲之家》(*Casa de las Américas*,由古巴革命政府创办的国际文学刊物)之间的摩擦。那时它的主编是艾蒂·桑塔马里亚(Haydeé Santamaría),而巴尔加斯·略萨则是编委会的永久成员。数年之后,正是随着帕迪利亚事件的爆发，桑塔马里亚女士同巴尔加斯·略萨之间的一些往来信件才被公之于众，人们才能更加清楚地了解那位秘鲁小说家与古巴革命政府之间的关系。尽管每次巴尔加斯·略萨出席公开活动都会表达自己对菲德尔·卡斯特罗政权的支持，不过某些古巴"非官方人员"已经开始散布后来古巴革命政府斥责那位秘鲁小说家的舆论了：巴尔加斯·略萨支持古巴革命只是为了获取名望、美誉以及政治和文学方面的特殊地位。

一个值得玩味的事件标志着巴尔加斯·略萨同菲德尔·卡斯特罗政权和谐关系的终结。在罗慕洛·加列戈斯国际文学奖被颁发给《绿房子》以及帕迪利亚事件爆发的背景下——因此我在本章节开始处提及了关于该事件的一些情况，有传言说巴尔加斯·略萨要把奖金捐献给切·格瓦拉和他的游击队员们。后来巴尔加斯·略萨食言了，他用奖金在利马城最好区域之一的观花埠买了房子。

巴尔加斯·略萨在同巴西记者里卡多·A.塞蒂对谈时给出了他的说法，两人的对话被集结成题为《同巴尔加斯·略萨对谈》（*Diálogo con Vargas Llosa*）的图书。该书还收录了巴尔加斯·略萨的部分文论作品和演讲稿，西班牙语版于 1989 年在跨世界出版社出版。巴尔加斯·略萨提到了那场推动他与古巴最终决裂的事件。当时由卡洛斯·巴拉尔领导的赛伊克斯·巴拉尔出版社通知身处巴黎的巴尔加斯·略萨说《绿房子》——在作家本人不知情的情况下被送去参评罗慕洛·加列戈斯国际文学奖——进入了当时还是西班牙语文坛最重要奖项的罗慕洛·加列戈斯国际文学奖的决选名单。

"我当时和古巴革命政府关系十分密切，"巴尔加斯·略萨对里卡多·A.塞蒂说道，"所以那时我犯了个错误（尽管最后证明利大于弊），我把情况告诉了时任古巴驻巴黎的文化参赞阿莱霍·卡彭铁尔，我想知道古巴政府对那个奖项持何种态度，因为我是有可能最终获奖的。"巴尔加斯·略萨坚称他后来回到了居住地伦敦，"到袋鼠谷的'避难所'里去了"。阿莱霍·卡彭铁尔几天后给他打去电话。"我得到伦敦找你一趟，跟你谈谈。"他在电话里这样说道。那是卡彭铁尔第一次踏上英国的土地。两人在海德公园里的一家餐厅碰了头，吃了饭，卡彭铁尔向他展示了桑塔马里亚女士的来信。"不是一封让我读的信，而是让我听的信。是艾蒂·桑塔马里亚让卡彭铁尔读给我听的信。"巴尔加斯·略萨这样对塞蒂说道。此外，巴尔加斯·略萨还怀疑那封信压根儿就不是艾蒂·桑塔马里亚写的。信里提到说罗慕洛·加列戈斯国际文学奖"给我提供了向拉丁美洲各国展现我对古巴革命政府表示支持的机会，具体来说我该这么做：宣布把奖金捐给当时不知身处何地的切·格瓦拉"。那封信接下来的内容是："我们自然清楚作家也是有需求的，因此那个举动并不意味着您会蒙受损失：革命政府会私下把奖金再还给您。"听完信后，巴尔加斯·略萨盯着阿莱霍·卡彭铁尔说道："阿莱霍，艾蒂是想让我演戏，这是对我的侮辱。"他接着补充道："这不是对待一个尊重写作事业的作家的正确方式。"面对巴尔加斯·略萨这样的态度，阿莱霍·卡彭铁尔决定耍耍手段，以官员的身份来避免矛盾，缓和冲突，他说道："这么着吧，咱们就说你不能那么做，你觉得不太合适……最好还是之后再找机会表态。"在那次事件发生后，正如巴尔加斯·略萨本人回忆的那样，"我和委内瑞拉政府（创立了那个奖项，但那时和古巴处于敌对状态）刻意保持了距离。后来我收到了艾蒂的一封热情洋溢的信，她说她要为我在加拉加斯的呐喊而祝贺我。不管怎么说，所有这些事情使得我同古巴政府产生了隔阂,有了距离感"[1]。

必须强调在我们的文化圈——西班牙和拉丁美洲文化圈——甚至其他文化圈里的作家、创作者和知识分子选定立场时帕迪利亚事件起到的重要作用。它也有助于我们理解在面对古巴革命政府时巴尔加斯·略萨用激烈言辞捍卫西方式民主自由的原因。不过,帕迪利亚事件是巴尔加斯·略萨最终决定向全世界展现他与左翼思想决裂的决定性因素吗?要知道当时大多数知识分子都是支持左翼思想的。还是说,刚好相反,巴尔加斯·略萨早就进行过一段长时间的反思了,而帕迪利亚事件只是促使他把这种思想转变以及将他和卡斯特罗政权的隔阂与决裂公之于众的导火线?后来,他成为古巴政府最激烈的批评者之一。

在帕迪利亚事件及围绕该事件发生的种种争议性事件(巴尔加斯·略萨本人就积极参与了多起)爆发后,许多作家同卡斯特罗政府的关系开始发生改变。曾经对于古巴革命政府体系来说不可触碰的人的形象、威望或名望也发生了改变。巴尔加斯·略萨就是其中一员。不要忘记,正是巴尔加斯·略萨起草了那份由众多知识分子联名的反对逮捕诗人帕迪利亚的声明。也不要忘记,尽管人数不多,但古巴政府和某些拉美左翼精英人士已经明白巴尔加斯·略萨开始试图把他同古巴革命政府的疏远关系展示给人们看了。在那场决裂发生之后,"许多人开始骂我,这对我来说很有教育意义,"巴尔加斯·略萨这样对里卡多·A.塞蒂说道,"因为那套体系运转得太流畅了。我曾经是左翼媒体、具有反抗精神的媒体中的知名人物,突然就变成斯文败类了。我之前做演讲时为我鼓掌叫好的那些

---

[1] 更多细节参见 Setti, Ricardo A., op.cit., pp.146-150。

人突然就开始辱骂、抨击我了……这可真是让我印象深刻，因为从阿根廷到墨西哥，人们骂我的话如出一辙，一模一样，都是些陈词滥调。"我觉得在给塞蒂的那个回答里，巴尔加斯·略萨流露出的情绪绝非遗憾。巴尔加斯·略萨的经历就是个很好的例子。他的变化历程也是个很好的例子。既然谈到了这个话题，就应该提一提那些曾怀有同样的热情，后来被他们抛弃的权力体系认定为"斯文败类"的人：奥克塔维奥·帕斯、埃内斯托·萨瓦托、豪尔赫·赛普伦、帕迪利亚以及马里奥·巴尔加斯·略萨。

关于帕迪利亚事件，有许多可谈的话题，哪怕那位诗人已经于 2000 年 9 月孤独地死在了远离古巴的地方，可关于那次争议性事件的讨论之声依然回响在世界各地的学术圈、历史圈、政治圈和文学圈里。关于那次事件，可写的东西也很多。时至今日，已经出版了大量相关著作，这些作品不仅讲述和描写了与该事件相关的某些人物的活动历程，也在多年之后为我们刻画了诱发那次事件的阴暗的环境背景。埃贝托·帕迪利亚本人曾承诺永远不出版古巴国安部门在逮捕他时致力搜寻的那本小说，但他后来还是在八十年代初期流亡华盛顿期间把书写完了，即《英雄在我的花园里吃草》，后来由巴塞罗那的阿尔戈斯·贝尔加拉出版社出版。我当时与卡洛斯·巴拉尔和拉斐尔·索里亚诺（Rafael Soriano）一道担任该社的文学部主编一职。后来《英雄在我的花园里吃草》被翻译成了七种语言，受到了种种无差别的责难，有意识形态领域的，也有文学领域的。要是列一份拉丁美洲和西班牙作家在意识形态方面最厌恶的禁书名录的话，那本书一定会位列其中。许多人曾对古巴革命以及它将带来的公平正义抱有幻想，但后来出现了一批"御用"知识分子和政治使者，正是他们不断用肤浅的话语谴责、排斥、抹黑帕迪利亚，最终夺走了他们曾经"赋予"他的名望。让人最为难过的是，有些人在帕迪利亚在世时不断向他发难，此时却利用起了他的人生经历和诗歌作品，他们是在吸那位斗士的血。

此时也应当提及豪尔赫·爱德华兹的《不受欢迎的人》（*Persona non grata*）。那部作品讲述的是那位智利小说家、外交官在古巴的经历，当时他被萨尔瓦多·阿连德（Salvador Allende）的人民团结阵线任命为驻古巴商务参赞。《不受欢迎的人》是又一块试金石，正是由于在那部反思性著作中记录的回忆和真相，直到今日，古巴政府也没有原谅豪尔赫·爱德华兹。在我看来，无论从文学的角度来看还是从历史的角度来看，《不受欢迎的人》都是一部配得上溢美之词的作品。它还描绘了诗人帕迪利亚被捕之时古巴岛内的政治环境和卡斯特罗政权的情况。卡洛斯·巴拉尔于1973年在他的巴拉尔出版集团出版了那部作品，立刻在拉丁美洲和西班牙的政治圈、知识分子圈以及其他与古巴革命政府密切相关的圈子里引发了轩然大波。巴尔加斯·略萨很久之前就表明了自己的立场，而巴勃罗·聂鲁达也曾建议豪尔赫·爱德华兹把那本书写出来。此事是豪尔赫·爱德华兹在1990年同样在巴塞罗那出版的《再见，诗人》里记录的。"但是先把它存好，暂时不要出版。"聂鲁达这样对爱德华兹说道。卡洛斯·巴拉尔不仅是《不受欢迎的人》的编辑，还曾编辑出版过《城市与狗》、《绿房子》、《换皮》（*Cambio de piel*）及其他在西班牙语文学史上留名的作品。在《不受欢迎的人》印刷出版之时，巴拉尔曾经接待过几个对该事件感兴趣的外交人员的到访。曾有传闻说卡洛斯·巴拉尔和那些人之间"磋商"了一些事情，但这并非事实，力证就是那位编辑在《不受欢迎的人》上市时极力夸赞该书。不要忘记，卡洛斯·巴拉尔也是最早在捍卫诗人帕迪利亚的文件上签字的人员之一。

　　数年之后,帕迪利亚本人也出版了一部类似的如悲喜剧般的作品《糟糕的记忆》(*La mala memoria*),他被迫或决心成为那部作品的主要人物。该书由普拉萨·伊·哈内斯出版社在 1989 年 2 月出版,当时那次令人头晕目眩的事件的热度已经消散了。那本书原先的书名是《另一个人的自画像》,它确认了关于那次争议性事件的一些信息,又诱发了另一些事件,不合时宜地使得一些关心当代世界变化的作家表露出了疏远帕迪利亚的态度。早在多年之前,胡里奥·科塔萨尔和阿莱霍·卡彭铁尔就曾指责帕迪利亚"诱发了拉丁美洲作家群体和菲德尔·卡斯特罗及其治下的古巴的斗争"。在《糟糕的记忆》里,埃贝托·帕迪利亚讲述了他和加夫列尔·加西亚·马尔克斯在哈瓦那里维埃拉酒店见面的场景。当时那位伟大的哥伦比亚小说家已经变成卡斯特罗治下的古巴政府在古巴内外最有知名度的盟友。帕迪利亚请求加西亚·马尔克斯替他在卡斯特罗总司令面前说好话。他想离开古巴,他的妻子贝尔基斯·库萨·马蕾和儿子埃内斯托都已经走了。加西亚·马尔克斯不支持任何古巴人离开古巴岛,不过他还是答应帕迪利亚去运作这个事情。在《糟糕的记忆》最后几页里,帕迪利亚讲述了他在准备启程流亡之前和加西亚·马尔克斯的对话。"第二天,"帕迪利亚写道,"加西亚·马尔克斯给我打来电话,请我去哈瓦那里维埃拉酒店的咖啡馆见面。他很高兴,对我说他完成了我的委托,尽管他并不赞成古巴人离开自己的祖国。他想问我一个问题,'因为我不愿意总是拿着一张请愿名单去见菲德尔。总有一天他会厌烦。不过埃贝托,我的问题是:换成你的话,在古巴这样一个国家,要做些什么才能避免它在处理和作家们的关系时重犯苏联犯过的那些错误呢?'。"

同费利佩·冈萨雷斯(左)在蒙克洛亚宫,1984年10月31日

"可是,加夫列尔,你刚才的话本身就是答案的一部分。"帕迪利亚答道。

埃贝托·帕迪利亚在结束那段描写时,讲述说加西亚·马尔克斯"跷起腿来,我发现他穿的还是一年前穿的那双棕色靴子。他补充说等到我不像那时那么紧张的时候,我们总会有机会在其他地方聊同一个话题的"[1]。

世界局势已经缓和了二十余年。在那段时间里发生了许多连对当代世界政治局势最了解的预言家们也无法预见的事件,还有些事件依然在进行中,其结果尚属未知。如果所有情势都已经变得不再那么紧张,我们有机会可以"在其他地方"谈论那个话题的话,那么另一个时刻是否也已经到来了呢?我指的是像巴尔加斯·略萨这样在现代文坛顶风破浪的作家,他的创造性思想是否也能被他的政敌,甚至所有那些在他努力完成那项不可能的使命的过程中只顾着展现嫉妒的人理解呢?

在帕迪利亚事件爆发以来,巴尔加斯·略萨开始转向波普尔的自由主义理论——我们姑且只举波普尔这个已经成为著名人物的例子,这也是被他的政敌频繁诟病的一点。在同一时期,在巴尔加斯·略萨不再扮演卡斯特罗政府和左翼思想的热情宣传者的角色后,又发生了更多的事情,其中包括巴尔加斯·略萨参选秘鲁总统并败选的事件。这一事件也已经过去十几年了。还包括柏林墙的倒塌。还有在帕迪利亚事件结束后,加夫列尔·加西亚·马尔克斯在全世界各种公共活动——无论是政治活动还是学术活动——中都表现出了对菲德尔·卡斯特罗领导的古巴政府的捍卫与支持。而巴尔

---

[1] Padilla, Heberto, *La mala memoria*, Plaza & Jané Barcelona, 1989, pp.261-262.

加斯·略萨则捍卫起了撒切尔夫人的公共态度及政策立场。他抗拒所有独裁政权，不管是左翼独裁还是右翼独裁，都一视同仁。他还在一定程度上支持在 1982 年上台的西班牙工人社会党，该党的领军人物是费利佩·冈萨雷斯，巴尔加斯·略萨对他不吝溢美之词，这与这位秘鲁小说家之前对待左翼政治人物的态度大不相同。其原因在于费利佩·冈萨雷斯只是*理论上的左派*，但却是*实践中的右派*。那种并不纯粹的支持在费利佩·冈萨雷斯政府暴露出贪腐问题以及在反恐解放组织（GAL）事件中暴露出滥用权力和不道德行为问题后就结束了。

"在哈瓦那肯定正在发生什么严重的事情。"我记起了二十年前诗人安赫尔·冈萨雷斯对我说的这句话。他们在埃贝托·帕迪利亚位于古巴的家中将其逮捕了。这一事件在国际公众舆论中引发了漫长的回响。在争议的中心，在飓风的中心，巴尔加斯·略萨走上了"通往大马士革之路"，重新审视自己，逐渐成熟起来，可能他本人也还在朦朦胧胧的状态中就积极投身到了政治活动中。*身不由己*，很快他就会把自己定义为政坛过客。

11

顶风破浪：伟大的政治头脑
（1984—1986）

六十年代时，没有人会怀疑马埃斯特腊山里的大胡子游击队员起义，把富尔亨西奥·巴蒂斯塔（Fulgencio Batista）赶出古巴并夺取政权的"七二六"运动给全世界进步力量带去了希望，大家都认定那是国际革命事业的敲门砖。当然了，它在拉丁美洲引发了更加热情的关注。几乎所有拉丁美洲作家都在那个时代投身到了改变人民思想的斗争中去，他们也以身犯险，想要为那片饱受政治和经济上的专断和极权传统之害的土地根除独裁、压迫和不公。

在那个时期，巴尔加斯·略萨展现出坚定拥护马克思主义的态度，路易斯·哈斯在《我们的土地》一书中确认了这一点，除此之外，他在那时的大多数同伴或熟悉他的人也都能证实那种立场。他的文学作品（《首领们》《城市与狗》《绿房子》和《崽儿们》，即截至彼时为止出版的著作）也明白无误地展现出了那位公开支持左翼思想的作家在道德方面的喜恶标准，他的政治和伦理（以及美学）思想，还有对那个不公、反动、原始的现实的辛辣隐喻。总之，巴尔加斯·略萨的作品中的那种揭示性的语气在当时——现在也是——被许多政治和文学批评家视作他倾向左翼思想的表现。

从古巴革命胜利之初开始，当文学艺术在哈瓦那逐渐发展起来之时，巴尔加斯·略萨就积极参与到了卡斯特罗创建的诸多古巴机构的活动中去，有时作为"美洲之家"文学奖的评委——而且当了许多次，有时作为《美洲之家》杂志编委会成员。他还到哈瓦那参加过多场会议、培训班、圆桌会、讲座、对谈活动，在那个时代，这样的活动不少。与古巴的那些联系使得巴尔加斯·略萨结交了不少当地朋友。多年之后，在丹尼尔·奥尔特加（Daniel Ortega）的桑地诺运动取得胜利后，巴尔加斯·略萨在马那瓜与罗贝托·费尔南德斯·雷塔马尔（Roberto Fernández Retamar）相遇时提醒后者说，除了个别几人，他在古巴的朋友几乎全都处于流亡状态。

我第一次到古巴是在1986年的7月。当时我跟随西班牙国家电视台（TVE）的摄制组从得克萨斯的圣安东尼奥出发，在迈阿密中转，又在巴拿马过夜，最终从奥马尔·托里霍斯机场飞到了哈瓦那近郊的何塞·马蒂机场，也就是之前的兰乔·博耶罗斯机场。我们的任务是拍摄一部题为《加那利在美洲，另一片群岛》的系列纪录片，我们在那里寻找和追踪加那利群岛人在拉丁美洲诸多区域的历史和生活踪迹。在长达数个世纪的时间里，古巴一直是加那利人的天然登陆地，因此纪录片的一个章节必须在古巴拍摄。那个章节的标题是"雪茄史诗"。古巴人要求提前了解我们的剧本情况，他们并没有提出异议，尽管剧本里出现了两位流亡作家的名字：埃贝托·帕迪利亚和吉列莫·卡布雷拉·因凡特，后者曾出版过一部关于雪茄的精彩作品《神圣的烟草》[1]，西班牙语版于2000年出版，名为《纯净的烟草》（*Puro humo*）。这部讲述雪茄及雪茄工

---

[1] Cabrera Infante, Guillermo, *Holy Smoke*, Harper and Row, Londres, 1985.

人的著作在伦敦出版短短几年之后就成为经典之作。我只是在入境时在海关耽搁了一阵子，他们带着怀疑的目光看看我，就好像是古巴内政部权威人士在给我一个和善的警告一样；但除此之外，我必须说在我于古巴岛为西班牙国家电视台工作的那半个月里，一切都很顺利。而且在我同古巴知识分子、作家和诗人见面，进行友好交流时，巴尔加斯·略萨的名字也会被我们反复提及。从文学的角度来看，他受到众人尊敬，没有人怀疑他的思想水平、写作能力或是剖析世界文学现象时的专业水平。尽管巴尔加斯·略萨一直在国际社会对卡斯特罗政府进行抨击，但所有人都对巴尔加斯·略萨在涉及拉丁美洲问题上的文学及人道主义形象表达了谨慎的敬意（甚至有些人毫不避讳地表达了崇敬之情）。有一位还算年轻的作家，在1971年5月帕迪利亚进行"自我批评"时受到牵连，因而在一定程度上受到了排挤，只有他跟我聊了巴尔加斯·略萨的政治思想的话题。没有人跟我谈到他的意识形态转变的话题，或是指责他犯了修正主义错误，加入了"帝国主义、资本主义的反动人士和资产阶级群体"。

我提到的那个年轻作家——他也是加夫列尔·加西亚·马尔克斯的好友（毫无疑问，他在很多方面都受到后者影响）——曾被派去安哥拉待了几年。他被菲德尔·卡斯特罗派到了几乎算得上前线的地方，因而他记录下了许多关于在非洲的古巴革命军的逸事。他是个以短篇小说见长的优秀作家，不过他还写出了一部非凡的非虚构作品：《海明威在古巴》（*Hemingway en Cuba*）。我提到的这位作家就是诺尔贝托·富恩特斯（Norberto Fuentes），他曾在六十年代末同卡斯特罗制定的政策之间产生了一些冲突，诱因是他出版的短篇小说集《孔达多的罪人们》（*Condenados de Condado*），不过这部作品却获得过"美洲之家"文学奖的短篇小说奖。最初的几次谈话氛围很好，于是我们很快就成了朋友。我们的聚会中萦绕着某种同谋的气息，我们之间的坚冰就这样渐渐地被击成了碎片。之所以会出现"坚冰"是因为有传言说我是个"到古巴哈瓦那的隐秘区域寻找秘密监狱的自由主义访客"，这种说法是几个内部古巴作家——也就是依然生活在古巴岛内的作家——找机会大笑着告诉我的。他们知道我不是自由主义者，而且我的言行他们都看在眼里，尽管我总是"穿得像个犯罪分子"，这个戏谑式的说法是效仿埃贝托·帕迪利亚的话来的。总之，诺尔贝托·富恩特斯绝不仅仅是我旅途中的同伴。他是东道主，也是*搭档*。在看待事物的本质问题上，他一直认为历史是不负责任的。有种说法说政治独裁体系中的"代理人们"总是十分严苛且守纪律，他对这种说法不屑一顾。每次我试着进行一场文学对谈，或者说关于文学的谈话（作家之间在聊天时似乎都有这种癖好，不管是旧时的作家还是当下的作家），诺尔贝托·富恩特斯总是面露笑容，厚厚的深色镜片后闪烁的目光看上去有点讽刺甚至嘲弄的意思。我从他那里了解到了古巴岛上一位和文学联系紧密的传奇人物：格雷戈里奥·富恩特斯·本坦库尔（Gregorio Fuentes Betancor），他曾拥有"海明威老爹号"快艇长达数十年时间。

"这是革命胜利初期几年里菲德尔·卡斯特罗很喜欢光顾的饭店。"诺尔贝托·富恩特斯对我说道。我们当时在自由哈瓦那酒店旁边的波利内西奥饭店里。我们在等待上餐时有一搭没一搭地聊着，周围的顾客也都在边吃饭边聊天。聊着聊着，加西亚·马尔克斯的名字就出现了。他当时人就在哈瓦那。"他经常来这儿。"富恩特斯这样对我说道。我则聊起了巴尔加斯·略萨。诺尔贝托仔细听着，深色眼镜后的那双近视的小眼睛聚精会神地盯着我。他任由我说着，我给他讲了那位秘鲁小说家、古巴人曾经的朋友在生活和创作方面的一些细节情况。富恩特斯自始至终没有说话。他对我的评论并未表示认同，但是也没有反驳我。最后，他把在那场对话里反复斟酌的一句话说了出来。"作为小说家来看，他很优秀，"听到这里，我吃了一惊，"但是我更感兴趣的是作为政治家的巴尔加斯·略萨。"他根本没在意我愈发膨胀的惊讶感。"妈的，他是这个大陆上拥有最伟大的政治头脑的人物之一啊！"他用有点虚假的崇敬强调喊道。后来他进一步展开来说。我发现他对巴尔加斯·略萨写的那些与拉丁美洲政治相关的文章如数家珍，尤其是那些关于拉丁美洲政治和经济问题解决办法的文章，另外他还谈到了巴尔加斯·略萨的许多争议性言论（基本都是关于政治的），还有那位秘鲁小说家剖析政治问题时精湛的语言雄辩能力。

我的感觉是，尽管在意识形态方面立场相反，但诺尔贝托·富恩特斯对巴尔加斯·略萨的评价应该与古巴领导阶层大多数成员相似，至少在那个时候——1985年年中——是这样。巴尔加斯·略萨当然是他们在政治上的对头，不过这并不阻碍他们承认他是拥有"拉丁美洲最伟大政治头脑之一"的*政治家*。因此他们不仅没有忽视他，倒是异常重视他。

在那之前一年，秘鲁共和国总统、建筑师费尔南多·贝朗德·特里正式邀请巴尔加斯·略萨出任其政府总理一职。消息是从利马的政治和媒体圈子里传出来的，拉丁美洲和西班牙的各大媒体很快就转发了相关报道。巴尔加斯·略萨会参与他的祖国的政治事务吗？他的祖国，秘鲁，是那个巴尔加斯·略萨——至少在道德层面上——深恶痛绝、在他的文学作品中大肆批判的国家，从《城市与狗》到后来的《狂人玛依塔》(这部小说遭受了许多欧洲评论家的批评)都是如此。作家巴尔加斯·略萨会成为秘鲁政府中的首脑人物之一吗?他可是不断抨击秘鲁官方及军事体系的人啊,他认为那套体系非常原始、非文明化,不仅如此,他还一次又一次地将之认定为导致秘鲁萎靡不振的罪魁祸首。

举个例子,在《城市与狗》里,巴尔加斯·略萨描绘过一只叫玛尔巴贝阿达(Malpapeada)的母狗,它是莱昂西奥·普拉多军校中的士官生喂养的宠物之一,外貌令人心生不适,因为受到跳蚤蚊虫的叮咬,它总是在军校中的各个墙壁上蹭自己的身体,留下了许多疤痕,"就像秘鲁国旗一样,红白相间"。士官生巴尔加斯·略萨(在《城市与狗》里几乎化身成了阿尔贝托,但士官生里卡多·阿拉纳身上也有他的影子)大声嘲笑的那个表情坚毅、正对国旗的士官生是不是已经成为将军了呢?另一个听着秘鲁国歌激动流泪的无名士官生是不是也已经变成将军了呢?

"秘鲁是什么时候倒霉的?"在《酒吧长谈》的开头,主人公小萨(在某些章节里也有巴尔加斯·略萨本人的影子)这样自问道。"小萨,他就跟秘鲁一样,"巴尔加斯·略萨继续写道,"也是在某个时刻倒霉的。他想道:在哪个时刻呢?在克利翁酒店门前,一条狗跑来舔他的脚:你要是有狂犬病怎么办,快滚开。秘鲁倒霉了,他想道,卡利托斯倒霉了,所有人都倒霉了。他又想道:没有任何办法。"

在获悉上述情况后,公众舆论普遍认为贝朗德·特里总统想让一个国际知名人士,在各个领域都广受尊重的人来把控政府方向,尽管那个人选与他在许多方面存在意见上的分歧。不过也有很多人——包括我在内——在担心巴尔加斯·略萨是否会接受那个提议。

如果接受，那将是文学自杀之路的开始，是一种"入侵"，那位秘鲁小说家本人也有类似的说法，他认为无论是政治还是文学，从志向和抱负的角度来看都具有排外性和排他性。

那则消息一从利马流出，人们先是感到惊讶，紧接着对于巴尔加斯·略萨在政治上的雄心壮志的相关猜测也就出现了。除此以外，还有许多人在谈论他的虚荣心问题。大家都在问自己：一个不断抨击政治，只是在理论的层面接触、反思过政治问题的小说家怎么能担任政府总理的职务呢？还有很多人等待巴尔加斯·略萨——当时频繁往返于伦敦和巴兰科区（利马）之间——站出来否认那则消息的真实性，或者在最后时刻明确拒绝成为他的祖国的政府总理，尤其是，这是个右翼政府。总统贝朗德·特里已经向巴尔加斯·略萨发出了官方邀请，不是因为他对这位作家非常信任，也不是因为在那段时间里两人成了朋友，而是因为他认为这可能是挽救他日益降低的民众支持率的救急办法，是秘鲁总统大选日益临近的转型时期的特殊举措。

在一段时间里——当然因为事件本身的要求，时间拖得并不久，巴尔加斯·略萨就是否接受邀约表现得有些犹豫。最后，他还是相信了自己的直觉。那位小说家衡量了他的决定对他的国家的利弊问题，也顾及自己的情况以及家庭的情况。但是那种迟疑以及后来拒绝贝朗德的举动也许已经在他的内心深处留下了一种可能性，而这种可能性将在数年之后推动他涉足秘鲁政坛。也许当时的他还没有为开展那场政治冒险做好准备，因为那毕竟不是一场文学冒险，文学冒险只跟自身相关。

巴尔加斯·略萨决定拒绝贝朗德·特里总统的邀约。他继续自己的文学事业，表示自己要坚定地搞文学创作，去写作。也许那时他心里想到的是墨西哥作家萨尔瓦多·埃利松多（Salvador Elizondo）在《笔迹学者》中写下的一段文字，那段文字也被他在几年前（1977）用作了小说《胡利娅姨妈与作家》的开篇引文，"我写。我写我在写。在脑海中我看见自己在写我在写，我也能看到自己看见自己在写。我记得我正在写，也记得我看见自己在写。我看到自己记得我看见自己在写，我记得我看见自己记得看见自己在写，我写的同时也看到自己在写我记得看见了自己在写我看见自己写我记得看见自己在写我在写，在写。我还能想象自己在写我已经写了我想象自己在写我已经写了我想象自己正在写我看到自己在写我正在写"。也就是说，盘旋在他脑海中的是作家志向的那种令人捉摸不透的、非理智的逻辑迷宫，巴尔加斯·略萨早已痴迷于文学，"患上了写作癖"，认为职业作家就应该全身心投入创作。那时距离巴尔加斯·略萨被他的一些朋友定义为"写作的野兽"已经过去差不多二十五年了。

在贝朗德·特里总统试图让巴尔加斯·略萨为政府工作的前一年，贝朗德·特里总统曾邀请巴尔加斯·略萨成为一个调查团队的成员，去调查几位秘鲁记者由于被农民误认为是"光辉道路"（Sendero Luminoso）恐怖分子而遭袭击杀害的事件。同巴尔加斯·略萨一起组成调查团队的还有两位在秘鲁社会中极具威望的名士：亚布拉罕·古斯曼·费盖罗亚和马里奥·卡斯特罗·阿雷纳斯。那场悲剧发生在阿亚库乔地区的一个小村乌楚拉凯（Uchuraccay），时间是1983年1月26日，周三。那次事件在秘鲁的公众舆论和政治圈子里诱发了诸多疑问，在"光辉道路"公开声称要在全秘鲁境内挑起战争。埋葬那个现代国家的背景下，所有人都异常敏感。

那次经历使得巴尔加斯·略萨直接接触到了那场针对记者的耸

人听闻的屠杀事件，同时也了解到了那次事件所暴露出的其他问题。在秘鲁的一些地区，人们不仅要面临"光辉道路"的侵袭，还要面对秘鲁军方滥用职权，以各种方式侵害公民权益的问题。这些都对巴尔加斯·略萨的道德观和政治观产生了巨大冲击。由这位小说家领衔的调查团队给出的调查结果甫一发布，便引发了巨大的争议。一部分政治和公众舆论甚至指责巴尔加斯·略萨等人的调查流于形式。人们不断在媒体上指责他，甚至说他久居国外，不了解秘鲁国情，一些与巴尔加斯·略萨意见相左的人也趁机跳出来，喊话让他快点回去写小说，再请更专业的团队去调查那起事件。

争议越来越大，但关于乌楚拉凯事件的调查报告依然在不断发布。巴尔加斯·略萨又一次成为秘鲁公众议论的焦点人物，尤其是在利马。巴尔加斯·略萨后来把那些文件进行了整理，收录在了《顶风破浪》第三卷里。[1] 只要读读调查团队发布的报告以及之后出现的相关文献就能理解大部分秘鲁社会都处于野蛮、非文明的状态中，当然了，这并不是人们想要看到的东西。《顶风破浪》第三卷中的所有相关文章都透露出巴尔加斯·略萨经过深思熟虑的、愤怒的呼声——尽管有时看上去某些想法有些矛盾之处，他希望他的祖国秘鲁立刻进行变革，因为那个国家的问题几百年来都未得到改善，不幸的是，那里依然充斥着暴力、无知、贫穷和接连不断的死亡悲剧。在那些文章（从某种程度上来看也算得上政论文章）里，巴尔加斯·略萨坚持认为绝对不应该把在乌楚拉凯发生的人命案与山区、海岸区乃至城市里的印第安人、大部分秘鲁人日常面对的悲惨生活割裂开来，这也是他为根除暴力问题、恐怖主义问题和制度

---

[1] Vargas Llosa, Mario, *Contra viento y marea*, op.cit. 参见《乌楚拉凯的鲜血与污垢》一文。

问题做出的思考。与成熟且文明的社会不同，人们对待这起悲剧事件的态度恰恰反映出了秘鲁人民在日常生活、道德乃至肉体上的癫狂状态，他们已经厌烦了领导阶层的种种许诺，也已经放弃了希望。不过，那次调查依然表现出了清晰、透明、严格的特点，总而言之，在秘鲁社会的道德意识、充满暴力的政治环境并未发生太大变化的情况下，随着时间的推移，人们越发清楚地看到贯穿那场调查始终的正义感。对于巴尔加斯·略萨来说，那次经历对于他的政治思想来说又是一块新的试金石吗？乌楚拉凯事件会让巴尔加斯·略萨进入政坛的意愿——从他踏上意识形态的"大马士革之路"起就出现了——更加强烈，最终使这头"写作的野兽"投身到政治活动中去吗？

当诺尔贝托·富恩特斯在哈瓦那对我说他认为巴尔加斯·略萨拥有拉丁美洲最伟大的政治头脑之一时，我想起了那位秘鲁小说家在专注于文学创作的过程中偶然体验过的一些与政治相关的经历，可哪怕如此，我也完全没想到短短几年之后，也即 1989 年，他会公开表态参选秘鲁共和国——那个"千面之国"，他几乎所有小说（除了《世界末日之战》和《公羊的节日》[1]）的故事发生地，他作为"写作的野兽"所面对的"魔鬼""幽灵"和"执念"汇聚之地——的总统。

---

[1] 在巴尔加斯·略萨于二十一世纪创作的小说中，如《坏女孩的恶作剧》《凯尔特人之梦》《艰辛时刻》等的故事背景地也并不完全是秘鲁。——译注

12

乌楚拉凯事件：报告之外
（1983）

除了职业操守之外，西方世界许多重要媒体的主编都信奉一句温和的格言，它就像是神谕一般，帮助他们中的许多人走向成功。"绝不要让现实阻碍你写出一篇伟大的报道。"在谈到现代媒体的时候，人们常常会面不改色地把这句话说出来。至少在大部分情况下，这里的"现实"与"真相"是同义词。很多时候，在阅读完报道文字后，我们会发现现实——真相——对于写出一篇伟大的报道来说的确是一种障碍。

乌楚拉凯屠杀事件以及包括巴尔加斯·略萨在内的调查团队的后续调查引发了巨大的争议，那位小说家面对的主要发难者包括《泰晤士报》的科林·哈丁、《瑞典每日新闻报》的伯林德布鲁姆、他的"政敌"们——不仅仅是职业政治家，主要是持不同意见的秘鲁媒体，如《马尔卡日报》，调查报告对此多有提及。在巴尔加斯·略萨撰写的文章中出现了一个主题，很多人习惯将之称为"文明国家协奏现象"。它标志着那位作家在将拉丁美洲、第三世界国家和秘鲁与欧洲和美国相对比时的视角发生了变化。巴尔加斯·略萨指出，每当在那些欧洲和美国之外的国家出现哪怕最微小的损害自由——形式上的自由——的情况之时,欧洲式的政治意识、美国式"进步的"政治意识就会出来"抗议",而不管这些情况的具体背景如何。巴尔加斯·略萨指出了这种做法的矛盾之处,这也是他对欧洲社会和美国社会最有风险的抨击之一,即它们具有刻板的家长做派,这种做派允许——哪怕不用"强加"这个词——在其他国家出现相对野蛮的状态,其理由是经济和政治状况不同的国家应该有解决经济和政治问题的不同办法。可这种野蛮状态是欧洲和美国不允许在自己国内出现的,是足以引发大规模示威的东西。

在我到拉美、美国旅行途中,甚至就在欧洲境内,我从几十位"从情感上支持左翼的人"口中听到过他们认定的巴尔加斯·略萨思想方面存在的问题,他们说他没有留意到欧洲和美国之间的差异,说他一直生活在海市蜃楼——欧洲及其具有缺陷的政治体系——之中,而那种海市蜃楼对拉丁美洲造成了如此多的伤害。巴尔加斯·略萨在利马、加拉加斯、柏林、罗马和伦敦已经重复过无数次的观点正是:拉丁美洲国家在政治、经济和文化方面已经压抑了数百年了,如今已经到了它们无差别地——无论是形式上还是内容上——体验欧洲、美国、日本、加拿大式的民主的时刻了。

乌楚拉凯事件对于巴尔加斯·略萨的政治观和道德观来说是又一块试金石。在完成调查任务后,巴尔加斯·略萨在《纽约时报》上又发表了一份兼具文献价值和文学价值的特别报告:《一场屠杀的历史》[1]。在文章中,巴尔加斯·略萨逐字逐句地驳斥了西方世界媒体主编轻浮且虚伪的告诫。巴尔加斯·略萨未曾有一刻让他的这

---

[1] Vargas Llosa, Mario, "Historia de una matanza", *The New York Times*, Nueva York, 31-7-1983, pp.18-23, 33, 36-37, 42, 48-51, 56.(英文原标题为"Inquest in the Andes",西班牙语版全文收入《顶风破浪》第三卷中,pp.156-192。)

篇文章酣睡在他作为记者和作家的写作才华与炫目风格之上。他力求展现事实,当然了,他是用一种绝对真诚的——专业的、政治化的——语言写这篇文章的,他把意识形态方面的激情抛在一边(如果说在这个事例中有的话),暂时停止利用真相、逸事、见闻去构建一种现实。在乌楚拉凯屠杀事件中,这个充满谜团和争议的复杂故事本可能会被某些有心之人用来作为达成政治目的的筹码。

面对《泰晤士报》的哈丁和《瑞典每日新闻报》的伯林德布鲁姆的那些蛊惑人心的攻势,巴尔加斯·略萨冒着风险,以"光辉道路"为例,抛出了众多官方从未披露过的案例和数据加以驳斥。那篇文章简单易读,同时又文采飞扬,并且以展现真相为目标,巴尔加斯·略萨将自己驾驭文字的功力运用到了极致。在文中的一个段落,巴尔加斯·略萨不仅指责了哈丁,也指责了"进步且民主"的欧洲意识。

"人们不应该因为我对科林·哈丁的指责而认为我是个让人难以忍受的狂热分子,"巴尔加斯·略萨这样写道,"好像我只要看到对我的祖国的微小批评就忍不住加以驳斥。我很清楚秘鲁的民主体系十分脆弱,而且缺陷很大,理应通过批评来对它加以完善。但我同时认为皮诺切特式的军事独裁政权或'光辉道路'想打着马克思、列宁主义的旗号建立起的独裁政权将更加糟糕,会给秘鲁人民带来更大的苦难。"[1] 后来他又坚称:"我坚持为捍卫我的国家的民主(与捍卫政府不同)而斗争。这是场困难艰苦、结果未知的斗争,我们这些坚持这项事业的人有时候会难过地发现那些妄图摧毁

---

1 Vargas Llosa, Mario, "Contra los estereotipos", *ABC*, Madrid, 16-6-1984.(本文同样被收录于《顶风破浪》第三卷中。)

秘鲁——拉美——民主体制的人有时会有些来自西方大型民主机构的记者盟友,这些人由于盲目、无知、天真或偏见不信任乃至诋毁那些在极为困难的局面下挣扎求生的民主体制,例如秘鲁的民主体制。"在我看来,《对抗偏见》一文的末尾段落绝好地展现了巴尔加斯·略萨的道德观,这可比所谓的"西方进步主义人士"每当提及第三世界国家时便会表露出的虚伪霸道的意识形态观念和蛊惑人心的机会主义态度要实在得多。"我认为哈丁先生是这种现象的绝佳代表。他关于秘鲁的论调和文字要么夸大其词、扭曲事实,要么就是些蛊惑人心的臆想,要是我的国家中与民主为敌的那些人说出这番话来,我不会感到任何不适,可如今始作俑者是《泰晤士报》的记者,情况就不一样了,要是这种受意识形态影响的东西出现在英国(就像出现在秘鲁一样),要是它们不断渗透《泰晤士报》,那么这份报纸就将失去权威性,失去人们的尊重。"他决绝地强调了那已被证实的真相:"除此之外,这种态度绝非孤例。在西方,在欧洲,还有很多像哈丁先生一样的记者,他们或有意或无意地扭曲了拉丁美洲的现实,推动人们相信我们这些野蛮的国家就只配得上军事独裁政权或极权式的革命。幸运的是,现实与这些偏见不同。"

围绕乌楚拉凯屠杀事件展开的反思、争议和言论再次将巴尔加斯·略萨置于风口浪尖,不仅在秘鲁国内,在全世界都是如此,尤其是欧洲,因为这片土地上的人总是习惯于误读拉丁美洲这片遥远土地上那真实但遥远的现实。在这个问题上,还应该提及两年之后(1986)巴尔加斯·略萨同德国小说家君特·格拉斯之间的论战。那场论战再次印证了那位秘鲁小说家在很多年前指出的欧洲人那精神分裂般的政治观点:我们这些国家中有些观点处处反映着某些意

（从左至右）马里奥·巴尔加斯·略萨、帕特丽西娅·略萨、卡洛斯·富恩特斯、胡安·卡洛斯·奥内蒂、罗德里格斯·莫内加尔和巴勃罗·聂鲁达，摄于在纽约举行的国际笔会会议期间，1966年冬

识形态和视野——对象错误、焦点模糊——对于拉美的认知是错误的。那是种政治上的散光、父权式的冷漠，骨子里透着的是知识体系的虚伪，许多欧洲人从那套体系出发，去观察、分析和概括他们的观点，他们认为自己在世界格局中是享有特权的群体。

与格拉斯的论战并非巴尔加斯·略萨最后一次证实：一个人的文学才华和思想深度并不能保证他有敏锐的政治观察力。就这样，1987年2月，在他为读者圈出版社策划的"普拉塔图书馆丛书"中的小说《豹》（君特·格拉斯的《铁皮鼓》也被选入了该丛书）撰写的前言文章中，巴尔加斯·略萨回忆说那部伟大的小说在意大利"被当时的文阀埃利奥·维托里尼（Elio Vittorini）"拒稿，后者对那部小说关上了极负盛名的埃诺迪出版社（Einaudi）的大门。"当时正值介入文学大行其道之时，"巴尔加斯·略萨写道，"在葛兰西和萨特的错误教导下，我们所有人都认为文学才华和意识形态的选择相关，它是道德姿态、站在公正和进步一边的政治'正确'的表现形式。"再后来他写道："托马西·迪·兰佩杜萨的那部非凡的作品提醒我们，文学才华是一种更加复杂和绝对化的东西，他的事例恰恰驳斥了进步概念本身，否定了公正存在的可能性，以直白的方式表明一个拥有狭隘历史观的人也可以写出非凡的艺术作品来。"[1]

论战发生于1987年1月国际笔会在纽约召开的一场会议中。格拉斯就政治和文学的关系问题公开与巴尔加斯·略萨进行了讨论。那位德国小说家坚持认为巴尔加斯·略萨的下列表述让人难以接受：

---

[1] Vargas Llosa, Mario, "El Gatopardo. La mentira del Príncipe", *La verdad de las mentiras,* op.cit.

"如果在我们这些知识分子中进行一场关于支持还是反对民主的调查的话,恐怕反对民主的会占多数。"巴尔加斯·略萨辩解说那只是源自他悲观态度的"一句戏言"。格拉斯回答说他认识许多拉丁美洲流亡知识分子,他们都是真正的民主人士。他说的也是事实。实际上,那场论战背后隐藏的是欧洲知识分子对拉丁美洲的现实与境况的错误认知及各式各样的解决方案,这也正是巴尔加斯·略萨长期关注的话题。参与那场论战的还有一位南非作家,他也参加了国际笔会在纽约召开的会议,巴尔加斯·略萨以一贯的强硬态度回应了他。巴尔加斯·略萨回答说他因为"加西亚·马尔克斯接受成为菲德尔·卡斯特罗的'朝臣'"而感到遗憾。夏日初至之时,在国际笔会于汉堡召开的会议上,在巴尔加斯·略萨缺席的情况下,格拉斯要求巴尔加斯·略萨收回他在纽约说出的针对加西亚·马尔克斯的批评,"否则我将不再积极地寻求与您对话"[1],与会者这样复述道。巴尔加斯·略萨坚守自己的道德观,这种道德观使得他在政治和文学上的敌人们感到无比烦心、心惊胆战,他说:"我不会收回那句话。我知道它很尖锐,但我相信我说的是事实。多年之前,当我得知博尔赫斯——我认为他是用西班牙语写作的最天才、最具原创性的作家——接受了皮诺切特将军颁发的勋章时,我也说过同样严厉的话。在这些事例中,我认为文学才华不仅没有缓解这些问题的严重性,反倒是使之增强了。我只是单纯想不通像加西亚·马尔克斯这样的作家为何甘心同古巴政府保持那样的关系。那种联系已经超出了在意识形态方面团结一致的程度,很多时候表现

---

[1] Vargas Llosa, Mario, "Respuesta a Günter Grass", *El País*, Madrid, 29-6-1986.(文章被收入《顶风破浪》第三卷中,pp.394-440。)

出了伪善、谄媚的一面。一个像他那样的作家，去谄媚关押着许多政治犯——其中许多是作家——的考迪罗政府，而且那个政府还推行严苛的思想审查制度，逼迫众多知识分子流亡海外……"[1]再后来，他坚持提出拥有文学才华并不意味着就拥有解读我们居于其中的政治现实的能力，他写道："我和您一样尊崇加西亚·马尔克斯的文学作品。我甚至可能比您更了解它们，毕竟我曾用了两年时间研究它们，还写了本研究专著。他和我曾是非常要好的朋友。后来我们疏远了，而我们在政治观点上的分歧在这些年里在我俩之间逐渐掘出了一条深渊。但这一切都不影响我欣赏他出众的文字和他的故事里蕴藏的丰富的想象力。那些文字展现出了一种并不常见的文学才华。可是我不能理解为何在古巴问题上他放弃了一切形式的、独立的道德批判力，进而扮演起了一个我觉得与他极不相称的角色：教化者。"[2]

在我看来，与君特·格拉斯的论战是小说家、作家巴尔加斯·略萨已经沉浸其中的更大型的论战的组成部分，比起政治来，那场大型论战更多聚焦于道德和美学方面的问题。他果断而具有反思性地抗拒全世界范围内一切类型的独裁政权——右翼军人独裁或打着马克思、列宁主义旗号的左翼独裁。他锐利的批评甚至会指向那些虚假的民主政权，根据他的标准，它们只是戴着民主面具的独裁政权——他多次声称墨西哥的民主制度是完美的独裁制度。这种态度从意识形态和情感两方面激怒了他的许多敌人，那些人于是总是不遗余力地贬低和轻视他的文学作品、道德观念和个人经历。在拉丁

---

1 Vargas Llosa, Mario, "Respuesta a Günter Grass", *El País*, Madrid, 29-6-1986.（文章被收入《顶风破浪》第三卷中，pp.394-440。）

2 Ibid.

美洲的很多地区，在众多民众和积极介入政治的知识分子中间，巴尔加斯·略萨一直扮演着激怒别人的角色。巴尔加斯·略萨面对全世界政治思想方面的利维坦巨兽——它往往呈现出精神分裂般的状态，但在道德方面却总是崩坏的——时展现出的顶风破浪的勇气往往使得自己成为被攻击的靶子，他的思想、态度和行为都引发了各式各样的冲突。

可能只有先确定了这样的背景，我们才好谈论——其中总是蕴含着对文明与野蛮话题的永恒讨论——法官埃尔梅内希尔多·文图拉·瓦伊瓦。他似乎是个从《狂人玛依塔》里走出来的人物，否则很难解释现实生活中为何会有人做出如此荒诞的行为。正如上文所言，乌楚拉凯事件的调查结论引发了巨大的争议，人们对事实真相议论纷纷。瓦伊瓦法官违背了他的身份所要求的公正性和客观性，他吸引了大量媒体跑去阿亚库乔听他"大放厥词"（巴尔加斯·略萨在一篇用以自卫的文章里用了这样的表述）。瓦伊瓦法官对巴塞罗那的《先锋报》（1985年2月12日）和《迈阿密先驱报》的特派员说："等到真相大白的一天，政府和巴尔加斯·略萨的调查团队将会受到制裁，因为官方结论是虚假的。"他还表示："是政府下令杀死那八个记者的。"他的话使得争议再次在利马出现，人们不断拿巴尔加斯·略萨的话和这位法官的"厥词"来讨论道德和政治话题，巴尔加斯·略萨被要求提供证词。在两天中，他实际上被禁足在了一家酒店的房间里（一个人时刻陪伴在他身边，甚至跟他一起进到房间里面，这些事情是后来巴尔加斯·略萨本人告诉里卡多·A.塞蒂的），在那两天的禁闭状态下他经受了两场问询，分别持续了八小时和五小时。

面对那位富有而有名的作家，"世俗的右翼分子"，埃尔梅内希尔多·文图拉·瓦伊瓦法官树立起了自己的形象，他瞄准了人们已经厌倦了社会不公，一下子摆脱了默默无闻的状态。埃尔梅内希尔多·文图拉·瓦伊瓦法官的璀璨时刻达到顶峰时，秘鲁所有的报纸上都能看到他的名字和照片。国际媒体也对他多有报道和采访，闪光灯不断闪烁，想要捕捉他那英雄的形象和严肃的神情，他似乎时刻准备捍卫正义，对抗那些滥用自己的名望和特权的人，尤其是那些觉得自己有权凌驾于正义之上、让自己的虚假标准压倒事实真相的人。埃尔梅内希尔多·文图拉·瓦伊瓦法官身边不乏受到蛊惑的支持者，他们认定自己是在对抗不公现象，却不知道"蛊惑"是与不公同样根深蒂固的东西。在粗鄙与野蛮的映衬下，"新的《人间喜剧》"上演了：瓦伊瓦法官化身成了对抗歌利亚巨人的大卫，象征着受尽苦难的秘鲁人民对抗滥用职权的政府。一个默默无闻的人——因为默默无闻，所以是"人"——对抗已经成名、被秘鲁人视为骄傲的"半神"。那位法官对巴塞罗那《先锋报》的记者说出了一番最让人感到不适的话："我不怀疑他（巴尔加斯·略萨）因为参加（调查）小组而拿钱，但他可在《纽约时报》杂志上发表了一篇长文啊，起码能赚五万美元……"

埃尔梅内希尔多·文图拉·瓦伊瓦法官在其突然高涨的名望达到顶峰之时，变成了乌楚拉凯悲剧事件中最滑稽可笑的角色，在巴尔加斯·略萨组成的调查团队插手调查之后，那起悲剧事件本身已经不能被用来说笑了。不过，我们暂时努力把瓦伊瓦法官从他有份参与的虚假现实中拉出来——哪怕只是在想象中拉出一小会儿。在我们读过的关于乌楚拉凯事件的所有材料中，巴尔加斯·略萨关于人生、文学、政治和道德的想法汇聚成了整体，给我们带来了启迪。埃尔梅内希尔多·文图拉·瓦伊瓦法官不正像巴尔加斯·略萨在《胡利娅姨妈与作家》中创造的人物佩德罗·卡马乔一样，患了疯病，陷入自己不健康的幻想之中难以自拔了吗？瓦伊瓦法官正是这种可怕的秘鲁现实的造物，在那种现实中，真相总会和戏剧性的、荒唐可笑的传言混杂到一起。

因为埃尔梅内希尔多·文图拉·瓦伊瓦法官所代表的正是秘鲁一部分民众的想法：八位记者是由于见到了对于政府来说意味着风险的事情而被谋杀的，调查报告的撰稿人巴尔加斯·略萨撒了谎，而且他还通过在极负盛名的媒体上撰写并发表关于那场屠杀的长报告（瓦伊瓦法官指的是《一场屠杀的历史》）赚得盆满钵满。总而言之，那些人觉得那次事件揭下了巴尔加斯·略萨的假面具——政治、道德和文学层面的。不过，几个月后，秘鲁共和国司法机构对埃尔梅内希尔多·文图拉·瓦伊瓦法官提出控告，又过了一段时间，他不仅改变了自己的态度和立场，还撤回了已经开始的针对巴尔加斯·略萨及调查团队的其他成员——卡斯特罗·阿雷纳斯和亚布拉罕·古斯曼·费盖罗亚——的控诉。不过摇摆于真实与虚构之间，非理性的、想象的文学魔鬼与愚昧悲惨的现实幽灵之间的那段历史、那次事件，在一段时间里——埃尔梅内希尔多·文图拉·瓦伊瓦法官的璀璨时刻——的的确确成为公众舆论关注的焦点。在经历了为期一年的司法流程后，没人被判刑，也没人再成为任何事件的主角——哪怕是荒诞的、充满戏剧性的主角，瓦伊瓦法官又重新变成了默默无闻的人。在经历了璀璨时刻后，瓦伊瓦法官最终迎来了自己的悲剧性结局，就好像佩德罗·卡马乔错误地闯入了那本关于亚历杭德罗·玛依塔的小说——在欧洲被误读严重的小说——一样。

13

竞选中的魔鬼
(1988—1990)

1984 年 5 月 8 日,在马德里的伊比利亚美洲合作院内召开了"每周作家:巴尔加斯·略萨"活动。参加活动的有来自文学界、政治界、文学评论界和媒体的人士,如卡洛斯·巴拉尔、拉斐尔·孔特(Rafael Conte)、豪尔赫·爱德华兹、华金·马尔科(Joaquín Marco)、拉斐尔·翁贝托·莫雷诺–杜兰(Rafael Humberto Moreno-Durán)、范尼·卢比奥(Fanny Rubio)、佩德罗·阿尔塔雷斯(Pedro Altares)和哈维尔·杜塞尔(Javier Tusell)。从很久之前开始,只要巴尔加斯·略萨的名字出现的活动,就会吸引许多人来参加,更不用说他本人出席的活动了。我记得在活动的开幕式——同时也是致敬仪式——的现场,曼努埃尔·斯科尔萨(Manuel Scorza)对我说了些我很少听到的话:"我实在不明白大家为什么对巴尔加斯·略萨有那么大的兴趣,我更不明白你为什么会如此推崇这样一位无足轻重、写得很烂的作家,啊呀……"就像是对斯科尔萨的那种少见的看法的回击,卡洛斯·巴拉尔推动"每周作家"活动向巴尔加斯·略萨致敬。他表示自己在巴尔加斯·略萨很年轻时就认识他了,"我认识他的时候,他已经是个伟大的作家了……

总统大选期间,摄于卡哈马尔卡,1989 年。巴尔加斯·略萨(中)身后戴深色眼镜者是他的私人保镖奥斯卡·巴尔比

总统大选期间，1989 年

换句话说，我认识那位年轻的作家时，他已经是个伟大的作家了。在文学领域里他始终保持自己的态度。关于这些我后面还会详谈。我此刻想说的是：在为人处世方面他也从来没变过。一个作家世界闻名，拿了很多荣誉后还能做到这一点，可实在太难得了！举个例子，他拒绝了官方提供的政治职务。让我们瞧瞧他是否有勇气有朝一日拒绝出任秘鲁共和国的总统"[1]。巴尔加斯·略萨用一句"太可怕了！"打断了巴拉尔，可能那又是种下意识的"驱魔行为"。

那已经不是我第一次听到卡洛斯·巴拉尔——或公开或私下——谈论巴尔加斯·略萨成为秘鲁总统的可能性了。就我来说，对于巴拉尔以及包括豪尔赫·爱德华兹在内的其他朋友的那种疑惑或推断，我是持谨慎态度的。秘鲁政界最惧怕的作家，也许是唯一一个在所有小说、演讲稿、散文和文论作品中毫无保留地批评、控诉他的祖国——那个"千面之国"——的政治和社会结构的秘鲁作家，会去竞选该国总统？

1979年，我在利马待了差不多一周时间，每天都会从市中心的克利翁酒店附近搭乘计程车到巴兰科区的巴尔加斯·略萨家，他家就在保罗·哈里斯堤附近。我坐在司机后面，告诉他地址，然后就再没吭声。司机总是会立刻谨慎而好奇地从后视镜里看我，仔仔细细地打量我。"不好意思，先生，"司机说道，"您是要到堂马里奥·巴尔加斯·略萨家去吗？"我点了点头。"您是他的朋友吗？"司机用更加亲切的语气问道。我又点了点头。于是，司机——不管是山区人、白人、乔洛人[2]、海岸地区人、黑人，还是亚裔——就

---

1 *Semana de Autor: Mario Vargas Llosa*, Cultura Hispánica, ICI, Madrid, 1985, pp.10-14.
2 指白人和土著的混血。——译注

开始不停地说起对巴尔加斯·略萨赞美的话，"我们国家最重要的作家"啊，"秘鲁的骄傲"啊，诸如此类。夸赞之后，司机往往会沉默片刻，然后坚定地说道："他会成为秘鲁总统的。"这种看法与巴尔加斯·略萨的人格和影响在政治界、知识分子界和我们以不可思议的慷慨态度命名的"进步"及"先锋"人士中引发的抗拒情绪截然相反。

如果有人问我是否曾经设想过巴尔加斯·略萨涉足秘鲁政坛的情形，我会给出否定的答案。我看到巴尔加斯·略萨在全世界热情地参加文学和思想领域的活动，我也知道出于对秘鲁爱恨交加的感情，他时常会表现出一种矛盾的激情，但我毕竟太多次听到他斩钉截铁地表态说没有任何东西能够改变他当作家的抱负和命运。当贝朗德总统以一种在我看来有些模糊又绝望的方式邀请巴尔加斯·略萨出任政府总理一职时，我觉得巴尔加斯·略萨那条笔直的文学道路可能要扭曲了，毕竟他面对的是政治权力。当我得知他拒绝了那份邀约时，我着实长舒了一口气。后来，当阿兰·加西亚总统决定将秘鲁银行国有化，而巴尔加斯·略萨以我们都很熟悉的与文学和思想方面的激情同等的热情参与政治示威活动时，我才开始相信利马的出租车司机们的话是有一定道理的。那个"魔鬼"马上就要破土而出了[1]。

阿尔瓦罗·巴尔加斯·略萨把我称之为"巴尔加斯·略萨的不定期冒险"的事件的开始时间定在了1987年8月21日，也就是阿兰·加西亚总统的秘鲁银行国有化政策引发的圣马丁广场群众聚集事件爆发的日子，那项政策被认为"实际上意味着秘鲁经济权力

---

[1] Vargas Llosa, Álvaro, *El diablo en campaña,* op.cit.

的集中化"[1]。自由运动组织就是在那里自发形成的，它是巴尔加斯·略萨用以涉足秘鲁政坛的冲锋车。在我们这些从很多年前就开始关注巴尔加斯·略萨生涯发展的人中，有许多人开始预感到那种果敢的思想态度将会把他带到政治之中，而并非只是关注政治。圣马丁广场上有那么多民众支持巴尔加斯·略萨，这是否让他感到惊讶呢？他们是否一起把他推向了政治、经济利益、意识形态集合而成的游戏呢？而那种游戏又勾起了他的虚荣心，毕竟从许久之前开始，那些所谓的"进步人士"就不断以此指责他了。在一系列环境因素的推动下，他似乎已经来到了命运的十字路口，如果他背过身去，就将最终变成一尊无用的盐制雕像，是这样吗？"在那里（在聚集了十万人的圣马丁广场），没人提到总统和竞选的事情，"阿尔瓦罗·巴尔加斯·略萨在《竞选中的魔鬼》里这样描述道，"我们专注于阻拦那头让我们想起了贝拉斯科执政的黑暗岁月的怪兽，如果它达成目的的话，我们将很久都无法从困境中脱身。挑起事端的不是我们，我们只是要在混乱的状态中做出回应，那就必须快速找到合适的领头人，所以一个独立作家在毫无准备的情况下就成了抵抗运动的领袖。"[2]

各类新闻稿、分析文章，全世界各大媒体，都在报道巴尔加斯·略萨这个新的民众领袖的诞生，原本这位作家和政治最大的联系就是他的文字——他对某些事件的看法，以及他的作品中始终表现出的诚实态度和道德观念引发的争议，因为有些人在面对巴尔加斯·略萨的严格要求、作为知识分子的责任心以及始终处于反思状

---

[1] Vargas Llosa, Álvaro, *El diablo en campaña,* pp.14-15.
[2] Ibid., p.15.

态的政治思想时既不愿意承认他在理,也不愿意轻易屈服。

巴尔加斯·略萨在文章《在历史的旋涡中》[1]讲述了自己是如何得知阿兰·加西亚总统计划将秘鲁银行收归国有的消息的。他当时身处靠近通贝斯的一处沙滩上,正在修改最新创作的小说《叙事人》,那本书将在当年的10月出版。那篇文章于1987年9月24日被宣读并通过电视在秘鲁境内转播,它标志着巴尔加斯·略萨的行为已经*超出了*独立作家的行为框架:巴尔加斯·略萨是在宣布自己进入政治领域,这是当时的政治环境迫使他做出的决定,在那之前,他始终坚定地拒绝投身政治活动。他的行为不应该被解读为屈服于虚荣这个塞壬女妖的歌声——这种看法过于有失公允了。事实刚好相反。驱动巴尔加斯·略萨参与政治活动的恰恰是他作为秘鲁公民的责任心和道德观,以及他久为人知的独立性。还有一个因素,有一种概念在巴尔加斯·略萨看来是不可动摇的,那就是自由。他认为自由是人类至高无上的价值。有些人立刻开始批评起巴尔加斯·略萨的态度,这当然也是他们的权利。还有些人感觉震惊,他们觉得自己被一个对政治深恶痛绝的作家背叛了,因为在政治领域里,没有让作家施展文学抱负——一种具有排他性的抱负——的道德环境。

卡洛斯·巴拉尔是对巴尔加斯·略萨的决定感到震惊的人中的一员。当时由费尔南多·桑切斯·德拉戈领导的TVE做了期访谈节目,豪尔赫·爱德华兹也参加了,巴拉尔在节目里表示巴尔加斯·略萨的态度让他觉得有些奇怪。"我们将会失去一位伟大的作家,一位超凡的小说家。"他悲观地评论道。"就一段时间,"我有些嘲

---

[1] 全文收录于巴尔加斯·略萨《顶风破浪》第三卷中,pp.429-443。

弄般的答道,"就一段时间而已。"巴拉尔依然心情沉重,他说他怀疑巴尔加斯·略萨最后会去参选秘鲁总统,他并不怀疑巴尔加斯·略萨的能力,但是涉足政坛的作家通常不会有什么好结果,尤其是在拉丁美洲,我们并不缺乏新鲜的案例。卡洛斯·巴拉尔是以朋友的立场表达他对巴尔加斯·略萨个人命运和文学前景的担忧,这绝不能被解读为他站到了巴尔加斯·略萨的*对立面*上。然而,某些利马媒体就是那样错误解读巴拉尔的话的。我在那次对谈活动中的立场也并非与巴拉尔相悖。我只是提醒了那位诗人、编辑,他自己就在参与政治活动,但他也并非以政治为业。从 1982 年起,巴拉尔就成了工人社会党(PSOE)的议员,而在对谈进行之时,他还是代表社会党的欧共体议会议员。"这是两回事。"巴拉尔是这样回答我的。爱德华兹在那次气氛友好的会谈中的态度是:巴尔加斯·略萨是个有责任心的人。他认为他必须挺身而出,参与政治活动了。评价他的行为时不能忽略一个不容置疑的因素:道德因素。巴拉尔的看法和奥克塔维奥·帕斯以及其他一些巴尔加斯·略萨的密友的看法一致。"爱冒险的天性,救世主般的责任感,再加上偶然性这一关键因素,最后推动他走向了被他本人称为世界上最危险的职位:秘鲁总统。"[1]

巴尔加斯·略萨并非职业政治家,他的政治评论往往带有主观性,但是他从年轻时起就表现出了罕见的勇敢态度,很少有作家能够做到这一点。阿尔瓦罗·巴尔加斯·略萨在《竞选中的魔鬼》中描述了巴尔加斯·略萨在进入世界上最危险的职位所在的那个危险领域之后面对的种种变故、矛盾、丑闻和妄言。奥克塔维奥·帕斯

---

[1] Vargas Llosa, Álvaro, op.cit., p.22.

曾试图劝阻他。在决定参选之后,巴尔加斯·略萨去了伦敦。撒切尔夫人接见了他,不但表达了对他的支持,还给出了一些"建议"。她坚信巴尔加斯·略萨将赢得选举,而且还认为他是把秘鲁从自杀式的停滞状态中拯救出来的理想人选——至少从欧洲的角度来看是这样。撒切尔夫人认真聆听了巴尔加斯·略萨当选秘鲁总统后的每一个政治计划,始终没有发言插话。最后,撒切尔夫人只给了巴尔加斯·略萨一个忠告:"好的,您刚才说的想法都很好,但是为了实现这些理想,您需要拥有三样东西:权力,权力,权力。"另一边,奥克塔维奥·帕斯在伦敦把我们许多人藏在心里的想法告诉了巴尔加斯·略萨:"马里奥,对于所有人来说,最好的结果就是你输掉选举。"帕斯对巴尔加斯·略萨说的话很有代表性。"你是我们的头号小说家。"那位墨西哥诺贝尔文学奖得主对巴尔加斯·略萨说道。他还补充说总统任期——五年——太短了,把"一个像你的国家那样畸形的国家"进行现代化改造的方案不可能全部实现。他又一次试图说服巴尔加斯·略萨收回决定,可后者此时已骑虎难下了。"事实上你是个进步主义者,"帕斯开起了玩笑,"你相信进步这回事。"可巴尔加斯·略萨心意已决,他不会再在外人面前表现出犹疑的态度。[1]"魔鬼"带着一种深思熟虑、勇担责任、义无反顾的态度进入了竞选之中,就和他从许多年前开始便一直坚持作家志向的态度一样。

　　从那时起他就开始不知疲倦地在全秘鲁开展政治活动了。会议、旅行、集会、辩论、多方会谈。文章,访谈,到那个"千面之国"的所有地方访问、宣传。支持他的人如泡沫般不断涌现,无论是何

---

[1] Vargas Llosa, Álvaro, op.cit., p.22.

社会阶层，尽管对很多人来说巴尔加斯·略萨是右翼候选人，代表银行家和富人的利益。但是被让-弗朗索瓦·何维勒称为"意识形态谎言"的蛊惑行为再次出现了，"那是操纵世界的首要力量"，我们这个时代的那种阴暗的疯狂行径——布莱希特和后来的迪伦马特都曾这样说过——使得展示真相成为不可能完成的任务，而非难以完成的任务。从很久之前开始，巴尔加斯·略萨的姿态似乎就代表着用文明思想面对第三世界的落后意识。"所以，他会被困在右翼人士，甚至新右翼人士的标签中。在拉丁美洲，如果你不是马克思主义者，你就谈不上是民主人士。"[1] 何维勒戏谑地写道。他还补充道："这个案例是很有代表性的，因为我们在谈论的是巴尔加斯·略萨和阿兰·加西亚，谈论的是把信贷资源集中到国家手中的情况。也许正是因为有了这些先例，巴尔加斯·略萨在1987年才认为自己必须指出那种对民主的危险，而且，如果任由国家把控银行和金融体系，对经济发展来说也意味着一种制约，要是那个国家贪腐问题严重的话，麻烦就更大了。"

"他们歪曲了巴尔加斯·略萨的观点，不断抹黑他，"何维勒这样写道，"毫无疑问，这种前后不一的态度可以被称为'意识形态抵触'。人们已经不信任社会主义了，但同时也在继续责骂资本主义人士，就好像我们依然有反对它的理由。诱因消失了，但结果仍在持续，这种现象正是意识形态谎言的源泉之一。"[2] 因此，有人谴责、责难、纠缠、妖魔化巴尔加斯·略萨的一切言行举止。尤其是当那位作家胆敢闯入地狱般的政治世界的时候，尤其是当他的

---

[1] Jean-François Revel, *El conocimiento inútil*, Planeta, Barcelona, 1989, p.127.
[2] Jean-François Revel, *El conocimiento inútil*, Planeta, Barcelona, 1989, p.132.

巴尔加斯·略萨同撒切尔夫人在唐宁街 10 号，1989 年 10 月

论点、理念、执政计划和道德责任感的根基是对人类自由无节制的信任的时候——他相信人们无论背景、国籍、宗教或意识形态信仰如何，都有能力越过失败历史的高墙，也有能力追逐乌托邦，不断反思历史、反思意识形态方面的问题。因此，巴尔加斯·略萨就是那只"魔鬼"，秘鲁共产党议员赫纳罗·莱德斯马就是这样说的，这个比喻里透着充满矛盾的宗教思想。因此，既然那个"魔鬼"象征极恶的撒旦，被罚永世困于地狱，那么其他任何形式的恶——哪怕是基于谎言之上的恶——都不会比撒旦在我们身上作的恶更加严重。

巴尔加斯·略萨的竞选旅程实际上是从1988年年底开始的。对于他的参选，人们依然抱有疑虑。那一年的年中，巴尔加斯·略萨来过马德里。我们有过多次会面，在其中一次会面时，豪尔赫·爱德华兹也在场。巴尔加斯·略萨表示他已经撤回了参选秘鲁总统的申请，因为巴尔加斯·略萨的自由运动组织，前总统费尔南多·贝朗德·特里领导的政党人民行动党和由路易斯·贝多亚（Luis Bedoya）领衔、带有基督教和民主倾向的政党基督教人民党，以及团结民主党组成的联盟成立了。原因？巴尔加斯·略萨拒绝与传统政党——他竞选联盟的伙伴们——做肮脏交易，分配权力和职位的做法已经使秘鲁人民对它们失去了所有的信任，而且怀疑它们的合作不会带来任何积极成果，这意味着选举才刚开始就结束了。根据巴尔加斯·略萨本人的说法：那是一个非典型的文明社会的自杀现象，它长久以来受困于贫穷、抢掠、政治腐败和欠文明的病痛中。当时还处于市政选举阶段。巴尔加斯·略萨以此威胁他的同伴们。他来参与政治活动，可不是为了进行肮脏交易的。秘鲁政坛的老面孔——不管其意识形态如何——不能出现在他的竞选阵营中，他参选的决定以及参选的行为本身就是基于完全相反的原则：总统候选人应有公民责任感和道德意识。

在道德败坏、不讲文化的秘鲁政治阶层中间，巴尔加斯·略萨不仅是个异类，很多时候还被贴上"天真汉"的标签，他的形象还会被扭曲——甚至被他在政治上的同伴们扭曲。这又是意识形态宗教化、愚蠢化的体现。又一次，人们把顽固的"散光"问题对准了那位世界闻名的作家。对于一些人来说，盲目的偶像崇拜时刻到来了：巴尔加斯·略萨就是*救世主*，是不信教的*弥赛亚*，他依然年轻，却已经在思想和行动方面表现得无比成熟了。他富有，具有世界知名度，无论是秘鲁国内还是国外，都没人能否认他取得的成功。如今，不仅大批默默无闻的民众在选举期间支持他，甚至连一些知名领袖也请求他拯救秘鲁于危难之中。对于另一些人来说，例如，传统左翼或政治党派，那些自认为是进步人士的人；又如，那些不仅否认真相，而且用自己的错误把秘鲁拖向自杀泥潭的人，他们认定巴尔加斯·略萨是"魔鬼"。抛开文学性的描述，简单来说，我们又回到了那个老问题上，错误一再被重复，我们的社会依然短视，依然把意识形态看作基本原则，甚至把它看作推动历史发展的唯一政治驱动力，这些问题可能是同时出现的，也可能是逐渐出现的。

1990年4月8日，秘鲁总统大选第一轮投票开始。巴尔加斯·略萨的政坛伙伴以及他的朋友们都认为他会在第一轮选举中胜出。利马市长里卡多·贝尔蒙特曾在竞选开始前数日公开表达他对民主阵线候选人的支持，他大声疾呼："马里奥·巴尔加斯·略萨应该在第一轮投票中胜出，如果出现第二轮投票，就意味着秘鲁又重回老路了。"一些令人头晕目眩的事件发生了。不断有显赫的政治人物和作家出来发声。在政治领域，最具有代表性的是加西亚·马尔克斯（发布言论时正身处智利的圣地亚哥，他支持智利总统艾尔文，从政治观点的角度来看，巴尔加斯·略萨是对艾尔文抱有敌意的）和萨尔曼·鲁西迪的发言，我得以结识后者还是因为巴尔加斯·略萨曾带他到我位于马德里郊区拉斯罗萨斯的家中吃饭。被伊斯兰原教旨主义者妖魔化的鲁西迪反思了他写于《美洲豹的微笑》（*La sonrisa del jaguar*）中的那些反对巴尔加斯·略萨及其政治观点的言论。《美洲豹的微笑》是一篇关于桑地诺主义的实证报告，是鲁西迪在一片讲西班牙语——他完全不会说也不理解的语言——的地区旅行途中的短短几日内写成的，缺乏深入的政治思考。长久以来被妖魔化的经历使得鲁西迪多了些审慎态度，就像阿尔瓦罗·巴尔加斯·略萨在他关于那次竞选的书中所写的那样，鲁西迪在《国家报》发表了一篇并不令人感到十分惊讶的文章，至少那些了解其中缘由的人不会感到惊讶。他在那篇文章里表示："已经有一个像瓦茨拉夫·哈维尔这样的严肃作家来领导一个国家了，如果巴尔加斯·略萨赢得秘鲁大选的话，就是两个，这表明这个世界也许并不像我之前认定的那么让人绝望。我希望事情会这样发生。"

可是在第一轮投票开始的十五天或二十天前，出现了一位一直以来藏身于暗处的候选人，秘鲁国内外的政治专家和报刊媒体都对此君一无所知，这就是阿尔韦托·藤森，存疑的初代秘鲁移民，农业学家，代表"变革90"参选。人们立刻开始以"东方人"的名号称呼他。民调结果显示他的支持率排在第二位，紧追那位决定放下文学成为他的祖国的总统的作家，这让人们十分吃惊。这时在西班牙政治圈子里一条评论流传开来。"那个秘鲁'东方人'的事情肯定是在闹着玩，搞得像超现实主义小说一样。"圈子里的那些消息灵通人士都这么说，我们一直在关注秘鲁大选，就好像那是场在西班牙发生的大选。实际上,那个候选人"是个人们从未想到的人物"。"没人知道他是从哪儿来的,也没人知道他为什么会住在那个情势错综复杂的地方。他是日本人,名叫土屋。根据有些人的说法,第二次世界大战期间,日本人在秘鲁受到敌视,土屋为了逃避迫害而逃到了丛林里。还有些人说,土屋在伊基托斯犯了事,为了逃脱责罚才逃到了那里。"我翻开《一部小说的秘史》[1](*Historia secreta de una novela*),再次阅读了上述文字,那本书的内容本来是巴尔加斯·略萨用以在华盛顿州立大学做讲座用的讲稿。巴尔加斯·略萨描绘的是《绿房子》中的一个人物,只不过在小说中出现时名字换成了伏屋。我们两人在这些年里有过多次闲聊的机会,其中一次,巴尔加斯·略萨对我说有朝一日他要写一个故事,也许是本长篇小说,记录秘鲁历史上对一些"东方人"的屠杀事件。东方人——在一个拥有两千个混血人种的"千面之国",人们分不清中国人和日本人并不是什么怪事——统治着贸易、工业和渔业,突然有一天,他们成了被献祭的羔羊,愤怒的人们把他们杀死,还把尸体挂到了利马城里成百上千根路灯柱子上。巴尔加斯·略萨想象着那幅但丁笔下地狱般的画面,那幅画面逐渐变成了萦绕在脑海的魔鬼,成为他未来将要写出的某部小说的素材。

　　阿尔韦托·藤森是来给巴尔加斯·略萨的节日泼冷水的。这是个连那位小说家都从未构思出来的人物。"巴尔加斯·略萨博士不停地谈论日本经济奇迹,最后倒是帮了我的忙。"藤森曾如此恬不知耻地说道。他不仅阻止了巴尔加斯·略萨在第一轮大选中胜出,还加深了长久以来盘旋在那位作家脑海中的一个想法。阿尔瓦

---

[1] Vargas Llosa, Mario, *Historia secreta de una novela*, Tusquets, Barcelona, 1971.

罗·巴尔加斯·略萨在《竞选中的魔鬼》里也提到过它：如果巴尔加斯·略萨没能在第一轮大选中获胜，那就意味着他希望在秘鲁推动的政治改革缺乏足够的民众支持。要说藤森出自哪本超现实主义小说，那就是拉丁美洲的历史现实。他表现得像是个明智的使徒，透着希望、带着他人的敬意观察着秘鲁的灾难，东方人在感受现实时似乎总有那样的天赋。当然，还有其他许多比我们在这里提到的更加阴暗的原因。藤森开始对抗那位小说家了，后者曾在欧洲生活过十六年，因此前者总是怀疑后者对秘鲁的情感，就他在社会、种族、经济和政治方面的不明确性发起抨击。

多年之前，阿方索·巴兰特斯——当时正在竞选利马市市长——对他最大的竞选对手阿尔弗雷多·巴尔内切阿说后者参加竞选是在浪费时间。"你肤色太白了，根本赢不了我。"巴兰特斯对巴尔内切阿说道。这位政治家的话有一定道理。尽管巴尔加斯·略萨明显有混血种人的血统，但依然被种族多元的秘鲁社会视为白种人。因此，在投票日，面对阿普拉党（除了戴着面具的左翼人士之外，其他人要么是右翼，要么就是正处于贪腐丑闻中）和左翼政党（上面提到的巴兰特斯和亨利·帕埃塞的政党），秘鲁选民们倾向于投票给巴尔加斯·略萨和"东方人"，因为在那之前这两人都没有过多涉足秘鲁政坛。于是当时在利马，人们纷纷戏言说另一个"幽灵"——阿兰·加西亚——漫步于皮萨罗府中，他紧紧抓住那些大柱子，疯狂地大笑着。他阻止了巴尔加斯·略萨毁灭他在那五年里创作出的、把秘鲁拖向灾难的"作品"。全秘鲁都用"疯马"这样的虚构名称称呼阿兰·加西亚。他就像格劳乔·马克斯饰演的荒诞人物一样，"把秘鲁从贫穷带向了绝对意义上的悲惨境地"。甚至有人说那位政治家才是"小说家"，他创造出了藤森这个人物，用来扼杀那位威胁要以道德沦丧和贪腐的罪名把他投入监狱的傲慢作家的总统梦。第一轮投票只是那部小说的开始。这是那位作家的那场精神分裂式的无休止冒险的组成部分，他也许忘记了去虚构那唯一一个从未在他的政治、文学或思想噩梦中出现过的人物：一个日本人，他并非巴尔加斯·略萨在数月之前访问过的、正在飞速发展的日本的首相候选人，而仿佛是从《酒吧长谈》里最让人惊讶的纸页间浮现出的日本人。

14

大主教到访

（1990）

  总统候选人巴尔加斯·略萨被许多新闻媒体以无神论者的身份介绍给了选民。那已经不是简单的定义了，而是变成了一种控诉，当时秘鲁有许多民众因此咒骂他，现在也依然如此。候选人巴尔加斯·略萨以偷税漏税、把钱从秘鲁运到国外的形象被介绍给了选民，如今这个"魔鬼"竟然还想使那个满是穷人的国家陷入最深邃的深渊中去。与此相比，加西亚总统的政府让大量公务员失业，让生活悲惨的人们购买力大幅下降等问题都不算什么了。毫无疑问，候选人巴尔加斯·略萨是代表国际货币基金组织利益的右翼分子，他不了解秘鲁国情，而且还任由自己被虚荣心、绝对优势和既有成绩裹挟。巴尔加斯·略萨试图说服选民相信他的个人成就也是秘鲁人民的成就，只要秘鲁严格按照他的经济复苏政策发展，重塑道德和文化，那么秘鲁是会变好的。但人们并不在意他的这些努力。候选人巴尔加斯·略萨一旦赢得选举、组建政府，就会增加五十万名公务人员。此外，候选人巴尔加斯·略萨还是个无神论者。他还曾公开表示自己是个不可知论者。他甚至承认自己曾在十四岁或十五岁时尝试过毒品。他毫无疑问是个危险的瘾君子，还是个不信教的无神论者，是与那个悲惨国家脱钩的百万富翁作家，因此他不了解秘鲁，要是他当选的话，会把阿兰·加西亚留下的烂摊子弄得更糟。

阿尔瓦罗·巴尔加斯·略萨在他的书里提到过他的父亲不想参加第二轮总统大选。巴尔加斯·略萨在极度隐秘的状态下拜访了阿尔韦托·藤森，地点是后者的岳父家，"就在圣胡安·德迪奥斯诊所旁"。谈话持续了"四十分钟"。"我压根儿就不想当总统。"巴尔加斯·略萨对藤森这样说道。"他还对藤森解释说，"阿尔瓦罗·巴尔加斯·略萨这样写道，"他已经准备好把总统的位子让给藤森了，后者第二天就可以着手组建政府了。他还说了些激动人心的话，想让藤森完全摆脱阿普拉党和左翼势力，考虑使用民主阵线的执政计划。"[1] 巴尔加斯·略萨恪守他在第一轮大选开始前给自己勾画的道德准则。他不参加第二轮大选的决定十分坚决，目的是避免使得秘鲁陷入无意义的等待中，避免使得选民分成势不两立的两个阵营，甚至使得秘鲁在第二轮大选结束后依然分裂成两派。既然阿尔韦托·藤森没有政治背景，在第一轮选举中又获得了高票，如果他能和阿普拉党及所有左翼阵营划清界限的话，他就是——在毫无政治抱负的巴尔加斯·略萨看来——秘鲁总统的最合适人选。原因很简单：这个结果符合选民的意愿。在那段漫长的选战时光中到底发生了什么呢？为什么拥有足够的媒体资源、专业的竞选团队的巴尔加斯·略萨阵营没有预见到这个日本人不断蹿升的竞选势头呢？据说这个日本人卖掉了房子才凑够了参选的钱。

在告知藤森自己无意参加第二轮选举后，巴尔加斯·略萨在他位于巴兰科区的家中接受了藤森的到访。那位日裔秘鲁籍候选人

---

[1] Vargas Llosa, Álvaro, op.cit., 1991, p.151.

是来告知巴尔加斯·略萨博士他的咨询结果的，他认为放弃参加第二轮选举是违反宪法的行为。"我父亲回答说，"阿尔瓦罗·巴尔加斯·略萨写道，"他心意已决。藤森的脸上挂着僵硬的苦笑表情，离开了我们家。"[1] 当时巴尔加斯·略萨已经得知他前往藤森岳父家的绝密行程已经被阿兰·加西亚总统知悉了。在讨论他放弃选举的决定时，民主阵线的副主席之一奥雷戈在大声喊叫一番（"您没权这么做！"他对巴尔加斯·略萨喊道）之后，谈到了一个揭露谜底的情况。"他说阿兰·加西亚总统前一天晚上给位于莫斯科的费尔南多·贝朗德打了电话，后者正受邀访问该地，为巴尔加斯·略萨放弃参选的传闻感到担心。这就说明在和我父亲进行秘密会面后，藤森立刻把我父亲的决定报告给了阿兰·加西亚。他和当局之间的联系得到了证实。"[2] 阿尔瓦罗·巴尔加斯·略萨这样写道。当时，怀疑阿尔韦托·藤森暗中接受阿兰·加西亚和教会支持的声音还是出现在了秘鲁媒体中。那些假想的联系被世界各大媒体派到秘鲁准备报道一个知名作家当选总统消息的记者传递了出去。当时的藤森被描绘成对抗无神论候选人——巴尔加斯·略萨，一个"魔鬼"——的信奉天主教的候选人。后者当时已经表现出了明确的放弃选举的念头，因为他觉得大选走势没有朝着对自己有利的方向发展。

巴尔加斯·略萨拿定了主意，他准备在媒体上朗读题为《致秘鲁》的弃选信，那篇文字里有些段落很能展现在秘鲁大选进行得如火如荼之时巴尔加斯·略萨依然保有的真诚和思想的连贯性。那篇

---

[1] Vargas Llosa, Álvaro, op.cit., 1991, p.153.
[2] Ibid.

文章全文收录于《竞选中的魔鬼》中，此外再未正式出版过。我们觉得有必要在这里引用那篇历史文献的部分文字。"我退出选举的决定，"巴尔加斯·略萨这样写道，"被某些人认为是高傲的表现。事实并非如此。更准确地说，那是我在竞选期间思想延续性的表现，恰恰印证了我的想法。我认为，能把秘鲁从当下的堕落和野蛮的状态中拯救出来的只有自由主义改革，它能够铲掉恶的根源，把所有问题一次性纠正。要想完成这一目标，改革必须在民主的环境下进行，也就是说要有广泛的民众支持，就像我在几个月前似乎已经为自由变革争取到的支持一样。后来，尽管我饱含热情，还获得了许多秘鲁人的慷慨支持——例如里卡多·贝尔蒙特，选战有时候像个垃圾堆一样污秽不堪，但他却始终如明星般闪烁光芒，我将永远对此铭记于心，但这种支持在逐渐减弱，如今只有三分之一的秘鲁人还在支持我，这也许足够使我赢得选举，但却不足以让我把促使我参选的唯一目标化为现实，这个目标就是：使秘鲁成为跟得上这个时代的发展步伐的国家。"[1]候选人巴尔加斯·略萨退出了。不过从秘鲁传到外界的消息只显示那位作家正在犹豫是否参加第二轮选举。几个月前，没人怀疑他会以压倒性的优势获胜。但是后来人们发现，无论是由巴尔加斯·略萨阵营的专家们进行的民调，还是敌对阵营的民调，结果都显示他的领先优势并没有想象中那么大。魔鬼们又一次在秘鲁狂舞了起来。在利马中心的克利翁酒店，在"蜂巢"的中央，一个"仇恨办公室"正在运转，它可能就代表着"像个垃圾堆一样污秽不堪"的选战。在街头，巴尔加斯·略萨就像是要分身一样，从一个地方飞到另一个地方，从世界的一个尽头到另

---

[1] Vargas Llosa, Álvaro, op.cit., 1991, pp.155-156.

一个尽头,他热切地希望秘鲁人民能够理解他正在做的事情。可是半个秘鲁的人接收到的都是恰恰相反的信息:他在文学领域取得的个人成就让他觉得自己是政坛救世主,那种病态的虚荣心驱使他把当选秘鲁总统当成立刻就能实现的目标,此外,他还是个公开的无神论者——这是天主教会公布的情况,是个"魔鬼"——最教条的左翼人士都这么称呼他。怎么能让一个"无神论魔鬼"入主皮萨罗府呢?他会让穷人变得更穷,哪怕不会让富人变得更富,起码也会让他们像现在一样富有。难道那个作家不是代表银行家和有钱人的候选人吗?那个无神论魔鬼的经济主张难道不是想把秘鲁仅剩的财富从地图上抹去吗?还得想到"光辉道路"的恐怖主义问题。还有其他所有恐怖组织。它们在秘鲁欠缺文化素养的城市、郊区和农村居民间散播恐惧。那个名唤巴尔加斯·略萨的无神论魔鬼是所有人的敌人,也包括恐怖分子,他早就上了恐怖组织"光辉道路"的死亡名单。还有乌楚拉凯事件,那个谎言已经被全世界如"文献记录般"知晓了,无论国内外,那些掌握不到完整信息的人心中始终存有疑惑。

刚才提到的"仇恨办公室"的首要工作职责就是对候选人巴尔加斯·略萨的所有表情、话语、背景信息"刨根问底",他们甚至会找出一些看似自相矛盾的文档材料和其他一些东西,来破坏那个无神论魔鬼的道德形象和真诚态度。不得不提一个滑稽的人物,那人乍看上去十分和善,我是在1973年在巴尔加斯·略萨位于巴塞罗那的家中认识他的。他叫吉列莫·索恩迪克,是个记者,我第一次见到他时,他正满世界托关系想让卡洛斯·巴拉尔出版他的《班切罗事件》。在这个事情上,他有位很好的"代理律师":巴尔加斯·略萨,后者不仅向那位西班牙编辑推荐了那本书,还把那位记者推荐了过去。我和索恩迪克夫妇、巴尔加斯·略萨一家一起在巴塞罗那度过了一段很有意思的时光，也是充满冒险的时光。有一天，我们准备一起到佩皮尼昂去看《巴黎最后的探戈》，那部情色电影吸引了无数西班牙人穿越西法边境去观影，因为大家已经厌烦了等待佛朗哥死在床上的那一天的到来。索恩迪克开着他的菲亚特130载着我们所有人来到国境线处。索恩迪克说他想把车卖掉，他还说那辆车原来的主人是意大利政治家阿明托雷·范范尼。那个金头发、戴眼镜、高高胖胖的记者喜欢讲些恬不知耻的笑话，巴尔加斯·略萨每次都听得哈哈大笑。我当时没有护照——佛朗哥政府中的军方针对我的限制措施，使得我到那时为止都没法出国活动，到达边境线后，治安警察不允许我离开西班牙。那天的防范措施比以往更严格，因为埃塔组织绑架了巴斯克企业家费利佩·乌阿尔特。我只得坐火车回到了巴塞罗那，而巴尔加斯·略萨一家和索恩迪克夫妇继续那段天堂般的旅程，到贝纳尔多·贝托鲁奇的那部电影中找寻病态的欢乐去了。多年之后，就是那同一个记者成了对抗候选人巴尔加斯·略萨的"仇恨办公室"的负责人。从某种意义上来看，他的任务完成得着实不错。

好运气用光了。巴尔加斯·略萨决心放弃参加第二轮总统大选。于是就发生了那件罕见的、超现实的事件，要是我们西班牙语国家的历史被写成文学作品的话，那个事件绝对值得被记录进去，而且还该被用巴列-因克兰式的滑稽笔触记录下来。"突然，"阿尔瓦罗·巴尔加斯·略萨写道，"电话响起。来电的是利马大主教、秘鲁教会的头号人物奥古斯托·巴尔加斯·阿尔萨莫拉先生方面的人员，对方表示大主教希望立刻与候选人巴尔加斯·略萨见面。"[1] 由于大主教无法直接通过电话联系上巴尔加斯·略萨，他先是给路易斯·布斯塔曼特打去电话，对他说"同巴尔加斯·略萨会谈事关生死"，他请求布斯塔曼特陪他一同前往巴尔加斯·略萨家。那个不应被历史忽视的事件就这样发生了："大主教、秘鲁教会的头号人物藏身于一辆带遮光玻璃的皮卡内，蜷缩着身子横躺在座位上，从车库进入我父亲位于巴兰科区的家里，这样一来，在屋子周围蹲点的那三百个记者就不会知晓访客是谁了。他一进房子就上了二楼，进了藏书室。我父亲得知消息后，中断了手头与政治相关的任务，也上了楼。事情没法更戏剧性了。由于我父亲不信教，那位大主教在第一轮总统大选中始终扮演敌对阵营冲锋在前的骑士的角色，他们不断喊着'无神论者！无神论者！'的口号，把宗教话题变成了讨论候选人人格问题的核心话题。"[2]

巴尔加斯·阿尔萨莫拉大主教到巴尔加斯·略萨家去做什么呢？当时那位候选人计划退选的传闻已经传遍了全世界，天主教会自然也获悉了相关情况。巴尔加斯·阿尔萨莫拉先生正是为此而来的：他希望阻止候选人巴尔加斯·略萨——那位无神论魔鬼——放弃参加第二轮大选。"他对我父亲说他的决定（在阿尔瓦罗·巴尔加斯·略萨的那本书里指退选的决定）将会使藤森成为总统，但是他有足够多的证据证明在背后支持藤森的是阿兰·加西亚和阿普拉党，还说如果我父亲继续坚持自己的决定的话，各阵营的紧张情绪就会被立刻引爆（他的意思是我父亲的退选将会引发政变）"[3]，

---

1 Vargas Llosa, Álvaro, op.cit., 1991, p.157.
2 Ibid., pp.156-158.
3 Vargas Llosa, Álvaro, *op.cit.*, 1991, pp.156-158.

这种传言已经传遍整个利马城了，大家都说军方并不准备支持"一个'东方人'入主皮萨罗府"。此外，巴尔加斯·阿尔萨莫拉大主教不仅代表保守教会说话，而且"他说他还带来了解放神学的象征人物古斯塔沃·古铁雷斯的口信，希望民主阵线的候选人不要退出选举"[1]。无论是作为公民还是作家，巴尔加斯·略萨同教会一向毫无友好关系可言。巴尔加斯·略萨总是习惯用讽刺的笔触在小说里描写天主教会（甚至包括一些其他宗教或宗教团体）的神职人员和信徒。虽然巴尔加斯·略萨公开声称自己不信教，是个不可知论者，不过他却从未对和自己信仰不同的人表现出不尊重。

我的感觉是，巴尔加斯·略萨并没有屈服于巴尔加斯·阿尔萨莫拉先生的压力。不过大主教的到访倒的确有可能是他后来转变态度的重要原因之一。他自然也不像一些主要敌人在演讲和分析中说的那样害怕输掉选举。他已经说得很明白了，他害怕的是在极度困难的情况下赢得选举，这样一来的话他就永远无法在秘鲁推行他始终为之奋斗、认为必须进行的改革了，"一个不受多数人支持的疲弱政府注定将深陷停滞状态无法自拔"[2]。这位政坛过客那天的确掂量了那份生自文学活动之外、日益增强的责任感的准确分量，他曾经表示政治事业是具有"排外性"或"排他性"的，就像一个占有欲很强的情人，不允许他为之投入、疯狂的东西被其他娱乐、激情或让人着迷的事情吸引走。在决定继续参加选举后，巴尔加斯·略萨——无神论魔鬼，政坛过客——听到周围爆发出热烈的掌声，他就像是置身于年轻时的自己写下的故事中最令人激动的一

---

[1] Vargas Llosa, Álvaro, *op.cit*., 1991, pp.156-158.
[2] Ibid., p.159.

页内容中一样。所有人都竭尽所能想要让他收回不参加第二轮选举的决定。唯一的例外是阿尔瓦罗·巴尔加斯·略萨。"父亲懦弱地退缩了，我难掩失落。他对我说：'没有办法，宪法不允许我退选，我也很失落。'"[1] 也许就是那同一个想法，同一个目标，不断推动那位作家直面政治生活中的不公、腐败和道德沦丧。"谈到参与政治活动的话题，"巴尔加斯·略萨对哈维尔·图塞尔说道，"有些东西很难解释清楚：我还是回避为好。"[2] 很多时候，与上述回避原则相悖，他会斩钉截铁地表示自己不是政治家。"涉足政坛、成为职业政治家从来就不在我的规划里，因为我很清楚政治活动同我真正的志向之间没有可比性。"[3] 他是政坛过客，他是扫别人兴的巴尔加斯·略萨，他是爱好冒险的反叛者，他是"像工人般写作，像资本家般生活"的守纪律的作家，他是总统大选中的魔鬼，在这些身份背后，在他所有作品体现出的思想背后，隐藏的是道德层面的渴望，那种伦理道德层面的驱动力推动他参与了那些需要他在场的事业。利马大主教到访巴兰科区住宅在拉丁美洲天主教会的历史上是个标志性事件，它也是个很难被那位小说家、思想家遗忘的文学事件。在道德信念的推动下，巴尔加斯·略萨勇敢地参与他的祖国的政治问题，甚至决定参加总统大选，因为他认定秘鲁能在他手中变成一个现代化国家，能够屹立于世界现代国家之林。只有一个问题：在那位作家的那个决定和态度背后，除了道德驱动力——在秘鲁总统大选进行得如火如荼之时，加西亚·马尔克斯曾表示指引

---

[1] Vargas Llosa, Álvaro, op.cit., 1991, p159.
[2] Tusell, Javier, *Retrato de Mario Vargas Llosa*, Círculo de Lectores, Barcelona, 1990, pp. 81-82.
[3] Ibid.

巴尔加斯·略萨行动的有许多种激情，但其中最重要的因素就是道德观——之外，还有什么其他影响因素吗？

15

加西亚与极权的诱惑
（1985—1987）

1985年，一个身材魁梧的年轻人，无论从年龄上来看还是从政治力量上来看都富有朝气，他在总统大选中获得了高支持率，最终入主利马的皮萨罗府。他名叫阿兰·加西亚，毫无疑问是秘鲁政坛"伟大的希望"，他隶属阿普拉党。那个党派是几十年前由族长式的人物维克托·劳尔·阿亚·德拉托雷创建的，具有明显的左翼倾向。在建党之初，阿普拉党拥有丰富的政治主张，后来却随着时间的推移慢慢膨胀了起来。在缓慢发展的过程中，该党在最令人意想不到的时刻获得了权力。与其说它是个被民众支持的政党，不如说它是个民众主义政党，它的左翼指导思想更像是在现实面前戴上的一副面具。阿兰·加西亚在1985年总统大选时做出的承诺让那个背负着巨额债务、在独裁政府的最后几年（先是贝拉斯科独裁政府，后来是莫拉莱斯·贝尔穆德斯独裁政府）以及贝朗德的第二个任期中民生产总值达新低的国家充满了希望。加西亚还要面对另一个危险的事物，它几年前从丛林中蹿出，彼时已露出了最可怕的一面，它就是"光辉道路"。该组织是几十年前由"贡萨洛同志"阿维马埃尔·古斯曼创建的，它的主要目标是通过毁灭、杀戮和恐怖主义行径迎来"新的民主"。

贝朗德总统执政期间没有对"光辉道路"给予足够关注,至少一开始的时候是这样。"光辉道路"活动的第一波消息传到利马时,人们只是把它当成了土匪活动和骗子活动,但是大家很快就发现"光辉道路"分子是来真的。他们坚信自己在做正确的事情,哪怕牺牲性命也在所不惜,他们要在全秘鲁发动一场真正的战争。比起政治组织,"光辉道路"从行事方式和指导思想上来看更像是个宗教团伙,通过恐怖主义的行径,把学说教义传播到更广阔的地区去,在秘鲁民众中建立起隐秘的敢死队。秘鲁农民正是"光辉道路"想吸纳的那种人:对"光辉道路"感到恐惧,只能任由其摆布。在贝朗德总统执政期间到底发生了什么事情呢?慢慢地,军方驻军营地、大小警局,只要是与官方有关联的机构,都纷纷关门,那些机构里的人员——尤其是在阿亚库乔地区,当然秘鲁其他地方也有这种情况——纷纷溜之大吉,擅离职守,为的是保住自己的性命。最先逃走的就是军人和警察,他们的借口是要到防御工事完备的地方去抵抗"光辉道路"。

阿兰·加西亚无法应对"光辉道路",也无法解决外债问题,更无力改善秘鲁的贫穷和文化败坏的问题,这些问题就像癌症一样,记录着它们的卷宗堆放在利马和其他城市政府办公地的玻璃柜里,却没人能做任何事情避免这些问题加剧。阿兰·加西亚决定不偿还外债,从宣传的角度来看,这个举动最开始吸引了许多秘鲁人鼓掌叫好,但从政治和经济的角度来看,这个做法遭受到了巨大的阻力。他们必须面对国际货币基金组织的压力,后者认为其他拉美国家也会效仿秘鲁的做法,那些国家因为执政者和精英的愚蠢、掠夺、懒惰,也像秘鲁一样负债累累。阿兰·加西亚艰难前行,与此同时监

巴尔加斯·略萨同德国联邦政府总理赫尔穆特·科尔（右）在波恩市，1986 年 7 月

狱里则人满为患，很多的囚犯在长时间里没有迎来审判。利马年青一代的处境也越来越糟。人们对加西亚寄予的希望在他执政最初几年里就已经逐渐崩塌了。当现实没有满足人们的愿望时，人们发现阿兰·加西亚逐渐露出了真面目：极权政治在吸引他。阿兰·加西亚是何塞·罗德里格斯·埃利松多在他的著作中提到的拉美左翼危机的组成部分吗？从1953年古巴的蒙卡达兵营事件，到阿兰·加西亚从1985年起在秘鲁执政，这期间在这片大陆上发生了太多事情。"焦点运动"理论被证明行不通。军事独裁政府——阿根廷、乌拉圭、巴西、智利、巴拉圭——用草菅人命的方式推动各自国家的历史发展，给那些国家的经济剥了层皮，只有智利是个例外。人们经常议论阿兰·加西亚治下的秘鲁会爆发政变。但那只是谣言而已。比起现实来，更多的是一小撮怀念贝拉斯科和莫拉莱斯·贝尔穆德斯执政时期自己手中拥有的特权的人的愿望罢了，那两位军事独裁者非常擅长用爱国主义、民众主义和"拯救国家"的口号来掩饰其独裁本质。

1986年6月，阿兰·加西亚执政时期，在鲁力安切、圣芭芭拉和艾弗朗顿的监狱里爆发了屠杀"光辉道路"分子的事件，一共造成一百二十人死亡。这桩加西亚政府本想掩盖的丑闻引发了大量的抗议活动、示威游行和批判文章，其中包括巴尔加斯·略萨署名的致阿兰·加西亚总统的信件。我们当时觉得那只是巴尔加斯·略萨公民责任心的体现，他觉得自己必须插手那桩萦绕着死亡和不公的恶性事件，他得用手中的笔来发声。加西亚总统的支持率飞速下跌，就和他在选举时支持率上升时的速度一样快。国际货币基金组织统一口径，警告秘鲁政府说，把秘鲁从饥饿问题中拯救出来的最大障碍就是不偿还债务的决定。更令他们烦扰的是，阿兰·加西亚把自己塑造成了对抗富人——暗中蕴含着南北对抗的意味——的英雄范例,四处宣传自己的大胆行为。

阿兰·加西亚狼狈前行,决心在秘鲁脆弱的民主体制内创造一块魔法石出来。他决意将银行国有化。温斯顿·丘吉尔在回忆录里讲道,有一天,他正在英国国会大楼里的男厕中解小手,这时工党党魁克莱门特·艾德礼(Clement Attlee)突然走了进来。"我要跟您聊聊,丘吉尔。"艾德礼说道。"啊呀,"丘吉尔答道,"等我上完厕所再说吧,因为您每次看到什么东西运转良好,就只会想着把它国有化。"秘鲁银行业运转良好吗?阿兰·加西亚有将事物国有化的怪癖吗?他是个教条的斯大林主义者吗?他是带着传统左翼的政治思想登上权力之巅的。他曾经表示将银行国有化不在他的执政计划内,但他最后还是决定那么做了。阿兰·加西亚是在1987年7月底把他的那个决定公之于众的。

"我们唯一一次谈话(是某晚在马涅家进行的)中,咱们以'你'相称,不过在这封信里我要用'您'这个称呼了,因为我是在给我的祖国的元首写信。"这是巴尔加斯·略萨写给阿兰·加西亚的公开信的开头,写信的原因正是发生在利马数家监狱中的屠杀"光辉道路"分子的事件。信是1986年6月22日在利马写的。在那封题为"一座尸山"的信的最后,在表示自己并没有在大选中给加西亚投票后,那位作家对那位总统说:"从您组建政府以来,我一直对您抱有善意,有时甚至是崇敬,您年轻而有活力,您的许多言行让我觉得我们那在近些年里因为政治危机和政治及社会暴力而变得十分羸弱的民主制度又重焕生机了。在这封信里,我不仅要说明我认为您犯了一个可怕的错误,而我则要为此抗议,我还想说明,尽管那个错误带来了悲剧性的后果,但绝大多数秘鲁公民依然希望由您来捍卫和完善我们自 1980 年重新寻回的和平、法制、自由的政治体系。尽管出现了所有这些威胁和错误，但完成这项任务依然是您的职责。"[1]

公民、作家巴尔加斯·略萨第二次猛烈抨击阿兰·加西亚总统是在那位阿普拉党政治家的总统任期还剩三年，却用一项政策震惊秘鲁政坛的时候，也即将秘鲁银行国有化。巴尔加斯·略萨在利马的《商业报》上发表了一篇犀利的文章，文章题为《走向极权化的秘鲁》，落款日期为 1987 年 8 月 2 日。在表达了对发展中国家的苛责——"在那些国家里，手握大权者总希望强化政府的权力，为此随心所欲地使用各种手段"——后，巴尔加斯·略萨坚称："阿兰·加西亚总统就是这样做的，想要通过将银行业、保险业和金融业国有化的手段来加强自己对经济的控制，这种对经济生活的管制主义做法立刻让我们国家跟到了古巴的屁股后面，几乎变得跟尼加拉瓜一样了。我自然不会忘记，同贝拉斯科将军不同，阿兰·加西亚是合法的民选总统。但我也不会忘记，秘鲁人民以压倒性多数选择了阿兰·加西亚，是为了让他用社会改革巩固我们的民主政体的，而不是为了让他用类似于社会主义式的革命来终结它。"[2] 敌对感开始出现了。后来，巴尔加斯·略萨的生活发生了令人眩晕的变化，当然了，对于秘鲁历史来说也是一样。他被飞速卷进了一场争议性的政治事件中，最后被推动着参加了秘鲁总统大选，在 1990 年 4 月大选正式开始之前的两年多时间里，巴尔加斯·略萨进行了一段漫长而紧凑的政治之旅。

---

1 Vargas Llosa, Mario, "Una montaña de cadáveres (Carta abierta a Alan García)", *El Comercio*, Lima, 23-6-1986.（全文收录于《顶风破浪》第三卷中。）
2 Vargas Llosa, Mario, *Contra viento y marea,* op.cit., vol.III.

在大选期间，巴尔加斯·略萨最严肃的私人主张之一就是彻查即将卸任的总统阿兰·加西亚，他认为后者可能涉嫌利用总统权力谋取私利。政治这头怪兽也会让人生出不理智的梦想。1985年在掌声中登台的加西亚使秘鲁陷入前所未有的萎靡状态。此外，还应该分析一个极为重要的人的因素，这个因素与当时四处爆发的拉丁美洲左翼危机无关，它决定了左翼的代理人总是会对所谓的"自由主义信徒""里根的传声筒""美帝国主义的走狗"——换句话说，就是巴尔加斯·略萨——发起抨击。这个因素就是秘鲁人民对传统政治家和传统政党的失望和不信任，他们认为历届政府无能、没有作为——贪腐问题，在外交关系上的笨拙表现，对抗"光辉道路"时的无力感就是证明。

实际上，秘鲁的确是个"倒了霉"的国家，是个"不幸的"国家，总是在倒退。在逐渐退步的现实面前，秘鲁人民的所有希望，所有挣扎求生的幻想都被摧毁了。1987年的秘鲁是个可怕的国家，各种各样的恐怖灾难层出不穷，政府中没有任何能带来希望的人。政治上的失败就源自此。秘鲁的命运就由其政治阶层犯下的历史错误决定。"光辉道路"的"成功"在某种程度上要归功于那些认为要用民主的武器来应对他们的人。那同一个政治阶层，除了枯竭乏力、自我陶醉之外，还有盲目和顽固的问题：他们看不到自己言行的愚蠢之处，自然也没有改善它们的想法。秘鲁在面对自己的历史时，是个羸弱的国家，它的未来充满不确定性，现状则满是苦难。同巴尔加斯·略萨在自己的虚构作品和政治文论中批判和鞭挞的秘鲁相比，阿兰·加西亚治下的秘鲁显然更加糟糕。巴尔加斯·略萨坚持要求在阿兰·加西亚下台后对他进行彻查，这种态度惊动了阿普拉党，尤其是阿亚·德拉托雷建立的那个政党中的"加西亚派"，

巴尔加斯·略萨同日本首相（右）在东京会谈，1989 年 10 月

并把时任总统阿兰·加西亚逼到了胡言乱语的程度。

让我们回到1991年的春天。秘鲁当时深受疫病困扰,那是种流行于整个美洲大陆的未知疾病,从秘鲁传来了许多消息,配有病死之人的照片,那里依旧贫穷,满目疮痍。秘鲁议会已经发起了针对前总统阿兰·加西亚的司法程序。大多数政治人物都希望深入调查那位阿普拉党政治家可能存在的贪腐问题。调查和审理流程很快就会展开,如果问题的确存在的话,阿兰·加西亚将会接受审判。不过,应该指出的是,巴尔加斯·略萨同阿兰·加西亚之间的冲突与个人问题无关,而是一种政治交锋。在总统大选进行得如火如荼之时,巴尔加斯·略萨遭受"上头人"的指控,被认为没有履行纳税义务,甚至把钱运往海外。巴尔加斯·略萨亲眼看到敌对阵营是怎样抹黑他的形象的,目的只是阻止他当选总统。众人皆知,隐藏在那场竞选背后的正是"疯马"阿兰·加西亚,在他的民众面前他最终成为一个郁郁寡欢的人物。那么,巴尔加斯·略萨指控阿兰·加西亚品行不端,利用职权谋取私利的目的又是什么呢?

巴尔加斯·略萨在思想领域最坚定的信念之一就是干净的道德观。尽管很多时候他的态度会遭到误读,但他始终以高道德标准来指导自己的行动。所以,当时乃至现在大家都不会感到奇怪:市民巴尔加斯·略萨,这个拥有世界知名度的作家,希望在自己的总统任期内追逐的主要目标之一就是不犯道德问题,政府的言行要诚实。他认为要想恢复秘鲁人民的信心,就必须以这样严格的标准要求自己,也要以同样的标准要求所有从政人员。民主体制本来是要为整个国家服务的,可是长久以来,那些职业政治家却总是利用职权谋私利。秘鲁人民的不信任感、各类选民露出的愤怒眼神、在1990年总统大选时对所有候选人无差别的轻视态度就源自此。也许第一轮选举的奇怪结果也由此而来，秘鲁政坛许多传统政治力量的候选人纷纷止步于第一轮大选。巴尔加斯·略萨和阿尔韦托·藤森能够脱颖而出，原因千奇百怪，但是在众多专家看来，最根本的原因就是他们都是政坛新面孔。这种不合常理的情况使得那个"千面之国"做出的政治回应显得更加难以解读了。

不过，巴尔加斯·略萨无法避免自己被秘鲁国内外认定成右翼候选人。他不是职业政治家，也不是传统政党的代表。刚好相反。他有足够的实力成为政治的敌人，可世界上一些伟大的政治人物都表达出了对他的支持，把他视作秘鲁的希望。也就是说，他是一位给这个世界带来希望的候选人，人们尊重他，不仅因为他是具有名望的知识分子，还因为他是我们这个时代有责任心的行动派人士之一。秘鲁之外的许多政治领袖或明确或婉转地表达了他们对巴尔加斯·略萨的支持，但是巴尔加斯·略萨无法避免秘鲁国内的魔鬼们出现在他的竞选道路上。他最终以"进步人士"的身份参加选举，不过支持他的依然是秘鲁中右翼传统政治势力。甜蜜的"爱"——哪怕只是由共同利益生出的——有时是会要人命的。有趣的是，巴尔加斯·略萨为自己胜选后的秘鲁制订的所有经济计划——尤其是刚开始的时候——都是以经济学家、社会学家埃尔南多·德索托的理论为基础的，巴尔加斯·略萨还曾给他的《另一条道路》作序，序文名为《静谧的革命》[1]。

《静谧的革命》是对自由和民主的颂歌。巴尔加斯·略萨认为它们是人类生活中不可替代也无法回避的权利，无论是从个体的角

---

[1] Vargas Llosa, Mario, "La revolución silenciosa", Hernando de Soto 作品《另一条道路》（*El otro sendero*）的序言，El Barranco, Lima, 1986。

度还是集体的角度来看都是如此。"在《另一条道路》中，对自由的选择成为穷人们对抗精英的一种方式，"巴尔加斯·略萨这样写道，"我希望这种想法不会让太多人感到惊讶。因为人们在这些年里对拉丁美洲最顽固且死板的看法之一就是：自由主义经济思想是军事独裁政权最显著的特点之一。"巴尔加斯·略萨坚信让国家患上"巨人症"——政府插手私有经济，阻碍后者发展，或者制定父权式的制度把私有经济带向灾难和毁灭——是错误的做法，巴尔加斯·略萨始终将经济富裕同政治自由联系在一起。

比起秘鲁政治人物在选战期间习惯做出的虚假承诺——无论是独裁政权还是民主政权都是如此，而秘鲁人民对此也已经见怪不怪了——巴尔加斯·略萨更愿意把真相说出来。巴尔加斯·略萨在1986年8月写道："《另一条道路》捍卫的社会发展计划所倡导的社会转型并不比那些最极端的意识形态平淡。因为它意味着根除一种古老至极的传统，由于政治精英们的惰性、自私或盲目，那种传统慢慢在国家机构和习俗传统中变得根深蒂固起来。不过这部著作分析的改革绝非乌托邦式的做法。一群现行制度下的幸存者已经开始推动它变成现实了，他们以工作和生活权利的名义起身反抗，最终发现了自由带来的好处。"[1]

当然了，《静谧的革命》并不是对其执政纲领的讲述，而是对所谓的第三世界国家陷入贫穷困境的原因的严肃分析，分析从秘鲁开始，因为这个国家是《另一条道路》一书的分析对象。这篇文章往早已争议不断的秘鲁政坛和经济界的大火中又加了油。作家巴尔

---

1 Vargas Llosa, Mario, "La revolución silenciosa", Hernando de Soto 作品《另一条道路》（*El otro sendero*）的序言, El Barranco, Lima, 1986, pp.XVII-XXIX. （全文收录于《顶风破浪》第三卷，pp.156-157。）

加斯·略萨又一次披挂上阵,与决定继续犯错、把谎言当作维护自身地位,同时让这个国家继续在废墟和悲剧中沉沦的风车大战起来。

十五年过去了。在今天读起来,《静谧的革命》依然具有巴尔加斯·略萨当年在伦敦刚写出它来时的新鲜感。有些神奇的事情——比起政治现实来,更像是文学作品中才会出现的事物——又一次在"千面之国"秘鲁上演了。在全世界的震惊和迷惑中,阿尔韦托·藤森在第二轮总统大选中战胜了作家巴尔加斯·略萨。巴尔加斯·略萨竞选团队成员、他曾经的朋友和在自由主义思想方面的盟友埃尔南多·德索托变成了藤森政府中的要员之一,主要负责解决外债和内耗等经济问题。藤森政府使用的办法几乎和候选人巴尔加斯·略萨为解决秘鲁的那些由来已久的问题——贫穷、文化败坏、腐败和恐怖主义——而在那篇"战术"里提及的方法一模一样。《另一条道路》的作者埃尔南多·德索托开始领导政府的经济团队,他们要为这个在经济方面从无规划的国家殚精竭虑。被藤森击败的前候选人巴尔加斯·略萨则在伦敦城里悠闲漫步。他心里很清楚,在那些年里——他决定充满激情地当一个政坛过客的那些年里——他一直没有进行过文学冒险。

16

不能当总统的作家

（1990）

秘鲁总统大选第二轮选举于 1990 年 6 月 10 日进行。沙场上此时只剩下两位不属于任何传统政党的候选人了，或者说他们不是传统认知上的职业政治家。他们是：巴尔加斯·略萨（作家，民主阵线推出的候选人）和阿尔韦托·藤森（工程师，代表"变革 90"参选）。在第二轮大选开始前的一段日子里，关于巴尔加斯·略萨足以震惊身边人和陌生人的一则流言开始流传：他打算放弃参加第二轮选举。他的所有竞选策略都是围绕着一个原则制定的：他得在第一轮大选中获胜，因为这意味着有超过半数选民支持巴尔加斯·略萨和他的一系列变革措施。竞选开始前夕，民调证明了一个传言的真实性："变革 90"的那位候选人尽管没在公众面前展示任何执政纲领，可他的支持率却以不可阻挡的势头迅速攀升，达到足以击败民主阵线候选人的程度。在秘鲁之外，例如在欧洲，人们觉得在拉丁美洲最萎靡的那个国家发生的一系列事情比起现实来说更像是虚构小说中的情节。

在利马政坛这个连通器中不断出现的另一个流言是关于政变的：如果巴尔加斯·略萨退出第二轮选举的话，秘鲁立刻就会爆发政变，因为那意味着藤森将当选秘鲁总统。有人甚至怀疑政变已经到了筹备阶段，因为秘鲁军方——尤其是海军——的一些要员已经在一些必要场合发声了，海军表示，他们不准备支持一个日本人当总统。不管是传言还是事实，抑或是半真半假的消息，紧张的气氛在利马城里蔓延开来了。当然了，所有消息都有某些事实——哪怕只是一丁点儿事实——和现实依据作为其源头，只不过最终越传越变样罢了。

许多事件逐渐被揭露出来，让人感觉惊讶、不真实，也迫使巴尔加斯·略萨继续那场他自认为已经失败的政治战斗。在两轮选举间歇，议员奇里诺斯·索托曾来过西班牙，马德里的各家媒体都放出了类似的文章标题：根据奇里诺斯·索托的说法，巴尔加斯·略萨该做的是承认败选。尽管后来奇里诺斯·索托本人通过民主阵线的发言人作了澄清：他从没说过类似的话，西班牙媒体的报道是不准确的，不过，对于我们这些从遥远的地方关注在利马发生的事情的人来说，奇里诺斯·索托就是来给我们拼出秘鲁大选最后一块拼图的人。巴尔加斯·略萨的确要输掉选举了。换句话说，阿尔韦托·藤森要赢得大选了。

在选战的日子里，巴尔加斯·略萨成了最受世界憎恨的作家，尤其被他的政敌们憎恨，不仅包括希望阿尔韦托·藤森赢得选举的人，还包括只是单纯不想让巴尔加斯·略萨胜选的人。后一种人的人数要比承认藤森有足够政治实力去对抗那位受憎恨的作家的人数更多。不断辱骂、抹黑巴尔加斯·略萨的"仇恨办公室"设置在克利翁酒店里，它使尽各种手段阻止"魔鬼"巴尔加斯·略萨赢得选举。谎言和腐败本来就是秘鲁政坛日常通行的"货币"，它就要完成自己的使命了。在秘鲁选民越发倾向支持候选人藤森之时，在秘鲁之外出现了另一种疑惑：一个看上去毫无政治经验、不了解国际局势，甚至连国籍问题都存疑——在两个月的竞选期间，由于其惊人的蹿升势头而被人忽略的问题——的陌生候选人，是怎么对抗那个与他相反、极具个性、正是那个深陷困境的国家所需要的那位候选人的呢？不管怎么说，能够投票的只有秘鲁人，只有他们能决定自己那脆弱的民主国家——阿兰·加西亚用他的"半身不遂式"的政策使得它几近完全被破坏——转瞬即逝的发展走向和风雨飘摇的未来道路。

第一轮大选结果公布后，巴尔加斯·略萨明白有些状况出现了，而且将继续维持下去：他对于自由变革的主张和关于静谧革命的理念并没有被秘鲁人民理解，而那些理解他的想法的人则刻意歪曲了它。巴尔加斯·略萨被收录于《竞选中的魔鬼》的那封信中的一些段落就是那样被曲解的。巴尔加斯·略萨执着于用开放社会的理念对抗一个封闭、落后、政策不连贯的社会，这种对抗变成了一场失败的战役。面对无所不用其极的政敌们，巴尔加斯·略萨的道德观和天真立场起到了负面的作用。甚至连他的一些盟友——组成民主阵线的政治家们——也偷偷做了一些有损巴尔加斯·略萨利益的事情，因为他们觉得以道德监察式的态度在秘鲁搞政治不仅无益于击垮他们的敌人，还会使竞选走向失败。

"在整个竞选过程中，我始终坚持保有透明度，"巴尔加斯·略萨这样写道，"我只讲真话，但这一点却被我的政敌们利用来威吓我们的同胞了，他们说我们解决通货膨胀问题的政策意味着末日。在回应这些影响到了众多选民对我们的友好态度的抹黑言论方面，我们的反应速度不够快。"[1]因此，巴尔加斯·略萨的这些反思性文字表明，在现实环境中，讲真话——始终是由内在道德观驱动的——就是政治天真的表现，它只代表着一个不可能当选总统的人的不可能打动别人的道德态度。他以同样的口吻补充写道："历史和时间一样，永不停歇，我在两年半的时间里为秘鲁政治做出了一些贡献，但总结这一切的时刻还未到来。尽管我不否认我犯了些错误——在经历了这么多事情后，我在这些方面依然称不上'老手'，但我的那些贡献却让自由文化以及新的勇气在我的许多同胞心中生根发芽，也让大家越发明白政治生活中不应该只有陈规陋习、你辱我骂和蛊惑宣传，还应该有思想性和价值观，要做到这一点，不是必须要丢弃掉原则和真诚的。"[2]这篇关于自由的宣言同时也是关于坦率和文化的宣言，更是关于"天真"的宣言，仿佛传递道德思想的言语*真的能够*穿梭于政治的泥淖之中。或者，从另一个角度来看，政治泥淖和意识形态谎言实际上并不存在，存在的只是一种海市蜃楼般的假象，这种假象是由那些原本信奉革命理论和马克思、列宁主义，后来却变成了抗拒革命事业的反动人士制造出来的，他们抗拒真正的现实。

*瞧瞧*巴尔加斯·略萨，那个被憎恨的作家。在巴尔加斯·略萨的政治经历面前，唯一要问的问题恐怕就是：这位被憎恨的作家是否真的从诚实出发，一直坚持讲真话，甚至超出了政治和（传统的）职业政治家们能够想象的程度，还是说，他只是又一个擅于作假、包装宣传自己的人，想用自己的语言能力——自然也超出了政

---

[1] Vargas Llosa, Álvaro, op.cit., pp.156-157.
[2] Ibid.

治和（传统的）职业政治家们能够想象的程度——冒险去说服那些传统意义上被那些职业政治家视作"饲料"的人？毫不理想化地说，我认为巴尔加斯·略萨是个说一不二的人。在选举时做出虚假承诺以套取选票，在背地里大搞阴谋诡计、地下交易、政治潜规则或表演游戏这套把戏，在那位被憎恨的作家面前是行不通的。我没有别的意思，只是想证实巴尔加斯·略萨的道德立场，因为他的政敌们会对此加以攻击——"他还差得远呢！"。攻击他的人里甚至还会有他的盟友，因为他是个不屈从的人。

1990年6月10日，"变革90"的候选人阿尔韦托·藤森赢得了秘鲁共和国总统选举。被憎恨的作家不可抗拒的上升势头被抑制住了。巴尔加斯·略萨立刻就接受了败选结果。我认为巴尔加斯·略萨在第二轮选举进行前很久就已经接受了败选的结果。他知道自己已经被那个"成熟女人"判定失败了，虽说诱惑他变成——哪怕只是在短短两年多的时间里——她的奴仆的正是他自己，我指的自然是政治。我觉得巴尔加斯·略萨从4月8日开始就明白他不会成为秘鲁总统了，至少那次选举的结果是这样。他在那三年里在政治方面的努力最终迎来的是失败的结局，这是他的许多支持者没有想到的。随之而来的就是他的盟友之间的不和、惊恐乃至失控。他们把所有的赌注都下在了那匹王牌赛马身上，可他们却赌输了。糟糕的把戏、败坏的道德和邪恶的眼神汇聚成了那个"成熟女人"的腐蚀性话语。那种腐蚀性话语——在文学层面上可以大大丰富作家的想象力——被那个"成熟女人"和她的身边人转化成了一套*不同寻常的语义内涵*。有时必须绕个大圈子，避开诸多谎言，最后才能遇见那个最大的谎言。被憎恨的作家巴尔加斯·略萨并没有同那个腐败协议妥协。他永远不会让自己关于真相的宣言逾越道德的边界。

"我为巴尔加斯·略萨感到高兴。"诺贝尔文学奖得主卡米洛·何塞·塞拉这样说道。那时是 1990 年 7 月，大选的隐痛依然埋藏在秘鲁社会深处，那个社会正用迷惑的目光注视着即将到来的时光。即将获得诺贝尔文学奖的奥克塔维奥·帕斯也说了类似的话："我为秘鲁感到遗憾，为巴尔加斯·略萨感到高兴。"他们当时已经是具有国际知名度的作家，有自己的评判标准，他们都曾在高傲的内心世界里暗暗乞求候选人巴尔加斯·略萨不要赢得选举，因为那位政治家的失败实际上意味着那位作家的胜利。"那只是个表象。"让-弗朗索瓦·何维勒在电话里这样对巴尔加斯·略萨说道。他指的是藤森。"实际上，马里奥·巴尔加斯·略萨代表抗议的态度，"阿尔瓦罗·巴尔加斯·略萨的话不无道理，"对根本性变革的恐惧压倒了对既存秩序的憎恨。文化中深深的不信任感阻碍了人们停止争吵，联合到一起，阻碍了人们带着抗争精神携起手来。也许是因为我们当时不懂得怎么让人们明白这一切。不过我还怀疑一件事：哪怕我们懂得该怎么做，这个国家的人们也不愿意听我们的话。他们不想再听了。我们来得太晚了。"[1]

与此同时，在欧洲，柏林墙倒塌了。当然了，还有另外一些墙却没有倒塌，一些隔绝了西方世界——满是堕落，在不丢失集体和个体自由的情况下，对马克思主义的种种预言进行了异乎寻常的改造——和那个在 1917 年借由"十月革命"诞生的世界的高墙。二十年代和三十年代的经济萧条、在那个变幻莫测的世纪中出现的种种意识形态谎言、帝国主义的野心、第二次世界大战、冷战、频繁出现的教条主义竖立起"巴别塔"。柏林墙倒塌了，齐奥塞斯

---

[1] Vargas Llosa, Álvaro, op.cit., p.216.

库也戏剧性地丧命了。就像是历史的多米诺骨牌一样。

1990年6月10日，民主阵线的候选人巴尔加斯·略萨在竞选中败下阵来。他在政坛和文坛的敌人们，无论是知识分子还是其他身份的人，都以在成熟社会看来放纵且令人惊讶羞愧的方式庆祝藤森的胜利。我想说的是，他们庆祝藤森的胜利并不是因为藤森代表他们的利益，而是因为从政治和道德的角度来看，巴尔加斯·略萨是他们的敌人，所以他们要庆祝他的失败。正像藤森本人预料的那样，在第一轮竞选中因阿尔瓦罗·巴尔加斯·略萨指出的"对既存秩序的憎恨"而失利的阿普拉党和左翼力量把藤森送上了总统宝座。归根结底，藤森只不过是更小的恶罢了。在"海啸"过后，情势平静了下来。"魔鬼"将惊恐地逃入永恒的文学世界中去，逃向欧洲城市伦敦的雾气之中。对于被憎恨的作家巴尔加斯·略萨来说，那座城市依然是无与伦比的避难所。那些不理解——或者理解得太好，因而要努力遮蔽一切——他的理念的敌人们又一次迫使他走上了流亡之路。我已经用了多年时间来研究巴尔加斯·略萨的人生和作品，那时我又重读了《文学是一团火》中的某些文字："所有人都该理解下面这一点，这非常重要：一个作家用以描写他的祖国的文字越尖锐，越可怕，他对它的爱意就越浓烈。因为在文学的世界里，激烈的言辞是爱的试金石。"在政治领域，这种激进的想法对巴尔加斯·略萨来说就是"真实的宣言"，可是在那些欠文明的社会里，这种想法是不可接受的。

17

巴尔加斯·略萨和自由的宣言
（1987—1991）

　　1987年夏天，里卡多·穆尼奥斯·苏亚伊在瓦伦西亚主持召开的知识分子大会让人们想起了1937年在同一座城市召开的另一场会议。当年的那场会议的主旨是从诸多角度与法西斯主义进行抗争。时间来到二十世纪八十年代末，那时同样的问题已经不复存在了，但对反法西斯主义的战斗精神的记忆依然萦绕在彼时所有文明社会最追捧的自由的四周。人们谈论、争论关于共产主义和极权主义的相关问题，大家有时会抬高音量，争论得面红耳赤，还有时会举行秘密集会。当时由维多利亚·普雷戈协调领导的西班牙国家电视台还做了期节目，数位西班牙语文坛受人尊敬的人物登上了那期节目，他们是：费尔南多·萨瓦特尔、巴尔加斯·略萨、奥克塔维奥·帕斯、曼努埃尔·巴斯克斯·蒙塔尔万、豪尔赫·赛普伦和胡安·戈伊蒂索洛。在那期节目里，"黑色鹰嘴豆"[1]巴斯克斯·蒙塔尔万擅于雄辩，引发了争议。在我看来，他是位很受人们尊重的小

---

[1] 指有劣迹、污点的人。此处为戏谑式的用法，应暗指巴斯克斯·蒙塔尔万勇于表达政治观点，时常引发争议。——译注

说家。帕斯和巴尔加斯·略萨在关于波普尔的问题上有一些小分歧。当时对于绝大部分西班牙电视观众来说，波普尔还是个陌生的名字。

波普尔变成了已是成熟作家的巴尔加斯·略萨的条理清晰的导师般的人物，那类导师可以治愈所有病态的思想，从魔法开始，经由宗教，然后是各种各样的政治信条，最后汇聚到科学身上。波普尔还是个喜欢戳穿意识形态神话的人，一个在文论、评论文字和反思性文字中剖析一切的异教徒。因此，他对证伪的概念非常赞赏，他认为这是个有趣的源泉，可以在思想领域不断发展，还可以在对政治体系、官僚体系过分尊崇的种种诡辩中不断发展，那种诡辩最终会炮制出谎言，使谎言扎根于个体的思想灵魂中，进而使他忘记*自己是谁*。

在巴尔加斯·略萨的政治和知识思想体系中还有萨特的影子吗？毫无疑问，在青年时代被他热情推崇的萨特，哪怕很快就被他抛之脑后，也依然留有一些沉淀。后来巴尔加斯·略萨开始在当时另一位伟大的异教徒的镜中审视自己了，那个异教徒就是阿尔贝·加缪。通过巴尔加斯·略萨在六十年代发表的文章可以看出他从萨特转向加缪的过程。六十年代，尤其是六十年代末，巴尔加斯·略萨的批判精神在觉醒，他已经不满足于相信真相了，他想要自己去寻觅真相。巴尔加斯·略萨曾多次提及在利马的那些灰暗的日子里，在圣马科斯大学与党支部——可能是卡魏德党支部——同志们之间进行的无数场争论，从那时起，他本人的想法就已经很明确了：他忍受不了宗教狂热般的氛围，也不愿遵从一切从"党和工人阶级"的角度出发去进行艺术创作的要求。他那"资产阶级式的冷漠态度"开始浮现出来。

多年之后，巴尔加斯·略萨对葛兰西的思想提出了疑问，但质疑的并非葛兰西的思想本身，更多的是拉丁美洲对那种思想的滥用。很多人把葛兰西的思想当作一种具有魔力的召唤，认为它可以帮助他们抵御一切错误和罪责，有了那种思想，知识分子们就不会再犯错了。只要借助他的理念，就可以堵住国内外批评者的嘴。时代变了，许多人的记忆变成了一摊不负责任的烂泥，他们用道德上的双重标准来重塑历史，而那种双重标准正是他们当年用来控诉政治和思想领域的敌人时所使用的论点。

我们可以确定欧洲的经历和训练使扎根于巴尔加斯·略萨每篇政治类文论中的批判意识日趋成熟起来。与我们同时代的许多人都认为意识形态是*另一种*宗教式的思想（要想改宗，你总是得怀着同样的热情和目的才能投入另一种宗教信仰中）。抛开这一点不谈，还应该开始想一想关于道德、真理和自由的问题。无怪乎极权式的理论从一开始就会抛出"自由何用"的问题。极权式的理论关注的无非是一种东西：权力，以及如何完全占有它，无论使用什么手段都在所不惜。慢慢地，巴尔加斯·略萨抛下了政治立场——说不清是否以公开的形式，转向了*另一种*方式：倡导道德和自由，追求真理，不断提出疑问。巴尔加斯·略萨不停地在文章和讲话中表现出这种姿态。很容易理解为何当像巴尔加斯·略萨这样的作家决定投身沙场，一视同仁地揭露左翼和右翼的独裁政权的问题时，那些天真地相信巫术-意识形态式思想的人会显得如此大惊小怪，哭号不绝，抓耳挠腮，最后以同样宗教式的话语咒骂那个异教徒——希望这个丧门神离他们远一点儿。

巴尔加斯·略萨坚持声称，独裁政权是没有左翼或右翼之分的。只是因为他失去了理智，站到了资本和敌人的一边儿（或者他一直就是个隐藏起来的资产阶级分子，一个机会主义者，或者像二十世纪六十年代西班牙共产党出现第一场重大危机时多洛雷斯·伊巴鲁里称呼豪尔赫·赛普伦的说法那样，是个"顽固脑袋"）吗？或者说，因为他是个反动分子，区分不了左翼独裁和右翼独裁的不同*目的*呢？实际上，加缪对此有所论述，而巴尔加斯·略萨本人也曾在文字中提到过加缪的看法：区分民主政权与独裁政权的不仅仅是*目的*，还包括它们为达成该目的而采取的道德和政治上的*手段*。他如此荒唐地、背叛式地站到了敌人的队列中，在很多时候这被视作一种罪责，巫术-意识形态式思想的拥趸至今依然因此咒骂他。巴尔加斯·略萨迈出了那危险的一步，甘心承担一切后果。他和埃内斯托·萨瓦托、奥克塔维奥·帕斯、赛普伦以及其他许多作家和默默无闻的人一样，挣脱了古板的意识形态的束缚，树立起了自己的标准。他离开了马克思主义左翼阵营，选择走上了"叛徒"的道路，走上了传统右翼的荆棘小径。

无论在当时还是现在，卡尔·波普尔对于巴尔加斯·略萨来说都是个重大发现，那位秘鲁作家凭直觉感觉到卡尔·波普尔的思想体系可以被用来与意识形态谎言进行抗争。对巴尔加斯·略萨来说，自由——个体和集体自由——不仅是嘴上说说的事情，他也在批判自由本身，批判所有那些自由或缺席或过滥或被压抑的情况。为什么他如此痴迷自由呢？在那个错综复杂的世纪里，"自由"一词所蕴含的珍贵概念被慢慢掏空，真正的民主人士使用它，而那些真正的独裁者也在使用它。因为自由，正如波普尔所言，以及持续不断地推动自由的发展，是朝着开放社会发展的基础。很容易理解，这种批判性精神，自由这个"异教徒"发出的声音，对于部落精英来说，对于某些阶级来说，对于借助神话把巫术般的思想和意识形态相连接的做法来说，是令人感到厌烦的。

"也许没有任何一个思想家像波普尔一样把自由提升到了对人类而言不可或缺的地位上，"巴尔加斯·略萨这样写道，"对于他来说，自由不仅可以保证人类社会以文明的形式存在下去，刺激文化上的创造力，它还是一种更具决定性、根本性作用的东西：它是获取知识的基础，它帮助人们从自己的错误中学到东西，进而加以改正，它是一种机制，没有它，我们将继续和我们的那些啖食人肉、崇拜图腾的先祖一样生活在无知和非理性的混沌状态中。"

如何才能达到波普尔所谓的开放社会的阶段呢？以反教条主义为指导思想，以宽容作为面对文化、政治思想、社会舆论及活动、风俗习惯的基本态度。"如果说并不存在永恒且绝对的真理的话，"巴尔加斯·略萨写道，"如果说在智识领域取得进步的唯一方式就是不断犯错，然后进行修正——实际上（虽说看上去有些矛盾），连列宁（有时候）其实也在按照波普尔的理论行事——的话，那么我们所有人就必须承认这样一种可能性：我们所认为的真理可能不是真理，我们的敌人们的那些被我们视作错误的观念反倒有可能是真理。"面对宽容的理念、质疑的理念，面对"犯错及检验"的理念，教条主义和极权主义展现出了顽固而疯狂的一面。"哪怕是为了更好地往前走，也绝不能走回头路。"菲德尔·卡斯特罗充满怒意地望着北方说道。

巴尔加斯·略萨所感受到的自由，所理解的自由，是否有理想化的成分？他是否像他所抨击的那些沉浸在巫术式思想和部落社会中的人一样沉浸在所谓的自由当中？"和预想的不同，"巴尔加斯·略萨写道，他想要又一次解读自由的概念，再将之转变成可供人们使用的哲学方法、魔法之石，"在因批判性精神和自由思想而直接受益的人群当中，也存在着一些不可抑制地从思想的角度反对人类社会发展到开放社会阶段的人,他们戴着面具,说辞多样,号召人们回到群居在一起的巫术时代、原始时代,那时的人们可能比较快乐,但却没有责任心,他们不是自主的人,只不过是空有蛮力、无名无姓的工具,终将被历史前进的车轮碾在下面。"也就是说,盲目推崇过去的人,历史循环论者——图腾崇拜般教条主义地誓死追随不同的思想的人,柏拉图的思想、黑格尔的思想、马基雅维利的思想、奥古斯特·孔德的思想、斯宾格勒的思想、汤因比的思想……——以这样或那样的方式指责捍卫自由的人是在盲目崇拜自由,指控那些想把自己所处的社会从巫术式思想中解放出来的人患上了道德上的传染病,可那种病恰恰是那些指控者在许多年里传播的东西:盲目崇拜。巴尔加斯·略萨表示:"波普尔用来对抗历史循环论的建议是采用'零星社会工程'的办法,或者说缓慢推动社会进行变革。"革命的失败,无论是在革命内部还是外部,都源自革命所做出的承诺。革命者通过武力获得了权力,看似建立起了神秘和幸福的天堂,可那实际上已经成了未偿还的债务,成了人们深信不疑的欺诈行为的一部分,直到他们也变成在几个世纪里受到部落的召唤而出现的"群居人"的一部分——他们相信了那些空话,放弃了个体自由,最终招来了种族灭绝的恶果。不放弃自由,不停止追寻真理,我们发现这种方式可以让事情改善一点儿。有些矛盾的是,观察并分析他们生活的这个时代的是我们这些所谓的文明人,是我们这些已然生活在民主社会里的人。现在他们已经拥有了自由,那堵僵死的高墙已经出现了裂缝,他们紧紧抓住那团被盗来的天火,仿佛那是他们在这个世纪里漫长的蒙昧主义和极权主义时期中寻觅到的最珍贵的宝物。如果说我们如今生活其中的民主西班牙——尽管它还有许多缺陷和不足——正是借由波普尔的理论取得进步的范例的话，我们又怎么能否认波普尔和巴尔加斯·略萨的想法呢？

考虑到影响力的话，巴尔加斯·略萨曾经引发的最为人所知的公众性争议事件发生在墨西哥。奥克塔维奥·帕斯和一家私人电视台在墨西哥城组织了几场讨论活动。活动进行得不温不火，直到爱泼冷水的巴尔加斯·略萨出场，他又一次说出了我们曾多次在公共场合和私人场合听他说过的那个观点：墨西哥式的民主并非值得效仿的范例；如果我们谈论的是在自由民主进程中出现不可逆转的倒退的话，革命制度党（PRI）倒可以被当作范例。革命制度党长期握有权力，这使得它成为拥有永恒权力的机器，因此，从某种程度上来说，它掌握的是绝对的权力。这也阻碍了至今仍在墨西哥社会中握有大权的革命制度党人进行真正深入的民主改革。他们追求自由，但只是种表面化的自由，总是被权力近距离地紧密监视着。在巴尔加斯·略萨看来，革命制度党在墨西哥推行的民主制度是完美独裁的假面具。那场活动引发了轩然大波。媒体表示巴尔加斯·略萨由于个人原因提前离开了墨西哥。这使得奥克塔维奥·帕斯不得不在公众面前扮演起了"调和人"的角色，他反驳了巴尔加斯·略萨的某些观点和论据。实际上，巴尔加斯·略萨的话已经被墨西哥民主的敌人们利用来指责革命制度党使得墨西哥所有社会、学术、政治和文化机构腐化、瘫痪了。有人曾写过这样的文字：这个世界上最能理解巴尔加斯·略萨是什么人的就只有秘鲁了，所以秘鲁人才用选票击败了他，原因就是按照他的标准和想法来推动改革的话，秘鲁将成为一片废墟。秘鲁选民很有远见，十分聪明，和墨西哥人差不多，大部分墨西哥人投票时遵循的是利益法则，很少顾及政治伦理，更不用说对真理的追寻了。

在败选之后，巴尔加斯·略萨又一次"烦扰"了墨西哥政府。

这个"不知恭敬为何物"、爱泼冷水的人又一次把现实和虚构混杂到了一起，把小说同历史混杂到了一起，他固执地坚持着"犯错并检验"的理念。奥克塔维奥·帕斯中和了巴尔加斯·略萨的一些观点和论据。墨西哥的民主并不是完美的独裁，在其内部的确还存在着许多不完善的地方，还有很多改良的空间。从1968年的特拉克洛尔科屠杀事件到1990年，其间发生了许多事情。墨西哥也改进了许多问题。诗人帕斯就曾摆出过让人难忘的道德姿态，辞去了墨西哥驻印度德里使馆的公职，以此抗议以迪亚兹·奥达斯和路易斯·埃切维里亚为首的革命制度党的所作所为。直到今天，当年在三文化广场被杀害的许多人的尸体依然没有被找到。多年之后，墨西哥依然有许多事情不仅显现不出本来的面目，有时还会显露出完全相反的面貌，在那个话语往往能遮蔽现实的地区，卡洛斯·富恩特斯摆出了与帕斯相同的姿态：他辞去了墨西哥驻巴黎外交官的职务——这个做法让人肃然起敬，以此抗议迪亚兹·奥达斯被任命为墨西哥驻马德里大使的决定；与此同时，路易斯·埃切维里亚——迪亚兹·奥达斯总统任内，特拉克洛尔科屠杀事件发生时的内政部长——成为联合国驻古巴办事机构的技术人员。话语都是一样的，区别就在于听话的人想不想弄懂它的意思。帕斯和富恩特斯摆出的姿态、那光亮而透明的时刻已经足以拯救那个国家的形象了。不过这些依然难以逃脱巴尔加斯·略萨做出*夸张的*控诉，而那些控诉中又的确含有成分不低的真实性，许多人对此心知肚明，只不过选择了闭口不言。巴尔加斯·略萨又一次扮演了让人扫兴的人的角色，名声没有改变他，败选也没有改变他。这位善于反思的作家又一次心直口快地把那些可以在心里想但不该明白无误地表达出来的话说出了口，他也立刻又招来了骂声，又被妖魔化了。

从萨特到加缪，从加缪到马尔罗，从马尔罗到对"检验与证伪"、自由、不断反思的痴迷，最后再到波普尔，也许巴尔加斯·略萨在意识形态和政治层面的道德观念生自加缪；也许是从加缪身上，也许是从马尔罗身上，又也许是从自己身上，巴尔加斯·略萨找到了用激进的自由主张对抗虚假的方法。"大量谎言伪造了这个世纪，"何维勒曾这样说道，"某些最伟大的知识分子应部分为之担责。谎言腐蚀了话语最微小的细节之处和人们的政治行动，颠覆了道德观念，推崇谎言反倒成了发展思想的表现。"

实际上，看上去微不足道的撒谎技艺征服了民主政治的城堡，甚至在那些开放社会里也是如此。撒谎技艺在文学的世界中可以丰富文化、想象力和文字，让一切变得朦胧起来——那也正是文学王国的特点；可同样的技艺在政治的世界里就会把谎言中的真实与真正的谎言混淆起来，民主体系中的许多知识分子和政治家都对它表现出了支持的态度。换句话说，我们每个人都曾经把一小部分灵魂献给了极权主义这个魔鬼。于是我们就能理解：也许那种统治着世界大部分地区的驱动力——意识形态谎言——正是巴尔加斯·略萨认为自己必须与之对抗的风车巨人，因此他才决定参加秘鲁总统大选。他要展现出和海明威笔下那个老渔夫同样的精神：人类可以在许多战役中失败，但人不是生来就注定要被摧毁的，而是恰恰相反。

第三部分

"包法利夫人就是我"

"对我来说，书从来不算什么，只是一种在特定环境中的生活方式。这就解释了我的犹豫不决、焦虑和迟钝。"

居斯塔夫·福楼拜于 1858 年 12 月 26 日
写给拉维耶－德－尚特皮小姐的信；
马里奥·巴尔加斯·略萨曾在《永恒的纵欲》中引用

18

英雄与骗子：《城市与狗》
（1962）

1976 年 7 月，我人生中第一次飞抵利马的豪尔赫·查韦斯机场。我之所以到访秘鲁，自然是因为这里是巴尔加斯·略萨的祖国。虽说秘鲁在西班牙帝国史上占据重要地位，可年轻人如今对它兴趣寥寥，甚至连大学生也是如此，当然西班牙语国家历史专业的学生除外。所以秘鲁对我来说，只是意味着一片有些神秘莫测的土地，或许还要加上是弗朗西斯科·皮萨罗征服的土地。那是我在拉丁美洲地图上搞不清楚它具体位置的地方。那里发生过几次革命运动，都以失败告终。不过在读过《城市与狗》后，我对那个国家的兴趣与日俱增。我按照巴尔加斯·略萨在小说里描绘的那样去想象利马的街道。我还去想象那些混血种人、社会和政治斗争，这一切想象的根基都是《城市与狗》这部小说。

在第一次阅读那部小说的那段日子里，对我来说利马就等同于《城市与狗》。当然大概还要加上另外几部涉及它的文学作品，例如梅尔维尔的小说《白鲸》，从海上对那个城市有过简略的描写，色调阴暗，让读者对那个遥远而陌生的世界心生抗拒。因此那趟旅程——从加拉加斯出发——是漫长等待后的结果，是一段文学激情遭受压抑的秘史,直到那个时刻来临,也就是我如饥似渴地阅读《城市与狗》的时刻,那已经是我踏上利马土地七八年前的事情了。

后来我才知道,《城市与狗》并不是巴尔加斯·略萨那部小说最初设计的名字。"文学爆炸"和西班牙语美洲文学的研究专家和记者给出了各种各样的版本。根据何塞·米格尔·奥维多在他研究巴尔加斯·略萨的名作《马里奥·巴尔加斯·略萨:虚构现实》(*Mario Vargas Llosa: la invención de una realidad*)中的记录,当年,那位年轻的小说家曾回过秘鲁,当时他的行李箱里已经装着那部后来被命名为《城市与狗》的小说的手稿了。巴尔加斯·略萨极为崇敬的秘鲁作家塞巴斯蒂安·萨拉萨尔·邦迪读了那份手稿。据何塞·米格尔·奥维多所言,"他把手稿推荐给了一位阿根廷编辑,后者没太当回事"。后来,在不太情愿的状态下,巴尔加斯·略萨把手稿寄到了巴塞罗那的赛伊克斯·巴拉尔出版社,当时该社的负责人正是卡洛斯·巴拉尔。好几个月过去了,没有收到任何回复。出了什么问题呢?原来巴尔加斯·略萨的手稿落到了出版社的一位审稿专家手中,后者在读过书后觉得小说写得并不好,他手写的评语——巴尔加斯·略萨本人坦承,多年之后他曾得到机会看到了那份评语——十分负面。那位审稿专家是路易斯·戈伊蒂索洛,负有盛名的西班牙小说家,不过如今他却表示:"我当年以赛伊克斯·巴拉尔出版社审稿人的身份读了巴尔加斯·略萨的第一部小说《城市与狗》,我的审读报告给出的意见是正面的。"(*Tribuna, Madrid*, 1990 年 8 月 20 日)这一下子就出现了针对同一事件的两个截然不同的版本。不过卡洛斯·巴拉尔以及巴尔加斯·略萨本人都曾对我表示,路易斯·戈伊蒂索洛的意见是负面的,因此出版社才在长达数月的时间里没有针对那份手稿做出回应。可戈伊蒂索洛本

（从左到右）何塞·玛利亚·卡斯特耶特、马里奥·巴尔加斯·略萨和加夫列尔·费拉特，1962年简明丛书奖授予秘鲁作家后的聚餐

人"记忆"中的情况则相反。不过这样一来就无法解释为何《城市与狗》被无视了数月之久，它的出版也因而被推迟了，所以我们更倾向于卡洛斯·巴拉尔和作者本人的版本。

所以，巴尔加斯·略萨和卡洛斯·巴拉尔在巴黎的见面并非偶然事件。巴拉尔到巴黎去处理出版社业务的那段时间，刚好在他发现——这倒的确是个偶然事件——并拯救了那份后来被命名为《城市与狗》的手稿之后。巴尔加斯·略萨记得巴拉尔给他拍了份电报。两人就这样在"光明之城"相见了。那次见面过程的"官方版本"被卡洛斯·巴拉尔写入了《崽儿们》（Lumen, Barcelona, 1967）的前言中。卡洛斯·巴拉尔建议巴尔加斯·略萨参评赛伊克斯·巴拉尔出版社的简明丛书奖。据说巴尔加斯·略萨有些犹豫，想了很久，不过他最后还是决定听从建议。参评该奖时，那本书的书名还是《骗子们》。何塞·米格尔·奥维多认为，当时还只有二十六岁的巴尔加斯·略萨赌上了一切。此言不虚。

奥维多还记录了《城市与狗》参评简明丛书奖的过程，他这样写道："评奖要求清晰，参评作品数目透明：一共有八十一份手稿参评（其中拉美地区参评作品三十份）；评奖委员会成员包括：何塞·玛利亚·卡斯特耶特、何塞·玛利亚·巴尔韦德、维克托·赛伊克斯、卡洛斯·巴拉尔和胡安·佩蒂特，他们决定把奖项颁发给巴尔加斯·略萨的小说（当时已经改名为《英雄之所》了）。在五轮投票中，这部小说每次都获得了满票。评奖记录这样写道：'尽管参与评奖的都是高质量的稿子，但简明丛书奖评奖委员会第一次投出了绝对意义上的全票。'"[1]

---

[1] Oviedo, José Miguel, op.cit., pp.33-34.

这种一致性也表现在了1963年10月《城市与狗》出版之后评论家和普通读者的态度上。作为简明丛书奖的获奖图书，《城市与狗》自动获得福门托文学奖（Prix Formentor）参选资格，当时后者是真正有分量的文学大奖。据说《城市与狗》在终选中获得了三票，败给了获得四票的作家豪尔赫·赛普伦——曾任西班牙政府文化部部长，后者参选的小说是《远航》，原书是用法语写成的。竞争十分激烈，不乏火药味，卡洛斯·巴拉尔回忆录的最后一卷《当时光飞逝》（*Cuando las horas veloces*）对此有所记录："当时出现过唇枪舌剑、摩擦冲突，并不是所有事情都干干净净。1963年5月，在科孚岛，在第一次流亡期间，角逐福门托文学奖的热门参选作品是巴尔加斯·略萨的小说《城市与狗》——在前一年获得了简明丛书奖，当时还没有出版，只是印成册子分发给了投票者——和豪尔赫·赛普伦用法语写的小说《远航》，我记得那本书当时也只是印出来一些册子。对巴尔加斯·略萨不利的一点是，前一年得奖的是西班牙语作家胡安·加西亚·奥尔特拉诺（Juan García Hortelano）的《夏日风暴》（*Tormenta de verano*），如今已经同时出版了十三个语种的版本。不管人们怎么想，这类国际文学奖在评奖时有个不成文的规矩，那就是语种和国籍得轮着来，大家通常都会遵守这条潜规则。再次把福门托文学奖颁给西班牙语作家就意味着坏了规矩，而且评奖委员会的主席由各家的编辑轮流来做，刚巧那一届的主席想要把奖颁给豪尔赫·赛普伦的书。对巴尔加斯·略萨有利的一点是，赛普伦不管怎么说都是位西班牙作家，尽管他的小说是用法语写的，而且巴尔加斯·略萨的小说显然更有野心。七位有投票权的编辑的观点看上去很分裂，而且势均力敌。西班牙、斯堪的纳维亚和英国编辑倾向于巴尔加斯·略萨的小说；意大利、美国和法国的编辑则站在赛普伦一边。无须费心盘算就能知道莫妮克·朗热（Monique Lange）领导的巴黎团队是在背后支持他们的朋友、候选人赛普伦的。艾奥迪出版社的顾问埃利奥·维托里尼（Elio Vittorini）用了一晚上就读完了巴尔加斯·略萨的那份厚重的手稿，他以一种非常法国式的态度做出了决定，他认为巴尔加斯·略萨的那部小说讲述的是乡土气息浓重的无聊故事，写出来就是为了展示南美军人的土话罢了。"这些文字值得我们仔细品味，因为有时不仅是官方的文学奖项在评奖时不干不净，就连作家之间的相互评价很多时候也与事实不符。在他的回忆录里，巴拉尔承认说："所有事情都很让人迷惑，关于那个阴谋之夜，我依然记忆犹新，顾问们喝着威士忌，打着电话。在我看来，赛普伦的那部小说写得很好，但出于一些我觉得不值一提的原因，我不想再评价它了。有几通电话是具有决定性意义的。莫妮克·朗热在那天晚上不停地同巴黎方面通电话，我们其他几个人则在酒吧的熬夜顾客之中说悄悄话，谈论某些流言。第二天一早，在罗霍特（Rowholt）的桌子上出现了一份版式漂亮的电报，警告这位德国编辑如果把奖颁发给像豪尔赫·赛普伦这种斯大林的代理人的话，将要承受巨大的道德压力。电报署名人是萨尔瓦多·德·马达里亚加，可电报不是从伦敦发来的，而是从巴黎发来的，而且是从离戈伊蒂索洛－朗热夫妇家最近的邮局发来的。胡安·戈伊蒂索洛当时住在巴黎，这是当然了；后来大家才知道马达里亚加那段时间刚好去了法国首都，不过这可能并非只是偶然。恩泽斯博格和罗霍特立刻对所谓的堂萨尔瓦多横加干涉评奖做出了反应。于是，他们就把奖颁给了赛普伦，我对这个决定并不感到心痛，但却感到愤怒，因为既然他的那部作品质量很好，那么以这样一种方式承认它的价值无论对于当时的我还是现在的我来说都是幼稚的行为，是种秘密犯罪。"[1]

所有这些隐秘的争议事件直到很多年后才传到西班牙。《城市与狗》大受评论界好评，在福门托文学奖评选中遭受可疑的失败后，这部作品又于1963年在我们国家获得了西班牙批评奖，那个奖项在很多年里——直到不久之前情况才有所改变——都代表着权威，只有我们的文学界中最有分量的人物才有可能得奖。巴尔加斯·略萨获奖很快就变成了受人关注、被人研究的"文学事件"。首先，因为作家当时实在是太年轻了，像是凭空出现一样；其次，评论界一向以严苛著称，可如今就连评论界也把《城市与狗》变成了必读小说，不仅是西班牙语原版，还包括它立刻被翻译的其他几个语种的版本。市场对此也心知肚明，长久以来，《城市与狗》一直受到公众的普遍好评。

带着对《城市与狗》最近的阅读记忆，还有同巴尔加斯·略萨在巴塞罗那、马德里和拉斯帕尔马斯的多场对话，以及一些关于历史、风俗和文学的遥远印象，我立刻寻找起了那位秘鲁小说家在《城市与狗》书页中描绘的那座城市的照片。当时的利马城还不是后来的模样。后来，很不幸，它变得就像战火中凄惨的加尔各答一样。当时的利马已经可以看到贫困问题、阶级差异巨大的社会问题以及巴尔加斯·略萨在他的小说中借助几位主要角色表现出的混乱的人种问题了。

在巴尔加斯·略萨的介绍下，我借住到了一位利马已故作家遗孀的家中。那家人恰好也住在观花埠，也就是《城市与狗》里出现过的"好"住宅区域。从见到他的第一刻开始，我就说服了巴尔加

---

[1] Barral, Carlos, *Cuando las horas veloces*, Tusquets, Barcelona, 1988, pp.44-46.

斯·略萨在可能的范围内陪我走遍为他的那部小说提供创作基础的场景。我不只是想了解观花埠。我想到卡亚俄港去；我想看看那些街道，还有拉尔科博物馆、萨拉韦里港，从海岸边到拉科梅纳之间的一切我都想了解。我想尝尝小说里出现的食物和饮品的味道。我希望和这位小说家聊聊他的创作，聊聊他笔下的人物和他的那些依然鲜活的记忆。总之，我希望我们甚至能去一趟莱昂西奥·普拉多军事学校，巴尔加斯·略萨已经很多年没有回去过了。我还想看看林塞大街、苏尔基略大街，在街头看看这里的女性的面孔，想借此想象出《城市与狗》里最主要的女性角色特蕾莎的容貌表情。这个人物也是一些评论家对这部小说颇有微词的地方，因为在这个人物身上出现了太多巧合，她是莱昂西奥·普拉多军事学校里数个士官生共同喜爱的女人。我想用自己的双眼确认巴尔加斯·略萨并没有虚构出一个城市来，尽管《城市与狗》中的利马从一开始就具有了文学维度的完美自主性。

所有这一切，《城市与狗》里描写的一切城市风光，我都能够亲眼看到，也可以亲眼检视它们，给它们拍照。而且陪伴我的还是位可遇不可求的向导：那部小说的作者马里奥·巴尔加斯·略萨！我还记得到卡亚俄港去的经历。那是利马城里居住人口众多的港口区，五颜六色的小商品商店遍布，行人和车辆都寸步难行。"'美洲豹'就住在那儿。"巴尔加斯·略萨指着一栋两层楼民宅对我说道，那栋楼和其他楼没有任何区别。"美洲豹"被评论界视为某种"幸存者"，靠"以眼还眼，以牙还牙"的丛林法则求生。"美洲豹"虚荣、原始、粗暴，始终表现得十分残酷，他是个非典型的利马人。在《城市与狗》里，那位巴尔扎克式的作家唯一做的就是以自然且文学的方式描绘那个毫无疑问存在过的人物，巴尔加斯·略萨对于那个人物在莱昂西奥·普拉多军事学校的所作所为依然记忆犹新。"'美洲豹'就住在那儿。"巴尔加斯·略萨这样对我说道。我斜着眼偷瞄了他一下,只是为了看看他是不是在撒谎骗我,是不是想把我催眠,让我当一只沉醉于他的文学世界人造灯光的蝴蝶。最后我明白绝非如此:巴尔加斯·略萨用文字描绘那些人物和他们的生活时,仰仗的就是真实性。他以同样的真实性刻画那座城市,也就是我当时正身处的那座城市,我则以自己的双眼在"重读"《城市与狗》。

在 1976 年 7 月,那是我第一次去利马,在巴尔加斯·略萨和我一起按照《城市与狗》的指引进行的一次次城市漫游、黄昏漫游中,最有趣的访问经历——几乎是秘密进行的——就是到莱昂西奥·普拉多军事学校去。我们请求门卫放我们进去。后来我们把车停在了离军校外墙几米远的地方,就在靠太平洋的一侧,从利马海岸边望去,太平洋宽阔、静谧、壮丽。那天下午,太阳发灰,很符合利马的气质,利马当地居民和所有了解那座城市的人都熟知这种气质。那天早上万里无云,毛毛雨已经停了,潮湿的感觉常会让巴尔加斯·略萨想起自己在伦敦度过的岁月。我们走进莱昂西奥·普拉多军事学校的院子里,离我们只有几米远的地方,立着那尊英雄雕像。我仔细观察,想要用眼睛定格一切自己看到的景象,还想要辨识出《城市与狗》中的那"另一个"莱昂西奥·普拉多军事学校,与此同时,巴尔加斯·略萨则在慢慢讲话。"游泳池就在那边。"他对我这样说道,那正是士官生阿尔贝托——巴尔加斯·略萨自我记忆的文学投射——躲藏起来写用以向同学们换取几个索尔的色情小说的地方。巴尔加斯·略萨还记得士官生们每天早晨和下午集合的准确地点。那座军校没有太大变化。根据一些报刊媒体的报道,那里曾经公开焚烧过数百册《城市与狗》，因为他们认为那本书是对秘鲁当局，尤其是军方和莱昂西奥·普拉多军校的污蔑。巴尔加斯·略萨寻找士官生们"逆行"的地点，也就是《城市与狗》里的士官生们偷偷翻墙出校的地方，他们就从那里逃离军校令人窒息的生活环境。

在我所写的关于《城市与狗》的一些文章里，我曾经提到巴尔加斯·略萨痴迷于在那部小说中设置神秘感。那种神秘感毫无疑问是《城市与狗》的基本特点之一，对于读者来说，它是小说的一部分，代表的是那种隐秘的氛围，人物的每个表情、每个动作、每个事件都带着这种氛围。《城市与狗》就像是座用纸牌搭建的城堡，常常会令毫无准备的读者迷失方向。正如何塞·普罗米斯·奥赫达（José Promis Ojeda）所言，这部小说"以*谜团*为特点搭建漫长文学传统的组成部分"[1]。这部小说的主要情节可以划分成以下几个部分：

1）在一所军校（莱昂西奥·普拉多）里发生了偷窃试卷事件。
2）集体受罚。失窃试卷涉及年级的士官生们被禁止周末外出，直到窃贼被发现为止。
3）年级中的某个士官生向学校上层揭发了偷窃试卷者。
4）检举者在一次军事演习中中枪死去。
5）其他士官生向军校高层检举谋杀者。
6）调查开始。
7）调查中断。军校高层认定死亡事件只是一场意外。

---

[1] Promis Ojeda, José, "Algunas notas a propósito de *La ciudad y los perros* de Mario Vargas Llosa", *Signos 1:1*, 1967, pp.63-69.

在城市和军校这两种场景之外，我们会发现还存在着另外一些更加幽暗、迷宫式的世界，它们突出了"双重性"（人物方面、时间方面、概念方面、功能方面）的模糊特点。这种"双重性"，或者说莱昂西奥·普拉多军事学校里的士官生们和军官们身处其中的那种真实现实和戏剧般的现实，始终是矛盾的核心，两种相悖的层次在整个叙事过程中同时存在，或融合或分隔。

关于《城市与狗》的几何式结构的相关研究不断出现[1]，似乎作者对小说有绝对全面的把控，甚至有时会打乱叙事节奏。不过也有评论认为，作者松开了故事的关键线索，因为故事本身会变成自己的主宰者，因此故事可以进行自我调节，自主选择叙事策略。还有的评论者指出，作者现身的程度过大了，甚至扼杀了小说里的人物们的行动。不过，在我看来，巴尔加斯·略萨是在"模糊"和"清晰"两个层次之间合理运用他的"全景叙事"的，这使得这部小说不局限在两极化的场景之中。有可能在刚开始创作《城市与狗》时，巴尔加斯·略萨并没有注意以合理的方式设计故事在那两个维度里的发展，甚至创作本身也影响到了叙事进程，使得故事呈现出线性的、单一维度的特点。

路易斯·哈斯评价巴尔加斯·略萨是个"冷酷的宿命论者，不喜欢神鬼玄幻之类的东西"，说他无力让自己笔下的人物超越某些境况，那些境况决定了"那些个体……始终是摇摆不定的，他们的意志经常会被所处环境所决定"[2]。罗莎·博尔多里（Rosa Boldori）也不乏类似观点，她坚定地把宿命这一魔幻且单一维度的

---

[1] Oviedo, José Miguel, op.cit., 1970, p.117.
[2] Harss, Luis, *Los nuestros*, Sudamericana, Buenos Aires, 1966, pp.420-462.（由 Oviedo, José Miguel 引用，op.cit., p.96。）

因素作为"扭转乾坤的事物"来分析《城市与狗》,她认为这是部"充满环境宿命论的小说"[1],换句话说,决定人物行动的是偶然性、意外和命运[2]。

不过,何塞·米格尔·奥维多却观察到,使得《城市与狗》成为一部存在主义小说(自然与阿尔贝·加缪最好的哲学式叙事文学作品有某种"血缘关系")的因素是自由——有时会受到环境、氛围和某些形势的影响。从某种程度上看,这也是部有萨特风格的小说,它把卑微的集体环境和规则与书中角色非理智的反抗框在了一起,放置到了某种特定的境况下,这些角色规避困难,自由选择的最好方式就是逃出那座迷宫。

因此,在这种"混合了两种完全不同的哲学思想:社会宿命论和存在主义"的背景中——这是麦克穆雷捕捉到的[3]——人物的行动和反应便透着宿命感和模糊感,当然了,这些行动都是他们自主做出的选择。这些也正是《城市与狗》的基本元素——吸引或抗拒、囚禁或离解。它们常常会召唤出相悖的一面来,每种概念甚至同时还扮演着与自身相反的概念的角色,这样写的目的正是要突出主人公充满问题、难以适应周遭环境的特点,他们要在暴力与仁慈、明晰与隐秘相融合的环境中"两极化地"定义自己("每个人都有二重性")。

当然了,我们并不能把偶然性视作操控《城市与狗》一切情节

---

1 Boldori, Rosa, "*La ciudad y los perros*, novela del determinismo ambiental", Revista de Cultura Peruana, no.9-10, 1966.12, pp.92-113.(由 Oviedo, José Miguel 引用,op.cit., p.96。)

2 Boldori, Rosa, *Vargas Llosa: un narrador y sus demonios*, Fernando García Cambeiro, Buenos Aires, 1974, p.25.

3 McMurray, George, "The novels of Mario Vargas Llosa", *Modern Language Quarterly*, 29:3, 1968.9, p.328.

的关键因素,这一因素也并未对小说的叙事结构产生任何影响。我们也不能从所谓的"宿命论"式的单一维度出发去推导所谓的因果关系。更有意义的是,把《城市与狗》看成这样一部小说:它刻画了两个世界,各种因素或对称或不对称地出现,构成了整部小说。

分析这部小说最初八个章节(也就是小说的第一部分)的特点,我们会发现"对称"和"客观"等特点使得由心理活动和对环境的不同解读态度组成的内部世界逐渐成形。这些特点使小说的第一部分出现了一个至今未引起评论界足够关注的基本要素:隐秘性,这是解读士官生们言行举止的关键所在。

小说的第二部分——也就是后八章——与第一部分有很多不同(而且有些时候是相悖)的特点。主观性和自发性成了主导因素,换句话说,"检举"行为揭露了士官生们的隐秘世界里的诸多秘密,那是个地下世界,靠我们在全书第一部分中了解到的法则运转,其关键词就是"荣誉",这是"美洲豹"领导的小团体所看重的东西。评论界的分析指出,在小说头八章里,从某种程度上看,人物的行动是由个体和集体的意识推动的,这种意识极度看重士官生世界里的那些"隐秘"法则。因此,没有任何一个非士官生的人物能够进入那个由士官生建立的隐秘世界中,那个世界的运转法则与军官阶层掌控的军校中的法则是截然不同的。

那么,士官生们的那套法则,其根基何在?就在于"隐秘性"上,因为从某种程度上看,所有的士官生都是对"小团体"地下行动保持沉默的同谋,所有人都得了好处,也都参与过那些违规行为。这就是士官生们自己的道德体系,也是小说故事及其氛围的起源。推动情节发展的主要是士官生们,他们是小说的真正主角,是让小说进行下去的"行动者们"。《城市与狗》包括八十一个叙事单元，其中七十八个叙事单元是由士官生们用沉重的语气进行叙述的：阿尔贝托（三十三次）、"美洲豹"（十三次）、博阿（十三次）、卡瓦（一次）、"奴隶"（七次）、集体叙事者（一次）。他们，士官生们，创造了那个隐秘的世界，推动了小说基本情节的发展。他们，士官生们，被召唤出来对抗上层阶级——他们如此憎恨的人们，对抗的方式就是打破具有约束性的隐秘条款。这就要求那个团体成员之间的联系足够紧密，直到这种联系在出现背叛之时被切断，也就是检举行为出现的时刻[1]。

因此，士官生们将亲手毁掉属于他们的那个隐秘世界。在阿尔贝托检举之后，甘博亚中尉将会发现士官生们的地下世界。士官生们为自己树立起的代表生命力的价值观将会被摧毁：逃出学校（"逆行"）、抽烟、喝酒、偷窃、"做交易"、以手淫和兽交为代表的野蛮的性行为。造成那次检举的"奴隶"之死是小说的核心情节。检举和复仇本身就是青年时期同一种心态和策略的产物。阿尔贝托揭露"小团体"的秘密行动时，实际上也是在揭露军校的隐秘生活：

> "他们要把他（'奴隶'）逼疯了，天天奴役他，如今还把他杀了！……"阿尔贝托说道。
> 军官们完全不知道私下里发生的事情。
> "军校里所有人都抽烟，"阿尔贝托极具侵略性地说道，"长官们什么都不知道。"

---

[1] 也许这样的价值观与大仲马的《三个火枪手》里的"人人为我，我为人人"的思想相似。那部小说和他的作者都是巴尔加斯·略萨推崇的对象。（参见 Christ's, Ronald, "Rhetoric of the Plot", *World Literature Today*, 1968, p.38。）

"皮斯科烟和啤酒,中尉。我是不是和您说过长官们什么都不知道来着?在军校里,大家抽烟喝酒,比在街上还凶。"

"谁杀了他?"

"是'美洲豹',中尉。"

"'美洲豹'是谁?"甘博亚问道,"我不知道士官生们的绰号。直接给我报他的名字。"

除此之外,士官生们的内心世界——以"隐秘性"为基础——和《城市与狗》的结构布局之间有一种平行关系。在军校中隐秘维持的价值观逐渐崩塌的时候,这部小说的结构也在缓慢消解。这种情况在全书第一部分中是没有的。在第一部分中,这个青少年群体隐秘的集体行为还是不可触碰的,或者说是隐秘的,士官生们遵循法则的内容,而我们也可以看到这部分叙事结构的平衡性。相应地,当那些价值观的基础开始消解,小说的结构开始改变,形式也开始变得不连贯起来,就好像一份协约和游戏规则被主人公的行为举止打破了。因此,至少从这个角度来看,可以确定地说,"隐秘性"因素对于构建《城市与狗》的结构来说具有重要作用。

这部小说的结构是从什么时候开始出现裂缝的呢?两个情节标志着那种决裂的开始。首先,出于私人原因,"奴隶"里卡多·阿拉纳检举了偷盗化学考试试卷的同学(第一部分,第六章)。集体同谋破裂了。其次,阿拉纳本人在军事演习时发生事故(第一部分,第八章)。这些可能只是推测,但集体同谋的破裂却是板上钉钉的事情。士官生们,读者们,只有到再经历过许多情节之后才会注意到"荣誉"这个价值观的消解,不管是具有理智还是失去理智的控诉和检举,在最后一刻,小伙子们的隐秘世界完全垮塌了。从

"奴隶"死亡的消息传来(第二部分,第一章)开始,小说逐渐走向结局,也在逐渐向我们揭露士官生们的地下世界。同时,那个概念消解的过程也对小说结构带来了直接影响。小说世界主人公的非常规行动让小说的结构变得非常规,我指的当然是形式层面上的。结构中的"隐秘性"因素毫无疑问是这部小说最主要的特点之一,同时也是《城市与狗》最突出的文体学特征之一。[1]

巴尔加斯·略萨曾经对里卡多·卡诺·加维里亚表示,《城市与狗》是在马德里开始创作的,后来在巴黎完成,当时他已经决定搬到"光明之城"去生活了,他要让自己变成伟大的小说家。"我当时已经写出了草稿,"巴尔加斯·略萨说道,"我是在马德里开始写那本小说的,不过是在威特酒店居住期间完成大部分写作任务的,我大概写了一年半。小说是我在位于图尔农街上的住所中写完的,时间是1961年。"[2]

就评论界对《城市与狗》的分析来说,我们没有太多新的补充。这部小说已经被极为细致地研究和分析过了,读者也始终在跟踪相关的文学评论。哪怕是最严苛的评论也认为巴尔加斯·略萨写成的那部小说展现出了一个"微型"秘鲁社会,表现了那个矛盾而迷人的国家的千副面孔。这些面孔将在未来漫长的岁月中逐渐被作家描绘出来。实际上,巴尔加斯·略萨的个人经历是这部小说的基础。我们可以确定,曾经身为士官生的巴尔加斯·略萨也在《城

---

[1] 这几个评论性段落曾是本人以英文发表在俄克拉荷马大学(University of Oklahoma)主办的《今日世界文学》(*World Literature Today*)杂志1978年刊的文章中的部分内容(在该刊的第68—70页)。后来这篇文章也收录到了我的作品《提尔人、特洛伊人和现代人》(*Tirios, troyanos y contemporáneos*)和《小书》(*El libro menos*)中。

[2] Cano Gaviria, Ricardo, *El buitre y el ave fénix, conversación con Mario Vargas Llosa*, Anagrama, Barcelona, 1972, p.111.

市与狗》所描绘的那个世界中生活过。我们既是指混乱的利马社会，也是指莱昂西奥·普拉多的军校世界，那里表面光鲜，实际上遵循的只是粗野的纪律法则。巴尔加斯·略萨曾在那座军校中进行过青年时期的冒险，将近两年，也即 1950 年和 1951 年。根据他本人的说法，他就是在那里明白秘鲁是个多种族国家的，也是在那里见识到可怕的社会和政治差异性问题的，这些问题从殖民时期便已存在，那时依然是那个国家最严重的问题。除此之外，从巴尔扎克和萨特式的道德理念的角度来看，《城市与狗》还是一部道德小说。这种感觉从"美洲豹"最初开口讲话开始——这个开放式开头震惊了它最好的读者卡洛斯·巴拉尔，直到故事以不再是士官生的"美洲豹"本人与他的朋友"瘦子"希盖拉斯的谈话收尾为止。《城市与狗》用了让－保尔·萨特的《基恩》里的话作为开篇引言绝非随意为之，它具有极强的象征意义，尤其是它预示了小说中即将发生的事情，从某种程度上看，也揭示了作者创作这部小说的意图：

> 有人扮演英雄，因为他是怯懦的。有人扮演圣徒，因为他是凶恶的。有人扮演杀人犯，因为他有强烈的害人欲望。人们之所以欺骗，是因为生来便是说谎的。[1]

小说第二部分的开篇引文使用了保尔·尼桑的话，巴尔加斯·略萨显然是带着道德目的引用它的：

---

[1] 原文为法文。译文引自《城市与狗》中译本，人民文学出版社 2021 年版。——译注

> 我曾有过二十岁。我不同意任何人说那是最美好的年华。[1]

在尾声部分之前,巴尔加斯·略萨引用了自己十分崇敬的秘鲁诗人卡洛斯·赫尔曼·贝利的诗句,其意图不言自明:

> ……每个家族都有自己占据统治地位的衰败期。[2]

研究巴尔加斯·略萨文学创作及其个人生活的评论家和学者们努力地在《城市与狗》的主人公以及众多人物身上寻觅作家本人的影子。巴尔加斯·略萨曾坦承说他写的所有小说都有现实依据,能在现实中找到其源头。正是作家经历过的生活以及生活给他留下的种种创伤帮助他成为作家。作为他的第一部长篇小说,作为"首映剧目"——尽管看上去它并没有处女作惯有的稚嫩,《城市与狗》的字里行间满是细节,作者或有意或无意地把自己的经历转化成了文学故事。许多评论家认为书中的士官生阿尔贝托就是巴尔加斯·略萨的化身。还有些评论家在与其他士官生相关的情节中看到了巴尔加斯·略萨的影子。最好的例子就是"奴隶"里卡多·阿拉纳进入莱昂西奥·普拉多军校的过程。对于许多了解巴尔加斯·略萨个人经历的人来说,士官生阿拉纳和父亲的关系就是作家本人同父亲关系的翻版。当然了,既然巴尔加斯·略萨本人都表示自己深受福楼拜的影响,那么这位小说家把虚构后的现实安排到诸多人物身上也就不足为怪了。他把自己的记忆,个人和集体的经历——

---

[1] 译文引自《城市与狗》中译本,人民文学出版社 2021 年版。保尔·尼桑是法国左翼作家,共产党员,在与德国法西斯作战时牺牲。——译注
[2] 同上。

他在莱昂西奥·普拉多军校求学期间的经历，在下层社区活动的经历——以文学的鲜活形式赋予了一个又一个人物。甚至连《城市与狗》中的主要场景莱昂西奥·普拉多军校也是真实存在的，巴尔加斯·略萨倾尽所能来描写军校的阴暗氛围以及生活在其中的"弱小"的士官生们。青年人通过体验生存问题，以及由这个问题生出的种种后果，逐步看清了这个全新的世界——它污秽而卑鄙，最盛行的法则就是不断争胜。这也是巴尔加斯·略萨本人的生存经历和生活经验。

1976年7月，我在回程时路过加拉加斯，巴尔加斯·略萨乘坐的汉莎航空公司的班机由于技术原因临时降落在了西蒙·玻利瓦尔机场，当时他正准备到法兰克福去参加有众多文学家和出版社出席的活动，他是该活动的常客。那个7月的周日，我们一同来到麦盖蒂亚机场，同行的还有委内瑞拉教授埃弗拉因·苏维罗和艾利·桑特里斯上校，他们在巴尔加斯·略萨奔赴欧洲前在加拉加斯停留的两三个小时里担任了东道主的角色。在西蒙·玻利瓦尔机场的贵宾室里，空调驱散了热气，我们闲聊了一会儿拉美局势，提到了一些作家以及他们在这个大陆的政治、经济、社会和文化事务发展过程中扮演的角色。"您的《城市与狗》写得非常实在。"桑特里斯上校突然对巴尔加斯·略萨这样说道。巴尔加斯·略萨露出了他的朋友们很熟悉的那种严肃、沉默甚至有些阴沉的神情，继续等待着对方把话说完。桑特里斯停了一会儿才继续说了下去。他说道："我当时也在莱昂西奥·普拉多，您在《城市与狗》里写的都是那里真实发生过的事情。"我在那一刻想到，《城市与狗》不仅是虚构小说，也是作者私人记忆在文学中的呈现，是他的情感记忆的一部分，他的人生在那时才算开始，那段记忆是很难抹去的。在化身成作家的执念、内在幻想和文学魔鬼,并最终转换成文字获得了新生之后,那段记忆终于算是终结了,它终于成了过去的组成部分,成了小说家巴尔加斯·略萨创作小说时所依赖的那种现实的一部分。我想到了福楼拜的那句名言,那是对小说家在面对现实的侵袭时的最好捍卫,他说:"包法利夫人就是我。"同样地,巴尔加斯·略萨也可以这样说:"《城市与狗》就是我。"

正如何塞·米格尔·奥维多所言:"人们在《城市与狗》中观察到了一系列与其他文学作品的相似之处,它所受的影响,这并不是什么怪事。"[1]他补充道:"它具有'成长小说'的主题特点,作者借用并创造了许多技巧,将之混合使用,还有经典的个体与社会对立的主题。从各个层面来看,这些都是使得这本小说同其他具有相似主题的当代小说联系到一起的原因。"[2]

近些年来,《城市与狗》的电影版本和戏剧版本想要通过胶片画面和舞台展现的形式再现那部小说的精神。秘鲁导演弗朗西斯科·隆巴尔迪(Francisco Lombardi)曾经尝试把《城市与狗》拍成电影。尽管比《潘达雷昂上尉和劳军女郎》的电影版效果好,但依然令人失望。我们已经在欧洲看过《城市与狗》的电影版了,给我们的感觉是没用上什么拍摄技巧,经费似乎也不够。隆巴尔迪试图还原小说的精神内核,于是他竭尽所能地展现故事发生的环境背景,尤其是士官生们生活的莱昂西奥·普拉多军事学校。他还特别强调"小团体"成员们,也就是主人公们的人性特点。可以看出他希望借助《城市与狗》这样一部经典小说来拍出一部经典电影,但却没

---

[1] Oviedo, José Miguel, op.cit., p.136.
[2] Ibid.

能取得小说获得的成功。在对文学作品进行改编时，难免会出现微小的"背叛"——从文学作品改编成电影，从笔头文字改编成图像，这本身就是一种"背叛"，隆巴尔迪的确做出了努力，想让这部电影带上个人色彩，成为隆巴尔迪的《城市与狗》。当然了，他没能取得绝对意义上的成功，这也许是因为导演缺乏当代电影必需的技术手段和资金支持，虽说文学和电影这两种艺术形式本身就存在交融的关系。许多当代小说家在进行创作时就用到了诸多电影手法，巴尔加斯·略萨在创作小说时也不例外。

《城市与狗》的戏剧版曾在西班牙筹备了数年时间，而且还获得过资助，导演埃德加·萨瓦也是秘鲁人。为了让演员们捕捉到巴尔加斯·略萨的那个故事所蕴含的戏剧性及道德的力量，萨瓦付出了极大的努力，但是这位导演依然无力取得成功，至少无法取得让人信服的成功。观众和评论界怀抱敬意，但依然冷漠地拒绝接受萨瓦的戏剧版《城市与狗》，所以这部戏剧最终没有引起什么波澜。

可能我此时必须要提一提那种无力感了，我是指这些读者-导演（无论是电影还是戏剧）在想保存并转移故事中的道德精神时的无力感，它被印刻在了另一种文学体裁中，那是种更加全景化，更加如着魔般，也更加有能力包容其他艺术形式的文体：小说。改编的想法本身没有错，但那种文学现实的一部分始终抗拒*被转换为另一种体裁*，哪怕那些充满激情的追随者殚精竭虑地以另一种不同的形式去思考（并在创作的过程中受尽折磨），哪怕这些人非常希望忠实于原文也不行。我们还想补充一点，起码在谈论《城市与狗》时是成立的，那就是小说家的个人经历使得对故事中的两个世界的描写更加鲜活了，更加真实可信。作家回忆本人的经历和梦想，在许多年里不断消化它们，再把它们转变成转瞬即逝的图像，这些图像有时会突然从记忆中逃离，但也许终究会回来填补那个空白。小说家以掌控一切的能力整理这些图像、场景、人物和行动，使它们抗拒后天的解读、诠释、看法或"背叛"。小说家不甘于仅生出想法，他不在乎一次又一次地坠入显而易见的错误之中，甚至以一种无意识的方式坠入其中，只要能最终使得那个故事显得客观真实就行。

《城市与狗》是一系列关于小说创作的想法的集合体，是作家巴尔加斯·略萨碎成千块的记忆组成的拼图游戏，而且是一个文学的、叙事的拼图游戏，我们需要随着故事内容的发展来拼凑它。奥维多所言不虚："成长小说"的所有特点都体现在《城市与狗》里了。不止如此。年轻的小说家巴尔加斯·略萨显得十分成熟，他灵活运用自己的天赋和记忆，创作出了一部多样化的作品，足以描绘——如果这是可能的话——秘鲁这个"千面之国"。巴尔加斯·略萨本人就曾在《千面之国》一文中展现了自己的记忆。1983年，在塞维利亚，在梅嫩德斯·佩拉约大学举办的一次由我策划的文学研讨会上，他宣读了那篇文章。巴尔加斯·略萨在那篇文章里提到了利马，他说："在我开始变成少年之时，我立刻就憎恨起了那座城市，因为我在那里过得十分不幸。"[1] 巴尔加斯·略萨如今坚称他甚至觉得能回忆那段可怕的经历（他将之文学化地展现在了《城市与狗》中）是一种幸运。"不过，在当时——1950年，那可真是一场大戏。我父亲发现我在写诗，他为我的将来操碎了心——因为诗人是注定要饿死的，也为我的'男子气概'操碎了心（他认为诗人都是娘娘腔，这种看法至今依然流行），要想把我从

---

[1] Vargas Llosa, Mario, "El país de las mil caras", *Contra viento y marea,* op.cit., vol.III.

这些危险中拯救出来,他认为最理想的去处就是莱昂西奥·普拉多军事学校。我在那所军校中待了两年。莱昂西奥·普拉多是秘鲁社会的缩影。进入那所军校的有上层阶级的孩子们,他们的父母把他们送去那儿是因为把那里当成了管教所,还有中产阶级家庭的孩子,他们希望在毕业后进入军队,还有些来自贫苦家庭的孩子,因为那时军校有奖学金机制,也向最贫穷的家庭的孩子敞开大门。那所军校里会聚了富人、穷人、不穷不富的人、白人、山里人、黑人、印第安人和华人,利马人和外省人。这在当时的秘鲁教育机构中是不常见的。对我来说,关禁闭和军事化管理是最让人难以忍受的,当然还有那种野蛮的、弱肉强食的氛围。不过我认为自己在那两年里了解了真正的秘鲁社会是怎样的,对抗、冲突、不公、放纵和愤懑,这些东西是一个来自观花埠的少年从来未曾想过的。我得感谢莱昂西奥·普拉多军事学校,还有一个原因:它给了我创作第一部长篇小说的原材料。《城市与狗》里自然有很多虚构因素,不过它也再现了那个微缩版的秘鲁社会。这部小说引发了引人注目的反响。一千册《城市与狗》被仪式般的焚烧在了军校的院子里,几位军官严厉地抨击了它。其中一位军官说《城市与狗》是一个有着'腐坏头脑'的人写出来的,另一个更有想象力的军官则说毫无疑问那部小说背后有厄瓜多尔支持,其目的是诋毁秘鲁军方。《城市与狗》取得了不错的成绩,不过我一直怀疑到底是因为书写得好,还是因为它制造出了那桩丑闻。"[1]

在《城市与狗》中,所存在的只是被作者"拯救出的"记忆,这也是许多评论家提出的观点。巴尔加斯·略萨就读于莱昂西奥·普

---

[1] Vargas Llosa, Mario, "El país de las mil caras", *Contra viento y marea,* op.cit., vol.III.

拉多军事学校时的授课教师、超现实主义诗人塞萨尔·莫罗在小说中化身成了丰塔纳老师。巴尔加斯·略萨记得他在那个"野蛮的、弱肉强食的"世界里是个"不同的"存在,他是个诗人。据巴尔加斯·略萨所言,塞萨尔·莫罗竟胆敢"极具挑衅性地"将他的一首诗歌命名为《利马,恐怖之城》。"多年之后,"巴尔加斯·略萨在《千面之国》中这样写道,"另一位作家,塞巴斯蒂安·萨拉萨尔·邦迪,重拾这一具有挑衅性质的表达,用同样的书名命名了他破坏利马神话的一本散文集。"[1]因此,继承了那种血统的小说家们从来不会为了让人们更喜爱他们而写作。他们对文学的热爱生自迷雾般的童年,生自逐渐成熟的作家同周遭现实之间糟糕而不平衡的关系破裂之时。巴尔加斯·略萨之所以写《城市与狗》,自然也不是为了让人们更喜爱他。他写它,是因为他*别无他法*,他要捍卫自己,捍卫自己的记忆和成为作家的志向,他不仅趋近于福楼拜,也趋近于塞巴斯蒂安·萨拉萨尔·邦迪,这位小说家是最早读过《城市与狗》手稿的人,也是最早认可当时还默默无闻的那个年轻小说家的长篇处女作的文学价值的人。数年之后,巴尔加斯·略萨将《崽儿们》——副标题有些挑衅意味:《"小鸡鸡"奎亚尔》——题献给了萨拉萨尔·邦迪,那个可怕的故事直接脱胎于《城市与狗》。

---

[1] Vargas Llosa, Mario, "El país de las mil caras", *Contra viento y marea*, op.cit., vol.III.

19

催眠记忆:《绿房子》
(1966)

全景小说的野心在 1966 年 3 月出版的《绿房子》里逐渐成形,这部小说是作家在经历了长达四年的紧凑工作后写成的。这是那位凭借处女作一鸣惊人的作家的第二部伟大的小说作品。巴尔加斯·略萨将凭借《绿房子》封神,他虽然年轻,但却成了极具分量的作家。尽管《绿房子》中运用了复杂的技巧,一定程度上给读者的理解带来了明显的困难,但它还是受到了评论界的一致好评。《绿房子》代表一种迷宫般的冒险,作者面对堆积如山的原材料,写成了"草稿",那份草稿厚达四千页,其中的一些故事情节后来被作者用到了其他几部作品中:《酒吧长谈》《琼加》《谁是杀人犯?》。

自从《绿房子》出版以来,那部小说的创作过程就勾起了评论家、高校师生和普通读者的好奇。巴尔加斯·略萨用"英语"("使用的是非常基础的英语,后来他的朋友罗伯特·B.科诺克斯进行了润色……")写了篇演讲稿,于 1968 年 12 月 11 日在华盛顿州立大学(普尔曼市,华盛顿州)进行了宣读,那篇稿子的标题是

《一部小说的秘史》[1]。我认为那是当代小说家针对自己的作品做出的最全面且深入的"供述"。巴尔加斯·略萨表示自己写《绿房子》的过程同*脱衣舞表演*很像,只不过程序刚好相反。"写小说是一种和*脱衣舞表演*类似的仪式……小说家们展现出的并非其隐秘的喜好……而是折磨和纠缠他们的'魔鬼',是他们身上最丑陋的东西:他们的愁思、过错和怒火。"巴尔加斯·略萨这样说道。为了解释与*脱衣舞表演*的程序相反的问题,巴尔加斯·略萨又补充说道:"写小说是一个相反的过程:刚开始时小说家全身赤裸,最后才穿好衣服。"后来,在提到贯穿全书的自传元素时,他再次提到说:"写小说就是逆向的*脱衣舞表演*,所有的小说家都是卑微的演出艺人。"[2]

《绿房子》是个由词语、历史、逸事、情节和人性组成的让人难忘的世界,小说家把这些内容安放到了两个舞台上:皮乌拉(秘鲁北部城市,与巴尔加斯·略萨的个人经历密切相关),丛林区(与这个区域的第一次直接接触给巴尔加斯·略萨这位未来的"卑微的演出艺人"留下了"着魔般的"印象)。从某种程度上看,《绿房子》还是作者童年记忆和青年记忆的交会。另外还有一个因素,它就像是个拥有无尽力量的发动机,所有弥漫在小说中的烟火都从那里生出,它就是"那个将最下层和最上层集结到矛盾的统一体中的秘鲁社会的无尽片段"[3]。何塞·米格尔·奥维多指出了《绿房子》里包含的五条基本故事线,正是它们赋予了这部小说迷宫般的精度:(1)安塞尔莫和绿房子的故事(安塞尔莫是皮乌拉的那

---

1 Vargas Llosa, Mario, *Historia secreta de una novela*, Tusquets, Barcelona, 1971.
2 Ibid., pp.7-8.
3 Oviedo, José Miguel, op.cit., pp.141-144.

座妓院的建立者,对于皮乌拉和绿房子的记忆促使巴尔加斯·略萨写出一部关于它们的小说);(2)二流子们的故事(几个曼加切利亚区的酒肉朋友,曼加切利亚人在政治领域一向被认为是革命联盟的支持者,因为革命联盟的创始人、秘鲁将军—总统桑切斯·塞罗被"错误地"认为出生在该地区);(3)鲍妮法西娅和利图马警长的故事(这两个人物都"戴着面具",具有双重性格),故事发生在丛林地区小镇圣玛利亚·德涅瓦;(4)胡姆的故事,这个故事也发生在丛林地区,讲述的是思想理念的冲突问题,冲突爆发于既有权力阶层和乌拉库萨地区的土著人阿瓜鲁纳人之间,胡姆就是阿瓜鲁纳人的首领;(5)伏屋和阿基里诺的故事,伏屋是个日本走私犯,最后患了麻风病,被关到了圣保罗的麻风病院里,他在圣地亚哥河上的一座小岛上的阿瓜鲁纳人中间曾是神话和传说般的存在,他本人对他的朋友阿基里诺讲述了自己的故事。

这五条故事线构筑了《绿房子》里那个看上去有些癫狂的世界。从个人的角度来说,从第一次读这部小说开始,我就始终感觉第五条故事线相对较弱,也就是伏屋对阿基里诺讲述的关于他的伟大而可悲的故事。不过年轻的巴尔加斯·略萨痴迷于这样的冒险故事也不是什么怪事。巴尔加斯·略萨回忆说他是在巴黎再次与绿房子、曼加切利亚区、丛林地区、圣玛利亚·德涅瓦、胡姆、土屋等记忆相遇的。巴尔加斯·略萨说他当时准备写两部小说,"一个故事发生在皮乌拉……另一个发生在圣玛利亚·德涅瓦,就用我对嬷嬷们、乌拉库萨和伏屋的记忆作为原材料"[1]。不过在创作的过程中,疑惑和焦虑不断增加,记忆的幽灵和魔鬼逐渐同想象混合到了

---

[1] Vargas Llosa, Mario, Historia secreta de una novela, op.cit., p.51.

一起,就像"家中的疯女人"一样可以很轻易地察觉到。"荒唐的是,我做的最大努力就是让每个人物在属于他的位置上待着。皮乌拉人侵入了圣玛利亚·德涅瓦,丛林地区的人也大量出现在了绿房子里……我正在写着皮乌拉的故事,可突然之间,我发现自己必须费尽周折才能重新处理好皮乌拉和修道院的关系;我正在写着丛林的故事,又是突然之间,我的脑子里满是黄沙、角豆树和卷饼。最后我只能在一团混乱中挣扎:荒漠和丛林,绿房子中的人物和修道院中的嬷嬷们,盲人乐师和阿瓜鲁纳人胡姆,加西亚神父和伏屋,沙地与河流遍布的密林。最后很难搞清楚什么是什么、谁是谁了,连一个世界在哪儿终结,另一个又在哪儿开始也搞不清楚了。"[1] 巴尔加斯·略萨充满想象色彩,同时具有记忆成分和非理性因素的混乱局面,不正是他所说的*脱衣舞表演*吗?数年之后,在《胡利娅姨妈与作家》里,作家佩德罗·卡马乔不就是在类似的状态下迷失心智的吗?巴尔加斯·略萨在头脑中调动一切创造力,努力想要把那两个世界的界限划分清楚,但终是徒劳。"于是我决定,"巴尔加斯·略萨写道,"同时建立起两个世界来,利用所有那些记忆写出一部小说来。我又花了三年时间,做了无数努力去改变那种混乱无序的局面。"[2] 这种"改变混乱无序的局面"的行为不就是一种"杀死上帝"以化身成无所不在的统治者的弑神行为吗?他在构建一个新的世界时,用的是各种画面及与现实情形相似的东西,不仅要加上回忆,还要加上数不胜数的想象元素。这些因素跳入那片自给自足的虚构世界中,也就是那部小说中。

---

[1] Vargas Llosa, Mario, Historia secreta de una novela, op.cit., pp.52-53.
[2] Ibid.

"事情不是我们看到的样子,而是我们记得的样子,"多年之后,巴尔加斯·略萨如此借用了巴列-因克兰的名言,"对于几乎所有的作家来说,记忆都是虚构故事的出发点,是帮助想象力腾空而起,飞向不可预知的虚构世界的跳板。在虚构文学中,记忆和创造是交织在一起的,有时候连作家本人也分不清楚,虽说可能他的意图刚好相反,不过他也清楚想要通过文学寻回逝去的时光只能是一种幻象,因为在虚构世界里,记忆总会消解为梦幻,梦幻也总会化身成记忆。"[1]这些多年之后被巴尔加斯·略萨写下的反思实际上早在创作《绿房子》时就有所体现了。此外,巴尔加斯·略萨还提前贯彻了他的"全景小说"理论,他将在数年后的《加西亚·马尔克斯:弑神者的历史》(1971)一书中提出这一著名的理论。《绿房子》的最深入剖析者之一卡洛斯·富恩特斯,也提到了"全景化的热情"这样的概念。在确认了巴尔加斯·略萨的这部小说"回归到了拉丁美洲最传统的主题之一:被自然围困的人"之后,富恩特斯充满激情地给予了《绿房子》高度的赞誉。"我自然要指出,"他写道,"这种回归只是一种全景化热情的组成部分,他想利用这种热情去丈量、压制、抵御拉丁美洲长久以来的非人性传统,他的武器就是能全方位体现这种传统的语言:《绿房子》可以作为一种极佳的范例来证明小说是无法脱离语言存在的。同时,正是由于语言的作用,它保留住了在我们的意识和语言中扎下根来的那个非人性的世界。"[2]巴尔加斯·略萨用精确的语言讲述了那个故事,《绿房子》的全景式故事正是通过作者精心设计的语言被表现出来

---

1 Vargas Llosa, Mario, *La verdad de las mentiras*, Seix Barral, Barcelona, 1990.
2 Fuentes, Carlos, "La nueva novela hispanoamericana", *Cuadernos de Joaquín Mortiz*, México, 1969, pp.37-44.

的。冒险、神话、传说、"让人焦虑的恐怖",这些因素早在骑士小说里就已经存在了,尤其在冒险小说中体现得更为明显。举个例子,康拉德和梅尔维尔的影响在《绿房子》中体现得就较为明显。富恩特斯说:"《绿房子》讲述的是一个从修道院(圣玛利亚的修道院)向妓院(皮乌拉郊外荒漠地区的那栋神秘的绿房子)朝圣的故事。*在路上*(我着重强调这几个字,因为《绿房子》体现了作者对骑士小说的热情,骑士小说的主人公们总是'在路上',去奔波,去冒险,去朝圣)发生了许多属于不同时空的故事,小说里的这些行动上的冒险和语言层面的冒险是很相似的。"[1]

通过阅读《绿房子》,众多评论家开始寻觅对这部作品产生影响的作家和作品。实际上,《绿房子》受到的影响很多,从马里奥·贝内德蒂观察到的(米歇尔·布托的影响),到其他专家学者"隐约辨识出"的,他们在《绿房子》里看到了*新小说派*的痕迹。也有些观点是许多专家和读者达成一致的:《绿房子》有明显的"返祖现象",受到了巴尔加斯·略萨对骑士小说的喜爱的影响。"我们可以自问一下,"弗兰克·道斯特(Frank Dauster)这样写道,"巴尔加斯·略萨表示自己试图囊括入《绿房子》的四种层次——客观性、主观性、神话性和本能性——是不是对他在骑士小说中看到的四种层次的有意影射呢?就像罗德里格斯·莫内加尔指出的那样,巴尔加斯·略萨两本书的结构都直接遵循骑士小说的线性结构发展[2]。从更宽泛的意义来看,尽管一部是城市小说,另一部可以

---

1 Fuentes, Carlos, "La nueva novela hispanoamericana", *Cuadernos de Joaquín Mortiz*, México, 1969, pp.37-44.
2 Rodríguez Monegal, Emir, "Madurez de Vargas Llosa", *Mundo Nuevo*, no.3, 1966.9, p.71.

算得上乡村小说，可它们的野心不正像骑士小说一样吗？换句话说，作者在努力地捕捉完整的现实，并将之重构。"**1**

马里奥·贝内德蒂曾诚恳地提及巴尔加斯·略萨身上"丰富的逸事"。"在那些干净纯粹的活动中，举个例子，"贝内德蒂说道，"包括他同古巴革命的联系，在尤利·丹尼尔和安德烈·西尼亚夫斯基事件中表现出的恰当态度，再或者是他在加拉加斯接受罗慕洛·加列戈斯国际文学奖时所做的那次精彩演讲。尽管取得了卓越的成绩，也获得了诸多奖项，赢得了广泛的声誉，巴尔加斯·略萨始终抗拒——无论是在作品中还是在生活中——那些选择流亡欧洲的拉美作家常有的贪婪而轻浮的态度……"**2** 与此同时，莉莉安·卡斯塔涅达（Lillian Castañeda）极力夸赞巴尔加斯·略萨，她提到了《绿房子》里的*作者-上帝*因素（无所不在、知晓一切的叙事者），并且痴迷于（从文学批评的角度）"作者对时间和空间的把控"。"世界性"是作者想要加入小说《绿房子》中的因素，这不仅是作为作家的巴尔加斯·略萨对全景小说的追求，也是由客观世界的复杂性决定的。从对那片充满不公的土地的历史性描写，到时间几乎停滞于其中的那些"绿色的事物"，在何塞·路易斯·马丁看来，它们才是那本小说真正的主人公，"绿色的事物就像附魔的事物一样，能够诱惑受害者，腐化他们，吞噬他们。在书中的各种象征物中，丛林是绿色的，魔鬼般的叶绿素诱惑它，腐化它，把它染成了绿色。最开始的丛林十分纯粹，还算得上是片处女地——

---

1 Dauster, Frank, "Vargas Llosa y el fin de la hidalguía", *Homenaje a Mario Vargas Llosa*, Giacoman y Oviedo, eds., Anaya, 1971, p.199.（发表于 *Book Abroad*, 1967。）
2 Benedetti, Mario, "Vargas Llosa y su fértil escándalo", *Letras del continente mestizo*, s.d., *Homenaje a Mario Vargas Llosa*, op.cit., pp.247-262.

也就是鲍妮法西娅还是个小女孩的时候，可后来成了毁坏腐烂的丛林了，一片*雨林*……"[1]

贝内德蒂提到的"丰富的逸事"在《绿房子》中不仅体现在结构形式上——它的结构十分复杂，作者选择使用这样的结构是为了展现出全景化的现实，更体现在内容上。就像奥维多指出的那样，这部小说拥有五条基础故事线。不过有一些评论家认为应该以另一种方式去解读《绿房子》，例如莉莉安·卡斯塔涅达就表示："这本小说并非拥有五条故事线（或者五种现实），而是只有一种现实，只不过是从不同层次展开描写的，这样做的目的是为那种现实提供更加全景化的视角。"[2] 她还引用了巴尔加斯·略萨本人对路易斯·哈斯说的话："我正在……创作全景小说，我希望在小说里囊括现实的所有层次，所有展现方式。"[3] 尽管所有针对《绿房子》的评论都希望剖析它宏大的故事内容，但时至今日，我们应该承认那位年轻的小说家为追求全景小说而做的努力源自作家本人对某些"文学亲属"的着迷，巴尔加斯·略萨也承认这一点，那些"文学亲属"就是骑士小说。毫无疑问，《绿房子》还是一部冒险小说，实际上骑士小说也是冒险小说。研究者们提到的不同的结构层次其实只是专家们的阅读侧重点，对读者来说这些评论可能意义不大。哪怕阅读《绿房子》让他们觉得有些困难，他们也能够看到评论家们看到的东西：五条故事线组成了全书的四个部分以及尾声部分。读者可以选择喜欢那五条故事线中的任意一条，这些故事线在

---

[1] Martín, José Luis, *La narrativa de Vargas Llosa*, Gredos, Madrid, 1974, p.125.
[2] Castañeda, Lillian, "Técnica y estructura en *La casa verde* de Mario Vargas Llosa", *Homenaje a Mario Vargas Llosa,* op.cit., pp.314-322.
[3] Harss, Luis, op.cit., pp.420-462.

小说里被分散到了四个部分中,每个部分又分成了许多章节,每个章节又会分成不同部分,分出不同线索和*故事*。那些有名有姓的主人公在由纠缠巴尔加斯·略萨的魔鬼或幽灵组成的或明显或隐秘的舞台上跳跃、奔跑、苦熬、生活。然后就该提到第三种因素了,或者说第三种理论:连通器法,或中国式套盒法。它也起源自骑士小说、全景小说、*连通器法*,它们正是《绿房子》的虚构世界里唯一的上帝——小说家,无所不知的全知作者——所依靠的三个支柱。

"我在《绿房子》里保留了两幅不同的画面,"巴尔加斯·略萨写道,"第一幅画面,沙丘上的那座迷人的宫殿,我当年只能远眺它,脑子里想象的比眼睛看到的多,那时我只是个九岁的小男孩。那个带有强烈暗示意味的建筑刺激着我们的想象力和最初的欲望,许多谜一样的传言和大人们的恶意评论又使它有种特殊的光环。"小说的创作源泉就在于此,甚至连书名也是从这里来的。他还补充说道:"第二幅画面,一家我们当年经常去的下层妓院。那已经是远眺绿房子七年之后的事情了。每个周六,有了点闲钱,我们这些圣米格尔中学五年级的学生就会到那里去。这两幅画面变成了小说里的两座绿房子,两座被时间和空间隔绝开的绿房子,而且它们也是在不同的现实层面中出现的。第一座是有些神话色彩的绿房子,那是家许久之前建立的、传奇般的妓院,它那血腥的历史是相对真实而客观的;而它的另一副面孔则把它从神话色彩中剥离出来,更接地气了:它是家廉价妓院,曼加切利亚地区的男人们可以去那里买醉、闲聊、'买到'爱意。"[1] 还有其他几条故事线,它们穿梭于不同的现实层次、虚构层次之中,不过它们都是记忆随着

---

[1] Vargas Llosa, Mario, *Historia secreta de una novela,* op.cit., pp.53-54.

时间的流逝经过变形化身成的文学魔鬼。[1]

　　除此之外,《绿房子》里还有些东西,"提前"揭示出了那种现在已经为人所知的状况。我指的是作家对种种写作要素的痴迷。巴尔加斯·略萨的每次表态都提到这一点,他痴迷于把那些服务于*作者-上帝*的故事材料进行*有序搬运*的方法,它们会帮助作者创造出一个自主的世界,也就是*另一种现实*。"写作是一种弑神行为,是一种自卫和自救的方式,它帮助我重新融入我认为自己已被排除在外的那个社会或那片熟悉的天地。"[2] 巴尔加斯·略萨对路易斯·哈斯这样说道。

　　此外,与《城市与狗》相比,《绿房子》在巴尔加斯·略萨的创作生涯中算得上一次质的飞跃,尽管并非所有评论家都认同这一点。在我看来,《城市与狗》*消除*了巴尔加斯·略萨对于自己能否成为小说家的疑惑;《绿房子》则坚定了他对于小说的理解和信念,把他变成了一个理论家,变成了一个对自己的理念深信不疑的大师。神话、冒险和现实在同一个世界中并存,那是文学的世界,自主的世界,一个由无所不知的小说家以全知式的话语创造出的世界,小说家就像上帝一样,在场于他的创造物中。

　　受到这种对《绿房子》的阅读感受的鼓舞,委内瑞拉罗慕洛·加列戈斯国际文学奖评奖委员会的成员决定将该奖项授予这部小说。于是《绿房子》赢得了二十世纪六十年代西班牙语文学界最重量级,也最难以获得的文学奖(该奖项在文学和政治领域都最被人看重)。《绿房子》战胜的是另一部伟大的小说,西班牙语美洲

1　总之,《一部小说的秘史》是关于《绿房子》的最清晰的评述作品。我建议希望对那部小说及作者的写作意图进行全面了解的读者去读读这本书。

2　Harss, Luis, op.cit.

另一位伟大的小说家胡安·卡洛斯·奥内蒂的《短暂的生命》[1]。与此同时，巴尔加斯·略萨还第二次——在西班牙，完成这一成就难度也很大——获得了批评奖（当时该奖项的评奖委员会成员和参选作品都很权威，因此该奖彼时也极负盛名），该奖奖励的是1966年在西班牙出版的以西班牙语创作的最佳小说。此外，正如奥维多所言，还有"一个惊喜"：秘鲁国家小说奖。奇怪的是，他的祖国——"千面之国"秘鲁——将抽搐不停、表情复杂的面庞转向了这个游子。

且不论评论界是何看法，巴尔加斯·略萨已经在《一部小说的秘史》中把《绿房子》书名的由来解释得清清楚楚了，尽管他也的确曾经给过埃米尔·罗德里格斯·莫内加尔其他的说法："我还记得我第一次读福楼拜的《情感教育》时的情况，我读到最后一章，书里的那两个朋友互相问对方这辈子最好的回忆是什么，两人提到了鲁昂或者我不记得是哪座城市里的一个地方，土耳其之家，那是一家几个侧门都被涂成绿色的妓院。"[2] 巴尔加斯·略萨还说过："要是我只能带一本小说到一座荒岛去，我会带《情感教育》。"[3] 然后，他又立刻提到了"*土耳其之家，一家几个侧门都被涂成绿色的妓院，许多人一到晚上就会焦急地在附近窥探*"。作为巴尔加斯·略萨最推崇的作家之一，福楼拜笔下的"土耳其之家"实际上是"*所有青年人的隐秘迷恋之所*"。对巴尔加斯·略萨来说，那句话具有决定性意义，尤其是考虑到他的写作生涯和自己的人生经历

---

1 疑误，应为胡安·卡洛斯·奥内蒂的小说《收尸人》。——译注
2 Rodríguez Monegal, Emir, "Madurez de Vargas Llosa", op.cit., p.67.（也被José Miguel Oviedo 引用，op.cit。）
3 Vargas Llosa, Mario. *Historia secreta de una novela,* op.cit., p.59.

之间具有紧密的联系。不过何塞·米格尔·奥维多却认为，把福楼拜的话视作同巴尔加斯·略萨的记忆同样重要的东西，进而认定它们赋予了那部小说书名，这样的看法是不准确的。"实际上，记忆背叛了那位福楼拜的读者，"奥维多写道，"因为巴尔加斯·略萨说他记得的那个片段出现在《情感教育》的倒数第二页，可我们在那里没有找到任何侧门都被涂成绿色的妓院；土耳其之家里*有一缸金鱼，旁边的窗台上放着盆芦荟*。"[1]

那位秘鲁小说家在创作那部小说时还进行了细致入微的准备工作：他精心学习了有关小说背景，即秘鲁丛林地区的动物、植物和自然的知识，深入了解了那个丛林世界。其成果就是赋予了小说极强的现实感，甚至让小说有了自然主义的色彩。自然主义是流行于十九世纪法国的文学流派，如今提到它时我们不得不提及巴尔扎克，这位作家也是巴尔加斯·略萨喜爱的作家之一。为创作《绿房子》而学习的知识、付出的努力帮助作家把注意力集中到了让他的文学魔鬼及执念活动的舞台上来，再次体现了巴尔加斯·略萨的纪律性、严肃性和对文学创作的严格标准的坚持。这自然也不是巴尔加斯·略萨最后一次展现这些特点。多年之后，在《世界末日之战》中，我们会再次看到上述因素。"最后一个现实主义作家"——卡洛斯·巴拉尔这样称呼巴尔加斯·略萨——在每次进行文学创作时都竭尽所能。

有一次，我在卡洛斯·巴拉尔位于巴塞罗那的家中看到安东尼·塔皮埃斯（Antoni Tàpies）为《绿房子》绘制的封面。出版《绿房子》是巴拉尔的编辑生涯达到顶峰时期的美好回忆之一。巴拉尔

---

[1] Oviedo, José Miguel, op.cit., p.149.

曾不止一次地跟我提到出版社的审稿人在阅读《绿房子》的手稿时的不适。在面对巴尔加斯·略萨的写作风格时，赛伊克斯·巴拉尔出版社的专业审稿人依然感到惊讶。如果说《城市与狗》的语言曾在读者中引发过不小的争议的话，那么风格复杂或繁杂（不同专家对那部当时还没出版的小说的评价用词也不一样）、语言奇特的《绿房子》则再次引发了部分专业审稿人的抗拒情绪。在收到《绿房子》的清样后，巴尔加斯·略萨发现有人试图"改善"他的写作风格，因为他的语言与传统的西班牙语差异很大，也与六十年代西班牙和西班牙语美洲小说家们习惯使用的语言风格差异很大。举个例子，在写对话时，巴尔加斯·略萨习惯使用"说道"这样的表述，但是"专业的"审稿人觉得有必要用各种各样"说"字的同义词去替换那种表达。这样的做法引发的后果十分具有戏剧性：卡洛斯·巴拉尔下令不允许更改《绿房子》手稿中的任何内容，一个逗号、一个专有名词、一句话都不能改，哪怕看上去有错误也不行。不过根据巴拉尔的说法，由于印制了两种不同的版本，出版社在印刷上花了两倍的钱。

我曾经提到过，整本书中最让我难忘——这是针对《绿房子》的各种文学评论中最常使用的辞藻之一，我在这里也继续使用它——的部分是关于日本人伏屋的故事。他在现实生活中叫土屋。实际上在小说里也出现了这两种版本的名字，一字之差，体现的是作者对那个日本人真名的犹疑以及在真实现实和虚构现实、自主现实和文学现实之间的摇摆。我觉得伏屋这个角色最能体现出人性特征，在他身上，善与恶的边界和隔开两者的一切樊篱都消失了。在康拉德的名作，同时也是冒险小说代表作的《黑暗的心》中有个叫库尔兹的人物，他不断绝望地追寻自我。从某种程度上看，伏屋和库尔兹不是很像吗？传说、神话、冒险、回忆，这些就是组成伏屋的要素，凭借权力和自我塑造而成的荣耀，他成了*半神*一样的人物，他对抗一切，甚至对抗人类的法则，以此求得在生命丛林中以地下的、传奇般的方式存活下来。虽说他的行为和价值观倾向于*非道德*，但他冒险时的疯狂程度可以和堂吉诃德相比，他的意志力可以和《老人与海》中无法被击垮的主人公相比，同样的求生欲——还有求"权"欲——牵引着他把人生化作冒险。在最终回归现实后，伏屋的跟前只剩他自己了，病痛折磨着他的肉体，冲击着他隐秘的人生和可怖的性格：他得了麻风病。巴尔加斯·略萨从来没有指明伏屋的疾病，不过对于病痛的描写却渗透进了老年伏屋给他的朋友阿基里诺讲述自己残酷一生的种种经历时说的每一句话中。此时的伏屋不正是从疯病中清醒过来的阿隆索·吉哈诺[1]吗？此时的伏屋成了凡人，他想从自身逃离，逃离那肮脏而残酷的命运。神话人物般的伏屋与骑士小说中的人物有异曲同工之妙，能创作出这样人物的作家一定想象力丰富。伏屋代表着人类超越自我、超越命运的执念和冒险精神，因此这是个动人的人物。尤其是在他时日不多的时候，他有了"精神宣泄"的作用，推动读者们随着小说家的笔触，在《绿房子》错综复杂的故事线中穿梭。

此时，我又重新看看赛伊克斯·巴拉尔出版社版本的《绿房子》的勒口上巴尔加斯·略萨的"老"照片。它让我想起了自己看到六十年代版本的《城市与狗》上作家照片时的感觉，我当时觉得他的眼神异常严肃。毫无疑问，那应该是同一张照片。照片里的巴尔加斯·略萨留着小胡子，打了发蜡，黑色眼瞳里的眼神无比深邃。

---

[1] 阿隆索·吉哈诺是堂吉诃德的本名。——译注

这副形象与年轻的巴尔加斯·略萨严肃的个性相符，在他开始成为职业小说家的时期，许多朋友和认识他的人都知道他的这种个性。1966年被放入在巴塞罗那出版的《绿房子》中的那张照片，巴尔加斯·略萨的形象已经有所不同了。那个时期，在伦敦，巴尔加斯·略萨慢慢变成了"另一个人"，不过他并没有背叛自己。《绿房子》就是个很好的例子。在伦敦，他可以像个普通人一样生活，这让他感到愉悦。在《绿房子》取得成功后，面对镜头，巴尔加斯·略萨终于露出了笑容，他终于不再是之前几本书的勒口照片上的那副透着隐秘忧伤的样子了。除了生活之外，像火焰一样照亮他的还有文学，他在慢慢变成自己想成为的那种人：顶风破浪，对抗着提尔人、特洛伊人、现代人。

20

维克多·雨果在"恐怖之城"利马:《酒吧长谈》(1969)

我是在1970年圣周期间用三天时间第一次读完《酒吧长谈》的。当时我惊呆了。我读过《城市与狗》,再后来也见识过《绿房子》的五条故事线结构。我曾经问自己:巴尔加斯·略萨能做到不断超越自己吗?巴尔加斯·略萨能达到何种境界呢?我始终认为他那乌托邦式的"全景小说"理念只是梦想中的目标,是月球的背面,是吊在驴子眼前的胡萝卜。上帝式的全知小说的思想明显体现在了他的前两部长篇小说和1968年出版的《崽儿们》里面。实际上,《崽儿们》这部小说本身也是一场让人惊叹的"文学实验",采用了多重视角进行描写,不过也让读者觉得巴尔加斯·略萨至少暂时放弃了创作"全景小说"的想法。[1] 可《酒吧长谈》立刻就出现了,读者们的那种印象被瞬间打破了。

何塞·埃米利奥·帕切科(José Emilio Pacheco)曾经写过一篇文章《传染性罪责》("El contagio de la culpa")。在截至当时(1968)

---

[1] 上帝式的全知小说指传统的、无所不知的叙事视角,一般是第三人称视角。全景小说指在一部小说中尽可能完整地展现人类生活的方方面面。这两个概念并不一致。——译注

为止出版的收录关于巴尔加斯·略萨的文学评论文章的集子中,基本都收录有帕切科的这篇文章,《包围巴尔加斯·略萨》(*Asedios a Vargas Llosa*)[1]也不例外。那位墨西哥诗人、评论家[2]在读过《酒吧长谈》后又在1970年写了篇后记。"我认为《酒吧长谈》是巴尔加斯·略萨的大师级作品,"何塞·埃米利奥·帕切科写道,"也是我们这些国家里写出来的最棒的政治小说。巴尔加斯·略萨是少有的几个还对文学抱有信心的作家……随着新媒体的出现,文学在逐渐丧失它的特殊地位,可巴尔加斯·略萨依然坚信小说的力量,他耕耘一方土地,在那片土地上,没有任何东西能同文学相比较。"在谈完帕切科所写的对《酒吧长谈》热情洋溢的评论文章后,不妨再看看我当年第一次读完那部小说后写下的一小段话,这段话是我情感的浓缩:"尽管这部小说很复杂,而且在有的片段里有过度使用写作技巧之嫌,但《酒吧长谈》从没使人有困惑的感觉,而且,借用英语的说法,还会让读者患上'阅读强迫症'。"

阅读强迫症,这正是《酒吧长谈》的魔力所在,每个伶俐的读者在阅读完全书后一定会承认自己得过这种"病症"。所谓"阅读强迫症",就是指迫不及待地想回到书本上,把书看完的状态。有些小说会给我们这种感觉,当然都是些不容置疑的经典小说。可现代小说里大概只有一本能达到这种境界,这就是《百年孤独》。阅读《酒吧长谈》时,"阅读强迫症"又回来了。

在创作那部小说时,巴尔加斯·略萨提到了一个他一直想写的故事:关于一个保安、好斗者的故事。因为生活经历的缘故,他

---

[1] VV.AA., *Asedios a Vargas Llosa, Letras de América*, Editorial Universitaria, Santiago de Chile, 1972.
[2] 指何塞·埃米利奥·帕切科。——译注

得以接触到奥德利亚将军独裁统治时期的一些重要人物的私人生活，还有社会生活。这个故事基于历史，结合了作家本人的记忆和想象。巴尔加斯·略萨用了整整三年半（从 1966 年年中到 1969 年年底）的时间才最终"制服"所有材料，《酒吧长谈》的初稿厚达一千五百页。靠着纪律性和记忆，作者慢慢找到了属于这部小说的"秩序"。有一段记忆被添加进了小说：到打狗队去救自家的狗，那是这位小说家刚结婚后不久发生的事情。"最遥远的灵感来源应该是观花埠区的一家小酒吧，酒吧名字叫'庭院'，夜幕降临，住在周围旅店里的好事之徒们就会聚集到那里，"巴尔加斯·略萨这样说道，"我去过那里几次，我很喜欢听那些用'两只蹄子'走路、打领带、肌肉发达的'野兽'聊天。有些人会被短期聘作保镖，他们就会讲些政坛暴行或是驱散示威游行活动的经历。几个月或者几年之后，有一次我去打狗队救我的狗，它在街头被当作流浪狗抓走了。我在打狗队看到他们处死动物的过程：两个人把动物装进布袋里，然后乱棍打死。从那时起我就一直想写一个以打手为主人公的故事，他有过当保镖的光辉岁月，最后完蛋了，整天疑神疑鬼，靠拿着棍子打狗来赚一丁点钱。"[1]

《酒吧长谈》里当过保镖的人物是安布罗修，他也是巴尔加斯·略萨选定的在全书中引领最主要叙事线索的关键人物。那条叙事线以多重对话展开，涉及众多主要人物。安布罗修同"小萨"圣地亚哥·萨瓦拉聊他给后者的爸爸堂费尔民·萨瓦拉当司机时的往事。他还当过"狗屎"卡约·贝尔穆德斯的司机兼保镖。后者 1948

---

[1] Calderón, Alfonso, "El hombre y sus demonios", entrevista con Mario Vargas Llosa, *Ercilla*, No. 14-20, 1969.5, pp.52-53. (Oviedo, José Miguel, op.cit., pp.209-210.)

年至 1956 年间——也被称作"奥德利亚八年"——是秘鲁共和国曼努埃尔·奥德利亚独裁政府的安全部门负责人。那场对话为主人公们对那段难忘岁月的记忆卸掉了枷锁,实际上作者本人也对奥德利亚将军独裁统治时期的经历记忆犹新;此外,他还把那些年里为了追求"全景小说"而习得的虚构因素添加到了小说里。大部分评论家认为《酒吧长谈》是一部政治小说(帕切科本人在读完该书后就曾热情洋溢地做出过类似评价),说它涉及的是挫败与平庸的主题,以及那个时期权力营造出的肮脏氛围。也有人说——而且这种说法很有道理——这是一部展现腐败的小说。对《酒吧长谈》是政治小说这种说法,有必要做出一些修正。这是一部关于政治的小说,而不是一部政治小说,至少不是现今人们理解的那种政治小说:那种为了某种政治思想服务的故事,对于那种小说来说,叙事层面的东西始终处于次要位置——所以那种小说往往都是失败的作品,最重要的东西是渗透于书页间的政治目的。除此之外,《酒吧长谈》还是一部关于个体和集体的小说。个体,是指小说中的人物;集体,是指故事来源的那个国家:秘鲁。

巴尔加斯·略萨在《酒吧长谈》里回溯的是哪个历史时期呢?是二十世纪五十年代。那时,巴尔加斯·略萨进入了圣马科斯大学学习,还要"同时做多份工作",最多的时候达到七份。"好吧,那七份工作是……我刚才提到过其中一个,"巴尔加斯·略萨对里卡多·卡诺·加维里亚说道,"给一位历史学家当助理,我负责整理秘鲁的神话和征服时期的逸事。我还在泛美电台打工,头衔是信息部负责人和服务部主管。但其实服务部里只有我一个人,所以我还是唯一的撰稿人。我得准备写稿子,从早上 8 点干到晚上 10 点。但实际上我做的工作就是在报纸上找新闻。我把它们裁剪下来，贴到纸上，送到播音室去。换句话说，我的工作就是走进电台，再走出来。此外，我还在国家俱乐部图书馆兼职，那个地方是秘鲁寡头政治的代表。我在图书馆里有个小位子……那是家*独特的*图书馆：藏有丰富的色情小说和侦探小说。此外，还存有大量的色情杂志。阿波利奈尔出版的'爱情大师'系列丛书，里面收录有彼得罗·阿雷蒂诺（El Arctino）、萨德（Sade）侯爵、雷提夫（Restif de la Breetonne）、克莱兰（Cleland）等人的作品。另外，我还给《商业报》和《秘鲁文化》杂志写文章。第七份工作是最奇特的，是大学里的一位教授推荐给我的。办公地点是利马的一座公墓，神甫公墓，那里面有些墓是殖民时期留下的，很多都残缺不全了，没有任何记录，没人知道墓主人是谁。我的工作就是在闲暇时间拿着笔记本去辨识石块上刻着的模模糊糊的死者姓名，还有下葬的日期。他们按件算钱，辨识出几个死者，给几个索尔……"卡诺·加维里亚对巴尔加斯·略萨说："按件算钱……就像《酒吧长谈》里的安布罗修打狗一样。"巴尔加斯·略萨回答说："那是个恐怖的时代。我筋疲力尽地回到家里，干完所有工作，还要完成学业。当时我就要读完大学三年级的课程了，第四年和第五年就是这样过来的。我几乎没时间读书；我就在公交车上读，在出租车上读，在摆渡车上读。晚上 10 点回到家，我还想试着读读书，但是已经无法集中注意力了。我只有周日有时间写点东西……我现在经常问自己当时是怎么安排时间，做完所有那些事情。我做一切都很糟，都是糊弄着过来的。"[1]

很多评论家希望——并非全无道理——在"小萨"圣地亚

---

[1] Cano Gaviria, Ricardo, op.cit., pp.107-108.

哥·萨瓦拉身上看到青年巴尔加斯·略萨的影子,就像之前他们对待《城市与狗》中的"诗人"阿尔贝托·费尔南德斯那样。"秘鲁是什么时候倒霉的……他就像秘鲁一样,小萨,也是在某个时刻倒霉的。他心想:什么时候呢?"巴尔加斯·略萨在《酒吧长谈》的第一页里这样写道,这实际上已经提前揭示出了贯穿全书的主题:这是个关于集体平庸、个体失败的故事,发生在那个时期的秘鲁的各种各样的事情把所有人都拖向了深渊。小萨自问秘鲁是什么时候倒霉的之后,紧接着他就给出了答案:"秘鲁倒霉了,他心想,卡利托斯倒霉了,所有人都倒霉了。他想道:没有办法。"的确如此,小萨这个人物很像青年巴尔加斯·略萨,后者也曾绝望地寻觅成为后来的巴尔加斯·略萨的方法。小萨是个失败的记者,和《酒吧长谈》里另一个次要角色卡利托斯一样。小萨和卡利托斯都有过梦想,却无法实现自己的梦想,就和那个可怜的擦鞋匠一样。他们的命运是和秘鲁联系在一起的,奥德利亚将军治下的秘鲁倒霉了,他们也倒霉了。路易斯·A.迪耶斯(Luis A. Díez)在《〈酒吧长谈〉:腐败与平庸之书》一文中引用了小萨和卡利托斯之间的两场关键对话,以此反映两位角色所经历的挫败感十足的现实生活。想成为巴尔扎克,却同时打七份工的青年巴尔加斯·略萨也有过类似的体验。

第一段对话:"咱们就是在这儿第一次进行那种自虐式对话的,小萨,"他说道,"就是在这儿,咱们承认司机是失败的诗人,失败的共产主义者。现在咱们只不过是两个记者。咱们就是在这儿交上朋友的,小萨。"

第二段对话:"你永远都不会入党,在圣马科斯大学读完书你就会忘了革命的事,你会成为国际石油组织的律师、国家俱乐部的会员。"

"放轻松,预言没有实现,"卡利托斯说道,"你不是律师,不是无产阶级,也不是资产阶级,小萨。你和我一样,都是坨可怜的狗屎。"

路易斯·A.迪耶斯补充说:"圣地亚哥故事的关键就在于,他是有意识、自愿过着平庸生活的。"[1]小说中另外一些与巴尔加斯·略萨本人经历有紧密联系的地方也逃不出评论家和读者的眼睛。例如,小萨和堂费尔民之间贯穿全书的、充满戏剧性的紧张父子关系,后者绰号"金球",其实是个隐藏很深的同性恋,这个秘密最后由他的司机安布罗修·帕尔多在同小萨的对话中揭露了出来。巴尔加斯·略萨同他的父亲埃内斯托·巴尔加斯的关系一直不好。也许他利用小萨来进行复仇。按照巴尔加斯·略萨的话来说,这是文学的"补充因素",是"那种新的现实、第二层面的现实的支点,那种现实有自己的法则、秩序和节奏;换句话说,它是自给自足的,与作为原型的那种现实是不相同的"[2]。因此,巴尔加斯·略萨补充说,如果缺失了"补充因素"的话,那么"整本书就完了"。也就是说,尽管作家的某些经历、"魔鬼"和记忆经由人物体现在了小说里,但用《酒吧长谈》来准确临摹它以之为基础的现实("奥德利亚八年")是不可能的。

《酒吧长谈》里最有趣的人物之一无疑就是"狗屎"卡约·贝尔穆德斯,奥德利亚独裁政府安全部门负责人。这个人物也源自

---

[1] Díez, Luis A., "*Conversación en la catedral*: saga de corrupción y mediocridad", *Asedios a Vargas Llosa*, op.cit., pp.169-192.
[2] Cano Gaviria, Ricardo, op.cit., pp.51-52.

青年巴尔加斯·略萨的记忆。在圣马科斯大学，他加入了共产党组织，对马克思主义抱有热情。他加入的党组织以现实生活中的真实名称出现在了小说里，即卡魏德。卡约·贝尔穆德斯源自另一个真实人物，许多评论家已经指出了这一点，那人就是奥德利亚将军政府里的亚历杭德罗·埃斯帕尔萨·萨尼亚杜。在《酒吧长谈》出版多年之后，里卡多·A.塞蒂会让巴尔加斯·略萨再次回忆起卡约·贝尔穆德斯这个人物进入小说家的生活中的时刻，当时青年巴尔加斯·略萨"来到了曼努埃尔·奥德利亚独裁政府安全部门负责人眼前"。"没错，"巴尔加斯·略萨向塞蒂确认了这一点，"堂亚历杭德罗·埃斯帕尔萨·萨尼亚杜，他现在已经离世了。"当时正在圣马科斯大学读书的巴尔加斯·略萨和几个朋友——自然都是卡魏德组织的成员——一起给被关押的学生送毯子。由于监狱方面不允许进入，他们只得去求见那位安全部门负责人，受到了接见。"他是政府里最让人痛恨的家伙，是权力的中心，因为他建立了一套检举告密的体系，帮助独裁政权维持了八年。"巴尔加斯·略萨说道。在同一篇访谈里，巴尔加斯·略萨又补充说，萨尼亚杜"是个很不起眼的人，连话都说不利索，给人的感觉是：他是个非常平庸的人。可他却掌握着如此之大的权力！……那部小说想要展现独裁政权的运行机制，不过尤其想要展现那些和政治生活距离甚远的方面，换句话说，想要展现独裁政权是如何腐化大学生活、文化生活、职业活动和爱情关系的；展现独裁统治下的腐败氛围是如何让整个社会都堕落下去的"。巴尔加斯·略萨坚称埃斯帕尔萨·萨尼亚杜，"就像博尔赫斯说的那样，他遇见了自己的命运"，他的双重命运：真实的命运，政治的命运——从某种程度上看有点像《悲惨世界》里的沙威，可能还得加上"狗屎"卡约·贝尔穆德斯在《酒吧长谈》中的命运。"他,埃斯帕尔萨·萨尼亚杜,"巴尔加斯·略萨说道,"读了我的书,他觉得很有意思,因为书刚一出版,利马人就认出了他就是书中那个人物的原型。一个记者跑去采访他,他当时住在利马市郊的乔西卡,已经全身心投入种鳄梨、搞慈善的事情上去了。他曾经捐出一块地用于修建孤儿院(笑)。他当时给了句有趣的评论。他说:巴尔加斯·略萨为什么不早点儿来找我呢?我肯定能告诉他许多比他在小说里写的更有意思的事情(大笑)。"[1]

卡约·贝尔穆德斯是钦恰地区一个有头有脸的人物的儿子,不过他的言行一向被人诟病。在钦恰地区,小孩和青年都知道他,安布罗修·帕尔多也知道,后来安布罗修再遇见他的时候,他已经在独裁政府里掌权了。安布罗修给费尔民·萨瓦拉——"瘦子",也就是"小萨"的父亲——和卡约·贝尔穆德斯都当过司机。在小说里,黑人(巴尔加斯·略萨故意用了"sambo"这个词,以避免在阿根廷和西班牙会有人把"黑人男性和印第安女性的儿子"的含义理解成"瘸腿的人")安布罗修对两位主人都很忠诚,不过他对圣地亚哥·萨瓦拉也算真诚。小说里几乎所有女性角色的生活都相互有交集,在巴尔加斯·略萨的故事里,她们都生活在阴影中,几乎都是为那部"全景小说"的四个主要角色服务的:卡约·贝尔穆德斯代表权力;费尔民·萨瓦拉代表社会阶级,他服务于权力,却又被权力羞辱;安布罗修·帕尔多,始终是个受害者,是《酒吧长谈》所刻画的秘鲁国内局势造就的受害者;圣地亚哥·萨瓦拉则是个挫败而矛盾的人物,他下流、轻率、不成熟,总有些不切实际的幻想,最后一点点被独裁统治的洪流裹挟,背弃了自己的理想。我

---

[1] Setti, Ricardo A., *Diálogo con Vargas Llosa*, Intermundos, Madrid, 1989, pp.70-71.

坚持认为，如果巴尔加斯·略萨没有始终坚守理想——不断反抗当时的社会、文化和政治环境——的话，他可能也会被奥德利亚将军独裁统治时期的社会氛围拉扯，最终成为《酒吧长谈》里的小萨。

卡约·贝尔穆德斯还是个有病态怪癖的色情狂。如果说在《城市与狗》——至少某些桥段是这样——和《绿房子》里，"重口味"的设计已经被巴尔加斯·略萨频繁使用的话，在《酒吧长谈》里，污秽的描写已经成为家常便饭，因为那种赤裸裸的描写是刻画卡约·贝尔穆德斯人物形象和权力本质的必需品。还是在《酒吧长谈》里，卡约·贝尔穆德斯在外貌上也和他在现实生活中的原型保持一致：是个很不起眼的人，正如巴尔加斯·略萨对塞蒂说的那样，"连话都说不利索，给人的感觉是：他是个非常平庸的人。打电话总是说一两个字，不是'是'就是'不'，要不就是'明天''好吧'。太太跟他开玩笑，他就咧咧嘴，这就是他的笑容"[1]。"狗屎"卡约有另一种人格，这种人格只会在权力之下的阴影面中表现出来。他是个色情狂，有色情癖，他来到利马之后做的第一件事就是去买了本《神秘的莱斯博斯岛》[2]。他最后偷窥成瘾，总是流连妓院，在凯妲和奥登西娅之间做着下流的事情。《城市与狗》里的士官生阿尔贝托·费尔南德斯在军校里把情色当作生意，可《酒吧长谈》里的"狗屎"卡约则把它当成了隐秘的癖好。也许就像有的评论家说的那样，这种色情癖不仅属于"狗屎"卡约，也属于那个社会里其他的人。人人都有隐秘的私人生活，譬如费尔民·萨瓦拉，读完小说我们也能发现他的秘密，这位受人尊敬的"先生"的人设只是

---

1 本段描写出自《酒吧长谈》第二部第1章。——译注
2 以女性同性恋为主题的色情小说。——译注

假象，尽管他显得很有教养，也看不惯奥德利亚将军政府（他也是其中一员）中的很多官员，可他也在隐藏着自己的另一面。他是同性恋，在当时的利马社会里，这种性取向本身就意味着他是个废物。

我们说《酒吧长谈》是一部关于政治的小说，或者说它表现了作者对政治的兴趣，实际上就是在说这部小说真实地反映了作家巴尔加斯·略萨的决心。"必须借助政治——就像借助爱情、死亡或其他主题那样——来全景式地展现人类生活，对于后者而言，政治生活只是一种插曲。"巴尔加斯·略萨是在评价福楼拜的《情感教育》时说这番话的，那本书里最令他提不起兴趣的是"书里描写的1848年革命……我更在意革命场景背后隐藏的更深刻的人类问题"。他表示自己在写《酒吧长谈》时的目标是让它成为像维克多·雨果的《悲惨世界》那样的小说，这个目标慢慢成为成熟后的巴尔加斯·略萨的文学执念。"《悲惨世界》也写到了1848年革命，我的想法和评价《情感教育》的想法一致"，因为和《情感教育》一样，在《悲惨世界》里，"那场革命也不只是简单的革命：一方面，要关注那个动荡的社会；另一方面，要注意不同的人物、不同的灵魂在面对某类特定刺激时做出的反应。尤其是最后这一点，它始终在提醒我们，尽管有些小说涉及政治主题，但它们不是政治小说，哪怕在某些时间它们被当作政治小说看待。在创作《酒吧长谈》时，我就是想写出这样一部小说来，我从来就没想过要写一个单纯描写奥德利亚将军独裁时期的故事……"[1]

当然了，作为地点背景，也作为阴暗的参照物，利马也出现在了《酒吧长谈》里。如果说梅尔维尔的《白鲸》用客观而残酷的笔

---

[1] Cano Gaviria, Ricardo, op.cit., pp.73-74.

触刻画了利马城,而塞巴斯蒂安·萨拉萨尔·邦迪又以恰当的"旁观者"角度赋予它"恐怖之城"的名号的话,巴尔加斯·略萨则持续不断地向那座他度过了青年和成年期的城市开炮攻击。在《酒吧长谈》里,时刻都能感受到巴尔加斯·略萨对利马城爱恨交织的关系。利马城展现出了巴尔加斯·略萨"谎言中的真实"的思想,他一定要将自己的记忆以文学的形式展现出来,这一点在这部小说里要比在他的其他长篇小说里体现得更加透彻。不过比较而言,小说中的利马城远不如今时今日的利马城恐怖,它的市中心拉科尔梅纳(La Colmena)依然是秘鲁社会的阴暗缩影——充满贫穷、不公、文化堕落、陈规陋习,每一个旅客都能注意到这些问题。《酒吧长谈》中不断出现的对利马的描写从美学层面表现出那位小说家对那座城市的抗拒和厌恶的情绪。在他看来,一个真正的作家能想到的最好的写作主题就是关于他的祖国和他的城市,写他看到过的和记得的在那里发生过的可怕的事情,对于小说家的记忆——几乎总是带有选择性的记忆——来说,这是个奇特的任务,这种爱恨交织的关系被巴尔加斯·略萨定义如下:"比起婚姻关系来,这更像是种通奸关系:也就是说,一种充满恐惧、激情和愤怒的关系。"

《酒吧长谈》不是部易读的小说。巴尔加斯·略萨娴熟的写作技巧,可以媲美乔伊斯在《尤利西斯》、约翰·多斯·帕索斯在《曼哈顿中转站》中的表现。复杂的叙事结构赋予了《酒吧长谈》迷宫般的细腻,这是那位秘鲁作家闪光之处的体现。不过这种复杂的结构也使得不少读者望而却步,甚至让人想到了胡里奥·科塔萨尔的《跳房子》,那同样是部难读的小说。地狱般的循环结构、多重交叉对话、中国式套盒、连通器法——这些都是巴尔加斯·略萨熟练运用,以实践其知名的"全景小说"理论的工具,所有这些技巧都在帮助小说家抵达那个极具朦胧感的文学王国,这种写作方式在西班牙语当代文学发展过程中称得上"前无古人"——如果不算他的前两本小说《城市与狗》和《绿房子》的话,它们同《酒吧长谈》有血缘关系,无论从形式还是内容来看都是如此。卢赫廷在他的研究作品《马里奥·巴尔加斯·略萨,现实分解者》中曾明白无误地提到了那位秘鲁作家的"全景小说"理念,他指出巴尔加斯·略萨想把这种理念贯彻到《酒吧长谈》中去。至于形式上的东西——技巧也好,叙事策略也罢——卢赫廷认为它们都体现了"让人震惊的系统性。不过这并不意味着这是在生硬地遵循某种纪律去使用叙事材料",那是套"有节制的体系,通过阅读我们会发现一系列深层次的东西",因为在《酒吧长谈》里,"正如大家看到的那样,人物之间的关系非常复杂,而通过对材料结构的设计,作者在讲述故事的同时就把那些关系告诉了我们。深刻的东西渗透进了形式里"[1]。我们认为,把这句话反过来说也是成立的。"利用那些技巧和材料,"玛利亚·罗莎·阿隆索这样写道,"巴尔加斯·略萨的创作才华得以尽显,也让那些人物活了起来:他们仿佛就在那里,在我们眼前,虽说他们不是实实在在的人,但我们可以看到他们在行动;看到他们在说话,在思考;听到他们说话的内容,明白他们想到的事情;我们知道他们何时开口言谈,何时闭口不言,因为其他人也不会在他们保持沉默时把他们没说的话说出来。如果我们仔细阅读的话(应当仔细阅读),一切奥秘都会得到揭示。在如此多页的内容过去后,到了某个时刻(就像数步数一样,默数那些

---

[1] Luchting, Wolfgang A., *Mario Vargas Llosa, desarticulador de realidades*, Plaza & Janés, Barcelona, 1978, pp.125-126.

时刻),完整的人物就会展现出来。"[1]

《酒吧长谈》是在伦敦写成的。巴尔加斯·略萨记得往事目光中的重要时刻,根据他自己的说法,在他创作,或者说试图创作"全景小说"时,他几乎把自己的过去"消耗殆尽"了,面对那一千五百页的初稿,每天都要应付朦胧的文学世界带来的焦虑和噩梦,他就这样度过了三年半时间。"六十年代中叶,"巴尔加斯·略萨回忆道,"我当时住在伦敦,在大学里教书,我住的区域生活着许多澳大利亚人和新西兰人,所以人们管那里叫'袋鼠谷'。我的公寓在一条半月形的小街上,有两个房间和一个小花园,由于没人修剪,里面的花草渐渐盘根错节了起来,那种野性的景象每每让来访者过目不忘。那栋公寓很安静、宜居,我在那里过得很开心。但也有缺点。举个例子,房子太老旧了,我们都感觉它摇摇欲坠了。有一天下午,一阵狂风把一扇窗户——连窗框带玻璃——掀落到了地上,就砸在我的眼皮子底下(我当时写作用的桌子就在那扇窗户边儿上)。房子的女主人斯宾塞小姐被这件意外吓糊涂了,她向我保证说,哪怕伦敦只剩下一个工人,她也会把那人找来修好窗户,以保护我刚出生的儿子免遭肺炎侵害。"[2] 1966 年到 1967 年间的伦敦,1948 年到 1956 年间的"恐怖之城"利马,它们都存活于作家的选择性记忆中。巴尔加斯·略萨既拥有青年巴尔加斯·略萨储存的关于那个时期的记忆,也拥有没有实际体验的"另一种记忆"——小萨的记忆,那是平行而朦胧的文学王国的记忆。总之,这一切汇聚成了《酒吧长谈》。

---

1 Alonso, María Rosa, "Sí a *Conversación en la catedral*", *Mario Vargas Llosa: Agresión a la realidad*, Inventarios P. Editores, Las Palmas de Gran Canaria, 1972, p.25.
2 Vargas Llosa, Mario, "Yo, un negro", *Contra viento y marea*, op.cit., vol.III.

21

弑神之理论
（1971—1991）

"他不懂文学，但是比其他任何人都更加懂得如何进行文学创作。"加西亚·马尔克斯用这样一句话来捍卫胡安·鲁尔福，那位诺贝尔文学奖得主还说过另一句话："文学不是用来谈的，是用来写的。"而巴尔加斯·略萨——在文学创作道路上始终严格要求自己，每天都坚持写作——是那种不仅不轻视文学理论，反倒在这一领域颇有建树的小说家，他为我们贡献了诸多重要的文学评论作品和深刻且富有激情的研究性成果，大多研究的是被他本人视作文学典范的作家，或者是对他的某种文学执念的解析。文章、演讲、文献、观点和篇幅或长或短的文论，无论其学术层面的严谨度如何，它们共同组成了一片弥漫着思辨气息的丛林。巴尔加斯·略萨时常穿行其中，在被他视为范例的文学巨匠身上看到自己的影子。

巴尔加斯·略萨公开表示过对福楼拜的推崇，尤其是《包法利夫人》，他曾用"完美"一词评价这部作品。这种情绪不仅推动他研读了那位法国文豪的作品，还通过阅读文献、不为人知的信件和数不胜数的研究成果深入了解福楼拜的人生经历。《永恒的纵欲》[1]的创作起点是巴尔加斯·略萨为《包法利夫人》撰写的前言，一年之后，这篇文章被扩充成了一部文论作品，巴尔加斯·略萨利用它进一步表现出了自己对福楼拜的认同。我一直都很关注巴尔加斯·略萨神化福楼拜的评述，巴尔加斯·略萨很想成为福楼拜那样的作家。不过在他的小说里，和福楼拜相比，我看到的更多是巴尔扎克和雨果的影子，因为巴尔加斯·略萨始终把作品和自己的生活联系在一起——放置于特定的历史背景之中。他的生活就是某个无尽的故事或小说的组成部分，终其一生，他都在不断续写这个故事或小说。"在方法的层面上，是福楼拜。"我们一起谈论巴尔加斯·略萨和他对福楼拜的推崇问题时，豪尔赫·爱德华兹这样说道。的确如此。在写作方法方面，巴尔加斯·略萨对待资料非常严谨，他甚至在《酒吧长谈》里用上了1949年的《内部安全法》。除了个人经历和回忆外，他还经常进行实地考察，并在作品中用上这些材料，如《绿房子》，不过这方面最典型的例子还得算《世界末日之战》。写作方法方面，还要把语言问题放在创造那个自主的世界过程中的第一位。文学语言始终要具有朦胧性，同时必须时刻保持真实感，失去了这一点，小说就必然失败。

巴尔加斯·略萨的文学理论是在岁月中逐渐成形的。童年和青年时的阅读经历使得许多知名作家成为他的理论的基石，他在许多演讲、文章中不断提及他们，甚至让自己笔下的诸多人物也喜爱阅读那些作家的作品。《城市与狗》里的"诗人"阿尔贝托·费尔南德斯是情爱小说和色情小说的狂热读者；卡约·贝尔穆德斯和"诗人"的情况差不多；《继母颂》里的"坏孩子"丰奇托脑子里总是

---

[1] Vargas Llosa, Mario, *La orgía perpetua*, Taurus, Madrid, 1975.

想着大仲马的某部小说。童年巴尔加斯·略萨还喜欢读萨尔加里的书，青年时期乃至成年时期他又表露出了对康拉德的喜爱。不过在那之前，他还表现出了自己的叛逆精神。在圣马科斯大学读书时，他的文学志向显露头角的时期，他如饥似渴地阅读所有能找到的骑士小说，那是他始终热爱的题材。同一时期，他还在利马的国家俱乐部图书馆——他曾在那里兼职工作了一段时间——里大量阅读情色小说。这些富有激情的阅读经历在作家巴尔加斯·略萨身上刻下了印记，对于那些作品的思考变成了一篇篇前言、文论作品或对于上文提及的那些作家的精彩引用。

最早令巴尔加斯·略萨痴迷的作家之一是萨特。无怪乎他大学时期的朋友们管他叫"勇敢的小萨特"。巴尔加斯·略萨对萨特倍加推崇，如宗教般虔诚地研读那位法国思想家、哲学家为保罗·尼赞（Paul Nizan）的《阿拉伯的亚丁》撰写的前言文章，那位存在主义哲学家利用那些文字疯狂捍卫马克思主义政治思想和尼赞的无政府主义倾向。对巴尔加斯·略萨来说，萨特曾经是神，但也是个过客，不过他在巴尔加斯·略萨身上留下了永难治愈的伤疤。后来这位秘鲁小说家在六十年代中叶改换门庭，支持起了加缪的主张。政治意识形态和文学交织于他的故事、个人生活和情绪状态中，有时甚至表现得有些矛盾。在他刚到巴黎的那些年里寄给利马的报纸杂志的文章和评论性文字中，时常出现讨论萨特和加缪的内容。且让我们来看看一个缓慢成形、思想深邃、要求严苛的评论家巴尔加斯·略萨是如何走上舞台的。

他痴迷阅读骑士小说，对巴伦西亚人马托雷尔的《骑士蒂朗》情有独钟，这是他一直钟爱的作品，可以与他对《包法利夫人》的喜爱并驾齐驱。他反复阅读这部骑士小说，写出了深刻的评论文字。

无论是《骑士蒂朗》还是《包法利夫人》,都经受了时间的考验,在巴尔加斯·略萨成名之后,他对马托雷尔的那部作品以及福楼拜的创作方法进行了"全方位"的捍卫,他利用它们去接近真实现实,再将真实现实转化为文学现实。巴尔加斯·略萨的确进入了学院式文学的范畴中,不过他并没有破坏其中的规则,而是给十九世纪小说(虽然从未超越死亡的门槛,但那种文学总是充满痛苦,让人耗尽情绪,而且让人们沉浸在这种永恒的状态中难以自拔)理论增添了许多新的东西,它们都是他自己的叙事标准,因此有些职业评论家有时会给他贴上标签,认为他的想法偏向浪漫主义,或者说他的那些纯文学的结论过于传统。

巴尔加斯·略萨以创作小说时展现出的同样的天才以及同样的思辨精神,写出了《加西亚·马尔克斯:弑神者的历史》。这部著作同样体现了卡洛斯·富恩特斯在评价这位秘鲁小说家时指出的"全景化热情"的特点。那种全景式的意志表现在了巴尔加斯·略萨所写的关于小说文体的文字中,他在努力地寻找被他本人称作"全景小说"的东西,它成了一种执念。巴尔加斯·略萨竭尽所能,想要创造出一个具有真实现实所有维度和层次的虚构现实来。他选择加西亚·马尔克斯来研究,以此发展自己的"全景小说"理论,这一选择显得慷慨大方又无比正确,但同时也会带来让读者心生疑惑的风险。巴尔加斯·略萨对那位哥伦比亚作家的文学作品进行了评价分析,揭示出了在文学创作中存在的、被巴尔加斯·略萨本人命名为"永恒的纵欲"的东西。争议很快就出现了,领头人就是乌拉圭人安赫尔·拉玛,他也代表了许多学术界人士的观点,在他们看来,巴尔加斯·略萨的理念与其说是"全景式"的,倒不如说是

"专断式"的。[1]

对于一个把所有时光都倾注到文学中的小说家来说，人们到底期待他能做到什么程度？他忠实于自己的理念：文学之内，一切皆可；文学之外，万事皆休。在那样一部顶尖的文论作品中，巴尔加斯·略萨把自己的评论与想法一一展开，那部作品出版三十多年后的今天，依然没有类似主题的书能超越它。那正是巴尔加斯·略萨"全景式热情"的体现，也是他的评论家素养的体现，其源头可能就在福楼拜身上，后者也称得上全景式的作家。

同样，巴尔加斯·略萨的"魔鬼"理论也引得人们议论纷纷。所谓"魔鬼"，就是人类的非理性因素，从某种程度上看，这些因素是小说创作的种子。在真实现实与虚构现实之间，出于概括总结也好，甚至出于几乎总是难以控制的渗透现象也罢，"全景小说"这一乌托邦式的理念总会出现。在这一理念中，小说家就是弑神者，他可以杀死为世界设置秩序，却无力创造另一个衍生出的隐秘世界的上帝。换句话说，小说家就是上帝，他将"正常"世界的秩序进行重组，进而创造，生成，连接起另一个世界来，那是另一个自给自足的星球，一个永远朦胧的小说世界，一个真实的幻象。感谢语言和与之有姻亲关系的历史的存在，小说家化身成全知全能的*造物主*，在他写下的文字中，在他讲述的故事中，无处不在。而那些"魔鬼"，那些如执念般令作家感到焦虑的幽灵，只有在化身成文学之后才会偃旗息鼓，它们就像是作家求得并保存的秘方一样，浮现在整个创作过程中。作家创作的出发点永远都是现实生活，但在

---

[1] 有关这段论战，详见《从马尔克斯到略萨：回溯文学爆炸》（生活·读书·新知三联书店2021年版）第138—142页。——译注

最终成果里，占绝对统治地位的必然是想象之物。如果说小说家是弑神者，利用个体、历史和文化（作家本人将阅读经验转化成持续盘旋在脑海中的魔鬼）记忆，在迷雾般的氛围中创造属于他的世界的话，那么写作本身就是一种"地狱"，那个朦胧而自主的世界自一条孤独的绦虫、一个异教徒体内生出，但却是真实的。这就是小说，这就是虚构文学。

在巴尔加斯·略萨看来，《骑士蒂朗》及其作者马托雷尔可以被全世界视作范例，他的文论作品《为骑士蒂朗下战书》——这部小说的西班牙语版本的前言——不仅把这部有超凡价值的小说从遗忘中拯救了出来，也变成了巴尔加斯·略萨及其作品的一种自述。

巴尔加斯·略萨又一次有意识地想要把自己的文学理念和那面文学之镜并置。巴尔加斯·略萨就是霍安诺特·马托雷尔。他通过激情洋溢地剖析《骑士蒂朗》定义了"全景小说"的概念。骑士小说里有幻想，有历史，有战争，有社会，有情爱，有心理，"所有这些因素都出现在其中，没有任何一样具有压倒性优势；现实就是如此"。捍卫《骑士蒂朗》也就是捍卫巴尔加斯·略萨自己，捍卫他的理念和作品，捍卫他"全景小说"的理论（自给自足、朦胧、独立，是谎言中的真实，或者反过来，是真实中的谎言）。那种捍卫自然也包括叙事者在故事中隐身这一点。小说家在其讲述的故事中缺席，这非但不意味着冷漠，而且是刚好相反，意味着在讲述不同故事时保持叙事激情，在谈论加西亚·马尔克斯之前多年，巴尔加斯·略萨就已经坚持这一观点了。

巴尔加斯·略萨曾公开表示自己从青少年时期起就是情爱小说和色情小说的忠实读者。举个例子，他特别钟爱乔治·巴塔耶（Georges Bataille）的作品，曾在 1971 年为《吉尔·德·莱斯案：蓝胡子事件》撰写前言，后来又为巴塔耶的其他几部作品撰文。"巴塔耶先生的重要之处就在于，他唯一感兴趣的是世界上最邪恶、最压抑、最腐化的事情。"做出这一评判的并非咒骂异教徒的宗教裁判所审判人，而是安德烈·布勒东，这是他于1930年在《超现实主义第二宣言》中的表述，巴尔加斯·略萨在他为《吉尔·德·莱斯案》撰写的前言中引用了这段表述。人类身上那隐藏的、遭禁的、邪恶的、作孽的、被诅咒的部分是文学的组成部分，尤其是在情爱小说领域更是如此，而巴塔耶恰恰是情爱小说方面的专家。情爱小说不正是大卫·林奇的电影灵感来源吗？例如《蓝丝绒》《双峰》或《我心狂野》，最后这部电影正改编自另一位当代弑神者巴里·吉福德（Barry Gifford）的小说《我心狂野：赛勒和卢拉的故事》。

在巴塔耶看来，与善对应，恶"不是否定而是补全了人类的天性"，巴尔加斯·略萨则接受了这种思想。恶的王国的存在，依赖的正是作为鲜活文体的小说的存活所需的同一种要素：自由。这是盗自"善良"的众神、守序的祭司、守卫禁忌而令人起敬的萨满手中的另一团火焰。巴塔耶把恶同反叛、主权、非理性联系到一起，而巴尔加斯·略萨则将恶视作一种极具活力的驱动力，因为文学可以借助它来表达"人类的所有经验"，尤其是糟糕的经验，它刺激了权力，引发了反叛，它是文学存在的原因：人们感觉不幸福，在焦虑感的推动下，人们开始寻求自由。作为破坏性因素的情色正是那种反叛驱动力的组成部分，也是那种衍生出弑神行为的受诅咒的驱动力的组成部分，这种力量足以将真实世界转化为想象世界。这是一种权力，也是作家最着迷的东西。巴尔加斯·略萨引用了巴塔耶最有名的小说之一《我的母亲》——它讲述了一段堕落的乱伦关系——作为例子，来说明情色因素在一个文学故事中能起到怎样的揭示性和反叛性作用，尤其在那样一个被隐秘的人类禁忌笼罩，试图让人们忘记一切的世界里更是如此。爱神面对的是有序的文明世界；属于个体的爱神则践踏法律、制度、道德：用文字记录下的道德，以及没有用文字记录，但存在于我们的集体潜意识中的道德观念。

巴塔耶是巴尔加斯·略萨为之鼓掌叫好的"情爱"弑神者之一。雷提夫也是另一位巴尔加斯·略萨欣赏的"情爱"弑神者。他在许多文论作品中——尤其在以1968年在华盛顿州立大学所做演讲为基础写成的《一部小说的秘史》中——引用过这位作家。当然他也引用过其他一些更有名或者没那么有名的作家。巴尔加斯·略萨曾经将自己分析最重要的数十位作家的文论收入《谎言中的真实》一书，其中包括亨利·米勒的《北回归线》，还有弗拉基米尔·纳博科夫的现代情爱文学经典小说《洛丽塔》，它们都曾给他带来过特殊的愉悦感。

持续了四十多年的"全景式热情"贯穿于巴尔加斯·略萨的文学理念之中，那些理念有时蹂躏教条主义，有时针对浪漫主义，但总表现得积极而有活力，足以加速那条绦虫在血液中的流动，而且他的文学理念——无论是学院风还是学术风——绝对不仅仅是小说创作活动的附加物，而是他作为小说家总是把现实世界翻倒过来，展现"月球的"另一面，进而创造出朦胧而可信、由文学主宰的世界的扫兴之人的人性根基。

因此，充满激情地捍卫那些被遗忘的作家和作品恰恰是作为文学评论家的巴尔加斯·略萨批评精神的体现。塞巴斯蒂安·萨拉萨尔·邦迪去世时，他热情地赞颂他。1967年，在加拉加斯那场"封神典礼"的演讲中，他又提到了一位被遗忘的诗人：奥贡多·德阿玛特。这两位非凡的秘鲁作家都是异类，是令人扫兴的人：因为这些让人难以忍受的"异教创始人"竟妄图把自己的生活经历融入小说和诗歌中去，然后利用文学来发起思想上的革新运动。在那座"批评站台"（奥维多如此称呼巴尔加斯·略萨的文论作品）中，何塞·玛利亚·阿格达斯占据重要地位，巴尔加斯·略萨曾和阿格达斯有过一定接触，不仅是私人接触，也有政治和文化上的交流。阿格达斯在安第斯传统与文学世界的需求之间徘徊，身为作家的他最终成为秘鲁国内的一个微型的神，甚至在秘鲁之外也受人尊敬。在巴尔加斯·略萨看来，阿格达斯的问题在于他的文学表达没能冲出秘鲁文学的边界。巴尔加斯·略萨试图走近那位写出了《所有的血》（*Todas las sangres*）和《深沉的河流》（*Los ríos profundos*）的作家——实际上，《叙事人》在某种程度上也有对阿格达斯致敬的成分。巴尔加斯·略萨不止一次地提出关于文学表达的问题，他要求恢复西班牙语的文学性；更有甚者，这种语言要被用在叙述故事中，通过个体的想象和作家的记忆来阐述理解世界的视角。巴尔加斯·略萨的文章《何塞·玛利亚·阿格达斯：在蟾蜍和游隼之间》（*José María Arguedas, entre sapos y halcones*）是他加入秘鲁语言学院的演讲词，于 1977 年 8 月 24 日在利马面向公众宣读，那是他对阿格达斯那充满矛盾的文学世界的一次靠近。1996 年出版的《古老的乌托邦》，是他再次极具争议性地讨论何塞·玛利亚·阿格达斯的文学和政治主张的书。

哲学家萨特也曾对福楼拜推崇备至，这并非巧合，巴尔加斯·略萨批判性地将二人视作两极，把他们当成自己的文学理念和批判思想的基石。巴尔加斯·略萨继续引用福楼拜的话："小说家的志向在耐心中，在无意识中，变成了几乎算得上肉体的一种功能，一种生存的方式。"这种写作之癖受到自身经历的滋养，这些经历可能是他本人体验过的，也可能是别人向他讲述过的事情。"《悲惨世界》的例子就是如此。"巴尔加斯·略萨于1966年8月11日在蒙得维的亚大学的开学典礼致辞中这样说道。他说维克多·雨果一辈子都在努力写成《悲惨世界》，一共用去——这些时间分散于他人生中的不同阶段——二十五年光阴。"在他年轻时，"巴尔加斯·略萨提及雨果时这样说道，"他在一条街上看着一些被绳索串联在一起的囚犯，他对此久久难忘。"接下来出现的便是所谓的"执念"了——无论是浪漫式的（雨果相信灵感），还是政治和文学式的，那种不满足的情绪日益高涨，雨果本人不断尝试把故事写出来，那个故事在刚开始构思时应当是个短故事，其目的是通过苦刑犯来表现世界的不公。随着经验的积累，挫败感的积累，文献资料的积累，雨果逐步构建起了一个宏大的世界，一个令巴尔加斯·略萨心潮澎湃的、自给自足的文学世界。"许多年后他才开始动笔创作《悲惨世界》的最终版本，当时他正在大西洋的某座岛屿上流亡。"来到1966年，彼时的巴尔加斯·略萨已经被那部伟大的文学丰碑、进入永恒殿堂的《悲惨世界》折服了，那是一部历史层面的史诗，也是属于雨果个人的史诗。在那部小说出版近一个世纪后，在希区柯克的建议下，它被改编成艺术成就非凡的音乐剧。当时——现在依然如此——已经极度推崇福楼拜的青年巴尔加斯·略萨是否曾想到，雨果那具有生命力的写作方式和生活经历有朝一日会让他着迷，成为萦绕在他脑海中的"魔鬼"之一呢？

在伦敦，巴尔加斯·略萨继续"像工人一样工作，像资产阶级一样生活"，他同自己和解了。他利用经验和记忆，把那些早就等待着时机想要通过作家的笔触闯入这个世界中的文学魔鬼和幽灵添加进他思考许久的文学理念中。福楼拜来了，巴尔加斯·略萨用

《永恒的纵欲》畅快起舞，还清了那笔似乎永远无法还清的债；加西亚·马尔克斯来了，通过深挖这眼清澈的文学之泉，巴尔加斯·略萨遇见了作为叙事文学作家和理论家的自己；还有萨德侯爵、雷提夫、巴塔耶、米勒、纳博科夫；他默默地喜爱康拉德的作品，这种阅读体验像是唤醒了少年巴尔加斯·略萨阅读萨尔加里的作品时的感觉；对骑士小说和大仲马作品的喜爱在马托雷尔的《骑士蒂朗》身上得到了最佳体现，这是巴尔加斯·略萨一直钟爱的作品；还有兰佩杜萨、阿格达斯、格拉斯、乔伊斯、海明威，这些弑神者是帮助巴尔加斯·略萨成为小说家的基础性人物；他还曾在伍尔夫和莱辛的隐秘世界中遨游。所有这些作家都被巴尔加斯·略萨耐心细致地研究过。在夜之森林里，也许在那一棵棵暴怒的文学之树中间，沉睡着逐渐壮大的雨果和被巴尔加斯·略萨反复阅读的《悲惨世界》，他们在等待属于他们的时机的到来。如雨果和巴尔加斯·略萨般的上帝替代者们敢于通过写作来与既有秩序抗争，来盗取天神之火，因为——仿照巴塔耶的说法——"真实的生活，真正的生活，从来就不曾，也不会满足人们所有的愿望。因为一旦失去了文学的谎言不断挑唆起的那种充满活力的不满足感，就不会有真正的进步……"。巴尔加斯·略萨这样写道。最后他还补充道："文学的那些谎言如果在自由中萌芽，就会帮助我们证实人们没有感到满足，而且它们会成为一种永恒的阴谋，让人们在未来也永不满足。"[1]巴尔加斯·略萨在这里提到的毫无疑问是那些手握权力的人，他们想要让人们变得"满足而顺从"，想要人们避免受到文学那"永恒的毒害"。

---

[1] Vargas Llosa, Mario, *La verdad de las mentiras,* op.cit.

22

军人与丛林娼妓：《潘达雷昂上尉和劳军女郎》
（1973）

差不多在1972年的时候，在朋友们、记者们、好奇的人们，当然还有小说家们，询问巴尔加斯·略萨正在创作什么故事时，他总是微微一笑，露出感到有趣的表情，然后说他正在写的故事是关于一个军官的。秘鲁军方委派这个军官在雨林地区率领一支妓女服务队四处提供服务。所谓"服务"，从"社会"层面上看，是来解决军人们由于思念家乡、倍感孤独而出现的"男性问题"的。探戈、博莱罗和忧伤的歌曲让他们消沉、萎靡、绝望。

和巴尔加斯·略萨其他所有小说一样，这部小说的创作灵感也源自真实事件，具体来说源自作家某次亚马孙之旅的一段经历。"我有一次到雨林区去，我发现边境地区的军人们接受'劳军女郎'的服务，她们会直接到军营里去提供服务，"巴尔加斯·略萨对里卡多·A.塞蒂说道，"我之所以能得知此事，是因为这种行为引发了当地普通男性居民的妒意。住在军营附近的人们愤怒地看着'劳军女郎'们在自己眼皮子底下经过，进入军营，然后离开；他们不能享受那种……怎么说呢，'正当的'服务。我立刻就有了写那个故事的想法。"巴尔加斯·略萨也利用那本书回忆了自己在莱昂西奥·普拉多军校度过的青年时光,他在那里了解了军方的体制和军营的生活,"那些经历让我觉得那种服务肯定是官方组织的,就和军队组织的其他事情一样;换句话说,是经过了一整套严苛的官僚体系许可的。我就这样想象出了那个可怜的军官的形象,突然有一天,军方把那支劳军女郎队交给他了。潘达雷昂就这样诞生了"[1]。

在创作《潘达雷昂上尉和劳军女郎》的过程中,巴尔加斯·略萨经常被问到与那本小说相关的问题。"劳军女郎到底是什么?"我曾经这样问他,不过我倒也没想得到明白无误的答案。"就是军方的妓女团队,为林区驻军提供服务。"他这样回答道。"那个故事很有意思,"巴尔加斯·略萨补充道,"很滑稽。"他的话让我感到自己仿佛被石化了一般,尤其是那些话出自一个一向反感幽默、厌恶在文学中出现幽默元素的传统作家之口,他一直坚持认为幽默会使小说变质,会影响小说的质量,甚至会让小说变成一种次要文体。

"正是这本小说让我发现了幽默元素在文学中的作用,因为最开始我想严肃地讲述这个故事,可我发现我做不到,因为用严肃的口吻讲述它就会使它丧失真实感,没人能接受它。于是,我发现有些故事只能用诙谐的方式去讲才行。"[2] 巴尔加斯·略萨如此坦承道。实际上,巴尔加斯·略萨在短短十数年时间里吸引到的读者和评论家们会在《潘达雷昂上尉和劳军女郎》中发现这位小说家隐秘的,甚至可以说被他压制的创作因素,毕竟他一向以抨击自己祖

---

[1] Setti, Ricardo A., *Diálogo con Vargas Llosa*, Intermundos, Madrid, 1989, pp.65-66.
[2] Ibid.

国的各种社会问题而著称。这个因素就是幽默。不过不是那种猛烈而生硬的幽默，也不仅限于讽刺和逗笑。巴尔加斯·略萨在《潘达雷昂上尉和劳军女郎》里使用的幽默类似于意大利的阿尔伯托·索迪（Alberto Sordi）、乌戈·托尼亚齐（Ugo Tognazzi），甚至维托里奥·加斯曼（Vittorio Gassman）和马塞洛·马斯楚安尼（Marcello Mastroianni）这样谵妄而睿智的演员的那种幽默，这些演员在电影或戏剧舞台上出演一些边缘化的小人物时就有那种幽默。这种幽默的喜剧性、怪诞性植根于文字中，要想把它体现好，就得和故事保持足够的距离，不能让作者和叙事者合二为一。巴尔加斯·略萨说写《潘达雷昂上尉和劳军女郎》的时候让他感到开心，这种感觉读者也可以体验到。

小说的样书刚一出来，巴尔加斯·略萨就在巴塞罗那送了我一本，时间是 1973 年 5 月。封面和赛伊克斯·巴拉尔出版社在西班牙书店里上架的版本不同。我得承认使用卡洛斯·门萨（Carlos Mensa）的画作《裸猿》（Mono desnudo）作为封面的一部分的确让我久久难忘。棕色的底面上显出一个白人女子的形象，她眼眸深邃，脸上挂着"职业"笑容，刚刚脱下衣服。她几乎全裸，在躯干部分，双臂之间——交叉在身前，在肚脐上方，露出了画着一只猩猩脸的那幅画作，它的脸上满是褶皱，露出怪诞的笑容，那副表情本身就是一首残酷的"诗歌"。后来出版社把那个封面撤掉了，大概是接受了当时审查机关的"建议"，虽说彼时佛朗哥统治已经摇摇欲坠。不过使用卡洛斯·门萨的那幅非凡画作作为《潘达雷昂上尉和劳军女郎》的封面元素，其用意的确不言自明：反对军人当政。后来这幅画被替换成了另一幅更柔和、平和且寓意模糊的画作，更被所有人"接受"，尤其是军人、政府，当然也包括评论家和读者。因此无论当时还是现在,我都不认为《潘达雷昂上尉和劳军女郎》是一部"幽默小说",或者起码不属于传统意义上的这类小说。那种被我们称为讽喻的奇异的幽默元素是那本小说的主要"角色",尽管在《潘达雷昂上尉和劳军女郎》中,这种幽默元素——讽喻——隐藏在了叙事细节之中,例如军方关于劳军女郎的描述、作者对潘托哈上尉的性格的描述、记录着将军和故事中出现过的其他许多人物的文件。潘达雷昂·潘托哈领导的服务队具有难以永远保持的隐秘性,但他却认为这是种爱国、正义、公益性的行为,因为是官方命令他这么做的,他理应服从命令,还有劳军女郎队的名字(官方称呼它为"SVGPFA",不过大家习惯叫它"潘托哈乐园")。何塞·米格尔·奥维多认为这些都是作者"对等级森严的世界的讽喻"。毫无疑问,巴尔加斯·略萨在处理赋予其创作这一小说的灵感的事件材料时采取了相对温和、戏剧化,甚至有时显得诙谐的写法。

就这样,巴尔加斯·略萨的读者们在《潘达雷昂上尉和劳军女郎》里发现了一个与之前不同的小说家,这自然要归功于幽默这一元素。不过,说"不同",还因为巴尔加斯·略萨或有意或无意地抛弃了卡洛斯·富恩特斯称之为"巴尔加斯·略萨的全景式热情"[1]的东西。除了弗朗西斯科兄弟(也许从文学的角度看和《绿房子》里的加西亚神父有"姻亲关系",二者的色调和变化都有类似之处)的故事有所偏离之外,大部分文字都在聚焦潘达雷昂·潘托哈上尉为执行任务而领导的劳军女郎队身上,紧随而来的滑稽性体现在了潘达雷昂上尉的每一个举动中,最后的结果与筹建劳军女郎队

---

[1] Fuentes, Carlos, op.cit., pp.35-48.

时的初衷截然相反。潘托哈就像《城市与狗》里的甘博亚一样，不明白军方在布局一出大戏，他们能看到的只是命令，只是表象。这些角色在兢兢业业地完成命令的同时，也就为自己掘好了坟墓。他们在军营里努力追求英雄勋章，得到的却只是轻蔑，是凄楚的流放，是希望的幻灭。总而言之，对于这些顺从的军人来说，无条件地贯彻执行上层军官的命令，实际上是一种自杀行为，仿用何塞·欧斯塔西奥·里维拉的话来说就是，阶级的"丛林吞没了他们"[1]。这样看来，潘托哈是继承了卡夫卡血统的新颖人物，他身上那充满矛盾的伟大色彩让他迷失在了与他并不匹配的微小命运中，他失去了理智，盲目遵从命令的做法令自己走上了相悖的道路，甚至陷入怪诞荒唐的疯狂。

　　哪怕潘托哈上尉慢慢俘获了读者的心，他们也从未从主观的角度成为他的同谋，读者对这部小说中的女性角色的感觉同样如此。劳军女郎们扛起服务队的大旗，浩浩荡荡地奔赴亚马孙雨林区，她们是"边境驻军劳军女郎服务队"（SVGPFA），她们在肩负起这项展露出牺牲精神和爱国情怀的重任之时，获得了"新生"，也有了新的名字。何塞·米格尔·奥维多称之为"道德沦丧"的局面出现了，它得以出现，借助的基础媒介正是巴尔加斯·略萨运用于全书的幽默因素。此外，他还离奇而荒诞地使用了另一个技巧：在描述某些情节和人物时，用夸张乃至污秽的方式遣词造句，这样就为那些人物和情节增添了一种残酷的色调。我们可以在潘托哈上尉接连报送给上司的机密官方文件中找到这种污言秽语。让我们来看看潘达雷昂·潘托哈上尉"睿智"的研究之一，编号为"一"的报告：

---

[1] 此处仿用的是这位哥伦比亚小说家的名作《旋涡》中的话。——译注

库林奇拉太太解释说，不是大部分而是极小部分的嫖客，才仅仅满足于一次简单的一般性服务（每次 15—20 分钟，收金 50 索尔），更多的嫖客则要求一系列的各种花样，如挖空心思想出的动作、附加动作、异常动作、复杂动作等，一言以蔽之，即所谓性异常行为，无不应有尽有。嫖客要求鞭打姑娘或受姑娘鞭打、双方化装交欢、受宠等行为则并不常见，这些性异常行为收价在 300—600 索尔之间。[1]

这是一段小说式的描写，但同时又是一份"军方报告"，道德败坏的主题与情色因素交织在一起，由潘达雷昂·潘托哈上尉口中说出，自有一种逗人发笑的感觉。和这部小说的其他场景一样，这段文字中也隐藏着小说家巴尔加斯·略萨，他表现出了自己是色情文学的爱好者（甚至可以说是狂热读者）的一面。

尽管乍看上去《潘达雷昂上尉和劳军女郎》的主色调是荒诞、讽刺，有些评论家还是指出领导劳军女郎队执行亚马孙雨林任务的潘达雷昂上尉身上很有福楼拜笔下人物的特点。奥维多在评价这个人物时用了"履行职责的艺术家"和"等级世界的完善者"这样的称呼，认为"他所感兴趣的就只是成为那条军人链条中的一环（很好的一环）"[2]。奥维多引用了阿贝拉尔多·奥贡多（Abelardo Oquendo）的一段分析性文字，这位评论家在那段文字里指出潘托哈"是职责的受害者，正如小说家是其文学志向的受害者一样"，

---

1 Vargas Llosa, Mario, *Pantaleón y las visitadoras*, Seix Barral, Barcelona, 1973.（译文引自孙家孟译《潘达雷昂上尉和劳军女郎》，北京十月文艺出版社 1987 年版，第 33 页。——译注）

2 Oviedo, José Miguel, *op.cit.*, p.278.

他进而直接将巴尔加斯·略萨的文学执念同福楼拜及其"小说理论"联系到了一起。"……巴尔加斯·略萨肩负起那种使命的方式已经不再只是他的生活方式了,"阿贝拉尔多·奥贡多写道,"它变成了他本人,利用每个机会填充他,再造他,让他越来越趋近被巴尔加斯·略萨视为典范的那种作家的样子。这种模式一旦启动,他的生活里除了作品就再无他物了;作品制定规则,而他只能遵循规则。这是一种具有排他性、排外性的事业。"[1]

在巴尔加斯·略萨创作《潘达雷昂上尉和劳军女郎》的时期,我曾收到过这位秘鲁小说家的一封信,他在信里向我展示了哈维尔·伦蒂尼医生——也是诗人、记者、伊壁鸠鲁学说在当代的重要研究者——给他出具的外科手术报告的部分内容。病的名字很糟糕:痔(我们通常会说"痔疮"),病人在术后依然痛苦受罪。我知道那是卡车司机和作家的职业病,许多作家只能站着写作(例如海明威;还有卡尔·马克思,这个例子存疑;还不能忘了巴尔扎克),甚至在厕所里写作——在马桶上。总之,我一直都知道那是种"文学病",所以巴尔加斯·略萨借助诗人-直肠科医生伦蒂尼的"让人难以启齿的导泻法"来治疗该病的经历丝毫不让我感到奇怪,因为那是写作者常会遇到的情况。让我吃惊的是得知哈维尔·伦蒂尼拥有一系列名人屁股的照片。那些人都曾找他进行过痔疮手术,那些照片组成了一座奇特但专业的博物馆,记录着那些有名的患者把屁股露给这位伟大的萨满的时刻,而后者无疑会永远让他们摆脱那种病痛。不过更让我惊讶的是,在阅读《潘达雷昂上尉和劳军女

---

[1] Oquendo, Abelardo, "Intromisión en Pantilandia", *Textual*, no.8, 1973.12, p.88. (Oviedo, José Miguel, op.cit., p.279 引用。)

郎》时，我发现潘达雷昂·潘托哈也患有同创造出他的那位作家一样的疾病。巴尔加斯·略萨治疗该病的时期与他创作这部小说的时期是一致的。

在创作《潘达雷昂上尉和劳军女郎》的同一时期，巴尔加斯·略萨还在写同名小说的电影脚本。1976 年 7 月，我在利马看了那部电影，那是场私人观影会，观影者包括那部电影的演员、巴尔加斯·略萨和我们这几位当时陪着他的朋友。在巴西大道上的一家医院里，胡安·贝拉斯科·阿尔瓦拉多将军行将就木。利马在弗朗西斯科·莫拉莱斯·贝尔穆德斯军政府的命令下实行了宵禁政策。和想象中的状况一样，电影不仅不能在秘鲁（还有其他拉美国家）进行拍摄，连放映也被禁止了。电影最后是在多米尼加共和国拍的，由何塞·玛利亚·古铁雷斯和巴尔加斯·略萨联合执导完成。不过从美学和艺术的角度来看，那部电影是失败之作。巴尔加斯·略萨也承认自己缺乏电影行业从业经验，剧本得改。"而且，我们尝试混用来自西班牙、墨西哥、多米尼加共和国和秘鲁的演员，但最后效果并不好。我觉得在巴西看不到那部电影是件好事，因为意义不大。"[1] 那项同期进行的工作——严格来说，创作电影脚本也算文学工作——也许从某种程度上看弱化了《潘达雷昂上尉和劳军女郎》作为小说故事的特点。这本小说是巴尔加斯·略萨一家搬到巴塞罗那居住后创作的，也就是说，这位秘鲁作家终于可以心无旁骛地进行文学创作了，当然是抛开偶尔在贝亚特拉大学上课和做讲座的工作不谈。又或许那次在"全景小说"领域"放松下来"的经历只是个假象，只是熟悉巴尔加斯·略萨和他的"全景式热情"的读

---

[1] Setti, Ricardo A., op.cit., pp.87-88.

巴尔加斯·略萨(左)同何塞·萨克里斯坦当临时演员,摄于《潘达雷昂上尉和劳军女郎》拍摄期间,1975年

者初读该书时的印象。时至今日,我依然记得巴尔加斯·略萨在他位于巴塞罗那奥西奥街上的家里签赠给我《潘达雷昂上尉和劳军女郎》后,我翻看那本书时的场景。在看到那部小说的篇幅后,我向他表达了我的惊讶之情。"就你原来跟我讲的关于这部小说的事情,我一直以为这会是个短得多的故事。"我对他说道。"这很可怕,"他回答我道,"我觉得之前写的那几部小说已经让我筋疲力尽了。这本书给了我喘息的机会。我以后再也不会写那种'野心勃勃'的小说了。"也许他当时还没想过几年之后自己会写出《世界末日之战》这样"野心勃勃"的作品。他肯定也没有预见到自己会在2000年时创作出版《公羊的节日》,一部文风成熟的叙事文学佳作。

后来《潘达雷昂上尉和劳军女郎》还拍了第二个版本的电影,导演是弗朗西斯科·隆巴尔迪,这个版本在叙事技巧和内容层面上更趋近原著小说的精神内核。作为电影来看,它也比何塞·玛利亚·古铁雷斯和巴尔加斯·略萨联合执导的那个版本更吸引人,也更专业。1997年,几位西班牙企业家——科亚多家族——同阿方索·乌西亚和我签约,要我们把《潘达雷昂上尉和劳军女郎》改编成戏剧,当年在马德里的拉维亚文化中心首演。那部剧的导演是古斯塔沃·佩雷斯·普伊格,结果出来的是个完全失败的作品:改编很差,舞台效果也没能扭转局面。对于这样一部完成度不高的作品,剧评人丝毫没留情面,尤其是次日刊登在《国家报》上的那篇题为《潘达雷昂上尉和改编男郎》的文章更是犀利,文章的作者是爱德华多·亚罗·特科格伦(Eduardo Haro Tecglen),他的人生经历堪比恐怖小说的情节,值得斯蒂芬·金亲自上阵改编成电影。

23

鲜活的自画像:《胡利娅姨妈与作家》
(1977)

在胡利娅·乌尔基迪——也就是胡利娅姨妈——变成《胡利娅姨妈与作家》的主要人物之前很久我就认识她了。我们这些在六十年代初在巴塞罗那认识她的人都还记得她的身上散发出的那种非凡的吸引力和温和的性格,甚至可以用"光芒四射"这个词来形容她。无论是恩里克·巴多萨还是卡洛斯·巴拉尔,又或者是胡安·加西亚·奥特拉诺,都始终保留着那种印象。出于亲近程度的原因,卡洛斯·巴拉尔和胡利娅·乌尔基迪的关系要更密切一些。

出于地理距离的原因,我和巴尔加斯·略萨一家联系最少的时期正是那位秘鲁作家在利马创作《胡利娅姨妈与作家》的时期。那时巴尔加斯·略萨一家刚刚布置好他们在巴兰科区的新家,房子是建筑师"炮弹壳"米罗·盖萨达设计的。1976年7月我第一次到秘鲁去。我步行走遍了巴兰科区,东道主巴尔加斯·略萨充当了向导。"马里奥,你会永远留在秘鲁吗?"我们一起在利马城邻近太平洋的峭壁边溜达时,我这样问他。巴尔加斯·略萨笑了。"希望如此。"他满怀希望地说道。就是在那次旅途中,我再次听到了胡利娅·乌尔基迪的名字。巴尔加斯·略萨向我提到了他刚刚写完的那本书，"是个早就有的计划了，中心人物是一个广播剧作家"，然后笑着给我讲了后来出现在那部小说里的一些故事。我得承认其中有一个故事和我一直想写的一个故事很相似，我当时甚至已经开始写那个故事了，不过最终没有写完，因为我在《胡利娅姨妈与作家》里读到了巴尔加斯·略萨的版本，而且他还添加了一些其他的情节。那个故事讲的是一个人出了交通事故，花了几个小时等着人来救他。当他最终听到脚步声时，他已经由于焦虑而感到筋疲力尽，甚至差一点就要放弃生存的希望了，可是走近他的人并没有如他期待的那样救他，而是抢劫了他。

《胡利娅姨妈与作家》（1977）上市后，有些不熟悉巴尔加斯·略萨的半吊子评论家又开始指手画脚起来了。在他们看来，这本小说和《潘达雷昂上尉和劳军女郎》一样，没有达到《城市与狗》《绿房子》《酒吧长谈》和短篇小说《崽儿们》的高度。我阅读《胡利娅姨妈与作家》的体验是很畅快的，一方面因为我本就喜欢巴尔加斯·略萨的作品；另一方面也是因为他在小说出版之前，在我的秘鲁之行中给我透露的那些故事。就像后来那些更了解巴尔加斯·略萨作品的评论家们指出的那样，我当时就观察到巴尔加斯·略萨再次运用了幽默元素。在1973年出版《潘达雷昂上尉和劳军女郎》之前，他一直抗拒使用这种元素。在我们关于那本小说的一次谈话中，我批评了巴尔加斯·略萨抵触在小说中使用幽默元素的态度，在他和另外一些像他一样的小说家看来，拒绝使用幽默元素是因为"它会使小说变成一种更加弱势的文体"。"这证明，"在听了我的批评后，他这样对我说道，"哪怕在文学领域，咱们也不能太独断专行。"有段时间，从我们的文学的美学标准来看，巴尔加斯·略萨不再被认为是伟大的小说家，而是进入了一个反思阶段。他放弃了那种几乎带着瓦格纳乐感的、神圣的道德口吻；忘记了史实-戏剧般的腔调，也忘记了用自己的思想去揭露社会弊端；此外，还抛弃了我们在他之前的几部小说里习惯看到的"严肃性"，甚至"堕落"到了"八卦"的境地。这难道不是在美学、思想、文学和政治领域的一场背叛吗？实际上，在一段时间里，巴尔加斯·略萨不再做之前的巴尔加斯·略萨，只是为了把自己也变形成一个人物，也就是在《胡利娅姨妈与作家》中出现的小巴尔加斯。不过，有些矛盾的是，这个人物身上也有《酒吧长谈》中小萨的影子。至少这是诗人、评论家费利克斯·德亚苏阿出于对一个"伟大"作家的敬意，在《青年马里奥·巴尔加斯（小巴尔加斯？）》一文中写下的主要观点，那篇文章发表在 1977 年 10 月 12 日的马德里《国家报》上，当时《胡利娅姨妈与作家》才刚刚出版。

  我们跟巴尔加斯·略萨的追随者们和朋友们聊过《胡利娅姨妈与作家》许多次，他们也都是作家。尽管他们并非全都认可这部作品的风格，却都表示长久以来巴尔加斯·略萨作品中最令他们感兴趣的一部就是这本。为什么呢？这部小说隐藏着什么奥秘，可以随着时间流逝吸引越来越多的读者呢？现在我明白了，和《继母颂》一道，《胡利娅姨妈与作家》是巴尔加斯·略萨最具福楼拜风格的作品。把写作和文学当作一种生活方式，当作一种熬人的、排外的、耗费精力的"癖好"，巴尔加斯·略萨正是把这些特征转化为一种范式，以文学之名套到了《胡利娅姨妈与作家》里的佩德罗·卡马乔身上。至于巴尔加斯·略萨本人，"小巴尔加斯"，正是一位小说家在再现他的青年时期时于无意识中展现了一种"情感教育"，而那位有远大理想的小说家"以被他视为典范的伟大作家们的方式"投入到了那种"情感教育"中去吗？

实际上，《胡利娅姨妈与作家》震惊了评论界，也震惊了到那时为止巴尔加斯·略萨收获的读者。这位小说家已经打了预防针，说过不想再写如他在 1969 年之前出版的那几部小说一样的"野心勃勃"的小说之类的话。不过那些最有见地的人，不急不躁地仔细阅读然后得出结论的人，都发现巴尔加斯·略萨还进入了一个"反思阶段"，既反思内部的、文学的问题，也反思外部的、政治的问题。没有出现在之前几部作品中的元素如今都变成了基本元素。如果说《绿房子》为我们揭示了被巴尔加斯·略萨形容为所有小说家写小说时都遵循的"脱衣舞表演"法则的话，那么从各个角度来看（当然了，理解*不可过度*），《胡利娅姨妈与作家》都像是往已经烹饪好的饭菜中添加了"讽刺"这味调料，成了散发着淫秽气息的裸者，由于有"小巴尔加斯"的自传成分，那个裸者的每个举动都被读者们调查般的眼神紧紧地盯着。

不过，我们还得把话一次说清，《胡利娅姨妈与作家》是部有趣的小说，能吸引人的小说，甚至带着些漫画的色彩，不过阿根廷人可能会管这叫"做作"，而秘鲁人的说法是"俗气"[1]。《胡利娅姨妈与作家》是部"大团圆结局"小说（在当代小说中"寻找'高纯度黄金'的人"会板起脸来发问：这样的小说能算得上严肃小说吗？），此外，它对情感的"裸露"也显得有些过于直白了，

---

[1] "……有种普遍但不太准确的说法，就是'俗'……这是秘鲁人对'俗气'的简称……我觉得如果说我们秘鲁人在哪方面有创造性的话——除了饮食，我是指有很强的创造性，那就是做'俗气'的事情了……" VV.AA., *Semana de Autor*, Cultura Hispánica, Instituto de Cooperación Iberoamericana, Madrid, 1985, pp.52-53.
请注意这场对谈的氛围是轻松的，巴尔加斯·略萨的这些话也有调侃的意思，而且也被他用来批评曼努埃尔·斯科尔萨（Manuel Scorza）的作品。在同一段文字里，巴尔加斯·略萨最后说"举个例子，奥斯卡·王尔德就喜欢装腔作势，不过装腔作势到了有趣的程度"，这句话可能是理解《胡利娅姨妈与作家》的关键。

这大概也算得上一场小背叛。或者一场大背叛，渎圣般的背叛。

巴尔加斯·略萨"官方"作传者、评论家何塞·米格尔·奥维多把这部小说称为"关键的自画像"。此言不虚。"尽管他的每部小说中都有自传性因素，可是和讲故事的激情相比，这种讲述自己经历的激情从来没有像在《胡利娅姨妈与作家》里这样表现得如此明显，如此私人化……不仅因为这部小说一半的篇幅讲的都是作者对青年时期一段往事的回忆（他的第一段婚姻，细致入微，指名道姓，毫不遮掩），哪怕是小说的另外半部分，理应发生在广播剧那非现实层面、夸张层面的部分，理应与自传部分形成对比的那部分，写的也是作者的人生片段，那种执念贯穿整部小说，侵入整部小说，使其成为一个整体，这部小说的隐藏主线就是一个作家在不停写作，以人生为素材写故事，以故事为依靠写人生。"[1]

如今我们知道了，正是因为与胡利娅姨妈有过婚姻关系，所以巴尔加斯·略萨曾经有段时间是他如今的妻子、表妹帕特丽西娅·略萨法律层面的姨夫；他如今的岳父路易斯·略萨曾经在一段时间里——也就是这位小说家和胡利娅·乌尔基迪保持婚姻关系的那段时间——是他的姐夫，因为路易斯·略萨是胡利娅姨妈的姐夫，而胡利娅姨妈是巴尔加斯·略萨现任妻子、表妹帕特丽西娅有血缘关系的（这形容词可真吓人啊！不是吗？）姨妈（帕特丽西娅也出现在了《胡利娅姨妈与作家》的最后几页里），因为巴尔加斯·略萨现在的岳母不仅是胡利娅姨妈的姐姐，还是帕特丽西娅的妈妈，也就是这位秘鲁小说家的孩子们的外祖母。所以，巴尔加斯·略萨的两任妻子曾经是他的妻子、姨妈、前妻（胡利娅·乌尔基迪）和表

---

[1] Oviedo, José Miguel, op.cit., pp.286-287.

妹、妻子、孩子们的母亲（帕特丽西娅），这种从未走出"家族"部落的拉伯雷式的血缘关系在巴尔加斯·略萨的文学世界——乃至他的人生——中占据着基础性位置。这样一来，我们就能更好地理解巴尔加斯·略萨在那部小说之前作为书前题词引用的墨西哥作家萨尔瓦多·埃利松多（Salvador Elizondo）的《笔迹集》中的文字了。它也推动我们靠近被约翰·厄普代克（John Updike）称为"写作之癖"的境界。那位美国作家认为"写作之癖"是"一种癖好，一种释放，一种想要掌控局面的自负尝试，是轻盈地表达难以承受之事的一种方式。我们变老，然后把这些难以寻回的死者的残骸留在身后，这本身也是种让人难以忍受的事情，是这个世界上最常见的事情：在所有人身上都发生过……通过写作，让这个世界更轻盈一些——整顿它，扰乱它，美化它，表达它，这几乎算得上是种亵渎行为"[1]。我们可以用同样的理论去解释巴尔加斯·略萨的创作激情。"写作野兽"，这样的定义比法国作家罗兰·巴特在他的《批评文集》里提出的所有理论都更加让人感到愉悦。

我不会赞同评论家和学者们的观点，他们按照大学里的研究理论，把"作家"佩德罗·卡马乔归入逗笑的幽默人物之列。实际上，佩德罗·卡马乔是巴尔加斯·略萨在青年时代最黑暗时期在利马认识的广播剧作家劳尔·萨尔蒙的文学化身。我甚至觉得巴尔加斯·略萨在刚开始写这部小说时，给文学人物佩德罗·卡马乔用的是他在真实现实中的模板劳尔·萨尔蒙的名字，他当时已经销声匿迹了。正是在巴尔加斯·略萨透露了几次自己正在创作的小说的内容后，他在青年时代给予十足关注，后来成为他的"文学魔鬼"之

---

[1] Updike, John, *A conciencia (Memorias)*, Tusquets, Barcelona, 1989, pp.274-275.

一的那个暴怒之人从阴影中走了出来,让人们听到了他的声音。真正的劳尔·萨尔蒙——换句话说,佩德罗·卡马乔——从玻利维亚(又是玻利维亚!巴尔加斯·略萨的生命中总是不乏玻利维亚的元素!)向巴尔加斯·略萨发出威胁,声称如果后者在小说中使用了他的名字的话,他就要将那位有名的小说家的许多隐秘之事公之于众,那将成为真正的丑闻:他声称我们的作家曾有过所谓的同性恋冒险活动。何塞·科马斯曾在《国家报》上揭露过劳尔·萨尔蒙当时已经去世了,说后者曾当过拉巴斯市市长,这个被变成文学人物的人一直很讨厌阿根廷人,因此魏地拉将军独裁政权才在数年时间里禁止《胡利娅姨妈与作家》在阿根廷流通。不只是仇视,小说中的佩德罗·卡马乔在面对阿根廷人时还表现出一种轻视,这种感觉的源头大概不会只在于和某个女人的关系中,而在于那句被归到豪尔赫·路易斯·博尔赫斯头上的有些恶毒、不合时宜的话:"阿根廷人一旦心里想到了印第安人,就变成了玻利维亚人……"

瞧这个人:那是一个矮小的人,他的身材介于矮子与侏儒之间,长着一个大鼻子和一双异常活泼的眼睛。目光里闪烁着某种不寻常的东西。他穿一身黑西装,看得出已经穿得很久了;衬衫和蝴蝶结领带上有不少污迹;但是这身装束是经过精心考虑的,是谨慎而严肃的,就像那些老式照片上的绅士,穿着浆好的大礼服,戴着合适的高筒帽,活像囚犯一样。他的年龄在三十至五十岁之间,一头长及肩膀的油污黑发闪闪发亮。他的姿势、动作和表情好像与坦率和自然的风度无缘,使人立刻想

到带有活动关节的玩具娃娃，想到用线牵引的木偶。[1]

《胡利娅姨妈与作家》出版后，劳尔·萨尔蒙没有搞出任何丑闻来。直到去世之前，他都始终坚称自己和佩德罗·卡马乔这个人物毫无关系。巴尔加斯·略萨则再次坚持他始终用于指导实践的"变形"理论：他写的所有小说都有现实背景，不过在文学创作的过程中，非理性的因素总会起作用，而且这些因素不仅把真实人物改头换面，还会"杀死"这些真实人物，他们会变成虚构人物，会有自己的特征，由小说家塑造出来，拥有截然不同、独立自主的维度：文学的维度。经由巴尔加斯·略萨进行"全裸"式的描写，佩德罗·卡马乔的冒险变成了一场文学冒险。巴尔加斯·略萨成长为伟大的作家、中世纪骑士，他每天都在与生活决斗，他已经位于普通人的坐标系之外了。卡马乔也是个作家——一个蹩脚作家，他靠幻想出的"故事"（尽管也来自现实，但更来自他丰富但矛盾的想象力）而活。那就是他的生活，因为从故事之初开始，这个真诚的人物就开始朝着疯子转变了，虚构填充了他的真实生活，对于他来说，现实生活没有太大价值，因为它缺乏幻想色彩，缺乏"文字描述"，缺乏"故事"，所以这位作家——蹩脚作家——把它变成了一种难以捉摸的现实，他本人也深陷其中，直到发疯。这样看来，佩德罗·卡马乔不正像塞万提斯笔下那个在虚构的土地上——尽管我们知道那里是拉曼查地区，但它在小说中却是塞万提斯虚构出的

---

1 Vargas Llosa, Mario, *La tía Julia y el escribidor*, Seix Barral, Barcelona, 1977. (Oviedo, José Miguel, op.cit. 引用。）——原注
译文引自赵德明等译《胡利娅姨妈与作家》，云南人民出版社 1982 年版，第 12 页。——译注

土地——驰骋的堂吉诃德吗？在我看来，佩德罗·卡马乔患的是和堂吉诃德一样的疯病。阅读骑士小说丰富了阿隆索·吉哈诺的生活。只有在放弃成为游侠骑士的幻想后，他才恢复理智，换句话说，回归到现实中来，不过这种回归也是具有象征意义的。我们可以把这些归因于巴尔加斯·略萨对骑士小说的热爱，尤其是《骑士蒂朗》，在巴尔加斯·略萨看来，这部小说最重要的东西恰恰是另一种现实的形式，那是虚构的、文学的现实，它在幻想的天地中赢得了一席之地。在马托雷尔对现实与虚构的看法方面，巴尔加斯·略萨表示，那位巴伦西亚作家"已经以一种夺人眼球的方式明白无误地指出，在这个话题中，同行为模式相比，文字要占有至高无上的地位，文字全面掌控故事内容。或者更确切地说：文字同它所表述的内容是决裂的关系"[1]。当文字获得那种"失去理智的自由"之后，它就不仅能从内容中摆脱出来——就像巴尔加斯·略萨坚持认为的那样，还可以全面进入虚构文学的领土。《胡利娅姨妈与作家》中的佩德罗·卡马乔的疯病与数位游侠骑士的疯病根源相同，有的负伤的骑士只是被关在只藏有圣徒传记的图书室里，最后就化身成圣依纳爵·罗耀拉，同样的疯病驱动着拉曼查地区的堂吉诃德踏上了属于中世纪文学的永恒之地。

居斯塔夫·福楼拜在面对控诉者时，引出他被指控的事件，将指控他的人所指的现实同他的那部不朽著作中的虚构现实区分开来，他说道："包法利夫人就是我。"在被问及书中的那位"女英雄"的身份时，这位"家族中的傻瓜"、小说家福楼拜带着高傲而有趣

---

[1] Riquer, Martín and Vargas Llosa, Mario, *El combate imaginario. Las cartas de batalla de Joanot Martorell*, Barral Editores, Barcelona, 1972, p.15.

的态度说出了那句话。堂吉诃德是谁？"是我。"奇思异想的乡绅米格尔·德塞万提斯·萨维德拉可能会这样回答。佩德罗·卡马乔是谁？*是我*。在面对从《胡利娅姨妈与作家》的书页中吹毛求疵的虚伪的"行刑队"时（对于真实现实中的卫道士来说，他们找的是"道德瑕疵"，因为一旦这种瑕疵变成了好的文学作品，危害就大了），巴尔加斯·略萨也可以用相同的话语作答。小巴尔加斯不正是被佩德罗·卡马乔每天那炫目而充满活力的生活所吸引吗？那位广播剧作家可以安排一切，安排生命中的每一分钟，利用每一丝精力，只要能让他的故事运转起来就行。小巴尔加斯说道："我把我的一生讲给她（胡利娅）听，不是以前发生的事情，而是未来我们住到巴黎，我成了作家之后将会发生的事情。我对她说从第一次阅读大仲马的作品起，我就想当作家了，从那时起我就梦想着要到法国去，住在艺术家聚集的区域里的某间阁楼里去，全身心投入文学创作事业，那是这个世界上最美好的事情。"[1]

  我想跳出时间的束缚，暂时跳出文学之外。我又一次看了保罗·尤莱和安迪·哈里斯为 BBC 拍摄的纪录片《可能会当总统的小说家》（*El novelista que puede ser presidente*），当时巴尔加斯·略萨已经公开表示自己要参选秘鲁总统了。我一次又一次暂停录像带。我仔细观察也许正在拉巴斯住处附近散步的胡利娅·乌尔基迪。她一个人住在玻利维亚首都，在同巴尔加斯·略萨离婚后，她还经历了第三段婚姻，也以离婚告终。她在镜头前走动。背景深处是拉巴斯，一座静静崛起于安第斯山区峡谷中的城市。"想想看，"乌尔基迪女士说道，"那个自负的小伙子和一个比他大十岁的离异女人

---

[1] Vargas Llosa, Mario, *op.cit.*（Oviedo, José Miguel, op.cit. 引用。）

结婚。这对全家来说都算不上什么好消息，尤其对于我公公来说更是如此。"乌尔基迪女士在回忆那段往事时表情变得严肃起来，"他以一种非常非常暴力的方式做出了回应。他想杀了我，把我赶出秘鲁，我只能逃去智利。他把马里奥的信息在警察那里登了记，这样他就没法和我一起走了"。纪录片拍摄的那个时期，巴尔加斯·略萨大概住在伦敦的公寓里。他经常在镜头前露出标志性的笑容，成熟，像是在思考，"那段婚姻持续了许多年。我当时立刻就爱上她了。到现在我仍然觉得那是段奇妙的经历"，他边说着边点了点头，脸上始终挂着笑容。他又想起了乌尔基迪女士的样子。那时她应当已经是个六十岁的妇人了，但是她的形象一直存在于我们这些几乎在四十年前就认识她的人的心里。她回忆了五十年代末自己同刚写完第一部小说的巴尔加斯·略萨在巴黎的生活。"他在巴黎没日没夜地工作，"乌尔基迪女士配合着表情说道，"他晚上写作，不管写得是好是坏。他很守纪律，是个完美主义者。"

《胡利娅姨妈与作家》出版后，巴尔加斯·略萨给胡利娅·乌尔基迪写了封信，随信寄去一本样书。据巴尔加斯·略萨本人所言，胡利娅姨妈当时向他表达了谢意。不过，过了一段时间，可能由于哥伦比亚拍摄的那部改编自这部小说的肥皂剧的原因（剧中的年轻作家被一个比他大了很多的女人引诱），乌尔基迪女士态度大变。她甚至表示要起诉巴尔加斯·略萨。"最后没走法律程序，"巴尔加斯·略萨对里卡多·A.塞蒂说道，"我们曾保持着良好的关系，我对她十分友善，因为她曾经帮了我很多，她在我成长为作家的过程中不断激励我，那也是我把那本小说献给她的原因。我把第一本样书连同一封热情洋溢的信一起寄给了她，她也回了信，口吻也很友好。但不幸的是，后来报刊媒体对那本小说进行了并不总是正确的报道，出现了很多流言蜚语。我的感觉是，那些流言蜚语惹火了她，激怒了她。于是，她的态度完全变了……好吧，很不幸，她开始在各种各样的报刊媒体上表露敌意，甚至还出版了一本书。这是《胡利娅姨妈与作家》带来的最差结果了：它破坏了那段在那之前一直维持得很好的关系。"[1]

巴尔加斯·略萨提到的那本书于 1983 年出版于玻利维亚的拉巴斯，书名是《小巴尔加斯没说的事情》。那是胡利娅·乌尔基迪用以自卫的辩护词。她讲述了在《胡利娅姨妈与作家》中许多关于小巴尔加斯和胡利娅姨妈私生活的真相。胡利娅·乌尔基迪·伊亚内斯是把《小巴尔加斯没说的事情》当作文献资料来写的，不过我觉得读过那本书的人都会认为它是具有一定文学价值的。那是一本紧凑、扎实的书，甚至从某种程度上看还透着股愤怒劲儿。不过我觉得那本书可能没办法用另一种风格写成。我承认我是带着与阅读《胡利娅姨妈与作家》时同样的快意阅读《小巴尔加斯没说的事情》的，两本书都让我不知道虚构从何处开始，现实在哪里结束。也就是说，对我来说，这个事情中的当事人已经变成巴尔加斯·略萨追求的"全景小说"的一部分。阅读《小巴尔加斯没说的事情》能让我知道巴尔加斯·略萨隐藏最深的东西。书中最令我感兴趣的部分是作者抄录的巴尔加斯·略萨的信件。不管是何原因，《小巴尔加斯没说的事情》再也没有再版过。

实际上，胡利娅·乌尔基迪手里还有另一本关于《胡利娅姨妈与作家》以及她和巴尔加斯·略萨关系的书，至今没有出版。至少文学代理人、作家、记者拉蒙·塞拉诺（Ramón Serrano）是这么说

---

[1] Setti, Ricardo A., op.cit., pp.64-65.

的。大约1981年,在巴塞罗那,我当时是阿尔戈斯·贝尔加拉出版社(Argos Vergara)的文学主编。一天早上,我接到了恩里克·塞尔丹·达托打来的电话,他是西班牙小说家,公开的共产主义者,富有战斗精神,人品很好。他对我说有人雇他到拉巴斯待一段时间,目的是帮胡利娅·乌尔基迪·伊亚内斯写一本书。他们包他的路费、住宿费和各种花销,还会额外给他一笔钱,无论在那个时期还是现在,这都是笔可观的收入。我建议他不要去,因为不值得,还因为这个工作对于完成他的作家梦想来说没有任何帮助。塞尔丹·达托最终还是决定前往拉巴斯。几个月后,拉蒙·塞拉诺出现在了我的办公室里。他带来了《小巴尔加斯没说的事情》的手稿,由塞尔丹·达托执笔,胡利娅·乌尔基迪署名。我严肃地看着他,"你明白我是唯一一个不能编辑这本书的人",我这样回答他道,甚至没看一眼胡利娅·乌尔基迪的手稿。"我知道,不过作为文学代理人,我的职责就是带着手稿问遍我们觉得合适的出版社。"我同意他的说法。他也同意我的想法。所以他带走了《小巴尔加斯没说的事情》的手稿。

直到差不多一两年前,我一直以为我读过的那本《小巴尔加斯没说的事情》就是塞尔丹·达托帮胡利娅·乌尔基迪写的那本。"是另一本,"拉蒙·塞拉诺后来纠正了我的错误,"塞尔丹·达托那本写得更好,就是我手上的那份手稿。"这个至今没能出版的版本的内容是塞尔丹·达托同乌尔基迪·伊亚内斯女士的对谈实录,由磁带转录而来,根据拉蒙·塞拉诺的说法,负责执笔的是塞尔丹·达托。为什么会有另一个版本呢?发生什么事了呢?"出版的那个版本的《小巴尔加斯没说的事情》,我不知道是谁写的,或者说是谁帮胡利娅·乌尔基迪写的,"拉蒙·塞拉诺这样说道,"跟我们有关的情况是，塞尔丹·达托的那个版本的情况是，胡利娅·乌尔基迪不认可最终成稿的版本。我猜想她是想在另一家出版社出版它，肯定是某家玻利维亚出版社。但这是不可能的，因为这项计划是我们设计出来的，所以就成了现在这个样子，计划就还是计划，没能得到出版。"我无法找塞尔丹·达托确认这桩逸事的细节。不管小巴尔加斯是不是那位秘鲁作家青年时期的影子，还是说他只是每个作家内心中都藏着的那种"家庭魔鬼"，我们的记忆都会在年复一年中将被约翰·厄普代克称为"不可修复的死者遗骸"的这种东西撕成碎片。

《胡利娅姨妈与作家》依然是巴尔加斯·略萨小说天地中的一块试金石。又有许多评论家和小说家就小说文本和作者的最初意图给出了新的解读，说它不只是一部拥有"大团圆结局"——至少对其中一个主要人物来说是这样：小巴尔加斯或巴尔加斯·略萨——的小说，而且还具有言情小说的特征，那种主题的小说一向被主流文学评论界轻视。不过，大家都知道巴尔加斯·略萨很欣赏科琳·特亚多（Corín Tellado），她的言情小说销量惊人，自然也是众多广播剧和影视剧改编的对象，流行程度堪比文学人物佩德罗·卡马乔创作的广播剧。巴尔加斯·略萨曾是秘鲁一家电视台的一档名为《巴别塔》的节目的负责人，他因此曾赴科琳·特亚多位于希洪的家中对其进行专访。在最近的一档电视节目中，科琳·特亚多严肃大于玩笑地说："巴尔加斯·略萨来找我是因为他不明白为什么我的书卖得那么多，而他的书卖得那么少。"她用风趣睿智的说法解答了我们的疑惑，她一生都在创作言情小说和催人泪下的故事，令蒙田所说的"普通人"陶醉其中。无论是巴尔加斯·略萨还是古巴-英国小说家（这个修饰语看上去很矛盾，但却是事实；看上去像是虚构出来的笑话，但却千真万确）吉列莫·卡布雷拉·因凡特都曾在众多场合表达过他们对科琳·特亚多的欣赏。在我看来，其中又包含着始终吸引巴尔加斯·略萨的神圣的福楼拜的思想了：生活中的一切，都是按照文字写下的东西来安排的。

教授、文学评论家安德烈斯·阿莫罗斯（Andrés Amorós）是言情小说最资深的研究者之一，他曾在众多演讲和文章里提到《胡利娅姨妈与作家》。我曾听到他亲口提及该书，那是在向曼努埃尔·普伊格致敬的"每周作家"活动上。"我认为，如果巴尔加斯·略萨没读过曼努埃尔·普伊格的书的话，他是不会写出《胡利娅姨妈与作家》的。"在那位著名的阿根廷作家去世后，卡布雷拉·因凡特在伦敦给出了类似的说法。也许阿莫罗斯和卡布雷拉·因凡特对于《胡利娅姨妈与作家》的看法有些夸张，我们这些小说家及其评论家们总是很容易就持有某种看法和倾向，我们总是联想丰富、夸大其词。不过《胡利娅姨妈与作家》的确与普伊格的一些小说有异曲同工之妙，尤其是他早期的作品，如《布宜诺斯艾利斯事件》（*The Buenos Aires Affaire*）和《红红的小嘴巴》（*Boquitas pintadas*）。尽管巴尔加斯·略萨的那部小说具有狂欢般的伪福楼拜风格，但我始终认为，刺激普伊格写出那些脏话连篇、癫狂而具有挑衅性的作品的东西并没有对巴尔加斯·略萨产生同样的效果。我可以大胆承认言情小说中常见的自传元素、思绪离愁、男欢女爱都在《胡利娅姨妈与作家》中有所体现，而且是以一种无意识的方式出现的，它成为巴尔加斯·略萨文学计划中的一种补充元素。

《胡利娅姨妈与作家》已经被改编成许多电视剧和电影版本，有的成功，有的失败。针对这部小说，对巴尔加斯·略萨的人生和作品研究最深入的那位专家曾经说过："它精准地游走于边缘之上，在那里,作家已经不在他的作品中发声了,而是他的作品借由他开口说起话来了。"[1]

---

[1] Oviedo, José Miguel, op.cit.

24

回归全景小说：《世界末日之战》
（1981）

在认识鲁伊·古雷拉之前，巴尔加斯·略萨从没听说过卡努杜斯。那是个遥远的世界，无法被了解的世界，与巴尔加斯·略萨没有任何交集。对于这位小说家来说，文学创作的源泉是从对自身经历的缓慢消化中得来的。通过《世界末日之战》，巴尔加斯·略萨进入了一个全新的世界，他摸索前行，做了成百上千份笔记，从数不清的文件、文章、那个时代的报道，当然还有巴西在"劝世者"安东尼奥引发的风波平息之后出现的种种争议和论战中汲取养分。通过创作《世界末日之战》，巴尔加斯·略萨再次违背了自己的"誓言"。在出版《酒吧长谈》后，他曾经说过自己不会再写那种野心勃勃的作品了，也就是那种让作者持续焦虑和紧张的"全景小说"。他曾信誓旦旦地表示，从那时开始（1969），他的写作计划，不管小说篇幅长短，都不再会像之前那样充满野心、布局宏大了，而且作为作家来说，他只对他的祖国秘鲁的事情感兴趣——在创作《世界末日之战》以前，他的所有作品的背景都在秘鲁。这部小说打破了他的两个信条（他回到了"全景小说"的创作道路上，而且写了一个与他的祖国无关的故事，一个发生在巴西的故事）；

此外，还要加上两个巨大的困难：土地问题，故事发生的背景对于准备把它变成小说的巴尔加斯·略萨来说只意味着地图上的一片区域，或是文件、文档中文字记录过的地方，当然了，也存在于他的想象之中；人物问题，在那片土地上生活的人们说着一门与作者使用的语言不同的语言，也和他之前的小说里出现过的大部分人物所使用的语言不同。

巴尔加斯·略萨在形容卡努杜斯——如今已经没入湖底了，从地理层面来讲是这样——的故事时，认为它是个充满各种各样故事的故事体：有一个核心故事——"劝世者"在卡努杜斯起义的故事，这个故事在那个故事体内发展，还有很多分支，成百上千个故事，在小说家本人看来，它们可以组合成一个全景式的故事，一个无穷无尽的故事。在创作《世界末日之战》时，巴尔加斯·略萨又遇到了那个在创作所有小说时都会遇到的让人焦虑的境况：草稿越来越厚，只能用尽各种手段去约束、驯服、放置、连接和排列每种要素、每个人物。因此，同《绿房子》和《酒吧长谈》的情况一样，巴尔加斯·略萨不得不在脱缰的小说结果掉他之前先把小说结果掉。

在何塞·米格尔·奥维多看来，《世界末日之战》不仅是关于一段历史的多重故事，还是一本小说，一个文献、社会学式的故事。《世界末日之战》的创作源头是一次久远的阅读经历。鲁伊·古雷拉当时希望巴尔加斯·略萨给他的一部关于卡努杜斯起义的电影写脚本，具体来说，是和鲁伊·古雷拉合作撰写。那个脚本一开始名为《特殊的战争》，后来改成了《地狱中的角色》。但是就像我们在上文中提及的那样，那部电影最终并未拍摄。在巴尔加斯·略萨伤痕累累的记忆中如今又多了那些材料，多了他已经开始诠释、解读的那个无序的世界。巴尔加斯·略萨是在1973年与卡努杜斯第一

同西班牙国王胡安·卡洛斯一世（左）在萨苏埃拉宫翻看《世界末日之战》

次相遇的,当时他住在巴塞罗那,正在写《潘达雷昂上尉和劳军女郎》。欧克利德斯·达·库尼亚在1902年写成的那部时而让人感到迷乱,时而让人昏昏欲睡的《腹地》正是关于卡努杜斯的著作。如今我们已经明白无误地知晓了巴尔加斯·略萨对那部作品超越他人的推崇。那不是一本小说,而更像是一部历史、社会、政治文献作品,具有无可替代的文献和人类学价值。

正是由于"劝世者"安东尼奥·维生特·门台斯·马西埃尔这个偏执、狂热、具有超凡魅力的宗教领袖的出现,卡努杜斯的人民开始走入"历史"。我们回到十九世纪末,1893年到1897年间,巴西西北部巴伊亚州一个偏远而荒凉的地区:卡努杜斯。巴西第一共和国于1889年宣布成立,正如奥维多写的那样,"共和国想要走得更远:想要建成一个现代、进步、文明、统一的巴西"[1]。奴隶制已经在数年前由君主立宪制时期的巴西政府废除了(1885),对于未来的巴西来说,新世界的大门打开了,人们期待建立起一个荣耀的、乌托邦式的现代国家。广漠的巴西成了容纳各种思想的试验田,它无穷无尽,充满吸引力,恰像小说一样,连巴尔加斯·略萨也迫不及待地想把《腹地》里呈现出的史实材料用作创作素材,他要把人的部落式思想、欲望和野心融合到那部小说中。"劝世者"出现时,自由进步思想充盈的巴西已经建立起了一种自我对话、自我辩论的机制。但这一切分崩离析了。这是种返古现象,发展方向回到了部落式、原始的乡村模式上。文化衰败、贫穷落后,这种情况对于人类灵魂来说是极其危险的,可能会引发带有政治和暴力倾向的宗教狂热事件。所有被共和国视为进步的东西——变通的法律

---

[1] Oviedo, José Miguel, op.cit., p.324.

条文、司法体系，国家在权力体系中处于优先地位（在那之前，这种地位属于教会）——在"劝世者"和他的追随者们看来，都是在亵渎神明，是怯懦的表现，要以死赎罪。在上帝的帮助下，那片土地上代表正义的强者——也就是他们这些起义者，追求原始的社会结构的人、宗教分子，乃至狂热分子——必将清除那些弱者。可以看出，我们正在谈论的是及至我们生活的现代时期仍然十分流行的拉丁美洲宗教-政治潮流中的一种变体，是一种隐藏在最陈旧的传统中的狂热思想。这也是意识形态、宗教和政治谎言的一种变体，它已经而且仍然在各个地方制造出废墟、死亡和毁灭，从中世纪的西班牙宗教裁判所到二十世纪末二十一世纪初的原教旨主义-恐怖主义运动。美洲也难逃这种命运，其中最有名的无疑是"光辉道路"，它诞生自秘鲁倒并非偶然。

共和国对卡努杜斯发动的战争是现代观念向原始观念发动的战争。不过那次看上去毫无难度、实力悬殊、注定将速战速决的战争却变成了全巴西军人和普通国民心中久久难以磨灭的记忆。在四次发兵外加一场可怕的围困行动之后，卡努杜斯才最终陷落，于是从那以后，卡努杜斯真正进入了"历史"，成为神话，当然也通过《世界末日之战》进入了文学世界。在卡努杜斯陷落后，有多少人死于巴西第一共和国的"现代"军人之手呢？根据历史学家的说法，大约死了两万到三万人，一代又一代历史学家至今也未能走出震惊的情绪。对于卡努杜斯战争及屠杀事件，欧克利德斯·达·库尼亚在 1902 年的《腹地》里收集的报刊、文章、档案和研究提供了不容辩驳的证据。

我们不能把事情简单化。卡努杜斯的历史不仅仅是以文学素材的形式吸引巴尔加斯·略萨的。在那段历史背后，隐藏的是拉丁美洲的大部分历史。一方面共和制及其现代性内涵在巴西产生，另一方面拥护这种制度的人认为应以广泛的——自杀式的——宽容态度来为共和制打下基础，甚至要容忍它的一切缺点和过渡表现：狭隘的意识形态观念，在思想和实践方面都表露出来的极权主义倾向。而这些东西在民主社会一向是人们试图治愈的"疾患"。因此，巴西第一共和国无法理解"劝世者"到底在做什么，也无法解读在卡努杜斯发生的事情，于是他们给卡努杜斯与甲贡索人的"萨满法师"——"劝世者"扣上了这样的罪名：卡努杜斯是拥护君主制者建立起来的原始地狱，而"劝世者"是伪先知。两个阵营出现了，它们其实正是维克多·雨果在《悲惨世界》——作为读者的巴尔加斯·略萨永难忘怀的经典——中刻画过的滑铁卢战役的对战双方，也是托尔斯泰在不朽的《战争与和平》中描绘过的对立双方。*大体来看*，甲贡索人及其领袖"劝世者"经历的是现实，也是真实、未完成、零碎，有时甚至是部分而主观的历史。他们曾生存在巴西巴伊亚州那片荒芜的迷失之地上，那里是被遗忘的地方，是世界的尽头[1]：卡努杜斯。

巴尔加斯·略萨在阅读《腹地》时就被欧克利德斯·达·库尼亚讲述的事情吸引了。那也是一切的开始，它唤醒了那条绦虫，还往作家体内的虚构文学发动机里加了油，把它启动了起来。但是，就和创作《世界末日之战》时参照的模板之一托尔斯泰一样，巴尔加斯·略萨也并没仅限于*讲故事*。因为《世界末日之战》并不仅仅是本供人阅读的小说，也是一本思考之书，也许它的创作方向和

---

[1] 实际上，《世界末日之战》的西班牙语原书名（*La guerra del fin del mundo*）既可以指"世界末日之战"，也可以指"世界尽头之战"。——译注

文字张力就和令巴尔加斯·略萨着迷的《腹地》一样。当然了，这并不意味着这是本说教式的小说，在巴尔加斯·略萨的书中，真实事件经过了重组，被以虚构故事的形式展现了出来。因此，可以说《世界末日之战》是一部"拉丁美洲主义"的教科书，那片大陆以可怕的、压抑的方式野蛮地吞噬着它的孩子们，就像何塞·欧斯塔西奥·里维拉的《旋涡》里描写的那样，也像借助弗朗西斯科·德·戈雅的画作成为永恒的神话中的食子农神一样。正如塞蒂指出的那样，卡努杜斯是一系列模糊定义的集合体，从对充满老套的浪漫主义情调的"美好的野蛮"的简单化解读，到在长达两百多年的时间里整个大陆对乌托邦式社会主义的梦幻式理解。拉丁美洲喜欢把自己看得与世界上的其他地区*不同*，哪怕这种看法充满矛盾、错误和疑惑。对于一个拉美人来说，卡努杜斯的事件有什么样的典型意义呢？

"对于一个拉美人来说，卡努杜斯的典型意义就在于，"巴尔加斯·略萨说道，"对立双方都是盲目的，所持的都是一种狂热的看待现实的视角，无论是拥护共和制的人还是甲贡索人都是如此，那是同一种盲目，双方都不承认自己拥护的理论在现实面前暴露出的种种问题。这就是拉丁美洲的历史。拉丁美洲在不同历史时期经历的相似悲剧就在于我们永远处于分裂状态，内战、压迫，有时还会出现比卡努杜斯事件更可怕的屠杀。我们会发现，在这些悲剧中，对立双方始终都具有相似的盲目性。也许这正是卡努杜斯起义如此吸引我的原因之一，因为卡努杜斯就像试验田一样，所有这些问题都有所体现。不过这种现象是具有普遍意义的：从根本上来看，那是种毫无宽容可言的狂热主义倾向，始终沉甸甸地压在我们的历史上。有时候是救世主式的叛乱；有时候是乌托邦式的、社会主义式的起义;还有些时候是保守派和自由派之间的斗争。不是英国的阴谋,就是美帝国主义的阴谋,要么就是共济会的阴谋或者魔鬼的阴谋。我们的历史上充斥着这种'不宽容'的状态,我们没有接受不同想法的能力。"[1]

为了创作《世界末日之战》,巴尔加斯·略萨的准备工作并不仅限于阅读成百上千份报刊媒体的报道、地理和历史方面的文献。他还曾亲赴巴西考察,目的就是要看看自己在读过必需的文献资料和《腹地》之后,在创作《世界末日之战》的过程中想象出来的那片土地和那里的人民的样子。除去阅读《腹地》,那片土地在那次旅行中给巴尔加斯·略萨留下了第二次深刻印象:巴伊亚州的"腹地",在那片遥远的土地,卡努杜斯和"劝世者"依然存活在当地人的心里。来到那片世界尽头的土地,巴尔加斯·略萨自问道:"劝世者"究竟往那些绝望的甲贡索人和其他族群的人的血管中注入了怎样的魔幻、宗教或政治的迷魂汤呢?"他给予那些人的是解释他们忍受的无助、悲惨生活的可能性,"巴尔加斯·略萨说道,"他让那些人有了自豪感和尊严感。也就是说,哪怕他们生活极度贫困,但只要听了'劝世者'的说教,他们就成了被选中的子民,成了天选之人。"[2] "劝世者"带来光明一般的姿态使当地人团结到了一起,甚至连土匪强盗也包含在内,他们一同对抗征服军。这种宗教狂热成了诱导拥护共和制的所谓进步人士践踏自己推行的宽容政策的开端。这正是数百年拉丁美洲历史的缩影,从弗朗西斯科·德·米兰达将军——给予这个大陆希望的最伟大的人物之一——

---

[1] Setti, Ricardo A., op.cit., p.48.
[2] Ibid., p.50.

所处的时代开始。米兰达希望保守派和自由派之间的斗争成为独立战争的组成部分,这种思想的践行者正是在拉瓜伊拉将米兰达逮捕的军人西蒙·玻利瓦尔,他并没有缓和文明与野蛮这两组概念之间的矛盾,而是让双方的斗争无休止地进行了下去。

巴尔加斯·略萨依然忠实于福楼拜的文学理念,并且依然恪守思想和职业方面的严肃性与纪律性。为了写成那部基于卡努杜斯起义的小说,他决心学习足够的相关知识,于是一头扎进了卷帙浩繁的文献材料之中。堆成山的材料慢慢钻进了巴尔加斯·略萨的头脑中,解体再重组,变成文学作品,圈定出了《世界末日之战》的时空界限以及出场人物,当然还要加上小说家创作的种种事件和行动。我们再重复一次:对于《腹地》的充满激情的阅读是那本小说的创作之源,但却绝不意味着对它的情节发展和故事结局有决定性意义,因为《世界末日之战》是与《腹地》截然不同的"另一种东西",是小说家巴尔加斯·略萨在许多先于他的人已经描写过的那场历史事件的基础上创作出的独立自主的私人文学天地。巴尔加斯·略萨曾经向塞蒂这样提及《腹地》:"我的阅读生涯中最重要的体验之一就是阅读《腹地》。读那本书的感觉就像小时候读《三个火枪手》或者长大以后读《战争与和平》《包法利夫人》《白鲸》……我认为它是拉丁美洲文学史上最伟大的作品之一。"[1] 在文献资料和个人经历(卡努杜斯之旅,同当地人的关系,从该地区直接获得的知识,那里的贫穷问题以及社会和文化特征)之间,文学显现了。《世界末日之战》是巴尔加斯·略萨最偏爱的作品,他在这本书上耗费的精力最多,投入的热情最多。这是否就像托尔斯

---

[1] Setti, Ricardo A., op.cit., p.41.

泰创作《战争与和平》一样呢？"我一直想写一部能取得《战争与和平》或大仲马的作品或《白鲸》在它们那个时代所取得的同样地位的作品；也就是说，一部伟大的史诗。"巴尔加斯·略萨这样对奥维多说道。[1] 一部伟大的史诗，当然了，还得是冒险史诗。在他的文学天地中始终飘荡着一些个体魔鬼、文化魔鬼。[2] 托尔斯泰自然包含在内——在《世界末日之战》中体现得尤其明显，还有梅尔维尔。还得提到康拉德的文学作品中的那种冒险性，例如《黑暗的心》，还有——为什么不呢？——《水仙号上的黑家伙》《吉姆爷》和《诺斯特罗莫》。为何要把康拉德的冒险文学视野——乃至于康拉德本人——的影响排除在《世界末日之战》之外呢？把一段历史、一个真实的或虚假的事件"据为己有"，通过冒险——用文学这种冒险手段来写冒险——把它们变成传奇，这不正是康拉德的拿手好戏吗？

在虚构故事里设置"写匠"——作家、诗人、记者、抄写员——对于巴尔加斯·略萨来说已经不是什么新鲜事了。从《城市与狗》里的青年色情小说作者阿尔贝托·费尔南德斯，到《胡利娅姨妈与作家》里的佩德罗·卡马乔，还有《酒吧长谈》里极为重要的人物小萨，巴尔加斯·略萨描写这些有他的影子的人物的意图总是十分明显。不过，就像巴尔加斯·略萨作品最重要的研究者何塞·米格尔·奥维多看到的那样，那种意图在《世界末日之战》中以成倍的方式出现了，而且呈现方式多种多样：一共有四个人物在

---

[1] Vargas Llosa, Mario, *El escritor y la crítica,* op.cit., p.311.
[2] 个体魔鬼多指作家的个人经历，文化魔鬼多指作家的阅读经历等，该理论出自巴尔加斯·略萨的《加西亚·马尔克斯：弑神者的历史》，书中还提到了历史魔鬼，指历史、社会等对作家产生影响的外部因素。——译注

写作,"三个人物在紧张地从事那项事业,还有一个在象征性地从事相关活动:口语化的叙事者"[1]。

这几个"写匠"是:扎根于现实的加利雷奥·加尔;第二个人物被作者命名为近视记者,身上有欧克利德斯·达·库尼亚的影子,许多专家指出过这一点,巴尔加斯·略萨本人也证实过;第三个在现实中是个书记员,被"劝世者"带在身边,其任务是记录"神圣的历史"以及甲贡索人为把巴西从恶魔和无神论者手中拯救出来而进行的"圣战"的过程,他叫莱昂·德·纳图巴,巴尔加斯·略萨读到过也听说过这个人物,据说他一直跟在"劝世者"身边,是个身体残疾的人(在小说里也是如此,费利西奥·帕迪纳斯,像动物一样用四肢行走,总是摇头晃脑);还有第四位,口语化的叙事者"侏儒",某个马戏团的幸存者,这个人物讲述故事的原因只是他记得那些事,或者出于职业的原因偶然听说过它们,了解过它们,他本人则与那些事件无关,如果可能的话,我们觉得他更像是从《一千零一夜》里走出的人物。

《世界末日之战》自然也讲述了"劝世者"安东尼奥周围的甲贡索人与共和国军方之间的所有战争冲突。为了创作这部小说,巴尔加斯·略萨研究了来自对战双方的各种文献,了解他们的意图、信仰和癖好。和《酒吧长谈》一样,他用以搭建小说的材料在无节制地增多。巴尔加斯·略萨不得不再次抑制住无限探索的欲望,在那些材料堆成巴别塔前停了下来。数十位重要的人物,或亲切,或奇怪,从"劝世者"本人到自由派、乌托邦式社会主义思想者、宣扬从未到来的未来的宗教人士。巴尔加斯·略萨不宣传任何思想理

---

[1] Oviedo, José Miguel, op.cit.

论，他只讲他想要讲述的故事，讲述那些成为他的文学执念的东西。这就是那部小说。这就是《世界末日之战》。

《世界末日之战》新书发布会在伊比利亚美洲合作院举办。巴尔加斯·略萨和他的编辑们一同出席。那是1981年10月，他在活动中结识了国王本人，因为巴尔加斯·略萨曾在之前参加的一档由路易斯·德尔奥尔默主持的广播节目中表达过类似想法。我那天迟到了，大家已经开始觥筹交错、欢声笑语、谈天说地了，还有人在兴致勃勃地寻找出版社在活动中免费提供的《世界末日之战》的样书。我一步三级地上了楼梯，我想至少要赶上甜点时间，好见见出于距离原因已经许久未见的老朋友。学院铺开的蓬松地毯上绣着祖国母亲、征服传说以及西班牙在美洲大陆无数"世界尽头的地方"传播天主教的故事。在楼梯尽头处的拐角位置，我看到了一身黑衣黑裤，西服外套的扣子解到了胸口以下的一位作家，他写的冒险小说销量很好，此时却显得有些悲伤、孤独、奇怪。"你好啊，阿尔贝托。"我友好地打了招呼（我爬楼爬得满身是汗，急着想要走进巴尔加斯·略萨和嘉宾们所在的大厅）。他把古巴雪茄从嘴边移开，让人觉得他是在模仿詹姆斯·迪恩（James Dean）在《无因的反叛》里的动作，然后突然说了句让我吃惊的话："你真的觉得*那位*算得上真正的作家吗？"他边问着，边向巴尔加斯·略萨所在的方向投去了沉重而轻蔑的目光。"他是你朋友，对吧？"他又问了一句，脸上挂着电影里加利福尼亚式的笑容。"当然了。"我只回答了这么一句，然后等着他放大招。"你会慢慢发现他的真面目的。"他摆出了想要跟巴尔加斯·略萨保持距离的样子，仿佛他自己才是"真正的作家"。这件逸事是个很有代表性的例子，它代表着某些文学或政治圈子里的人看待巴尔加斯·略萨的态度。

（从左到右）路易斯·德尔奥尔默、马里奥·巴尔加斯·略萨、帕特丽西娅·略萨和卡洛斯·卡诺在《马德里，联邦区》发布会现场，1994年10月

争议事件一桩接一桩。在巴西,《卡努杜斯社会史》一书的作者埃德蒙多·莫尼斯率先发难,他认为巴尔加斯·略萨的小说是反动的、反社会主义的。巴尔加斯·略萨的这部关于巴西的、托尔斯泰式的、康拉德式的——是他的小说里最具有康拉德风格的——小说,被许多毁谤中伤者热闹哄哄、毫不遮掩地指责成了剽窃物,他们不仅指责这部小说,还指责作家本人,连巴尔加斯·略萨在献词里向欧克利德斯·达·库尼亚(还有内里达·皮农,巴尔加斯·略萨的好友,一位出众的女士、作家)致敬也视而不见。除了上述争议事件之外,还得提到鲁伊·古雷拉在那部小说出版一段时间后对巴尔加斯·略萨的斥责,他认为后者使用了两人共有的电影素材,他们俩曾于1973年在巴塞罗那一同合作构思那部电影脚本达数月之久。截至目前,最近一位认为《世界末日之战》是剽窃作品的,是葡萄牙小说家、1998年诺贝尔文学奖得主若泽·萨拉马戈,他在我们西班牙语文化圈里是备受尊敬的作家。萨拉马戈借一场讨论文学议题的会议之机再次提出了那种看法,也许是替其他一些曾批评过巴尔加斯·略萨的《世界末日之战》——这些批评并未发表出来——的作家们发声。有些纸质媒体发表了萨拉马戈的评论,还附加上了受人尊敬的"五〇一代"诗人、翻译家、葡萄牙语文学研究专家安赫尔克雷斯波(按照我的看法,他被不公正地排除在了许多"五〇一代"诗人的作品选集之外)的看法。那些媒体甚至写道,克雷斯波亲口表示他才是在巴尔加斯·略萨眼皮子底下"发现了"欧克利德斯·达·库尼亚的《腹地》的人。无可奈何之下,巴尔加斯·略萨只得撰文驳斥了这些观点,他再次明确表示,《世界末日之战》虽然是部小说,是虚构文学作品,但是它的创作之源就在另一本书上面,即欧克利德斯·达·库尼亚的《腹地》。巴尔加斯·略萨毫不掩饰阅读那部作品——那是部历史、社会、思想方面的著作，但不是文学作品，或者说绝对不是小说——的经历，不过《世界末日之战》作为小说来看，与达·库尼亚对卡努杜斯的理解毫无关联，那位秘鲁小说家自然从《腹地》中汲取了养分，但还要考虑到他的个人经历，尤其是对"劝世者"领导的起义的爆发地巴伊亚州的实地考察。在卡努杜斯，"劝世者"领导的起义运动发展之地，教堂是它的象征，如今那里的一切都沉到水底了，像传说一般消失在了一个湖泊的深处。《腹地》是部散文作品，《世界末日之战》则是巴尔加斯·略萨利用记忆、现实和文学技巧回归"全景小说"创作的成果。

  这么多年过去了，《世界末日之战》慢慢成为一部经典之作，被人们阅读、重读，它也越发展现出在思想和文学方面的反思价值，不仅关于所谓的谎言中的真实——小说永远如此，还有关拉丁美洲许多团体、团伙、帮派狂热赴死的姿态中隐藏的意识形态谎言和真相，*真真正正*的真相。从传统的角度来看，这些组织团体往往具有革命性质，看上去纯洁无瑕、无可挑剔，是在道德层面上看注定要进入天国的一群人。巴尔加斯·略萨坚持对历史进行"危险的反思性回溯"（《狂人玛依塔》也是如此），他借助这部小说再次指出：意识形态领域的革命派也许是拉丁美洲所面临的最大问题之一。

25

另一些"魔鬼"叙事人
（1958—1987）

如果说《世界末日之战》表现的是作为作家、公民和对他所处的时代负有责任感的拉丁美洲人对思想领域的问题的深切忧虑的话，那么《狂人玛依塔》进行的也是类似的反思：在一个各个领域都处于崩坏状态的可悲社会里，无论是领导人还是那些通过某种意识形态思想崛起的"祖国的救星"，最终总是会犯下大错。

亚历杭德罗·玛依塔的故事是真实发生过的，它也成了那部小说的萌芽，成了一种真切的历史魔鬼，始终萦绕在巴尔加斯·略萨的脑海中。我们面前的这位作家，巴尔加斯·略萨，难道也是灾难的"预言家"？还是革命最高纲领派政治弊病的猛烈抨击者？那似乎成了近年来巴尔加斯·略萨开辟的众多政治和文学道路中的一条。1958年，在秘鲁山区发生了一场小规模的起义，主要参与者是托洛茨基主义者亚历杭德罗·玛依塔以及几个中层军人。在创作和出版与这次起义有关的那部小说的时期，在秘鲁和拉美其他地区，暴力浪潮逐渐涌现，那部小说似乎也对这股浪潮起到了一定的揭示作用。《狂人玛依塔》中的角色和巴尔加斯·略萨的其他小说中的众多人物一样，最终赢来了挫败的命运：他们在年轻时为了暴力革命的思想奉献了一切，为了一项事业（认为通过革命可以拯救祖国）牺牲了所有，最后只剩下一团灰烬，一团熄灭的炭火，被人们转眼忘却。这就是亚历杭德罗·玛依塔的命运写照，也是真实生活中许许多多试图通过暴力革命来引发社会变革的人的经历写照。

我还在想玛依塔家附近的垃圾的时候，远远地看到左边卢里甘乔监狱的成山的垃圾堆，并且我又想起那个赤身裸体的疯癫犯人在单号牢房前的大垃圾堆上酣睡的情景。不一会儿，我便穿过萨拉特区，从阿乔斗牛场边上绕过去，驶入阿巴卡伊大街，沿着它直奔高速公路，途经圣伊德罗区、观花埠区和巴兰科区。提早驶进我有幸居住的巴兰科区海堤地段，映入眼帘的又是一堆堆垃圾——明天早晨我出来跑步时，将会看见——如果伸长脖子，沿着陡峭的海岸看去，成堆的垃圾一直延伸到大海。于是乎，我想起了一年前我开始虚构的这部小说，那就用日益吞噬秘鲁首都市区的垃圾作为本书的结尾吧。[1]

巴尔加斯·略萨通过《狂人玛依塔》让读者认识到，秘鲁的一切依然处于腐化堕落之中，无论是形式还是内容。巴尔加斯·略萨借玛依塔描绘出的秘鲁，不正是在《城市与狗》《绿房子》《酒吧长谈》以及他的其他小说里出现过的那同一个秘鲁吗？也许在《狂人玛依塔》里出场的那些中层军人曾经也出现在了——也可能不是——《城市与狗》和《绿房子》中，是那几本小说里的军方的成

---

1 Vargas Llosa, Mario, *Historia de Mayta*, Seix Barral, Barcelona, 1984.——原注
译文引自孟宪臣、王成家译《狂人玛依塔》，时代文艺出版社 1996 年版。——译注

员。不管怎么说，《狂人玛依塔》里描绘的利马和秘鲁乡村的景象与《城市与狗》和《酒吧长谈》里描绘的那些场景大同小异，几乎是作者对自己的文学复制，那些场景成了在他的所有小说里流动出现的背景。

事实是，《狂人玛依塔》不仅被文学评论家给予差评，连巴尔加斯·略萨的许多忠实读者都*不理解或不愿意理解*这个故事，可能是因为这种*主题*的小说彼时在欧洲卖不动，也可能是因为那次事件吸引不了绝大多数读者。1984 年 10 月，我曾说过——也曾写过——《狂人玛依塔》是巴尔加斯·略萨最好的小说之一。当时也没人理解我的看法。我指的不仅是对语言的驾驭和对叙事技巧的运用——那本小说里用到的技巧都被巴尔加斯·略萨在之前的小说中用过了，关于这个话题我们在上文中已经进行过解读——我还指小说家那明白无误的创作意图，他认为冒险式的革命同意识形态领域的最高纲领派最后只会变成一种自杀式行为，其最终结果将和坚持那些思想的人发起行动的初衷完全相悖。从这个角度来看，玛依塔不仅是个典型，还代表着一种真实的历史，无论是秘鲁还是其他国家都很容易遗忘那种历史，而民主国家也希望借助这种方式*掩盖*自身的问题。

玛依塔是个失败者，在性取向方面也有问题——这一点交代得并不清楚，因为对于军方和秘鲁社会来说，这是最严重的问题。他是一部分秘鲁的拟人形态，就是小萨在《酒吧长谈》第一段里认为的"倒霉了"的秘鲁。从某种意义上来看，玛依塔就是那个"倒霉了"的秘鲁的代表，而他倒霉的具体时间已经消失在了历史的阴暗角落里。不过玛依塔同时也是小萨、堂费尔民、安布罗修·帕尔多；换个角度来看，这些人身上都有"劝世者"安东尼奥的影子，后者最终说服自己相信他本人就是将拯救他的信徒们、甲贡索人和其他民族的人的救世主。由信奉同样倾向的思想的寥寥几人参与、受外部支持、从军方内部发动的武装政变，真的能拯救像秘鲁这样"倒霉了"的国家吗？到目前为止，巴尔加斯·略萨就这一问题给我们的答案就是《狂人玛依塔》。再有就是作家本人自 1973 年开始创作《世界末日之战》起就一直在进行的反思和思考了。十一年后，他把自己的种种忧虑搬到了他从少年时期起就已经熟悉的利马这个舞台上：苏尔基略、拉维多利亚、卡亚俄港、拉科尔梅纳、圣伊西德罗（那座城市的外在特征自这里开始变化）、观花埠（他一直以来的家园）和巴兰科（他当时居住的地方）。《狂人玛依塔》也算得上是种日记，是一个忧心忡忡的作家写下的纪实作品。巴尔加斯·略萨用未来式的、摄影式的笔触去写过去的事件，真的不会有夸大之处吗？也许我们看看现在，看看此时此刻在藤森和蒙特西诺斯掌权下的秘鲁的阴暗现状，就能得出答案了。

两年后，面对同样的问题，尤其是"光辉道路"在所谓的"已获解放的土地上"肆无忌惮地施行恐怖主义行为的问题，巴尔加斯·略萨从之前创作的小说《绿房子》中选取了一条分支线索，拓展成了一个中等篇幅的故事，即《谁是杀人犯？》。《谁是杀人犯？》与《城市与狗》有相似之处——揭露道貌岸然的军方的道德问题再次成为小说的主题，《酒吧长谈》中"倒霉了"的秘鲁再次成为《谁是杀人犯？》的故事背景，《绿房子》中的部分情节及场景在这部小说中也有体现。有一个从《绿房子》里走出的人物，后来在巴尔加斯·略萨的多部小说中频繁出场，成了流浪于各个故事之间的人物：利图马。

当然了，《谁是杀人犯？》是部扣人心弦的小说，有传统的诡计、隐藏的材料，出现了许多从表面难以看出的、隐秘的社会问题，支撑起秘鲁社会的各个阶层——以及掌控它们的人——将这些问题"消灭了""消除了"。故事在一种紧张的气氛中展开,就像侦探小说一样,我们这些熟悉巴尔加斯·略萨作品的人不自觉地会再次问出那个我们已经思考过成千上万遍的问题:究竟是谁杀了《城市与狗》里的"奴隶"里卡多·阿拉纳?

从所有层面来看,我们都该把《谁是杀人犯?》嵌入作者展现其忧虑和思考的那些小说中间,例如《狂人玛伊塔》和《叙事人》。这些忧虑包括在政治层面上的持续思考。巴尔加斯·略萨在创作这几部小说的时期经受着一种疑惑的折磨,尽管他在很久之前就曾公开拒绝承认这一点。他会参与他的祖国秘鲁的政治活动吗?他会参加未来的某次总统大选吗?还是说完全相反,他会继续坚定不移地走作家道路,然后继续因为对自己、对祖国的责任感而忧心忡忡呢?换句话说,进行文学创作既是为了满足自己,也是把用知识去撒谎的行为——用他本人的话说就是"谎言中的真实"——当作一种思辨的方法,从而"对历史真相的界限及其限制进行思考"[1]。因此,让他犹疑更多的是历史真相问题,而非以历史主题创作的虚构文学作品——在现实中出现的往往是虚构后的历史,因为"总是会存在一种操纵着各种事件的诠释方式,只需把那些事件改头换面一番就够了"[2]。让-弗朗索瓦·何维勒称之为"意识形态谎言"——这个世界的最大推动力。如果说在文学中,想象和其他所有嵌入其中的元素都真实可信的话——对于巴尔加斯·略萨这样的现实主义小说家来说,这叫"谎言中的真实""真实中的谎言",如果说它

---

[1] Setti, Ricardo A., op.cit., p.58.
[2] *Ibid*.

们都是文学健康而丰富的表征的话，那么在现实中，在历史中，在关于历史真相的叙事中，谎言就成了组织作假行为的驱动力。人们操纵意识形态，伪装意识形态，把它变成了迷宫、舞台剧。巴尔加斯·略萨惯用的这种写作方法绝对算不上流行，因为其中蕴含的风险太大，可能会带来严重的后果。在这种心理和思想状态下，巴尔加斯·略萨不仅创作了《谁是杀人犯？》，还写出了《狂人玛依塔》，最后是 1987 年出版的《叙事人》，再过几个月，他就要公开宣布参加秘鲁总统大选的决定了。

"我到佛罗伦萨是想忘记秘鲁和那里的人民一段时间，可是今天早上，那个该死的国家以最难以想象的方式再次出现在了我的面前。"巴尔加斯·略萨在《叙事人》的开头这样写道。这部小说的叙事者正是《狂人玛依塔》里那位采访了诸多人物的叙事者：为祖国而忧心的作家，这个形象已经变成了巴尔加斯·略萨的个体魔鬼，而那个国家则让他不断生出诸多矛盾的情感和激情，它们无休止地丰富他的思想，同时牵引着他不断投向他那具有排他性的志向：文学；巴尔加斯·略萨同他的数部小说里出场的那位作家叙事者一样，时不时地就会出入他的祖国秘鲁。秘鲁已经成了与他如影随形的幻觉，成了魔鬼式的阴影。因此他不只想通过小说、故事来辩证地责难它，批评它，鞭策它，还想——像弑神者一样——改变那种现实，推动它成为它应当成为却无法成为的样子。和他的其他许多小说一样——从《城市与狗》到《狂人玛依塔》，《叙事人》表现的也是巴尔加斯·略萨永不消失的二重性。他从"倒霉了"的"该死的国家"秘鲁（他的政敌们曾在总统大选期间利用了他的作品里的类似词汇，以此抹黑巴尔加斯·略萨的形象）逃了出来，逃到了佛罗伦萨。但是故事的核心魔鬼远非他可以掌控的：总是如影随形地陪在他身边。在《叙事人》的例子里，秘鲁以最原始而遥远的方式出现在他的面前，他在摆放着古董收藏品的橱窗里看到了秘鲁的痕迹："……几支弓箭、一支精雕的木桨、一个画有几何图形的水罐，还有一个身穿粗棉布衣衫的假人，但使我蓦然回味起秘鲁森林地区的却是那三四幅照片。照片上是宽阔的河流、高粗的树木、老朽的独木舟、架在支柱上摇摇欲坠的茅舍，还有那一群群棕色皮肤的男男女女。这些人半裸着身子，脸上涂得花花绿绿，从那闪光的照相纸上注视着我。"[1]

由于将个人经历的一部分融入故事中，巴尔加斯·略萨让《叙事人》多了一重"不同的"维度，那个魔鬼已经静静等待了多年，就是为了等着叙事，等着以神话式的口吻*讲述*存在于巴尔加斯·略萨血液中的自己的故事。我很想知道在小说里的某些章节中常出现的那位叙事者——写故事的叙事者，巴尔加斯·略萨的化身，类似形象也曾在《胡利娅姨妈与作家》（以十分明显的方式）和《狂人玛依塔》（以更模糊的方式）中出现过——和不断搜集玛奇根加部落的传说和传统故事，在各个族群间讲述它们，通过话语把听众拉向未来和永恒的那个口头叙事人之间究竟有怎样的关系。以文学的方式、文字的方式描绘神圣的叙事人，是对他的一种尊敬，但同时也是一种"亵渎"。不过，小说家巴尔加斯·略萨在《叙事人》中并没有过分接近那种传统生活，没有像阿格达斯作品中常有的那样展现鲜血淋淋的场景（这种场景常与死亡相关）。相反，巴尔加斯·略萨保持着作家与作品之间应有的距离感，因此他才提醒读者

---

[1] Vargas Llosa, Mario, *El hablador*, Seix Barral, Barcelona, 1987.——原注
译文引自孙家孟译《叙事人》，时代文艺出版社 1996 年版。——译注

说:"这部小说不是一部经过伪装的自传。"这是指《叙事人》中的叙事者并非是真正意义上他本人的化身。巴尔加斯·略萨一再表明《叙事人》"是部小说,一部有自传因素的虚构文学作品,但同时也结合了诸多想象因素"[1]。通过一个具体的族群——玛奇根加人及"叙事人",巴尔加斯·略萨进入了秘鲁的神话时代。

在进行被巴尔加斯·略萨喻为最艰巨的智慧冒险——创作《世界末日之战》——之前,这位小说家一直坚持写那个最让他忧心也是他最熟悉的国家:秘鲁。显然,秘鲁对于巴尔加斯·略萨而言既是内部魔鬼,又是外部魔鬼,既扰乱着他成为小说家的理想,又丰富了他作为文学创作者的想象力。情况一直如此,从他最早创作的长篇小说,到"污秽的"情爱文学作品《继母颂》和《情爱笔记》(*Los cuadernos de don Rigoberto*)——这两部作品分别出版于1988年6月和1997年4月。有些魔鬼早已出现,它们滋养并构建了从最早的短篇小说集《首领们》到《继母颂》和《情爱笔记》的一系列作品,其中秘鲁是一个巨型魔鬼,它与作为弑神者的小说家的所有个体魔鬼相联系。连秘鲁最严肃且严苛的评论家也不禁要问:《叙事人》真的是对秘鲁的一次批评吗?尽管巴尔加斯·略萨的许多政敌——当然还有文坛的敌人——利用了他笔下出现的诸多场景和形容词来指责他"已入歧途",说他只是为了利用秘鲁来部分地满足那种自我崇拜式的夸张理想(他们管这叫"夸张的虚荣心"),可那种既真实又亲近的矛盾情感——介于爱与恨之间——也可以被视作某种"永恒的回归",它始终栖息于作家巴尔加斯·略萨体内。从这个意义上看,我觉得《叙事人》讲的是一个关于两个世界的故

---

[1] Setti, Ricardo A., op.cit., p.72.

事，从两种叙事人（或者说一个作家和一个叙事人，随您的意）的视角出发，辩证地面对那个用他们那鲜活的志向——写作之癖和叙事之业——把他们联系到一起的魔鬼：秘鲁。从另一方面来看，他们又和谐共存于同一个动词之中：叙事。我们可以这样总结一下小说《叙事人》：真正的叙事人是秘鲁，真正的作家——巴尔加斯·略萨——也是秘鲁，*另*一个秘鲁，*同*一个秘鲁，一个只有一副面孔的国家，一个"千面之国"。

那个具有千副面孔的魔鬼曾经在《首领们》的六篇故事里都出现过，这个短篇小说集在获得莱奥波尔多·阿拉斯奖后，于1959年在西班牙由罗卡出版社出版。这个短篇小说集后来不断再版，不过无论是评论家还是读者都认为：从时间、空间、形式和内容的角度来看，这本书是巴尔加斯·略萨的"史前作品"。在《首领们》里已经出现了一些自传性因素，小说家本人对此已经解释过许多次了，尽管这部作品还有许多矛盾、不成熟的地方，受到其他作家影响的痕迹也很明显。巴尔加斯·略萨不是那种不断在文学道路上"弑父"的作家，无论这种"父辈"是文学方面的，还是思想或政治方面的。相反，他忠实于自己的"脱衣舞表演"法则，不仅常常用"宽衣解带"般的方式来剖析自己的许多故事，还把与这些故事相关的关键线索拎出来，例如，创作的基础、典范都是什么。这些文化魔鬼在巴尔加斯·略萨的小说天地中随处可见，也已经被他的研究者们进行过大量研究了。在这里，我们*只想*为各位读者打开巴尔加斯·略萨的叙事摩天大楼的几扇门*而已*。

福克纳、米勒、陀思妥耶夫斯基，我们在《首领们》里可以看到他们的影子。当然还有海明威。提到海明威时，巴尔加斯·略萨这样表示：这几个故事都亏欠了那位传奇人物，在那几年里，他刚好来到秘鲁，想要钓海豚，捕鲸鱼。"他在说这番话时大概也想到了梅尔维尔的《白鲸》。让人惊讶的是《首领们》里那篇名为《祖父》的故事，巴尔加斯·略萨表示那个故事是"阅读（保罗·鲍尔斯的两本写得很美的作品《精美的猎物》和《遮蔽的天空》）后的残渣"。不过那个集子里至今仍让作者感到喜欢的故事还是《星期天》。在作家的记忆中，一种被他称为"社区直觉"的东西正在生长，那片看上去巨大的区域，等到男孩长成小伙子，也就会显得没那么巨大了，可是那里却永远扎根在了作家的记忆中。1980年5月，赛伊克斯·巴拉尔出版社把《首领们》和《崽儿们》合成了一个集子出版，巴尔加斯·略萨特意为这几个故事写了一篇"前言"。在这篇短短数页的文章里，作家的记忆无疑开始发挥作用了：他的"魔鬼们"，甚至从时间上看最久远的那些魔鬼，依然存在于这位弑神者的"文学档案"里。巴尔加斯·略萨不仅是个恪守纪律的人，还执着于写作，不断强化那些贯穿其创作过程、休憩在他的记忆中的姓名、人物和想象出的东西。总而言之，他是个怪人，甘愿屈从于自己的记忆，屈从于他经历过并记得的那些事物。

巴尔加斯·略萨写道："社区也是《崽儿们》的主题。不过这个故事不是我在青年时期写成的，而是1965年，在巴黎，成年时期的我写下的。"故事的核心内容是奎亚尔被一条狗咬坏了生殖器官，在成长过程中逐渐走向命中注定的终点——自杀——的故事。社区，伙伴们，个人命运，可怕的秘密，这些东西使他远离了同龄人的经历，他寻欢作乐，和姑娘们约会。这是一场不可能实现的情感教育，或者说，是对于奎亚尔这个人物的一个注解。由于"不正常"，他永远无法融入他所属的那个社会。这也是一场不可能实现的反叛，不过反叛的诱因却是他身体上的缺陷：男性生殖器惨遭破坏。有时候，阅读《崽儿们》——在付梓之前，巴尔加斯·略萨反复修改了六遍初稿——能把我们直接带到那些*青年团伙*、生活舒适的人的游戏之中，就像《无因的反叛》里的那些角色一样。那部影片的主要角色是由詹姆斯·迪恩饰演的。在现实生活中，迪恩英年早逝，原因与奎亚尔不同，不过方式类似，他们都死于交通事故。《崽儿们》是对那位青年艺术家的隐喻吗？这部小说是在为那位无法和他的同伴们一样融入社会"深井"的艺术家塑像吗？对于巴尔加斯·略萨的那则故事，出现过许多类似的解读，不过作家本人表示自己在创作它时心里想的是他在青年时期读到的一则新闻：一条狗咬掉了一个小伙子的生殖器。他在那个故事里给自己的主人公起名为比丘拉·奎亚尔，这本身就是怀着全景式热情做出的极具挑衅性的行为，因为"比丘拉"（pichula）在一些拉丁美洲国家指的正是男性生殖器官。

《崽儿们》于1967年在巴塞罗那出版。巴尔加斯·略萨彼时住在伦敦，正忘我地创作《酒吧长谈》，《绿房子》则刚刚荣获罗慕洛·加列戈斯国际文学奖。巴尔加斯·略萨已经成了名人，有他出席的场合总是被人们关注，各种各样的专家学者、批评家纷纷撰文评论他的作品，就这位当代作家的作品来说，用"研究透了"来形容怕不为过。在小说出版之后出现了许多关于他心中最难对付的魔鬼之一的评论，有一些令巴尔加斯·略萨感到十分惊讶。多年之后，回忆他本人的作品以及针对这部作品的评论，他会表示所有那些魔鬼归根结底就只有两个真身（就像是在梳理法律条文一样）：*我和秘鲁*，"让我感到惊讶的是比丘拉·奎亚尔的不幸故事竟然引发了如此多种多样的评论：有的说那个故事是对某'没有能力的'社会阶级的比喻，有的说它是在暗喻发展中国家'被阉割的'艺术家,有的说我是在指出图像漫画文化的流行使得青少年患了失语症,还有的说那个故事是在暗示作为作家的我本人的无奈。为什么不呢？每一种解读都有可能是正确的。我在写作的过程中明白了一件事：真实就是谎言,谎言也是真实,没人明白自己究竟是在为谁忙碌。可以确定的是,文学解决不了问题——很可能还会创造问题,与其说文学让人感到幸福,倒不如说它更能让人体验到不幸。因此,文学已经成了我的生活方式,我不会拿别的生活方式来替换它"[1]。就我来说,在读过许多遍《崽儿们》后,我依然还在继续问自己,这位被阉割的、"倒了霉"的、不幸的反英雄角色比丘拉·奎亚尔是否真的是陪伴巴尔加斯·略萨的那另一个文学魔鬼真身——他的祖国秘鲁——的化身。

---

[1] Vargas Llosa, Mario, *Los jefes. Los cachorros*, Seix Barral, Barcelona, 1980.

26

"被诅咒的部分"颂[1]
（1988）

1987年5月中旬，我得知巴尔加斯·略萨写完了一部情爱小说，书名叫《继母颂》。在一些访谈里，巴尔加斯·略萨做过一些"文学供述"，他曾承认自己在青年时期热衷阅读情爱小说。许多年前，他在利马同时兼职七份零工时，其中一份工作就是在国家俱乐部的图书馆里当图书管理员，后来他也把那段经历写进了《酒吧长谈》。巴尔加斯·略萨这样说道："感恩地说，我在那里读到了一整套由阿波利奈尔出版的'爱情大师'系列丛书，里面收录有彼得罗·阿雷蒂诺、雷提夫、克莱兰（Cleland）等人的作品。"[2] 多年之后，正如正文讲述的那样，他也展现出了自己对某些以情爱元素闻名的现代小说家的偏爱，例如他曾为两部具有明显情爱元素的伟大当代小说撰写评论文章，即亨利·米勒的《北回归线》和纳博科夫的《洛丽塔》。

《继母颂》[3] 涉及一个永恒的文学主题：三角恋。一个名叫阿

---

1 "被诅咒的部分"是巴塔耶的提法。"颂"是作者模仿略萨的《继母颂》的写法。——译注
2 Cano Gaviria, Ricardo, op.cit., p.107.
3 Vargas Llosa, Mario, *Elogio de la madrastra*, Tusquets, Barcelona, 1988.

方索·丰奇托的小男孩"爱上了"他的继母堂娜卢克莱西娅,虽说她已经四十岁了,可"依然"魅力十足,深爱着那个邪恶的小男孩的父亲堂里戈贝托。堂里戈贝托有洁癖,甚至有些病态,他每天都会花上*额外*的时间来观察自己的身体。就像某种难以躲避的神圣仪式一样,堂里戈贝托如祭司进行献祭仪式一般清洁自己的身体,这个行为中透着浓浓的宗教意味。最后,他的这种行为变成了一种病态怪癖,他成了痴迷于自己完美肉体的那喀索斯。在堂里戈贝托身上存在着两种"祭祀行为",前一种又是为后一种做准备:首先是清洁身体的行为,作者有些讽刺地用了"沐浴"这个词;然后是同堂娜卢克莱西娅的性爱,在这第二场仪式中,堂里戈贝托的幻想也是重要的参与成分,每天晚上,在关灯之后,他都要问堂娜卢克莱西娅一个问题:"你知道我是谁吗?"

堂里戈贝托在具有情色或色情元素的艺术品方面是专家,所以在《继母颂》里,他常常*能够*在自己的生活中发现自己有*观看*、*诠释和幻想*艺术作品的偏好。连小说家本人也把他的*细腻情感*注入故事,借助画作描绘传说——是老传说,也是新传说,其用意是进行一番情色解读,表现绘画艺术带给人们的感官(性爱)享受,尤其是在我们想象关于某幅画作及其创作过程背后的东西之时。巴尔加斯·略萨就如同异教首领一般,把他的某些个人喜好融入了《继母颂》,试图告诉我们人类的"神圣"事物几乎总是与巴塔耶称为*被诅咒的部分*联系在一起的。因此许多绘画作品和其中的主要人物也变成了《继母颂》中的主要元素,例如吕底亚国王坎道列斯,他的淫乱"罪孽"的最佳体现就是让别人窥视自己妻子的屁股(恐怕在这个星球上再找不出第二个这种丈夫了);再如,弗拉·安吉利科(Fra Angelico)的《天使报喜》(有意思的是,这幅画的真迹藏于佛罗伦萨的圣马可修道院,巴尔加斯·略萨就是在那里开始接触基督教的宗教传说的);又如弗朗索瓦·布歇(François Boucher)的《月亮女神的水浴》;提香·韦切利奥(Tiziano Vecellio)的《沉醉在爱与音乐中的维纳斯》;弗朗西斯·培根(Francis Bacon)的《头部 I》和秘鲁画家、巴尔加斯·略萨的好友费尔南多·德·西斯罗的《通往门迭塔的道路 10》(*Camino a Mendieta 10*)。也许这些画作恰好解答了某个隐秘的关键问题,对于这个问题我们可能了解得并不透彻,而且小说家一直将它伪装起来,直到我们读完小说才会揭开谜底。

在《继母颂》中,小男孩阿方索喜欢读很怪异的故事和冒险故事。小小年纪,他已经知道大仲马的存在了,不过还是小孩的巴尔加斯·略萨也早早就知道大仲马了,这大概不是一个巧合。不过巴尔加斯·略萨在童年和青少年时期最喜爱的两种文学类型都被社会认为是隐秘的、危险的、"负面的"(《继母颂》里的堂里戈贝托也持相同看法),这恐怕多少有些巧合的成分,我指的是大仲马及骑士小说(这些作品往巴尔加斯·略萨体内注入了对冒险的痴迷态度)和色情及情色文学作品。这两个"秘密"被作者设计成了《继母颂》中不同人物的喜好。在堂娜卢克莱西娅被情感丰富的小男孩腐化时,她问自己那颗看上去如此纯洁的小脑瓜到底在想些什么,然而,她又能在一幅抽象画作——西斯罗的那幅画,就挂在客厅里——里辨识出自己的性器官,自己裸体的样子,任自己用淫乱而细腻的模样使堂里戈贝托生出对自己身体的过度洁癖,然后再在那张双人床上进行一场可以把两人带往肉体爱欲的天堂的淫邪仪式。

小说的最后,预期中的情节发生了。堂娜卢克莱西娅以"罪人"的身份被驱逐出了天堂。堂里戈贝托在阅读儿子阿方索的学校作业时发现了自己妻子的"恶行",也就是在堂里戈贝托不在家时,堂娜卢克莱西娅和小阿方索在家里的用人、堂娜卢克莱西娅的助手胡思蒂尼亚娜惊恐的关注下进行的那些仪式性的行为，堂娜卢克莱西娅经常给胡思蒂尼亚娜放假，让她晚上自由活动，这样她和小阿方索就可以做他们想做的事了。文学是"有害"的，它能为隐藏起来，只能借由写作进行全面呈现的现实进行"平反"，这大概是我们理解《继母颂》的关键。巴尔加斯·略萨一向持类似的标准，他一直认为文学是"有害的"，它会释放那些在作家头脑中四处游荡的魔鬼和幽灵，它们一旦变成文学，就会向这个世界展现月球的另一面，也就是禁忌、隐藏起来的另一副面孔。平反和复仇：这也是《继母颂》的一种可能的解读方式。

"淫欲存在于理智和非理智之间，"巴尔加斯·略萨这样写道，他肯定想到了巴塔耶的相关理论，"人类想要活得越久越好，同时高枕无忧，这本身就是个可悲的悖论，人类不能被理智的界限束缚住，可也不能抹掉那些界限，除非死去。首先他得接受这些界限，然后需要承认他得计算利益得失。不过他也得认识到自己身上还有一些不可征服的东西、至高无上的东西，这部分东西会逃脱界限的限制，逃到那些利益得失之中。"[1] 希腊经典神话里对狂妄自大态度的影射是被巴塔耶认定为对补全人类命运至关重要的"被诅咒的部分"，它也可以在与死亡相关的悲剧以及乌托邦式的*绝对*自由中体现出来。巴尔加斯·略萨经常提及文学与恶（作为"恶"的文学）的关系，这次又再次提到了伟大的"异教徒"巴塔耶："当巴塔耶描述一个母亲和被她腐化的儿子之间充满激情和毁灭性的关系

---

[1] Vargas Llosa, Mario, "Bataille o el rescate del mal"（乔治·巴塔耶《吉尔·德·莱斯案：蓝胡子事件》前言），Tusquets, Barcelona, 1972, pp.17-18.

时，当他描述两人之间那种被解读为无休止的道德腐化和欲望的复杂情感时（《我的母亲》），面对这种对肮脏而恐怖的事物的高度浓缩过后的情节，我们很难不感到厌恶和恐惧。不过哪怕在这些例子里，巴塔耶的叙事也难免染上所有'被诅咒的'文学所共有的那个不良特征：对于怪癖式的行为的重复描写。"[1]在那篇文章的结尾部分，他再次引用了那位法国作家的思想，他们都认为给非理智和痛苦松开缰绳的是文学自身，而非作家，作家只是静静地让自己融入记忆，或者说让自己臣服于心中的魔鬼们所具有的非理智力量。

巴塔耶通过文学打破了种种传统禁忌，用语言、情色故事、散文——对于巴尔加斯·略萨来说，这是巴塔耶最擅长的文体——来描绘人类身上的恶：被诅咒的部分。这样看来，巴塔耶的追随者巴尔加斯·略萨也同样是"异教创始人"，他通过"狂妄自大"的文学——现实的亵渎者，其武器是幻想，把《继母颂》雕琢成了融合了各种各样人类关系的不伦故事，将之体现在家庭这个微型世界里，而这个微型世界恰恰能够展现所有人类社会的俗规。家庭里没有被文字记录下来的种种规矩，家庭内部在性爱方面的诸多禁忌，这些都是应当被遵照的东西。一旦有人违反了这些规矩，不管出于什么理由，都会被噤声。当这种沉默也被打破，"罪行"传到其他人的耳朵里的话，那种由人类的狂妄和高傲引发、由神灵降下的悲剧就会发生。这正是堂娜卢克莱西娅的命运：她被从堂里戈贝托那充满活力、情感、性诱惑的家里赶了出来，她被驱逐出了家庭的天堂。在堂里戈贝托看来，她犯下了十恶不赦的乱伦罪，这是家庭禁忌中

---

[1] Vargas Llosa, Mario, "Bataille o el rescate del mal"（乔治·巴塔耶《吉尔·德·莱斯案：蓝胡子事件》前言）, Tusquets, Barcelona, 1972, p.27.

（从左到右）费尔南多·德·西斯罗、奥克塔维奥·帕斯、达米安·贝永、巴尔加斯·略萨和吉列莫·卡布雷拉·因凡特，在利兹城堡，英格兰，1989 年 5 月

最严重的罪行,人们甚至避讳谈及它的名字,成百上千年来一直如此。堂里戈贝托则是个爱幻想、有怪癖的人物,十分自恋于自己的身体,他认为生命中的一切看似美好、吸引人的事物,实际上都平庸且无足轻重。这是一个矛盾的人物,总是走在疾病和自恋的道路上。也许我们每个人的内心里都隐藏着这样一副面孔。

我们在前文中经常提到士官生、"诗人"阿尔贝托·费尔南德斯的"副业",帮助同学们写色情小说或情书,以此换取几个索尔的报酬。在《城市与狗》里出现的情色或色情场景以及一些充满矛盾情绪的兽交场景(在这种场景里往往还弥漫着一种爱意)可以毫不避讳地被描述出来,是因为小说家把它们放置到了野蛮的背景下,文明世界里关于性爱的规矩已经不起作用了,我们习以为常的规定已经成了边缘化的东西。在《酒吧长谈》里,肉体关系很多时候都是一种禁忌(例如,费尔民和安布罗修之间的关系);除此之外,书中的主要人物"狗屎"卡约·贝尔穆德斯还是个有性癖的人(《继母颂》中的小阿方索有时也可以被这样理解;暗中对情色艺术怀有极大激情的堂里戈贝托也是如此),甚至动用自己的政治力量来满足自身的特殊癖好。在《潘达雷昂上尉和劳军女郎》里,幽默元素渗透进了潘托哈上尉撰写报告时所使用的程式化语言之中,那部小说始终笼罩在一种荒诞的情爱氛围中,当那桩秘事被民众知晓后,潘托哈上尉这个英雄人物也就跌落神坛了。在《狂人玛依塔》里,主人公亚历杭德罗·玛依塔也有秘密,他隐藏着被他的同僚视为最严重的"缺陷":他是个同性恋。《崽儿们》这部小说的副标题就叫《"小鸡鸡"奎亚尔》(这个副标题其实就指出了故事主要人物身体上的缺陷),在这部小说里,性元素同样在对于人类生活的隐喻中占据重要地位。在《胡利娅姨妈与作家》里,作者亦真亦幻地摆弄着书名里指出的两种禁忌：被我们称为"乱伦"的被诅咒的部分，这是文明社会无论如何不可能接受的重罪（人们会把破坏这项规矩的人驱逐出他们认定的"天堂"）；还有同样被视为罪孽的狂妄高傲之物，也就是文学，在人类社会中，通过亵渎式的视角，人们往往把作家看作不正常的人，甚至在有些社会里，搞文学的人会被认为是"娘娘腔"。小说家巴尔加斯·略萨贪婪地、隆重地犯过所有这两项"重罪"。《继母颂》里的两个"被诅咒的"角色也"有点俗气地"（《凯蒂与河马》中的人物也是如此）犯了同样的罪过，我指的是堂娜卢克莱西娅和小阿方索，后者是生活在堂里戈贝托的天堂里的魔鬼天使，他摧毁那个天堂，改造它，最后成了那里的主人，尽管他看上去是那么纯真无邪。

很明显，《继母颂》对上述主题的呈现方式有所不同：用幽默的腔调——不管是黑色幽默还是冷幽默，随您品评——来描写乱伦主题。巴尔加斯·略萨试图把乱伦禁忌中蕴含的重要性抽走，自然而然地去写它，就好像那个被所有人厌恶的罪孽里并没有什么不好的东西。作者处理这个*主题*的方式很*轻盈*，就像是桃色小说一样，这是有意为之，就好像他在描述的并不是那种滔天大罪，就好像小说涉及的并不是那么棘手的话题，情节并不那么让人后怕，而故事也并没有悲剧性结尾。小说的叙事者既有与该*主题*密切相关的当事人（很多场景里是这样），也有一个保持着距离的全知叙事人，后者在讲述故事时保持着中立的态度，仿佛那些事情和他没有任何关系，而他只是对这个*主题*感兴趣，对将它写下来感兴趣。

27

舞台上的魔鬼
(1981—1986)

在读赛伊克斯·巴拉尔出版社出版的《凯蒂与河马》时,我的心情同之前读《塔克纳小姐》,之后读《琼加》时一样,我无法忽略这样一个念头:我正在读一个小说家写的戏剧作品。那些故事被搬上舞台,由男女演员演绎出来,可那种感觉依然存在:它们是由小说家写出来的戏剧作品。我看了《塔克纳小姐》在马德里的首演,那部剧由埃米利奥·阿尔法罗编导,诺玛·亚历杭德罗出演女主角,之前在布宜诺斯艾利斯大获成功。在马德里的演出之所以效果不好,也许是因为两位女演员没能很好地演绎剧中的两个主要女性角色。奥罗拉·巴乌蒂斯塔和诺玛·亚历杭德罗是无法相提并论的。贝利萨里奥,那个自认为是作家的人,在他的故事背后隐藏着他对家庭的遥远回忆,他就像个无所不在的巫师一样,在《塔克纳小姐》中不断试图同故事里的人物对话。就像许多评论家指出的那样,故事的紧度不足以将它的热度维持数日,因此这部作品在马德里没有取得像在布宜诺斯艾利斯一样的成功。

1985年12月,我在专业人士的陪伴下,在迈阿密的一家剧院里观看了《凯蒂与河马》。我依然不喜欢舞台上呈现出的效果,尽管看得出男女演员都十分努力地想要把戏演好，而且服饰华美，配得上夸赞。巴尔加斯·略萨就坐在我身边，他兴味十足、情绪克制地欣赏着《凯蒂与河马》，实际上这部剧在其他地方上演时效果更好，包括在伦敦。至于由米格尔·纳罗斯编导，于 1987 年 10 月在马德里上演的《琼加》，我的观感也差不多，在观剧全程，我始终难以抛开那个念头：这是一部由小说家写的剧。评论界对作者表现出了极大的尊重，在短时间内，他们为这部剧的改编和演出效果叫好，可人们对这部剧的兴趣并没有维持太久。

我也曾经看过卡洛斯·富恩特斯写的剧，我专注于剧本身，但是除了情节外，其他东西都没给我留下印象。我看某些由加西亚·马尔克斯的小说改编的戏剧作品时，感觉也是一样：那些作品背后总是弥漫着某种气息，让我觉得那部剧的作者不能——或者没能——跳脱出小说家的身份，没能真正进入由幕布、背景和舞台搭建起的那片天地中去。

巴尔加斯·略萨是个狂热的戏剧迷。他的传记作者和作品研究者都知道他的第一部文学作品——已经被人当作"史前作品"遗忘了——叫《印加王的逃遁》，正是一部戏剧作品，这一点我们在本书前文中已经提到过了。那部剧自然透着股青涩感，还具有一定的印第安元素，它于 1952 年 7 月 17 日在皮乌拉的节日期间上演，导演正是巴尔加斯·略萨本人。二十六年后，巴尔加斯·略萨再次尝试进行戏剧冒险，其作品正是《塔克纳小姐》，"第一版完成于 1978 年，当时我正在剑桥大学授课，第二版是我在华盛顿修改完的，时间是 1980 年"[1]。1981 年 2 月 26 日，《塔克纳小姐》在布宜诺斯

---

[1] Oviedo, José Miguel, op.cit., p.356.

艾利斯的布兰卡·波德斯塔剧院首演。演出大获成功，观众和评论界给予了一致好评，从某种意义上看，曾经距离疏远的阿根廷读者和巴尔加斯·略萨的关系也借机得到了修复，双方的关系出现问题还得从《胡利娅姨妈与作家》说起，巴尔加斯·略萨在书中拿"阿根廷民族性"开了不少玩笑，这种行为甚至成了书中主要人物佩德罗·卡马乔的习惯。《塔克纳小姐》的纸质版图书也于1981年由赛伊克斯·巴拉尔出版社出版。

除去戏剧作品的文本特点不谈，《塔克纳小姐》一书突出发展了两个主题，它们也是贯穿巴尔加斯·略萨所有作品的两个基础性魔鬼的体现：作家角色——贝利萨里奥是作者的化身，舞台上的他执着而焦虑——以及对家庭的持续回忆（在这个例子里是对作家本人家庭的回忆）。作家心中的这两个魔鬼组成了这部戏剧作品。这部剧可以归入喜剧之列，有些情节十分有趣，一方面回忆着在智利和秘鲁常年争夺的边境城市塔克纳里的一个古老家族的事情；另一方面还有那个作家角色穿插于剧内剧外。我得再重复一遍，在读那部剧作的时候，我对自己说，巴尔加斯·略萨肯定是把创作一部真正的小说的想法用到写这样一部并不能说在各方面都令人信服的戏剧上了，同样的想法我也传达给了巴尔加斯·略萨本人，不过他始终没有告诉我这么做的理由。毫无疑问，贝利萨里奥是个经典的小说人物，作家笔下总是出现类似人物：《城市与狗》里的"诗人"阿尔贝托·费尔南德斯，《酒吧长谈》里的小萨，《世界末日之战》里的文字工作者们，《胡利娅姨妈与作家》里的佩德罗·卡马乔，《狂人玛依塔》和《叙事人》里的作家叙事者。哪怕放到巴尔加斯·略萨所有作品中去看，贝利萨里奥也无疑是最具矛盾性的人物，他回忆、写作，沉浸在自己的世界里，他焦虑而执着。尽管巴尔加斯·略萨始终想把自己同贝利萨里奥面临的问题拉开距离,甚至坐在剧院观众席的椅子上时也是一样,他想成为自古典戏剧到当今戏剧中最客观的作者,可哪怕是在这个例子里,观众也能在贝利萨里奥身上看到他的影子。

如今我依然持相同看法,我对《凯蒂与河马》的看法也一样。那部剧由一件发生在一个利马家庭(也可能会发生在作家身边的某个家庭身上,因为它们都在同一种社会背景中活动)中的真实事件改编而来,作者在作品中加入了一定的情爱成分,通过数位不同家庭成员的经历展现社会冲突。如今我对自己说,《凯蒂与河马》是部带有美式喜剧特点的作品,它的吸引力*只*有放到舞台上,在*大众面前*才能展现出来。也就是说,《凯蒂与河马》这部作品不是让读者独自一人默默阅读的,而是注定要*被搬上*舞台,面对观众,用起伏的声音演绎出来。它的潜力,它的阅读方式,都与小说不同。

到本书写成为止,巴尔加斯·略萨一共出版了六部戏剧作品,其中最令我感兴趣的还得属《琼加》。琼加是个从《绿房子》中跑出来的非凡人物,二十一年后,她也由小说来到了戏剧中,也许巴尔加斯·略萨早在许多年前就已经开始给她搭建这一舞台了。这部作品中的所有场景都设置在了琼加/小琼加的妓院里,其中一些场景无疑会让读者回想起《绿房子》里的某些片段。巴尔加斯·略萨的文学创作习惯——他喜欢从记忆中搜索素材,让它们变成真正的魔鬼,也变成如钢筋水泥、抗氧化钢材一般坚硬的东西——在《琼加》里再次得到了体现,这部作品最吸引读者的地方可能就在于它真正具有戏剧作品的特质。琼加是巴尔加斯·略萨创作出的幽灵般的人物,她具有难以抗拒的生命力,能够穿梭于作品的不同时空之中,这是作家体内的魔鬼里最经典的一个。我们再次来到了1945年的皮乌拉,那座"秘鲁北部被沙地环绕的城市",巴尔加斯·略

作家在利马的工作室中，1985年

萨开始生出矛盾精神的地方。在那座城市里,他了解到了*两座绿房子*的存在,他小时候听别人谈到过的妓院,以及长大后亲身体验过的妓院。这种类似于舞台空间的东西帮助巴尔加斯·略萨塑造出了一部分关于琼加的记忆,他进而利用这种记忆创作出了一部戏剧作品,当然他还往里面添加了许多巴尔加斯·略萨小说式的"独家调料":原始部落式的社会、女性不可能完成的独立、男性对女性的利用和凌辱、在社会环境的压迫下"妓女化"的女性、传统禁忌、心理描写、暴力、情色。

《琼加》于 1986 年在西班牙出版。巴尔加斯·略萨写了一篇介绍性文章,他在文章里明白无误地认定这是部戏剧作品。这部作品中的妓院环境同《绿房子》里的描述如出一辙。除了琼加之外,有几个人物也出现在了巴尔加斯·略萨的另一部作品中,并且是以主要人物的身份出现,这就是《谁是杀人犯?》(为什么这部小说没被写成和《琼加》具有类似篇幅的戏剧作品呢?恐怕只有作家本人,那个只服从于自身创作意志的弑神者才知道了……)。巴尔加斯·略萨用那篇介绍文章提醒我们他是个怎样的小说家,他认为自己哪怕在写那篇文章时,也是在试图"为这项人类共同的事业找到一种戏剧性的表达技巧,一种赋予思想以实体的技巧,通过转化图像和想象的方式来丰富人们的生活……"。最后他补充道:"我很确定,充满表现力的戏剧是一种独特的文体,它很适合展现那个充斥着天使、魔鬼和奇迹的让人不安的迷宫,那里也是我们人类欲望的栖息之地。"[1]的确如此。那位小说家也希望看到自己的作品被演绎出来,想要看到自己笔下的人物鲜活地站在舞台上:在文学的世界中成为经典的

---

[1] Vargas Llosa, Mario, *La Chunga*, Seix Barral, Barcelona, 1986.

那一刻，那些人物就好像也变成了作者所处现实中的一员。我不怕自己下面的说法犯什么大错，我想说的是，在彼时创作出的三部主题各异的戏剧作品中，《琼加》是最好的一部。我们还应注意，那些主题实际上依然是巴尔加斯·略萨作品中的永恒主题：《塔克纳小姐》中的作家及其充满问题的生活是对萨特存在主义哲学的继承，还要算上永恒的家庭主题；《琼加》里借助其他作品中已经出现过的故事和人物——这些人物从其他小说里逃出来，好像在告诉我们他们并没有被遗忘，他们的故事还没讲完——来批判某种社会问题。

"人类为何需要给别人讲故事，给自己讲故事？"巴尔加斯·略萨在用作《塔克纳小姐》前言的《谎言中的真实》一文中写道，"也许因为，就像妈妈埃——《塔克纳小姐》中的核心人物——一样，人类以此对抗死亡和失败，以此获得某种补偿，某种对生命的幻想。"那种补偿就是文学，而在这个例子里就是戏剧，"在记忆借助幻想将混乱的人生经历进行结构化塑造的体系内"，我们获得了"一种补全人生的方式"。他最后总结道："一个人在真实和谎言交织的世界中变得'完满'，这就是虚构的力量。"[1] 记忆利用真实与谎言将作家记得的事情进行重构，虚构出了故事。众所周知，《塔克纳小姐》中的所有人物的原型都是陪伴巴尔加斯·略萨度过幸福的童年时光和不乏争议的青少年时光的家人。同样众所周知的还有《琼加》里的那些将思想展现给观众的人物的来源，他们是巴尔加斯·略萨调教了心中的魔鬼或天使（他在那篇前言里用到了这两个词），用亦真亦幻的手法于《绿房子》中创造出来的。那部小说包含了多条故事线索，小说家依然在利用它

---

[1] Vargas Llosa, Mario, *La señorita de Tacna*, Seix Barral, Barcelona, 1981.

们创造出新的*隐藏故事*来，有的脱胎自那部小说里的某个情节，有的则利用了某些已经被人们逐渐遗忘的人物。也可以用同样的理论来解释《凯蒂与河马》，不论远近，对观花埠区生活的记忆都展现在了这部戏剧作品中。

此后，巴尔加斯·略萨没有停止戏剧创作。1991年，当时还没有出版的剧作《阳台狂人》被宣布将搬上舞台，该作品于1993年由赛伊克斯·巴拉尔出版社出版。我在阅读《阳台狂人》时依然难以跳脱出每次观看巴尔加斯·略萨的戏剧作品——或是在马德里的书房里静静阅读它们——时总会生出的那种奇怪感觉：我正在看的/读的这部剧作本可能会像巴尔加斯·略萨的其他作品一样，成为一部大部头小说。读《阳台狂人》时我也有这种感觉，就好像我被夺走了欣赏一部精彩的小说的机会——我这么说毫无恶意。故事的主人公阿尔多·布鲁内利教授疯狂地捍卫利马古城区里的无数阳台，他的癫狂行为很像《潘达雷昂上尉和劳军女郎》里的那个上尉以及《胡利娅姨妈与作家》里的佩德罗·卡马乔。我觉得，只要巴尔加斯·略萨继续选择满足那个魔鬼，满足那种写作之癖，满足那条绦虫，我指的是被索福克勒斯和莎士比亚变成永恒的幽灵的名为戏剧的文体，作为读者的我就将一直有那种奇怪的感觉。不过也许正如《水中鱼》里记录的那样，巴尔加斯·略萨只是对他的第一部真正意义上的文学作品，被搬上舞台的《印加王的逃遁》难以忘怀。他会在看到自己笔下的人物变成有血有肉的真人时感到无比激动，不仅因为戏剧会让他勾起对青年时期的那种激情的回忆，也因为戏剧一向是这位秘鲁作家偏爱的文体之一。

第四部分
弑神者回归

"权力让我产生一种不信任感……我一向觉得文学是施展我才能的最重要的活动之一;文学是对抗权力的一种形式。"

马里奥·巴尔加斯·略萨

28

多年之后

　　2001 年 7 月 28 日，亚历杭德罗·托莱多（Alejandro Toledo）当选秘鲁总统，在那之前，秘鲁经受了藤森执政的漫长十年，"藤森主义"成了描述阿尔韦托·藤森及其在整个执政周期内的左膀右臂、大权在握的弗拉迪米罗·蒙特西诺斯的独裁式、黑帮式统治的术语。[1] 亚历杭德罗·托莱多之所以能够当选秘鲁总统，是因为直到今天为止，他在那个道德和政治腐化的国家始终代表着一种希望。[2] 那个形同废墟的国家曾经在 1990 年总统大选第二轮投票中选择了工程师阿尔韦托·藤森，只是为了不让巴尔加斯·略萨胜选（巴尔加斯·略萨曾坦承他的竞选团队在大选开始半个月前还对被称为"东方人"的藤森毫无了解）。那个国家在二十世纪九十年代，也就是藤森执政时期，各种问题层出不穷：腐败、权力滥用、暴力、偷盗、抢劫、犯罪。同样是那个国家，这么多年里，哪怕空间

---

1 十余年后，巴尔加斯·略萨以弗拉迪米罗·蒙特西诺斯为主要人物，以藤森执政末期的秘鲁社会为舞台，创作出了长篇小说《五个街角》。——译注

2 2018 年，秘鲁最高法院批准引渡前总统亚历杭德罗·托莱多，要求他就涉嫌受贿回秘鲁接受调查；2023 年 2 月，美国国务院授权批准将亚历杭德罗·托莱多引渡回秘鲁，同年 4 月，亚历杭德罗·托莱多自首并完成引渡，返回秘鲁。这位曾经被视为希望的秘鲁前总统依然难逃秘鲁政坛"污水"的侵害，不得不让人再次为这片不断为巴尔加斯·略萨文学创作提供灵感的土地感到唏嘘。——译注

距离遥远，巴尔加斯·略萨也从未将其忽视，反而始终对它牵肠挂肚，在西班牙和拉丁美洲的报刊媒体上，巴尔加斯·略萨经常发表极具争议性的文章来点评秘鲁时事，不管人们记得与否，也不管人们同意与否，这都是巴尔加斯·略萨对秘鲁关心的体现。那个国家，巴尔加斯·略萨不断与之重逢，在经历了一段地理空间层面的疏远后——巴尔加斯·略萨曾在伦敦、巴黎、马德里等地定居，从思想上成熟后开始，这位秘鲁作家就不断返回他的祖国，只要时机合适，他就会回去住上一段时间，同时进行小说创作，而在藤森政府让秘鲁经受过的那些恶行再现之时，他又难以自制地拿起笔来，在报刊媒体上向藤森政府持续发难。

在那个国家令人遗憾的道德沦丧状态中，大概在1987年，经济学家亚历杭德罗·托莱多开始走上政治舞台，还组建了新政党"可行的秘鲁"[1]，被人们视为可在临近的未来重整秘鲁政治和道德的希望。他敢于挑战藤森，敢于冒险和大胆参与公共事务的形象慢慢渗透进了迷茫的秘鲁人的心里。他那民众主义倡导者的形象，追求成效的风格，具有象征性和舞台性的举动，再加上具有号召力的声音，从曾经到国外游历的乡村教师、利马街头的擦鞋匠，到斯坦福大学毕业的经济学家（后来还在位于华盛顿的世界银行工作）的经历都为他加分不少。他说话时面部表情和肢体语言都十分丰富，他那印第安人的外部特征总能让人想起那片土地上的史前土著，凡此种种，使得亚历杭德罗·托莱多变成了秘鲁的希望，这个突然出现的政治人物也引起了全世界的好奇。亚历杭德罗·托莱多的反

---

[1] 时间疑误，亚历杭德罗·托莱多于1994年创建政党"可行的国家"，次年于总统选举中被藤森击败。2000年，亚历杭德罗·托莱多才将党名改为"可行的秘鲁"，再次参加总统大选。——译注

（从左到右）马里奥·巴尔加斯·略萨、卡米洛·何塞·塞拉和 J.J. 阿玛斯·马塞洛在《写作之癖：巴尔加斯·略萨的人生与创作》第一版发布会现场，1991 年 5 月

藤森倾向总令人想到巴尔加斯·略萨的反藤森姿态。也是从那时起，巴尔加斯·略萨和亚历杭德罗·托莱多的道路出现了交集，前者一直大力支持后者，哪怕在许多风雨飘摇的时刻，例如，在首轮总统大选前夕，阿尔瓦罗·巴尔加斯·略萨同托莱多决裂时，那种支持也未出现裂痕。巴尔加斯·略萨同托莱多的会面以及前者对后者的支持，使得人们对那个并非完美无瑕的总统候选人的好奇又多了一重。同样让人惊讶的是，他在2001年5月13日进行的秘鲁总统大选第二轮竞选中击败对手阿普拉党候选人，"重生"的阿兰·加西亚。同年7月28日周六，秘鲁国庆日，托莱多宣誓就任秘鲁总统。

7月28日那天，托莱多在十二个国家的政府首脑（西班牙的代表是阿斯图里亚斯亲王）面前宣誓就任秘鲁总统；同日，西班牙《国家报》发表了生活在美国的秘鲁教授何塞·米格尔·奥维多——半个多世纪以前，他写出了关于巴尔加斯·略萨最精彩的文学传记，这么多年过去了，那本书依然是研究这位秘鲁小说家人生及其作品的必读书——的一篇题为《托莱多新时代？》的文章。奥维多提及的第一位姓托莱多的秘鲁执政者是总督弗朗西斯科·德·托莱多，该君于1569年至1581年间负责治理新卡斯蒂利亚总督区内的秘鲁。奥维多的文章里提到的第二位托莱多，也是那篇文章借以进行政治思考的核心人物，就是亚历杭德罗·托莱多——毫无执政经验的秘鲁新任总统，不过却众望所归，被塑造成了反藤森独裁的传奇般的民主斗士。在提及第一位托莱多，并借此进行对未来的思考时，何塞·米格尔·奥维多自问道："要在7月28日就任的新任秘鲁总统亚历杭德罗·托莱多能够在秘鲁现代史上留下同样深刻的印迹吗？"在结束自己对秘鲁局势的思考时，奥维多做了番回顾，留下了一种具有劝诫意味的希望："藤森和蒙特西诺斯终结了秘鲁本就不够牢靠的法制精神,他们的黑帮式政府毁掉了一切。在经历了这种毁灭之后,也许如今人们迎来了重建那个国家的机会,让它的法律更加健全,人们能够幸福而有尊严地活着。也许我们在托莱多总督身上看到的优点——大胆而又谨慎——正是托莱多总统需要拥有的品质。"

同一天,《阿贝赛报·文化副刊》(这份刊物也经常发表胡里奥·奥尔特加的文章,这位文学评论家从很多年前开始就是巴尔加斯·略萨的对头了,后者在《水中鱼》里提及"廉价的知识分子"时提到了他的名字)发表了标准严格、思维清晰的读者、评论家费尔南多·岩琦(Fernando Iwasaki)的文章《溃疡上的舌头:巴尔加斯·略萨的〈酒吧长谈〉》(1969)。岩琦写道:"许多人武断地认定《酒吧长谈》是部失败的作品,甚至认为它在巴尔加斯·略萨的叙事作品中也只能算是边缘化的。这些闲话大部分是从巴尔加斯·略萨同古巴革命政府决裂后开始出现的,就好像一部小说的价值取决于作者的意识形态思想和政治承诺一样。"实际上,这正是自巴尔加斯·略萨同传统左翼决裂后一直在发生的事情,他的许多政治领域的敌人一直在不停诋毁他作为知识分子的形象以及他的文学作品的质量,他们这么做时总带着种原始的、非理智的、病态的恨意,他们说他的文学贫瘠不堪,说他的文学想象力已经耗尽了,也正因此,他已无力理解全世界范围内的政治、经济、思想和社会现象,以此推之,巴尔加斯·略萨已经无法在文学天地中再现那些问题了。于是他们得出结论,说巴尔加斯·略萨*再也写不了小说了*,更写不了政论文章。按他们的标准来看,巴尔加斯·略萨之所以还算是拉美小说乃至世界小说领域的代表性作家,是因为他写出了《城市与狗》和《绿房子》,大概勉强还能算上《酒吧长谈》,因为创作这些作品时,巴尔加斯·略萨还在热情而勇敢地支持欧洲和拉丁美洲的左翼事业。按照卡斯特罗主义以及与其相近的政治、学术、文学和新闻思想那"钢铁般的"标准来看,巴尔加斯·略萨在《酒吧长谈》之后写成的作品与"之前那个时期"相比,都只能算是次等作品,他给人们留下的只是回忆罢了,他已经无法再成为拉美文学界的伟大偶像了。在这些年里一直在进行类似上述诋毁的那些人看来,巴尔加斯·略萨背叛了他曾经的朋友们和伙伴们,而由于他曾经的左翼姿态,那些人"曾经帮助他"扩大了影响力,登上了知名作家的宝座。不止如此,他们还认为巴尔加斯·略萨也背叛了自己,认为自1970年之后,我们都很喜爱的那个巴尔加斯·略萨变成了一个笑话,有时显得很俗气,有时则显得很傲慢,不过却一直为资本、帝国主义、世界上最反动的政治和经济势力效力。

与左翼势力决裂成了巴尔加斯·略萨不可逆转、不可饶恕的文学"错误"的源头,最后成了他可怕的原罪:他竟敢既不祈求神灵也不祈求魔鬼的庇护,还不请求已知的神灵们的政治代理人的许可,就贸然从他如水中鱼一般遨游的陆地天堂,从赐予他思想、文学硕果及国际知名度的意识形态伊甸园里逃了出来,带着武器、辎重和才华逃到了属于最坏的敌人们的地狱里。于是,那个曾经赐予他写作灵感和文学才华的意识形态精灵最终合情合理地报复了这个不辞而别的人。因此那些人不想去理解巴尔加斯·略萨在《世界末日之战》里进行的意识形态方面的反思以及那部作品所蕴含的国际视野,他们用大量肤浅的评论蔑视巴尔加斯·略萨在《狂人玛依塔》里描绘的野蛮场景。那两部小说本身就蕴含着意识形态主题,是巴尔加斯·略萨的思想和个性的忠实展现,因此除了精湛的叙事技巧之外,那两部作品里还隐藏着非常私人化的因素,只不过被他在政治领域的敌人们描述成了上文提及的肤浅事物。那两部作品并没有脱离巴尔加斯·略萨的叙事风格，也没有跳出影响他的种种执念，更没有摆脱那些文学的幽灵和魔鬼，不过我们却能从中辨识出与之前作品不同的写作思路，所有这些作品都组成了一个完整的、全景式的虚构天地。

在2001年7月亚历杭德罗·托莱多就任秘鲁总统的几个月前，巴尔加斯·略萨始终密切关注秘鲁政坛和选举的发展状况。他写了多篇文章来评判经历了毁灭性的藤森统治后秘鲁的时局，那些文章有信息性的、评论性的，有严肃专业的，也有激情澎湃的。他在第一轮和第二轮总统大选前后始终支持托莱多，不过他还是把工作重心放在文学创作和报刊文章写作上，同时还在全世界众多高校、国际会议上进行演讲。他在欧洲和美洲的许多国家飞来飞去，不过他始终表示自己一直在创作一部构思已久的小说，那部小说的中心人物是弗洛拉·特里斯坦。关于那部小说，我至少从十五年前开始就陆陆续续听说过一些段落了，大家都对那本书很感兴趣。如今，他不仅在许多场合谈起过那本书的细节，甚至还把最终版的书名也透露了出来：《天堂在另外那个街角》（*El paraíso en la otra esquina*），这个书名不仅影射了主人公的乌托邦式思想，还借用了秘鲁孩童喜欢玩的一个游戏，这个游戏的受欢迎程度跟跳房子和捉迷藏不相上下。2000年3月，巴尔加斯·略萨出版了小说《公羊的节日》（*La fiesta del Chivo*），这部长篇小说中隐藏的文学和思想层面的东西已经得到了广泛研究，许多专家和评论家认为这部杰作达到甚至超越了年轻时巴尔加斯·略萨的那些最优秀作品的水平：《城市与狗》《绿房子》《酒吧长谈》。

巴尔加斯·略萨仿佛在自己的小说创作道路上来了次奇怪的、

出乎意料的、黑格尔诡辩式的、积极的回马枪。有些人——坦白地说，人数不少——认为巴尔加斯·略萨的创作生涯已经开始走下坡路了，只有那让人难忘的*大师级三部曲*才能让人觉得他已经成了经典作家，如今他*让人记起了他曾经的样子*，写出了一部无礼的、充满争议的小说，引起了西班牙和美洲数以十万计的读者的关注。这部小说把由于在意识形态方面"任意妄为"而在文学事业中陷入地狱般*停滞期*的巴尔加斯·略萨拯救了出来，他在这部小说里展现出了自己所有的创作才华，还融入了个人经历，把这些年里积累的文学和思想上的东西都抛了出来。在那段时间里，他焦虑不安，充满疑惑，在政坛匆匆而过，远离祖国，默默为接下来的创作做着准备。《公羊的节日》是巴尔加斯·略萨整个创作生涯中第二次把惯用的背景舞台秘鲁放在一边，转而去写另一片天地的故事。他第一次这么做是写《世界末日之战》，那个故事发生在巴西偏远的腹地地区，而这一次，他试图历史性地展现和描绘仿佛无穷无尽的拉斐尔·莱昂尼达斯·特鲁希略（Rafael Leónidas Trujillo）独裁统治下的多米尼加共和国的样貌。《公羊的节日》是部大部头长篇小说，成熟的小说家巴尔加斯·略萨精力十足、令人信服地完成了*了不起的壮举*，他将自己的文学和思想才华完美地融入了这部作品。《公羊的节日》堪称他的最佳作品之一，和前文提及的*大师级三部曲*一样配得上热烈的掌声。扮演着理论和实践层面的弑神者角色的巴尔加斯·略萨在这部小说里像是个*闯入者*，显得有干涉他人事务的嫌疑，因为他写的是特鲁希略统治时期多米尼加共和国的真实历史，他将之改写成了虚构故事——谎言中的真实，以此直接展现自己的文学和思想理念。这正是他在《城市与狗》《绿房子》《酒吧长谈》、《世界末日之战》《狂人玛依塔》《谁是杀人犯？》和《利图马在安第斯山》等作品中做的事情,在《公羊的节日》里能看到所有这些作品的影子。

在亚历杭德罗·托莱多在利马和马丘比丘频繁进行政治活动,继而就任秘鲁总统的时候,巴尔加斯·略萨在哪儿,又在做些什么呢?

同往年一样,巴尔加斯·略萨待在马拉加豪华的玛尔贝亚康复中心进行系统性的保养活动,这是他每年7月到8月间的一段时间都要做的常规活动,他相信这对他的身体有好处,这番"全面整顿"可以让他神奇地重获体力上和精神上的能量。在进行这次"隐居"前,他追随弗洛拉·特里斯坦的外孙保罗·高更的脚步到阿尔勒去了一趟,正像他在桑坦德的梅嫩德斯·佩拉约国际大学向学生们坦承的那样,在那位优秀画家的生活和他那信奉乌托邦式思想的外祖母的生活之间存在着某种既有趣又让人吃惊的平行关系。在那之前不久,他终于住进了在马德里市中心购置的房子,里面还没什么家具。而在那之前三年他一直在走法律程序,他也终于能在这个他一直喜欢——既是从写作的角度来看,也是从生活的角度来看——的城市进行长时间的生活和创作了。他之所以喜爱马德里,是因为那里保存着他在青年时期刚到西班牙时的愉快记忆,正是在这座城市,他开始动手创作《城市与狗》,还因为对于帕特丽西娅表妹来说,这是她最希望生活于其中的城市,大概正像安东尼奥·穆尼奥斯·莫里纳所言,这是座能担下一切过错的城市,不仅能为自己的过错负责,也可以包容其他人的过错,也许帕特丽西娅正是凭直觉感觉到了这一点。巴尔加斯·略萨和帕特丽西娅的两个孩子——阿尔瓦罗和莫尔加娜——以及孙子辈中的一些人住在这里,巴尔加斯·略萨本人在此前从未在这里长时间居住,也许是因为害怕影响到自己作为作家的私密创作时间，毕竟这里有太多想要拜访他的朋友了，还有许多邀约、公众活动、社会活动和会议等，这些活动是作家最大的敌人。尽管有这么多让人顾虑的东西，可也许正因如此，这座城市懂得如何善待别人，也懂得如何尊重他人的工作，只要熬过了初来乍到的那段亲朋频繁来访的时期就好了。

在藤森执政时期，独裁政府差点剥夺了巴尔加斯·略萨的秘鲁国籍，这是从尼古拉斯·德·巴里·埃尔莫萨将军口中放出的消息，他们炮制出了一些莫须有的罪名，只是为了达到上述目的（因为巴尔加斯·略萨公开反对秘鲁和厄瓜多尔之间爆发的战争冲突），于是巴尔加斯·略萨及其家人只得申请了西班牙国籍。要获得西班牙国籍，无论巴尔加斯·略萨还是家族中的其他人都无须放弃秘鲁国籍，因为从多年之前开始西班牙和秘鲁就允许公民拥有双重国籍了。不过这*糟糕的一步*依然被藤森分子和某些与巴尔加斯·略萨在思想和政治领域有分歧的敌人利用了，面对这一*最终逃往欧洲的举动*，那些人扯掉了伪装，极尽造谣抹黑之能事，想要以此玷污巴尔加斯·略萨的政治形象。他们说他不仅敢于逃离自己的祖国，甚至还斗胆放弃了秘鲁国籍，利用影响力买来了西班牙国籍。这些攻击者倒是忘了，从很多证据来看，他们自己的祖先倒是从西班牙的埃斯特雷马杜拉前往美洲的。在几个星期里，藤森主义者们（许多想要将巴尔加斯·略萨从拉丁美洲文学史的神坛上拉下来的人也利用了这个身份）用尽一切办法来攻击那个依然是他们在秘鲁国内外最大的敌人之一的作家。还有另外一些睿智的秘鲁人，例如，小说家阿尔弗雷多·布里塞·埃切尼克，曾经和巴尔加斯·略萨走上了同一条道路，都在某个特定时刻申请了秘鲁和西班牙双重国籍，不过无论是布里塞，还是其他在政治、文化和社会领域极具分量的秘鲁人,都不认为这是对秘鲁的背叛,也不认为这是对关于祖国的记忆的抛弃。之前从未因为这种事情闹过丑闻,或是大肆庆祝,也没有指控,更没有像巴尔加斯·略萨的事件中发生的那样发布众多文件,想要证明他为了利益而忘掉了自己的根。

  随着藤森主义日渐发展,巴尔加斯·略萨同西班牙的关系也发生了变化,在作家巴尔加斯·略萨的人生道路以及*返回*文坛的道路上,发生了两件重要的事情,很适合在这些时刻提一提,实际上,我们认为在这本书的每个部分,只要时机合适,都可以把这两件事拿出来谈一谈。首先是1994年年末,塞万提斯文学奖评奖委员会在马德里宣布把该年度的奖项颁发给马里奥·巴尔加斯·略萨。塞万提斯文学奖至今依然是西班牙语国家众多文学奖项里最重要的一项,其目的是纪念塞万提斯,每年该奖项的颁发日也是西班牙读书日。1995年4月24日,巴尔加斯·略萨在阿尔卡拉大学的主厅里从西班牙国王手中接过了塞万提斯文学奖。他照例进行了演讲,其演讲稿的标题很有象征意义:《不可能的诱惑》。这位秘鲁作家再次借用现代小说之父、《堂吉诃德》的作者为例子,展现了自己的文学信仰。他提到人的一生中可能会发生许多自相矛盾的事情,有的让我们激动,也有的让我们悲伤,"不过终究会让我们肃然起敬",甚至"最令我们茫然的是在那充满粗鄙之事的人生中,本可能会出现异常如同堂吉诃德经历过的伟大冒险",堂吉诃德这个人物以及他的人生"丰富了人类的生活,塞万提斯通过艺术创作告诉我们,人类可以打破人生的界限,达到永生不死的境界"。他再次强调说:"虚构文学首先是对真实生活的反叛,其次是对那些不满足于只体验一种人生的人们的补偿。"巴尔加斯·略萨坚称对于他而言,"文学是初恋,也是最伟大的爱情,是我甘于为之奉献的事业,不过我很清楚,如果没有西班牙,我就不可能有足够的时间和毅力去搞文学,也就写不出那些我已经写出来的作品,发表不了我已经发表出来的东西,当然也就无法在今时今日站在这里领取塞万提斯文学奖,这片曾经属于我遥远先祖的土地,如今也成了属于我的土地"。在对家族历史进行了追忆后,这位秘鲁作家又想起了对他的作家生涯影响很大的一个人物:卡洛斯·巴拉尔。"他是我们最亲爱的伙伴,他在六十年代为了西班牙的文化事业殚精竭虑,通过图书、思想、价值观和友情,团结了大洋两岸的读者和作家,我们怎么感谢他都不为过。卡洛斯·巴拉尔身上有堂吉诃德的影子,"巴尔加斯·略萨这样写道,也这样读道,"他体形消瘦,饱经沧桑,才华横溢,他轻视这个弱肉强食的世界,他如文艺复兴时期的绅士一般慷慨大方,不过他最大的特点还是对现实的不屈从,他不计私利地工作,比起内容来更偏爱形式,比起生活来更偏爱戏剧,他把一切都奉献给了虚构世界,甚至承担了这种行为所带来的最终结果:挫败和死亡。在最终被击败之前,他想尽办法为西班牙打开了通向最好的现代文学世界的大门,他推出了许多新人作家,其中就包括我本人,如果没有他对于我们写的东西的欣赏和支持,没有他机警巧妙地与审查制度周旋,我们将势必无法登上文学的舞台。"卡洛斯·巴拉尔就是这样一个人,他属于那个年代的文化反叛氛围,他是那个时期记忆的一部分,在佛朗哥独裁统治下,他努力打破佛朗哥主义在政治和文化上对西班牙进行的长达四十年的笨拙控制。[1]

---

1 巴尔加斯·略萨于1995年4月24日领取塞万提斯文学奖时宣读的演讲稿《不可能的诱惑》全文刊登于1995年4月25日周二的《国家报》(第36—37页)和《阿贝赛报》(第53—55页)上,本书引用的相关文字均来自这两份报纸。

我想提的第二件事情发生在 1996 年 1 月 14 日，也就是巴尔加斯·略萨获得塞万提斯文学奖两年之后，他在就任西班牙皇家语言学院院士的典礼上宣读了另一份演讲稿，这篇稿子是献给被人们以"阿索林"这个名字熟知的作家何塞·马丁内斯·鲁伊斯的，我们的这位新任院士将之喻为"用我们的语言写作的最优雅的作家之一"。西班牙各大媒体都对巴尔加斯·略萨加入皇家语言学院报以掌声，不仅因为这位秘鲁小说家在过去乃至现在始终代表着美洲和西班牙在文学领域的紧密联系，还因为美洲的西班牙语借由巴尔加斯·略萨回到了皇家语言学院的怀抱中，回到了这家"母"学院的那张本就属于那片大陆的交椅上。在巴尔加斯·略萨就任院士的庄严仪式现场，皇家语言学院里挤满了人，甚至有人爬上了那古旧的房顶。西班牙国王和王后也出席了仪式，同样出席的还有教育部的社会党部长赫罗尼莫·萨维德拉·阿塞维多和文化部部长卡门·阿尔伯钦，他们都是这位新晋院士的私人好友。当然了，皇家语言学院的院士们也都出席了典礼。此外，在场的还有其他国家的外交人员，数不清的社会机构负责人，文化界、金融界、企业界和媒体界的重要人物。

大多数院士对巴尔加斯·略萨的加入表示了欢迎（举个反例，何塞·路易斯·桑佩德罗就曾和巴尔加斯·略萨划清界限，表示他不认可后者的"政治文论"），他们对这位秘鲁小说家表示"亲近和敬意"——借用电影导演路易斯·加西亚·贝兰佳的话。时任皇家语言学院院长费尔南多·拉萨洛·卡雷特尔（Fernando Lázaro Carreter）的话可能最有代表性，他认为，"一个对美洲西班牙语具有深刻认知的人加入了皇家语言学院"，因为"他对于我们这门语言身上发生的事情、留存的东西具有完美的认知力，而且持续将这种认知记录下来"。拉萨洛·卡雷特尔和其他许多院士——在我看来几乎是全体院士——都认为，*只为了西班牙去谈论西班牙语是一种类似于截肢的行为*，在长达数十年的时间里，皇家语言学院始终被这种高傲姿态困扰，用一种过分贪婪同时又过分狭隘的历史和知识的视野（特别是语言方面的视野）把数量庞大的词语表达拦在了一版又一版《皇家语言学院词典》之外，给它们贴上陈旧老套的"美洲用语"的标签，就好像美洲地区是使用西班牙语的编外区域一样——也许少有人发觉这其中的奇怪之处，不过*编外就是编外*，又好像那里讲的西班牙语不是真正的西班牙语，同我们使用的西班牙语天差地别一样。西班牙语在那里被人们使用的时间更短，这是事实，可是那里使用西班牙语的国家的面积要比西班牙大上十倍。言归正传，在拉萨洛·卡雷特尔看来，巴尔加斯·略萨加入皇家语言学院的最大意义就在于此，在坐上编号为"L"的交椅后，巴尔加斯·略萨就代表着两个大陆的融合，同一门语言的两种语言学及文学传统的融合。其实不仅如此，他的加入还意味着皇家语言学院对他作为知识分子的人格以及他的文学作品质量给予了认可。

巴尔加斯·略萨给他的那篇赞颂马丁内斯·鲁伊斯的文章，他加入皇家语言学院的演讲词起名为《阿索林谦卑的虚构文学作品》。大多数人都把这篇文章认定是对西班牙经典文学的维护，这一点是毫无疑问的，而阿索林不仅是那种文学的维护者，同时也是典范式的实践者，因为"他把九十四年生命中的绝大部分都用来丰富普通人看待生活的有限视野，他使用的工具正是过去时光中创作出来的那些发光的、伟大的文学作品"。在巴尔加斯·略萨看来，阿索林的功绩不只如此，"对他来说，传播最优秀的中世纪和黄金世纪文学作品的道路是曲折的，就像是走私犯走的道路。在他的散文、评论性文章和对经典作品的引用中，他很少使用学术性的语言，他不是为了那些饱学之士而写作的，也不像那些人一样在没有知识储备的人面前大肆引经据典……"，因为阿索林想要通过写作"在疑心重重的读者心里为那些经典作家恢复名誉，这些读者总是急匆匆地翻看报纸，喜欢在家长里短时讨论报纸上的内容，还喜欢窥探那些伟大的诗人、思想家、散文家和小说家在家里、田间或修道院里最没有防备时的样子，讲述他们哀叹、受苦或奢靡的样子，使他们变成了展现人性、充满诱惑的案例"。阿索林的文学关注细节，用词朴素，偏爱小众话题，喜欢深挖细耕，无论是文学作品还是报刊文章都具有这种风格。巴尔加斯·略萨在阅读阿索林的作品时感到无比激动——只是作为读者的激动，因为在我看来，作为作家、小说家、文论家甚至散文家的巴尔加斯·略萨所具有的风格与阿索林刚好相反，甚至*相悖*，他曾经研究过阿索林的生平及作品，走访过他的作品中描绘过的那些地方，还拜访过他的故居，最终决定以加入皇家语言学院的演讲词来为阿索林正名。

1996 年 1 月的那个周日下午，巴尔加斯·略萨用他的秘鲁式西班牙语朗读了那篇演讲稿，他的发音极具音乐性，文字睿智，透着成熟而新颖的幽默感（也许正如我们的一位共同的朋友半开玩笑、神神秘秘说的那样，这种幽默感是巴尔加斯·略萨长期在英国伦敦居住的结果）。在听巴尔加斯·略萨读演讲稿的时候，我想起了胡安·戈伊蒂索洛的小说《堂胡里安伯爵复名记》（*Reivindicación del conde don Julián*），一部在佛朗哥治下的西班牙被长期封杀的作品。在那部小说里，主人公阿尔瓦罗在特土安的一座图书馆里阅读几卷西班牙文学选集时，轻蔑地称呼马丁内斯·鲁伊斯为"阿索聋"，将*神圣的*西班牙经典文学称为"黄金纸片世纪文学"。于是，我在内心中偷乐了一阵，然后开始细细思索巴尔加斯·略萨在这么多年里写的小说和文章中，在他进行的讲座和演讲中，在他的文学幻想天地中，几时曾表露过对阿索林作品的喜爱，几时曾展现过这种激情，这次思索的结果令我感到十分惊讶。最后我对自己说，也许这些东西一直都藏在暗处，巴尔加斯·略萨会时不时地检视它们，*重新发现*它们，进而将之变成他的*典范*。此外，他还提及了——尽管我不确定他们在巴尔加斯·略萨心中的地位是否一样——其他许多重要作家、经典文学和当代文学的*大师*，他们无一不丰富了巴尔加斯·略萨作为知识分子的思想境界，对他产生了巨大影响，从马托雷尔和骑士小说（《骑士蒂朗》和已经登上荣誉最高殿堂的《堂吉诃德》），到福楼拜、福克纳和康拉德。阿索林也应当位列其中。那位秘鲁小说家从少年、青年、上学时期就开始阅读阿索林的作品了，后来把他锁进了众多被遗忘的房间里的一间，可是巴尔加斯·略萨又会时常去寻觅他，反复寻觅他，巴尔加斯·略萨把阿索林视为掌握秘宝所在的专家，后来他效仿阿索林，扮演起了他最爱扮演的角色之一：优雅而具有挑衅性的"古物收藏家"，他从文学的博物馆里拯救了诸多几乎被人遗忘的优秀作品。从《堂吉诃德》带来的不可能的诱惑，到阿索林的"谦卑的"作品，巴尔加斯·略萨进行了一番让人惊讶的、对西班牙经典文学的回溯历程，同时也助力恢复了那些经典作品的声望，他自愿融入这片土地，实际上在许多年前，在他生活在巴塞罗那的时候，这个地方就已经接纳他了。这一次，在结束了政治之旅，重返文学天地后，巴尔加斯·略萨踏出了革新性的一步，关于塞万提斯和阿索林的这两个例子就是两次重要事件。2001 年 10 月，在巴拉多利德举办的第二届世界西班牙语大会开幕式上,他又再次强调了自己融入西班牙的过程,既是文学层面也是生活层面。他第一次来西班牙的首站就是马德里,如今他又选择了马德里。马德里和伦敦一道成了他的两个主要定居城市。[1]

---

[1] 相关内容参见1996年1月16日周二《国家报》第33—37页。

29

马尔罗综合征

（1993）

1990 年 6 月 13 日上午，在秘鲁总统大选第二轮结束短短几天之后，帕特丽西娅和巴尔加斯·略萨离开了秘鲁，重新返回欧洲。"当飞机腾空而起，利马上空必然到场的乌云从我们的视线中抹去了城市的轮廓时，我们的周围便只有蓝天了，于是我便想：此次出国很像 1958 年那一次，它以光明磊落的方式标出我一生某个阶段的结束和下一阶段的开始，在那个新阶段里，文学占据了中心位置。"巴尔加斯·略萨在《水中鱼》[1]的最后一页这样写道，那本书在他离开利马将近三年之后出版。这是巴尔加斯·略萨在总统选举中败给阿尔韦托·藤森后，在离开秘鲁后写成的第一本书，同时也是他的第一本回忆录。

对于一些擅长政治评论的评论家来说，《水中鱼》是巴尔加斯·略萨意识形态立场的一次展现，同时也是他对自己在 1990 年 6 月 13 日抛在身后的秘鲁政治的证词及不是那么公正的"清算"。

---

1 Vargas Llosa, Mario, *El pez en el agua*, op.cit., p.529. ——原注
译文引自赵德明译《水中鱼》，时代文艺出版社 1996 年版，第 532 页。——译注

他的回忆录的另外一半内容则有关他那钢铁一般硬的文学理想，从1946年文学之芽刚刚萌生写到1958年第一次巴黎之旅，当时，他的短篇小说《挑战》获得了《法兰西杂志》组织的征文比赛大奖，奖品就是游历巴黎，小说"讲的是一个老人眼睁睁看着自己的儿子在皮乌拉干涸的河床里进行的一场匕首决斗中丧命的故事，后来这个故事收入了我的第一本书《首领们》中"[1]。因此，《水中鱼》就以巴尔加斯·略萨的这两种激情——文学和政治——为线索展开了，而它们二者又都具有排外性、排他性。这部回忆录分成了这样两组对立的部分，内容按章节进行切换，巴尔加斯·略萨不仅直面自己，也直面心中所有的魔鬼，无论是对他产生直接影响的魔鬼，还是产生间接影响的魔鬼。这两部分内容分别以前往欧洲的旅程作为结束，只不过1958年的欧洲之旅标志着他的文学道路的起点，而后一次旅程则意味着他的政治冒险的结束。1993年3月，《水中鱼》出版时，并不是所有人都相信该书封底上的描述："本书刻画了作者极端的信念和慷慨的态度，以及他坚定而热烈的志向及强烈的表达欲"，不过几乎所有读者、评论家——尽管评价的角度各异——和编辑都一致认为那本书"不仅是一份不可回避、充满激情的证词，在马里奥·巴尔加斯·略萨所有的作品中也算是数一数二的一部"。

那本回忆录描述了一位有争议的作家从青年时期发现文学——同时也发现了另一种激情，另一个魔鬼：政治——开始，慢慢走向成熟，变成真正的作家的过程，在他已经凭借所有的作品以及其在知识和文学领域的贡献成为享有国际声望的作家之时，他却决定投

---

[1] Vargas Llosa, Mario, *El pez en el agua*, op.cit., p.455.

身政治的沙场，好像突然之间他变成了角斗士，开始直面他曾在人生中的多个时刻以写作之癖与之进行对抗的政治激情。决定参选总统时，巴尔加斯·略萨刚年满五十一岁，正如他在《水中鱼》的开头部分告诉我们的那样，"一切迹象都表明我那自出生起就飘摇不断的人生此后会平静地进行下去了：在利马和伦敦之间来回居住，致力于写作，偶尔到美国的大学去讲学"[1]。

就在巴尔加斯·略萨即将被政治这个"能将男人变成猪的女巫"——这是作者本人在《水中鱼》里引用的比喻——侵害时，他的头脑中正盘旋着五个写作计划："（1）一部剧作，关于一个具有堂吉诃德精神的老人，他在五十年代的利马为抢救受破坏威胁的殖民时期的阳台而四处奔走（指《阳台狂人》里的阿尔多·布鲁内利，该戏剧作品于《水中鱼》出版数月后的1993年9月出版）；（2）一部长篇小说，侦探加幻想，内容是安第斯山里一个村庄内发生的种种灾难、用人祭天的风俗和政治犯罪的情况（指《利图马在安第斯山》，获得了普拉内塔小说奖，1993年10月由普拉内塔出版社出版，比《阳台狂人》晚一个月）；（3）一篇关于维克多·雨果酝酿《悲惨世界》的论文（到现在，也就是2001年秋天，依然是个写作计划[2]）；（4）一部喜剧，写一个企业家如何在伦敦的萨保伊饭店的房间里，发现他中学最要好的朋友（本以为已不在人世）竟然变成了一位贵妇人（依然是个未写成的想法，除了作者本人在一些私人场合偶有提及，以及在这本《水中鱼》里提到这一写作想法之外，我们没有关于这个故事的更多线索）；（5）根据

---

1 Vargas Llosa, Mario, *El pez en el agua*, op.cit., p.34.
2 这部讲解雨果与《悲惨世界》的作品后于2004年以《不可能的诱惑》（*La tentación de lo imposible*）为题出版。——译注

十九世纪三十年代法兰克后裔的秘鲁女革命家、思想家、女权运动的领袖弗洛拉·特里斯坦的事迹,写一部长篇小说。"[1] 关于最后提到的这本小说,我们从很多年前开始就不断听到巴尔加斯·略萨提起,只不过在 2000 年 3 月《公羊的节日》出版之后他才真正全身心投入那本书的创作。要是回想一下在那段时间里巴尔加斯·略萨已经完成的写作计划的话,我们还会往那份书单里加上 1996 年 11 月出版的文论作品《古老的乌托邦:何塞·玛利亚·阿格达斯和土著主义文学》[2],落款显示完成于 1996 年的伦敦,后在 1997 年 4 月于利马和马德里同时出版的《情爱笔记》[3],出版于 2000 年 3 月,描写多米尼加共和国特鲁希略政权的长篇小说《公羊的节日》[4],分别于 1994 年和 2000 年出版的报刊文集《自由面临的挑战》[5] 和《激情的语言》[6]。很容易看出,在满足了政治激情后,写作之癖进行了肆意的报复。这是为了寻回因缠斗政治女巫而失去的时光吗?还是说巴尔加斯·略萨想要以此彻底逃脱在 1990 年秘鲁总统大选中陷入的政治地狱,并且自此以后将自由写作、写作之癖,或者说文学这项具有排他性的事业当作自己生命中唯一发光发热的火焰?这是回归文学天地的标志吗?

《水中鱼》描写的不仅是巴尔加斯·略萨的人生经历,而且是

---

1 Vargas Llosa, Mario, *El pez en el agua*, op.cit., p.34. ——原注
译文引自赵德明译《水中鱼》,时代文艺出版社 1996 年版,第 44 页,略有改动。另:引文括号内文字为本书作者 J. J. 马塞洛标注。——译注
2 Vargas Llosa, Mario, *La utopía arcaica. José María Arguedas y las ficciones del indigenismo*, Fondo de Cultura Económica, México, 1996.
3 Vargas Llosa, Mario, *Los cuadernos de don Rigoberto*, Alfaguara/ Peisa, Madrid/ Lima, 1997.
4 Vargas Llosa, Mario, *La fiesta del Chivo*, Alfaguara, Madrid, 2000.
5 Vargas Llosa, Mario, *Desafíos a la libertad*, El País-Aguilar, Madrid, 1994.
6 Vargas Llosa, Mario, *El lenguaje de la pasión*, El País, 2000.

文学和政治之间的殊死搏斗。《水中鱼》的内容很像骑士小说的内容，作为读者的巴尔加斯·略萨钟爱骑士小说，作为作家的他也曾多次表示自己从骑士小说里学到了许多东西。在这部只有一个主人公的骑士小说里，小说家以娴熟的手法进行着那场"脱衣舞表演"，他张开双臂，同时与对自己最大的两种诱惑进行较量，而且一战就是多年，就像康拉德的故事《决斗》里面写的那样，在他人生的大部分时间里，那两个竞争者谁也无法完全摆脱对方的影响，二者始终缠斗在一起，直到故事终了，也就是1990年6月13日他第二次逃离秘鲁。在那次逃离的三天以前，回忆录的主人公在选战中失利，实际上在第二轮选举开始的几个月前，他就已经开始对自己产生了怀疑，也对那个女巫施加的诱惑产生了怀疑。那次败选使得我们无法知晓那个喜爱骑士小说、情色文学、福楼拜、雨果和福克纳的小说家如果真的在1990年6月10日当选了秘鲁总统，后来会发生怎样的事情。矛盾的是，政治家巴尔加斯·略萨的失败却意味着小说家巴尔加斯·略萨的胜利，他像一只受惊的猫一般，决心再也不钻入政治的洞穴，他带着全新的能量回归文学的世界，再次全身心地投入那项具有排外性和排他性的激情事业，投入他的写作之癖。

那两种激情在巴尔加斯·略萨的人生中持续斗争，作家本人也同那两种激情进行持续斗争，这种斗争在作家五十一岁时达到顶峰，又在总统大选失败后分出了输赢，他决定在那条于人生的花园中分岔的小径上只选择一条路走下去。为了更好地理解这一切，我们应当把回忆录《水中鱼》中的文字和巴尔加斯·略萨为2001年版安德烈·马尔罗的《人的境况》所写的前言文章联系起来。在那篇前言中的多个段落里，巴尔加斯·略萨时常以马尔罗自喻，那位法国作家的抱负也有两面性（始终在政治和文学之间徘徊）。可以说，在 1990 年之前，巴尔加斯·略萨始终深受"马尔罗综合征"的困扰。在提到《人的境况》这本小说时，巴尔加斯·略萨写道："我在一个孤独的夜晚草草翻看了那本小说，又从皮埃尔·德·布瓦岱弗尔（Pierre de Boisdeffre）的一本书里了解到了那本小说作者的一些生平，我这才明白我想要的人生就是马尔罗那样的人生。到了六十年代我依然那样想，当时我到了法国，我像记者那样去了解关于第五共和国的那位文化部部长的人生经历、争议事件和演讲材料，在读完他的自传性文字和多部传记，包括让·拉古特（Jean Laccouture）写的基本传记后，我的那种想法更加强烈了，我掌握了马尔罗人生的许多新信息，我觉得他那富有戏剧性、丰富的人生经历可以与他的小说里那些伟大的冒险家的经历相媲美。"[1] 在文章接下来的部分，在罗列了马尔罗的那些丰富多彩、激动人心的经历以及他在一生中——由于同时致力于文学和政治两种事业——经历过的种种阴谋诡计、复杂境地后，巴尔加斯·略萨写道："这种人生如此广阔而多元，同时充满矛盾，从他的人生里我们可以挖掘出诸多材料，来捍卫各种激烈对立的喜好和意识形态思想。不过不容置疑的一点是，在他的人生里，思想和行动组成了奇怪的同盟，一个像他这样勇敢无畏地参与了他那个时代里发生的众多英雄业绩、不幸事件的人，竟然同时还保持如此超出常人的艺术创造力，他可以天才地把自己同生活经历拉开距离，将之转化成具有批判性的反思和具有鲜活生命力的文学作品。"[2]

"马尔罗综合征"经常会袭击来自不同甚至差异极大的文化背

---

[1] Malraux, André, *La condición humana*, Mario Vargas Llosa 作序, Círculo de Lectores, Barcelona, 2001, p.10。

[2] Ibid., p.11.

景的作家。好胜心，个人喜好，具有两面性的志向——文学与政治，或政治与文学，都会引发这种病症，甚至在某些情况下，粗心大意也可能成为诱因。巴尔加斯·略萨举了几个例子：奥威尔、阿瑟·库斯勒（他的自传清晰地刻画出了一个积极参与政治生活的作家形象，他花了大量时间，利用自己的思想，在意识形态的诱惑和陷阱中间穿梭前行）、T. E. 劳伦斯。在我们这代西班牙作家里，最被人熟知的例子就是豪尔赫·赛普伦。他是共产党的领导人，法国抵抗运动的参与者，也是纳粹集中营的幸存者，后来在二十世纪九十年代初当上了文化部部长，在被卡洛斯·富恩特斯富有诗意地称为"我们都是玛丽莲·梦露"——这句话后来被我用在了我的一本书的书名中——的那个时期的数年里，豪尔赫·赛普伦一直担任那个职务，那是所有人都心情愉快的时期。费利佩·冈萨雷斯在西班牙政坛掌握着权力，所以当时没有人相信工人社会党会衰落下去，后来这种情况真的出现了，而其诱因恰恰是费利佩·冈萨雷斯在政治领域过于自大的做派犯下的种种错误。在赛普伦身上，"马尔罗综合征"纠缠了他许多年，而且症状不轻，用巴尔加斯·略萨的话来说，那是一段人生的文身，却同时还想成为他所处时代面孔上的印迹。

决定代表民主阵线参加秘鲁 1990 年总统大选让巴尔加斯·略萨真正意义上患上了"马尔罗综合征"。1990 年 6 月 10 日阿尔韦托·藤森赢得大选的结果无疑是回忆录《水中鱼》的创作源头。这本书一半是"政治回忆"，一半是"文学自传"。

《水中鱼》本来会以自由运动组织创建的章节作为全书第一章，后来该组织发展成了以巴尔加斯·略萨为候选人参加 1990 年秘鲁总统大选的民主阵线。阿尔瓦罗·巴尔加斯·略萨说服了他的父亲把十岁的巴尔加斯·略萨同父亲埃内斯托·巴尔加斯的见面作为全书首章。在十岁以前,包括母亲朵拉·略萨在内的全家人都告诉小巴尔加斯·略萨说他的父亲已经去世了。这个变动使得《水中鱼》从一开始就在"文学自传"和"政治回忆"中倾向了前者。

全书的第四章是关于政治的章节,标题是"民主阵线"。和全书其他部分的内容相似,巴尔加斯·略萨在这一章也进行了思想方面的反思。在最出乎意料的时刻,他背弃了自己的文学抱负,掉入政治女巫的怀抱。"直接参与政治活动以后,在多次三派会议上,我有了一个令人沮丧的发现。真正的政治不是书本上说的政治,也不是脑子里想象的政治——我从前唯一了解的政治,而是天天实践和体验的政治,与思想、品德和理想关系甚少,与目的性的观念——我们希望建设的理想社会——关系甚少;说得直率些,与慷慨无私、团结友爱、理想主义关系甚少。实际上的政治几乎只有钩心斗角、阴谋诡计、妥协、背叛、偏执、工于心计、厚颜无耻和各种圆滑、狡诈的手段。因为对于职业政治家来说,无论他是左、中、右哪一派的,真正能调动他、刺激他、让他活跃起来的是权力:夺权、掌权或再掌权。"[1]不过巴尔加斯·略萨也提到了,例外还是有的,但是日复一日,"结果是,对权力的巨大的可怕的欲望占据上风。那种不能感受这种来自权力的魔力,几乎是可感觉到的魅力的人,是很难成为一个成功的政治家的"[2]。而"我的情况就是如此",因为"权力让我产生一种不信任感,甚至在我充满革命热情的年轻时期就是如此。我一向觉得文学是施展我才能的最重

---

[1] Vargas Llosa, Mario, *El pez en el agua,* op.cit., p.90.——原注
译文引自赵德明译《水中鱼》,时代文艺出版社 1996 年版,第 96 页。——译注
[2] Ibid., pp.90-91.——原注
同上书,第 97 页,译文略有改动。——译注

(从左到右)马里奥·巴尔加斯·略萨、J. J. 阿玛斯·马塞洛和阿道弗·苏亚雷斯在《我们都是玛丽莲的那段岁月》的发布会现场。摄于马德里皇宫酒店,1995 年 10 月

(从左到右)莫尔加娜·巴尔加斯·略萨、帕特丽西娅·略萨、马里奥·巴尔加斯·略萨和阿道弗·苏亚雷斯在《我们都是玛丽莲的那段岁月》的发布会现场,1995 年 10 月

要的活动之一；文学是对抗权力的一种形式，通过文学活动可以永远向任何权力质疑，因为优秀的文学表明了生活的缺陷，表明了任何权力在满足人类理想时的局限性。除去我对任何独裁统治有着生物性的过敏，这种对权力的不信任感使我从七十年代开始迷恋诸如雷蒙·阿隆、波普尔、哈耶克、弗里德曼和诺齐克的自由主义思想，坚持维护个人权利，反对国家压迫，坚持权力下放，分散给个人并互相均衡，坚持把经济、社会、团体的责任交给文明社会，而不是集中到高层少数人手中"[1]。《水中鱼》全书开头处，巴尔加斯·略萨对马克斯·韦伯的引用明白无误地表现出他在遭受政治失利后选择撰写回忆录的意图。马克斯·韦伯在《政治作为天职》一书中这样写道："连思想最原始的基督徒都无比清楚这个世界是被诸多魔鬼统治的，涉足政治的人；换句话说，那些把权力和暴力当作工具的人，已经与魔鬼定下了契约，所以在他的活动中，善意不总是能结善果，恶意也不总能招厄运，其结果往往与这套公式刚好相反。从政治的角度来看，看不到这一点的人只能算是个孩童。"巴尔加斯·略萨算是个天真的孩童吗？他自大地想通过发展经济、尊重政治、将社会发展与文化发展相结合的办法（2001年7月28日就任的秘鲁现总统亚历杭德罗·托莱多也坚定地许下相同的诺言）把秘鲁从悲惨的泥淖中拯救出来，他发现了政治权力和权力政治本身固有的恶，在真正涉足政坛之前，他只是通过阅读文论作品、历史著作和思考对它有过一定的了解。巴尔加斯·略萨在自己的小说里想象、刻画、描写出的所有"狗屎"卡约式的人物用腐败和堕落把秘

---

[1] Vargas Llosa, Mario, *El pez en el agua,* op.cit., pp.90-91. ——原注
译文引自赵德明译《水中鱼》，时代文艺出版社1996年版，第97页。——译注

鲁政坛搅成了一潭浑水，难道他还不够了解这片由魔鬼主宰的土地，一定要等那潭死水没过脖颈才幡然醒悟？

许多对他抱有敌意的评论家以及不认可他的自由主义立场的人评价说撰写《水中鱼》无非只是个在选战中落败的作家的高傲而无耻的行为，他们认定巴尔加斯·略萨是在进行报复，在懂得何为理智之前的童年时期一直被娇生惯养，如今又在政治魔鬼面前丢掉了理智，他想用这本书来反击在当政坛过客的这些年里遇到的敌人们，也反击自己在通往秘鲁总统宝座的道路上——始终未能到达——遇到的所有阻碍，他们认定无论从思想的角度还是从意识形态的角度来看，《水中鱼》里的文字都欠缺公正性，有失偏颇，是在为自己开脱，作者在书中"抹黑"了所有阻碍他达到当选秘鲁总统目的的人。他们认为巴尔加斯·略萨是个危险、自私、有野心的人，只为秘鲁少数精英阶层服务，这些人想利用他的国际声望，把他塑造成偶像，让他当他们的掩体，好让他们继续获取更加反动的政治和经济利益。批评者们还认为《水中鱼》展现的只不过是作家巴尔加斯·略萨的种种缺陷，那本书只是他手里的*一副牌*——这是古巴人的说法，书中透着的只有恶意，没有一丁点儿善意。甚至连那个作家本人在抛弃了进步的政治立场后，在放弃支持古巴革命政府后，也变得平庸了起来，而在成为"自由的人"，开始为自己打算之后，他成了"新自由主义"思想的卫道士，变成了全世界范围内、人类历史上——从中世纪起——最有害的帝国主义，最残酷的资本主义的同谋。这是之前发生的事情，后来他露出了真面目，妄想当选秘鲁总统，想把他的祖国变成穷人更穷、富人更富的资本主义地狱。因此在选举中人们不该投他的票，而应该转去支持他的对手、"变革 90"的候选人、工程师阿尔韦托·藤森，他才是那个时期的秘鲁真正需要的总统人选,一个靠*自己的*努力成功的谦逊之人,他的公开讲话亲切而富有感染力——每一个像爱自己一样热爱秘鲁的人都该如此。

距离1990年秘鲁总统大选已经过去很久了,如今我们再看这番在选战前后针对巴尔加斯·略萨的俗套抹黑话语时,已经可以把最近十年在秘鲁真实发生的事情考虑在内了,藤森和蒙特西诺斯这对组合在腐败的舞台上翩翩起舞,导演了一部无休止的"恐怖电影",其中的情节是我们这些所谓的小说家都无力想象的。看上去对于秘鲁来说,藤森这剂"良方"比巴尔加斯·略萨这种"恶疾"带去的结果要糟糕得多。不过,巴尔加斯·略萨在《水中鱼》的第十四章里提到的那些"廉价的知识分子"——他点了其中一些人的名字,不过还有另外一些没被点名的人也配得上这个称号,没有一个人改变自己对那个"选战中的魔鬼"的态度,他们成了打败具有毁灭性的魔鬼——巴尔加斯·略萨——的胜利天使,开始支持藤森和蒙特西诺斯的恐怖政权,直到发现那个独裁政权展现出自己最丑恶的面孔——腐败、偷盗、抢掠、谋杀、道德沦丧,他们才把头扭向一旁,默默退场,继续当他们的文学教授,写他们的报刊文章。*尘世繁华,转瞬即逝*。或者正像诗人埃贝托·帕迪利亚在描述廉价知识分子虚伪的政治和道德面孔时的那句睿智讽刺的话说的那样:"他们靠此过活,他们以此为生。"

在《水中鱼》出版八年之后,巴尔加斯·略萨的大部分读者(相比较作为评论家、政治文论家或回忆录作者的身份,他们更喜欢作为小说家的巴尔加斯·略萨)都不会把这部回忆录当作"他最主要的作品之一",虽说该书的编辑在那本回忆录的首版封底上是这么介绍的。不过,在我看来,巴尔加斯·略萨通过这样一本自传进行了自我定义。这本书标志着在经历过那段漫长的地狱之旅，体验过政坛过客的身份之后，巴尔加斯·略萨在回忆往昔和重返文学（也是重返自由，属于他的自由）之间划定了界限。这个在《水中鱼》里书写自己供他人品评的巴尔加斯·略萨再次展现出了那种矛盾的精神、反叛精神，他早年在皮乌拉和利马求学时就表现出来的这种种精神已经成为作家巴尔加斯·略萨的特质，他坚定地独自走在属于他的小路上，顶风破浪，哪怕冒着出错的风险也在所不惜（他曾经在不少事情上犯过错，在我看来，参与政治活动也是其中之一），那些在公共场合的表态，那些几乎从来就与政治正确无缘的文章，那些能挑起无休止的争议，而且政治领域的敌人们连辩论的机会都不给他的文字，给他带来了那么多次意识形态乃至私人生活方面的麻烦。

30

对抗古老的乌托邦

（1996）

借用一本青年巴尔加斯·略萨很喜欢的小说的名字来形容《水中鱼》的出版，那就是：夜已逝去[1]。或者说已经逝去的是一段时光——尽管那段时光绝对没有在他的记忆中消失，消失的是一团模糊的阴影。根据巴尔加斯·略萨本人所言，他曾经出于道德责任感而置身其中，像极了与风车、幻象和巨人打斗的堂吉诃德，那个决定使得那段政坛经历成为他人生中最具冒险性特征的疤痕。夜已逝去，已经是过去的事情了，于是我们的作家慢慢回归到日常状态中，回到了伦敦，又开始日复一日守纪律地写作了，偶尔还会到世界各地去参加各类活动，还到美洲和欧洲的多家大学里去讲授文学课程，这是他早就答应下来的事情。文学奖项、荣誉也随之而来了，巴尔加斯·略萨也承诺今后再也不会参与政治活动了，但是那些在他决心参加秘鲁总统大选之前他就一直在做的事情，他还会继续做下去，即以作家和知识分子的身份，继续关注在全世界发生的事情。他依

---

[1] 指德国作家里夏德·克雷布斯（Richard Julius Hermann Krebs, 1905—1951）的同名作品。——译注

然是那个秉持介入思想的作家，依然关注自由事业，也依旧会以那种古老而传统的方式贡献自己的智慧。

在波士顿的一家餐厅里（如果我没记错的话，那家餐厅叫"Pier 4"，为了向美国饮食文化致敬，我们吃了份海鲜杂烩），巴尔加斯·略萨、帕特丽西娅·略萨、我的夫人萨索·布兰科和我一起度过了一个漫长但有趣的下午。巴尔加斯·略萨略带嘲弄但极为笃定地对我说，他因自己频繁被贴上"新自由主义者"的标签而感到恼怒。"把'新'字去掉，我是个传统的自由主义者。"他把每个字都说得很清楚。"自—由—主—义—者，自由主义者。"他先把每个字拆开说了一遍，又合在一起说了一遍，语气里透着强调的意味。"不过咱们得说清楚，马里奥，有些自由主义者一点儿也不像自由主义者，他们只是承认自己会像自由主义者那样去思考问题，你属于那种自由主义者吗？"我有些挑衅地问道，当然这个问题全无恶意。"不，不，就是自由主义者，再没什么别的附加信息了，就是政治和思想领域传统意义上的那层意思。"他平静地对我说道。对于许多传统左翼的知识分子和政治家来说，巴尔加斯·略萨的自由主义理念极具挑衅性，而他已经在世界各地的诸多演讲机会中阐述了自己的那种理念。举个例子，1999 年 11 月，借 CEDICE[1] 在加拉加斯庆祝成立周年之机，在谈论过我们这个时代在思想领域的混乱状态，而且认定这种状态正在愈演愈烈（我们在诸多受其影响的领域中活动）后，他坚定地说道："不仅是在委内瑞拉，在拉丁美洲其他许多国家也是一样，最近出现了一种声势浩

---

1 独立的非营利民间组织，致力于捍卫个人自由，尊重财产权，限制政府权力，促进和平进程。——译注

大的声音，认为我们这些国家出现的问题，例如，贫穷、边缘化、社会不公和贫富差距巨大等，都应该归罪于新自由主义，它变成了新的替罪羊，成了某种让人望而生畏的东西，是为我们这个时代所有恶行赎罪的献祭羔羊……我认识许多自由主义者，也认识许多非自由主义者，但到目前为止，我连一个新自由主义者都不认识。从自由主义的反对者们的口中不断说出加上'新'这个前缀的概念，实际上是想贬低这种学说、思想、知识体系，可我们会一次又一次想起，它正是世界上最发达的那些国家取得发展和进步背后的那股支撑力量。"[1]

1992年的那个秋天，巴尔加斯·略萨一家抵达波士顿，因为作家要在美国的三所大学授课，先在哈佛大学讲（接下来是普林斯顿和华盛顿）。当时《奥美罗斯》（Omeros）的作者、诗人德里克·沃尔科特（Derek Walcott）也在哈佛教书，这位诗人在同年获得了诺贝尔文学奖。巴尔加斯·略萨在哈佛大学的授课内容是讲述和分析他最喜爱的文学作品之一，马托雷尔的《骑士蒂朗》——他曾为此书"下了文学战书"[2]。注册听课的学生数量不多，不过都受到了巴尔加斯·略萨思想激情的感染，那部骑士小说对于他论证自己的全景小说理论和作为弑神者的作家理论来说有着重要价值。

萨索·布兰科和我抵达纽约那天正是比尔·克林顿首次赢得总统选举的日子，1992年11月3日。我们入住的酒店位于百老汇大道的核心位置，离民主党的竞选总部只隔了两个街区。虽然已经入

---

[1] 1999年11月在加拉加斯进行的演讲。
[2] 指巴尔加斯·略萨曾出版文论作品《为骑士蒂朗下战书》。——译注

夜，可兴奋的民主党支持者们挤满了整片区域，他们看着统计数字、调研结果，最后听到了克林顿胜选的消息。同一天晚上，我同巴尔加斯·略萨一家通了电话，约定在那几天中的某一天到哈佛大学去拜访他们。到了约定日子的清晨，我在酒店房间里被电话铃声吵醒了。《阿贝赛报》的副主编何塞·米格尔·圣地亚哥·卡斯特略从马德里给我打来电话，告诉我全西班牙的文学、文化和媒体圈子都在疯传塞万提斯文学奖评奖委员会——那段日子正好是他们聚在一起评奖的时候——要把今年的奖颁给巴尔加斯·略萨。"你快去准备写一篇关于马里奥的评论文章。"圣地亚哥·卡斯特略建议我道。尽管与巴尔加斯·略萨一家约好见面的时间恰好是同一日，要再晚几个小时，而且那时还是美国冬日的清晨，天还没完全亮，我还是打电话吵醒了帕特丽西娅·巴尔加斯·略萨，把塞万提斯文学奖的传言告诉了她。"别想这事儿了，每年都在传，但从没成真过。"帕特丽西娅·略萨对我说道，她有点儿不相信那些传言。我的态度倒是很坚定，可能是因为受到了传言的影响，也可能是私心在作祟，不过这并没有影响到帕特丽西娅的想法。"那就等到中午吧，希望有个好结果。"帕特丽西娅挂电话之前这样说道。没过两小时，圣地亚哥·卡斯特略的电话就又打来了，我当时正在为写《阿贝赛报》约稿的评论文章做准备。"啊呀，错了，他们把奖颁给古巴作家杜尔赛·玛利亚·罗伊纳斯（Dulce María Loynaz）了，"他对我说道，"你愿意写篇关于她的评论文章吗？"他补了一句。"还是不写了，"我丝毫没犹豫，"没什么感觉。"确实没什么感觉，现在也依然没有。

巴尔加斯·略萨要等到两年后的1994年才获得塞万提斯文学奖，不过在那之前一年他凭借《利图马在安第斯山》获得了普拉内塔文学奖,在之后一年又以同一部作品获得了圣地亚哥·德孔波斯特拉的圣克莱门特主教奖。他的荣誉簿上又多了两个奖项。从1982年开始,他已经陆续获得了罗马的意大利/拉丁美洲学院奖,以《世界末日之战》获得了巴黎的丽兹-海明威奖(1985),在瑞士获得了由马克斯·斯密德亨尼基金会颁发的自由奖(1989),在意大利,凭借小说《叙事人》获得了西西里的卡斯蒂廖内奖,同样在意大利,"由于其小说作品取得的成绩",获得了耶路撒冷奖(1995),此外还有马里亚诺·德卡维亚报业文体奖(1977年4月)和梅嫩德斯·佩拉约国际文学奖(1999)。巴尔加斯·略萨已经把政治经历抛在身后了,除了在大学教授文学课程之外,就是严守纪律进行文学创作,这证明他已经回归到了他所熟悉的文学世界中,他必须寻回逝去的时光,因为在当政治过客的那段日子里,他曾经背叛过(可以使用这种严厉的词汇)文学这种具有排外性和排他性的志向,背弃过写作之癖。他救回了严格属于文学的时间,也把自己从政治泥潭中搞来的一身伤痕修复了过来。1993年出版的《利图马在安第斯山》标志着他重返文学世界的起点,此后他又写出了《古老的乌托邦》(1996)和《情爱笔记》(1997)。按照我自己的标准,这条回归之路的终点应该是2000年出版的《公羊的节日》。因此,我们可以认为九十年代在巴尔加斯·略萨的生命里意味着一个做出具有排他性、排外性努力的时期,也是他用来拯救自己在文学领域的声誉和地位的时期。

巴尔加斯·略萨的小说《利图马在安第斯山》获得了普拉内塔文学奖。这个奖项每年颁发一次,普拉内塔出版社负责出版获奖作品,而且印数惊人,有利于更多读者读到获奖作品。圈子里的某些人在带着批判性目光阅读过那部作品后,给它贴上了"商业化"的

(从左到右)马里奥·巴尔加斯·略萨、帕特丽西娅·略萨和萨索·布兰科,马德里,1994年10月

标签,这实际上在很大程度上阻碍了人们对这部小说的准确理解。巴尔加斯·略萨痴迷于乌托邦式政治的话题,同时抗拒*魔幻思想*,这种伦理方面的辩证机制可以帮助他合理地解读最为复杂的历史现实,这种痴迷和抗拒已经在他的那些最为经典、被阅读最多的书中得到体现了,尽管在文学和政治讨论中依然没有被人们进行深入解读——例如,在对待《世界末日之战》和《狂人玛依塔》的态度方面,它们如今又清楚地展现在了《利图马在安第斯山》[1]中,再后来,也体现在了《古老的乌托邦:何塞·玛利亚·阿格达斯和土著主义文学》[2]中。

在西班牙和拉丁美洲的许多地方,对《利图马在安第斯山》的批判性阅读可以帮助我们了解秘鲁山区那片遥远的"失落"土地。那里的人们与恐怖主义敌人"光辉道路"进行着一场难以解释的战斗。外面的人对"光辉道路"的那些野蛮、大规模的犯罪行动总是后知后觉,他们犯下的血腥罪行留下的痕迹在那片遥远的安第斯山地区随处可见,可只能等过一阵子,通过媒体的报道,文明地区的人们才会对这些事情略有耳闻。在那部小说里,这种"文明地区"就是执政者、部队首脑和统治阶级居住生活的利马。因此《利图马在安第斯山》也算得上在另一个世界尽头发生的另一场"世界末日之战",那里迷信思想广布,人们每天都生活在惊恐当中,印第安神话的"恶灵"掌控着那里,人们有清晰而绝对化的政治目标,那就是返回古老的乌托邦中,*回到过去*,回到印第安世界,回到野蛮的神话与迷信状态。在那种状态下,离奇的想法层出不穷。恐怖

---

[1] Vargas Llosa, Mario, *Lituma en los Andes*, Planeta, Barcelona, 1993, p.312.
[2] Vargas Llosa, Mario, *La utopía arcaica. José María Arguedas y las ficciones del indigenismo*, Fondo de Cultura Económica, México, 1993, p.360.

分子自称革命者、思想进步人士，要对文明社会和统治阶级——利马的白人，以及所有追随那些人的生活方式、理解世界的方式的人——的思想带来的腐败和毁坏进行复仇，要摧毁一切，因此他们将暴力施加到了秘鲁无辜的印第安世界。《利图马在安第斯山》被收入广受争议的"世界丛书"后的版本[1]中的前言里，费尔南多·罗德里格斯·拉富恩特教授这样写道："对于读者来说，这部小说典范式地展现出了巴尔加斯·略萨的虚构世界、政治世界、道德世界、广泛意义上的宗教世界以及历史世界。作者在以往作品中描绘过的所有冲突都浓缩到了这个关于安第斯山的可怕故事里。除了这些冲突之外，这部作品还表现出了一种信仰：文学不仅仅是单纯的娱乐。"最后这句判断与很多优秀作家的见解不谋而合，例如，具有世界声望的索尔·贝娄就很抗拒把文学当作单纯的娱乐。

《利图马在安第斯山》讲的是一群秘鲁人在广漠的安第斯山区一个与世隔绝的村子里的生活，他们把命运交到上帝和国家权力机构的手中。那个不起眼的村子名叫纳克斯，生活在那里的人们同时面对多种敌人：有现实层面的，有思想层面的，有隐喻层面的，也有类比层面的。人们每时每刻都在担惊受怕，被迫面对恐怖主义组织"光辉道路"那独断野蛮的行事法则，胆敢质疑他们、逾越他们权力的界限的人，就要被毁灭。巴尔加斯·略萨借这部小说向他同时代的读者们展现出他对印第安主义中有关*古老的乌托邦*、虚构和矛盾等主题的痴迷。为了让这部小说更好地融入他已经建立起来的虚构天地中，他用上了读者们早已熟悉的人物利图马，也就是书名

---

1 Vargas Llosa, Mario, *Lituma en los Andes*, Fernández Rodríguez Lafuente 作序, El Mundo del Siglo XXI, Madrid, 2001。

里出现的那个人物，他在《绿房子》中曾经以警长的身份出场，当时他还没有像在后来的故事中表现得那样老练。故事中另一位生活在山区的主要人物的视野、视角、态度和思想，与曾经生活在皮乌拉海岸区的利图马完全不一样。这两种头脑在纳克斯发生碰撞，他们要面对的除了恐怖组织"光辉道路"的阴影之外，还有山里人的迷信思想。山里人认为大山是有灵魂的，里面生活着保护他们的天使，当然也就生活着无时无刻不想着进行破坏的魔鬼，这是《利图马在安第斯山》所展现的最关键的当地信仰之一。因此，神话和迷信与谋杀和野蛮联系到了一起，使得想要*以合理的*方式解释在山区发生的事件的人总是无功而返。

　　纳克斯这个名字的出处早就湮没在了历史的长河中，它出现的时间甚至要早于印加帝国——几乎算是神话时代了，这里曾经是矿区，但是由于恐怖组织的破坏和秘鲁政府的放弃，如今已经衰败了，成了一片失落的土地。人们知道，那片土地属于恐怖分子，那里只有很少一部分驻军，利图马就是其中一员。罗德里格斯·拉富恩特教授认为这个人物是叙事者的化身，因为他是巴尔加斯·略萨笔下频繁出场的角色，"他已经出现在《绿房子》《狂人玛依塔》《琼加》《谁是杀人犯？》等书里了"[1]。这部篇幅不长的小说里交叉设置了多重故事线索，使用了众多不同且细致的叙事视角，还有对不同地区（利马、皮乌拉、纳克斯、安第斯山，还有圣玛利亚·德涅瓦）自然风貌的描绘，以及对不同信仰（这些信仰构建出了古老的世界、迷信的世界、魔幻的世界，将它们与具有世界性的现代社

---

[1] Vargas Llosa, Mario, *Lituma en los Andes*, Fernández Rodríguez Lafuente 作序, El Mundo del Siglo XXI, Madrid, 2001。

会相比较)的描绘。换句话说,在刻画对立的人物时,实际上就是在展现相互对立的思想,例如,魔幻思想(印第安主义掩护下的古老的乌托邦思想和戴着进步面具的野蛮理论)与逻辑思想的对立、野蛮和暴力与理智和进步的对立。纳克斯,或者说《利图马在安第斯山》,是巴尔加斯·略萨对上帝与魔鬼在无主之地上的对决的又一次解读。这次作者把故事背景放到了秘鲁境内的安第斯山区,正如多年之前他大胆地将《世界末日之战》——那个故事讲述的也是发展过程中出现的暴力冲突问题——的故事发生地放到了广漠的巴西腹地一样,要注意,那片地区在那之前可并不"属于"他。

无论从时间、空间还是思想的角度,我们都很难把《利图马在安第斯山》和巴尔加斯·略萨写阿格达斯及印第安文学的文论作品《古老的乌托邦》(1996年在墨西哥由经济文化基金会出版社出版,比《利图马在安第斯山》晚出版三年)分割开。巴尔加斯·略萨分析阿格达斯的这篇文论作品是他长久以来思考的结果,也是他的思想、政治、文学兴趣之所在。他对阿格达斯的兴趣始于1955年,在六十年代延续,"我写文章、散文或是私下聊天时经常会提到他,我们保持着朋友关系,不过相隔很远,因为他住在秘鲁,而我住在欧洲,虽说有时我们会互相写信,但哪怕是我每年回利马的时候,我们也几乎没怎么见过面"。他还曾经教授过两个学期关于阿格达斯文学创作的课程:第一次是在1977—1978学年,在剑桥大学,当时他作为西蒙·玻利瓦尔讲堂的主讲教师进行授课,平时住在该校丘吉尔学院;第二次是在迈阿密的佛罗里达国际大学,时间则是1991年第一学期。后来"还在1992年冬季学期在哈佛大学的约翰·F. 肯尼迪讲堂讲授过关于阿格达斯所有文学作品的课程"[1]。就《利图马在安第斯山》和《古老的乌托邦》内容上的联系和出版时间的先后来看，我毫不怀疑，巴尔加斯·略萨作为民主阵线候选人参加秘鲁总统大选并败选的经历使这两部作品的写作计划提前了。

《古老的乌托邦》代表巴尔加斯·略萨在面对盛行于印第安文学（在这个例子里，是秘鲁的印第安文学，何塞·玛利亚·阿格达斯的印第安文学）之中的*魔幻思想*时保持着一种斩钉截铁的坚定姿态，不过这并不影响巴尔加斯·略萨对阿格达斯作品的推崇。评论家巴尔加斯·略萨在这部文论作品中对阿格达斯的作品进行了尖锐的外科手术般的剖析，文字处处透着文学和思想的光芒，内容十分深刻，丝毫不留可供情感渗出的缝隙，从全书的第一章（"阿格达斯的证词"）到最后一部分（第二十章，"古老的乌托邦和不庄重的秘鲁"）都是如此。借助这种特殊的分析形式，《古老的乌托邦》变成了一部异常有趣的*历史书*：一位受人尊敬、传奇般的秘鲁作家和他的所有作品成为这部历史书的主人公，而一个小说家——巴尔加斯·略萨——则化身成他的祖国秘鲁当下历史的反思者和有争议的解读者。每一个塑造并震动了秘鲁历史发展轨迹的历史变化——尤其是与阿格达斯的人生及作品相关的那些——都被*巴尔加斯·略萨教授*细致入微地剖析，当然这种剖析背后始终隐藏着他的自由主义思想，他特别强调了秘鲁历史上出现的那些虚假的期望、部落思想、土著主义思想、军国主义思想和民族主义思想，正是它们把秘鲁拖向了1996年（这部作品出版的年份）时的混乱状态。

---

[1] Vargas Llosa, Mario, *La utopía arcaica. José María Arguedas y las ficciones del indigenismo*, op.cit.

在分析秘鲁肉眼可见的经济和社会灾难时，巴尔加斯·略萨在《古老的乌托邦》的末尾部分这样写道："（二十世纪）八十年代时，秘鲁安第斯山地区又发生了动荡，主要是中部和南部山区，这次的动荡多了'血腥'成分，出现了新一轮的推动印第安族群去印第安化和传统安第斯山区社会解体的进程；也就是说，有人希望瓦解滋养了阿格达斯的文学和梦境的那个世界，想要这么做的就是复苏的'光辉道路'组织。被苏联共产党和秘鲁大部分左翼力量支持的左翼独裁势力为这股力量中最激进的那部分人提供了养料，这些激进分子要与同阶级敌人合作的那些人以及认为革命政府会变成军事独裁政府的那些人划清界限，并决定通过武装斗争的方式与那些人对抗。"[1]接下来他又补充道："在两万五千到三万名死者这一冰冷的数字背后，我们永远都无法得知具体有多少人受到过'光辉道路'和在1992年4月5日通过自我政变的方式变成真正的独裁政府的藤森政权的侵害，后者借口镇压恐怖主义活动犯下诸多暴行，甚至藤森政府的许多作为本身也算得上恐怖主义行径。"[2]在巴尔加斯·略萨看来，秘鲁历史中最糟糕的事件，也就是秘鲁安第斯山区的印第安人失去自己的身份，被迫逃到大城市——尤其是利马，进而使那些地方的生活贫穷悲惨的群体数量不断增大，其诱因很大程度上要归于"光辉道路"革命（其领导人之一正是阿格达斯的遗孀西比拉·阿雷东多），狂热的恐怖主义行径持续了十五年，那是充满暴力和死亡的十五年。巴尔加斯·略萨表示："与那些想要给'光辉道路'增添所谓本土色彩的人所预想的不同，它并不是一个

---

1 Vargas Llosa, Mario, *La utopía arcaica. José María Arguedas y las ficciones del indigenismo*, op.cit., p.329.

2 Ibid., p.330.

印第安主义组织，与克丘亚人的伦理传统、反西方思想以及安第斯山地区古老的宗教信仰的现代表达无关。"[1]

《古老的乌托邦》一书的前言题为"一种亲密的关系"，巴尔加斯·略萨在那篇文章里阐述了他对阿格达斯的作品以及他那扎根于安第斯山区印第安传统（阿格达斯在安第斯山区长大，他把自己伟大的文学才华融入几乎所有作品，来刻画那种文化）的思想的兴趣。与自己的祖国秘鲁的关系，与那些优秀的秘鲁同胞的关系，这些都是巴尔加斯·略萨经常提及的东西，而且这些东西里都掺杂着爱恨交织的情感。这种情感虽然很矛盾，却也很自然，因为这位秘鲁小说家始终坚持的理念之一就是作家应该持续不断地用批评来"轰炸"自己的祖国。《古老的乌托邦》也不例外。众所周知，阿格达斯的小说描绘的是秘鲁的一张印第安文化面孔，它就像失落的天堂一样印刻在那位秘鲁作家的脑海中。无论是《血节》（*Jawar Fiesta*）还是《所有的血》（*Todas las sangres*）——阿格达斯在秘鲁国内外最受欢迎的作品——展现的都是秘鲁的那一面，尽管《六号监狱》（*El sexto*）并非如此，《山上的狐狸和山下的狐狸》（这部作品从某种意义上讲像是他在举枪自尽前的一种自白，巴尔加斯·略萨回忆说："那是1969年11月28日，在利马的拉莫丽娜农业大学的一间卫生间里，他对着镜子举起手枪，为的是不把子弹射偏。"[2]）更非如此。那个天堂般的印第安世界，加上那里的传统、习俗、日常生活习惯、宗教仪式和人类及神灵颁布的法则，都是阿格达斯乡愁之所在，他在那个世界度过了童年和青年时期，那

---

1 Vargas Llosa, Mario, *La utopía arcaica. José María Arguedas y las ficciones del indigenismo*, op.cit., p.330.
2 Ibid., p.13.

里的一切都印刻在了他的灵魂中。巴尔加斯·略萨从阿格达斯的人生经历出发，分析了他的生命轨迹，剖析了他生命中的那些重要事件（真正塑造了他作为秘鲁人和作家个性的事件）和他的意识形态信仰，以此揭示出在所有这些焦虑——它们带着激情推动着阿格达斯的人生向前发展——和那"所有的血"背后隐藏着一个巨大的矛盾，即让古老世界的所有法则与现代社会的所有法则相容共生，然后以此进行一番不可能实现的论证：印第安世界是完美的、连续的、稳定的，所有后来出现的东西，白人的世界、殖民化、变革，都意味着一种倒退，退到印第安世界的最初状态，最后包括记忆和深扎的根都将随着印第安世界一起被毁灭。阿格达斯认为要尊重印第安人的所有法则和所有传统，尊重往日的世界——我们得再重复一遍，阿格达斯认为往日的世界是完美、自然、稳定的，本可以实现一种平衡，避免秘鲁的悲剧，尤其是印第安族群的悲剧发生。在巴尔加斯·略萨看来，阿格达斯是在做无用功，后者希望把印第安文化的*魔幻思想*，加上所有变成宗教、社会和政治信仰的迷信思想，与以马列主义为基础的*进步思想*进行不可能实现的联结。巴尔加斯·略萨在《古老的乌托邦》的字里行间自问道：印第安人的*魔幻思想*要怎么才能和何塞·卡洛斯·马里亚特吉（José Carlos Mariátegui）传下来的马克思主义思想结合到一起呢？这是巴尔加斯·略萨在《古老的乌托邦》里试图讨论的问题，实际上，我们可以轻易地发现，《利图马在安第斯山》讨论的也是同一个问题。

阿格达斯在个人思想的领域被囚禁在了古老乌托邦的*魔幻思想*中，于是在他的人生和写作过程中经常会出现种种互相矛盾的事情，这种状态甚至也体现在了人生陈词式的、令人感到痛苦的《山上的狐狸和山下的狐狸》中。在这部作品中，他想到了"文学爆炸"的所有代表作家,甚至怀疑那些*国际化*的人物运用自己在世界各大城市出版界和知识界的影响力,刻意把他排除在了*名单*之外,排除在了荣耀和认可加身的核心作家圈子之外。在《古老的乌托邦》的第一章里,巴尔加斯·略萨首先检视了阿格达斯最后面临的这场危机,它最终在他生命的最后几个星期里摧毁了他脆弱的心理防线。这个章节非常有趣,巴尔加斯·略萨的分析中有很多可以深入讨论的东西(当然也就意味着有争议性),他同时也为我们理解创作《山上的狐狸和山下的狐狸》时的阿格达斯的思想、这部作品同他其他作品之间的关系以及(尤其是)他与同时代作家的私人关系提供了丰富的材料。

《古老的乌托邦》是巴尔加斯·略萨继《加西亚·马尔克斯:弑神者的历史》之后第二次为同时代的作家撰写的大部头的文学评论作品。这次他分析的是最负盛名的秘鲁作家之一,秘鲁文学的图腾式的人物之一。

也许我们应该问,巴尔加斯·略萨的人生和创作已经达到那样的高度了,为何他还要费心去写《古老的乌托邦》,对印第安主义滋养的文学作品进行冷酷的批判呢?我们自然可以从思想的角度去阅读,具体到这个例子里,我们可以读到作者对魔幻思想(古老乌托邦的根基)的理解,而在《利图马在安第斯山》和《狂人玛依塔》里,则能读出他对社会主义乌托邦的理解。如果正如罗德里格斯·拉富恩特所写的那样,古老的神话来到了我们的现实社会,这可以用来解释"如'光辉道路'组织做出的野蛮行径或由于民族主义情绪及不宽容的态度引发的暴力事件,尽管在'二战'以后现代社会似乎已经解决了这些问题",那么我们又该如何解释伊斯兰恐怖分子袭击美国双子塔和五角大楼的行为呢?

欧洲时间2001年9月11日中午，我坐在位于马德里市中心的书房里，正尝试写完这一章节，全世界所有电视的屏幕上都在播放针对纽约和华盛顿的恐怖袭击的恐怖画面，我们再次以类比的方式（*有细微差异，但依旧是类比的方式*）走到了一场世界末日之战身边，这场由阿富汗塔利班分子发动的"战争"也许算得上离我们最近的一场战争了。伊斯兰原教旨主义恐怖分子信奉的也是一种魔幻思想，它是古老乌托邦的一种变体，它将暴力带到了曼哈顿，那片代表各种思想、宗教、种族和社会阶级融合的土地。

31

关于古老的魔鬼：记录幽灵
（1997）

巴尔加斯·略萨几乎所有小说的情况都一样，开篇引言往往能帮助我们理解作品。在《情爱笔记》中，巴尔加斯·略萨引用了蒙田的话："我不能根据我的行动给我的生活做记录；命运早已经把我的行动打倒在地了；我根据我的想象力来记录我的生活。"[1] 如果说《继母颂》里的情爱、家庭三角关系（咱们不妨说得更直白点：乱伦关系，有时又像是一个模糊的儿童故事，就像刘易斯·卡罗尔在他的那些有趣的书中的某些场景对爱丽丝做的一样）最终在如上帝般存在的丰奇托的设计下以堂里戈贝托和堂娜卢克莱西娅分手告终的话，那么《情爱笔记》就以家庭生活的和解作为那场充满想象力的情色游戏的结束，家庭生活最终战胜了其他现实，把它的法则强加给了所有人。

丈夫和妻子，一个不安分的小男孩——有时动机模糊，有时喜爱淘气，永远把自己的堕落品性隐藏在诱惑游戏的最深处——和他们之间的情爱冒险、幻想、逸事，组成了《情爱笔记》。故事以*传*

---

1 引自孟继成、赵德明译《情爱笔记》，时代文艺出版社 2001 年版，第 107 页。——译注

统的线性叙事写法写成，抽丝剥茧式地将故事展开。除此之外，穿插于小说各章节之中的堂里戈贝托的笔记本中的内容——细致入微，充满细节——总是突然出现，时常打乱叙事节奏，有时甚至会令读者感到恼怒，不过对于那部小说而言，这样的写法却是必需的：情爱故事不只是那部小说的情节，也可以被当作*微型散文*或思考性文字来看，它们更好地展现了堂里戈贝托的性格和做派，也令我们知晓了更多关于他的秘密。

在由哈维尔·罗德里格斯·马尔科斯整理的巴尔加斯·略萨的访谈中，后者再次强调："没有情爱元素就没有伟大的文学作品。"[1] 同十九世纪和二十世纪其他伟大的小说家一样，巴尔加斯·略萨认为，情色元素并不只是文学作品中的添加剂，而是所有伟大的文学作品、伟大的小说的基础构成物之一。他认为："没有伟大的情色文学，有的是伟大的文学作品中的情爱元素。"进而表示："只写情爱，而没有把情爱元素融入有生命力的故事背景中的文学作品是劣等作品。"对于这位始终坚持"全景小说"理念的秘鲁小说家来说，文学文本"在尽可能多地融入人类生活的方方面面"后，会更加丰富，因此"如果在那种全景式的框架中，情色扮演的是基础性角色，那么我们就可以将之称为情色文学作品"。尽管巴尔加斯·略萨小说作品的研究专家和评论者在写关于《情爱笔记》的评论文章时纷纷表示，那部小说里的情爱因素是作者借以完成自己长久以来的创作心愿的，但不可否认的是，从文学创作的角度来看，情爱因素是巴尔加斯·略萨所有作品中的固有要素，尽管在之前的作品中情爱因素大多发挥的是暗示、影射的作用。不过要说真正以

---

[1] *Babelia*, No.506, *El País*, Madrid, 2001.08.04, pp.2-3.

这一因素为主题的作品，还得算《继母颂》和它的续篇《情爱笔记》。

我在前文中提到过，情色因素是巴尔加斯·略萨心中的一个古老的魔鬼，这不仅因为这一因素反复出现在他的小说作品中，甚至在某些作品里扮演着如明显的伤疤或不可洗去的文身般的重要角色，还因为巴尔加斯·略萨本人曾在无数场合公开表示他曾经是（如今也依然是）情色文学的狂热爱好者。他在1993年出版的回忆录《水中鱼》里描述自己文学志向形成的一个章节里提到过相关经历，后来他几乎一字不差地把那段经历复述给了哈维尔·罗德里格斯·马尔科斯。巴尔加斯·略萨这样说道："我是在读大学时偶然发现情色文学的。当时我在利马的一家叫国家俱乐部的很有名的富人们的社交场所里搞到了个图书管理员的兼职工作。其实是我的历史老师在那里当图书管理员，他又雇我去当他的助手。我的工作就是每天到那里去花两小时给借书的人登记。"不过他又补充道："那时候去借书的人并不多，所以我就利用那些时间在图书馆里找书读，我发现那家图书馆购入了一大批质量很高的情色文学作品。那里有一整套阿波利奈尔在法国主编的"爱情大师"系列丛书，他本人还给很多书写了前言，表现出了他的博学。"最后他逐渐形成了那种理念，认为"只有情色因素的文字十分单调，最终会落入那种可以预见的、平庸文学用来吸睛的俗套写法之中"，"因此最好的情色文学作品应该是不只具有情色这一种因素的作品，那种作品里有复杂、多元的天地，而情色因素只是其中的一味调料。这就又把我们带到伟大的文学这一话题上来了。相反，只有情色这一种元素的作品很难称得上'伟大'"。巴尔加斯·略萨本人也曾提到过几位他偏爱的（"以传统的方式偏爱"，他补充道）"情色文学"作家：薄伽丘、萨德侯爵、克莱兰、雷提夫和巴塔耶，他们是情色文学读者巴尔加斯·略萨最钟爱的作家,最后这两位还算得上他内心中古老的文学魔鬼。除了这些作家之外,还得加上劳伦斯·达雷尔(Lawrence Durrell)(尽管他的情色文学"有点邪恶")、亨利·米勒、纳博科夫(当然了,最具代表性的作品是《洛丽塔》)和——"最后提一位"——凯萨琳·米雷(Catherine Millet)。

从《城市与狗》里莱昂西奥·普拉多军事学校士官生阿尔贝托·费尔南德斯(当时作者依然年轻,处于成长阶段)写情书和色情小说卖给同学,到《继母颂》和《情爱笔记》里成熟的情爱描写,处处可见情色文学的影响。巴尔加斯·略萨在谈论《继母颂》时表示:"那部小说在具有情色元素的绘画作品方面玩了很多把戏。对我来说,写那部小说是个实验,我可以使用一种我之前从未用过的丰富而浮夸的语言。在我的小说里,语言一向具有功能性,它们与我想讲的故事具有紧密的联系。"这样看来,在那部小说里,"有一种形式上的游戏,我使用了一种具有很少现实主义成分的夸饰性语言讲述那个故事"。相反,在他本人看来,在《情爱笔记》里,"情色元素更多体现在思想层面。情爱游戏自然也有,但不如《继母颂》里那么多。到了《情爱笔记》的时候,语言风格就变了,因为不能不变。这个故事的现实主义色彩更浓,因此语言……我不能说更加'生硬',但的确不能再有那么强的在场感了。在《继母颂》里,语言始终在场,起着连通读者和故事的作用"。

不过,从我本人观察和阅读的角度来看,巴尔加斯·略萨对那两部小说的区分方式就像是在试图划一条别人看不见的界限,然后以一种柔和的方式向别人介绍这条界限,而那更像是作者私人想法的造物,因此那条界限只能用美学术语进行描述,就像巴尔加斯·略萨区分"情色"和"色情"时所用的方法一样。总而言之,

简单来说,可以说情色——或者说情色文学——就是*好的*色情文学(为何不可专横地做一下这种区分呢:*坏的*色情文学就是那些直接描写性器官、性行为的作品),是经过艺术伪装后的"色情",它戴上了丝绸手套,化了妆,还穿上了绫罗绸缎,它想以此使下面这些东西变得精致起来:那个带着节日般氛围的天堂,被咬过的苹果,最淫乱的罪孽,淫秽地狱中幽暗而魅人的区域——那里的神灵已经被人类洗劫过了(正如普罗米修斯盗圣火一般)。"所有写到性爱元素,并且令它达到了美学层面的和谐状态的文学,"巴尔加斯·略萨说道(我认为更多的是概念层面而非内容层面的区分),"都可以被称作情色文学。如果达不到这种要求,那就算是色情文学。如果材料内容比表达方式更重要,那么那些文字可能会有临床或心理学方面的价值,但不会有什么文学价值。情色是对性行为的丰富,借由美学形式,可以展现一切性行为背后所蕴含的文化信息。情色元素可以装点性行为,赋予它某种戏剧张力,在不剥夺愉悦感的前提下,为之增添艺术的维度。"没错,大致来说是这样,但是也不能绝对化。我们还应该注意到在文学的天地中(不管是情色文学还是色情文学,也不管有没有临床或心理价值),形式和内容*几乎总是一体的*——文学,或者说所有艺术创作都是如此,因为二者最终会组合成一个事物,一个单词,怎么说和说什么(或者所说的事物包含的寓意)会结合在一起呈现出来,不管是影射还是省略,读者总能明白其中蕴含的信息。哪怕猴子披上了衣服,猴子依然还是猴子。哪怕情色文学的理论家变成了为高端舞会设计服装的艺术家,在语言或文学表述的美好形式装饰之下,在绫罗绸缎的装点之下,最令读者感到兴奋的依然是那种让人兴奋的欢愉游戏、性爱欲望或爱恋激情,他们自由的想象力不会对其加以细分,反倒是会在

阅读时给小说故事的每个场景增添自己私人的经历和幻想。我接下来要写的话或许有点专断,不过不会比包括巴尔加斯·略萨本人在内的其他评论家做出的分析更加专断:乍看上去,巴尔加斯·略萨的情色小说《继母颂》和《情爱笔记》并没有清晰地点明乱伦*丑闻*在情爱*罪孽*中的地位,我们不妨把这一缺失加上去,这样会令巴尔加斯·略萨的人生——我是指他的私人经历、家庭经历——和文学中那些古老魔鬼更加完整,面孔更加清晰。

除此之外,无论从人生经历的角度还是创作道路的角度来看,写作《情爱笔记》都意味着作者从与政治激情相关的记忆中解放了出来,让他短暂投入那种他同样钟爱的激情中,以此从他受困十余年的政治地道中脱身出来。

在这多变的时期,我们还应该往巴尔加斯·略萨的那一段新的文学道路上加上另一个重要的元素。除了在墨西哥由经济文化基金会出版社出版的《古老的乌托邦》,在巴塞罗那由普拉内塔出版社出版的《利图马在安第斯山》和作为履行对贝亚特丽斯·德毛拉的许诺在巴塞罗那的图斯克斯出版社出版的《继母颂》之外,巴尔加斯·略萨始终保持对赛伊克斯·巴拉尔出版社的"忠诚",就好像双方有过古老的约定,从开天辟地就立下誓约一样,在《情爱笔记》之前,他的几乎所有作品都是在那家出版社出版的。而从《情爱笔记》开始,他的作品由丰泉出版社推出,而且根据双方签署的合同,他之前的所有作品也将推出丰泉出版社的版本。因此《情爱笔记》的出版也能体现巴尔加斯·略萨及其文学代理人卡门·巴塞尔斯的意愿,他们想要做出尝试,与另一家出版社签订一份新的合约。丰泉出版社的编辑们为了宣传巴尔加斯·略萨与该出版社合作,在《情爱笔记》出版时写了许多俗套的宣传语,举几个例子,"一件文学盛事""一首对情色的真正颂歌""以最多样、深入、精致的美学技巧拼装出的艺术品"。为了吸引读者的注意,那些宣传语里多次用到了含有暗示性的表述:"关于欢愉之爱的稀有作品""激情场景不断""丰富而令人兴奋的欲望画廊……再加上幽默作为调节剂""对抗七年之痒的危机"。

《情爱笔记》迅速占领了西班牙和拉丁美洲各大主要城市的书店。在这些地方,巴尔加斯·略萨的名字和作品一直是文学界、思想界和政治界的一块招牌,如今又成了现象级的宣传广告的主角。从文学和出版的角度来看,无论是丰泉出版社还是巴尔加斯·略萨本人,都以此书在西班牙和拉丁美洲取得了成功。

最大的批评声(抗拒声)主要来自拉美而非西班牙。某些评论家把巴尔加斯·略萨小说中的情爱游戏看作过度描写空洞性行为的文字,擅长耍诡计的小说魔术师玩的一系列低俗游戏,而且他们认为,小说最终也没能把故事中的那对夫妻和擅长诱惑女性的小男孩丰奇托之间的隐秘逸事、真正的情色及感官激情传递给读者(他们指的是评论家自己),所以读者最后压根儿就不会相信那个故事。因此《情爱笔记》绝对不是"全世界所有人"都该读的*伟大小说*,不是我们期待巴尔加斯·略萨写出的那种高质量小说,也无法与《城市与狗》《绿房子》和《酒吧长谈》中的任何一部相提并论。不过,整体来看,这部情爱小说慢慢获得了评论界和读者们的接受。尽管许多出版商建议不应该在故事的结尾处落款,因为那样会让作品过早失去对读者的吸引力,但巴尔加斯·略萨还是把小说完成的地点和时间标注在了全书最后:1996 年 10 月 19 日。那时巴尔加斯·略萨一家依然住在伦敦的肯辛顿区。

32

2000 年效应

2000 年 3 月,丰泉出版社在马德里出版了《公羊的节日》[1]。和巴尔加斯·略萨以前的许多小说一样,这部小说也以历史事件为基础,写的是对多米尼加共和国绝对的主人、"公羊"、元首、陛下、独裁者拉斐尔·莱昂尼达斯·特鲁希略的刺杀行动。此君曾在长达数十年的时间里实行专制的军事独裁统治,让整个国家的人民失去了自由和权利,只能在这位*祖国的救世主*脚下受尽凌辱。特鲁希略主义的真实历史不仅悖论式地让多米尼加共和国现代史上的一段时间充满了恐惧、罪行、贫穷与可怕的现实和迷信传说,还利用何塞·华金·巴拉格尔(José Joaquín Balaguer)把可怕的独裁传统伪装成了民主政府的样子,此君是特鲁希略统治多米尼加共和国期间政府内的重要人物,也成了巴尔加斯·略萨那部小说里的主要人物,以我作为读者的标准来看,他是《公羊的节日》里真正的主人公之一。

这部小说描绘了那些历史事件,用文学的补充要素将之变形,

---

[1] Vargas Llosa, Mario, *La fiesta del chivo*, Alfaguara, Madrid, 2000. 本书在多米尼加共和国由 Editora Taller de José Cuello(Santo Domingo, 2000)出版。

把它们转换成叙事事件。评论家和读者几乎达成一致，认为这是部大师级的作品，它的虚构性强于现实性，那个故事有了自己的面貌，成了与历史现实不同、文学层面上自给自足的个体。它不仅催眠了我们，让我们仿佛真正进入多米尼加共和国，进入为了纪念元首因而当时还称作特鲁希略城的地方。作者不仅揭露了特鲁希略独裁政权在多米尼加共和国犯下的暴行以及那个国家不断出现的堕落腐化问题，还用罕见的文学才华为我们展现出独裁政权中的要员、下人由于担惊受怕而对"公羊"表现出的绝对服从，他们的一切都掌握在元首手中，取决于元首的意志，取决于他是愤怒还是喜悦。

巴尔加斯·略萨不仅以《公羊的节日》彻底宣告自己同政治活动分道扬镳，而且还在创作生涯中第二次没有把秘鲁作为故事背景地——第一次是《世界末日之战》，这次的故事发生在多米尼加共和国。尽管巴尔加斯·略萨对这个国家非常了解，但也称不上知根知底。众所周知，那个岛国并没有他的家庭、文学和历史魔鬼，不过那里倒的确能够展现拉丁美洲地缘和历史层面上血腥残酷的一面——这也为每一个拉美作家进行回忆和创作提供了可能，不管他们来自海岛地区还是大陆地区，尤其是独裁统治，拉丁美洲笨拙的统治阶层一次又一次地重犯这种让人恼怒的毛病，也一次又一次地把自己的国家推入火坑。

真实的历史——独裁的历史，它的统治策略，前因后果——在巴尔加斯·略萨的众多作品中均有体现，《城市与狗》《绿房子》《崽儿们》，尤其是《酒吧长谈》。没有任何评论家或读者会质疑他在运用那些材料时展现出的文学天赋。相反，《世界末日之战》《狂人玛依塔》《谁是杀人犯？》《利图马在安第斯山》，都没有被读者认定具有同等的质量和吸引力，他们的阅读兴趣自然也就比不上阅读前述四种作品时的兴趣。在你面对一片森林的时候，你很难仔细观察每棵树木的状态，评论家和读者在评价一个伟大小说家的作品时，也往往会把每一本书放到他的全部作品中加以审视。也许是因为他从那种具有排他性和排外性的事业中分了神，爱上了另外一些海市蜃楼般的东西——尤其是政治，他把只能献给文学的激情分割了出去，于是他的作品达不到青年时期（乃至少年时期）的那些杰作的高度了。文学报复了巴尔加斯·略萨。这位受偏爱的文学之子在被塞壬女妖诱惑多时之后，终于迷途知返，沉浸到了最适合他遨游的那池清水之中，我指的不单是文学世界，而是*他的文学世界*。因此，在漫长的十年过后，在穿越荒漠之后，《公羊的节日》来了，文学回来了。就像许多文学评论家在读完《公羊的节日》后写的那样，那个写出了《城市与狗》《绿房子》和《酒吧长谈》，在文学层面已经成熟的弑神者回来了，奥德修斯终于摆脱了神女的掌控，又一次回到了真正属于他的航程和冒险之中，继续那趟通向伊塔卡的无休止的旅行。

有些对加勒比海地区近代史，尤其是多米尼加共和国政治史进行研究的大学学者和历史学家抱怨说，巴尔加斯·略萨在小说里的大胆描写体现了对那里的历史"无知"，他们甚至用了"愚昧"之类的词语，他毕竟是个闯入者。不过话说回来，我们所有人都知道他不是多米尼加人，也没有深入研究过那里的历史。而那些抱怨大多来自那个国家的政治人物、历史学家、院士、学者，他们熟知本国历史。可有的人的抨击明显带有民族主义偏见，他们自认为自己的怒火是有意义的，他们认为如果那个闯入者只是就特鲁希略统治下的多米尼加共和国或特鲁希略主义写一篇历史、政治、社会性的文论作品的话——巴尔加斯·略萨最初的创作想法也是如此，多少还能够接受，但以那段历史为基础写小说则不行，因为那是只属于多米尼加人的记忆。总而言之，有人怀揣发展迅猛的所谓爱国情绪，认定只有本民族的人才有权去解读和描写他们亲身经历的苦难史，这种权利天然属于他们，更何况那些历史材料至今依然被专家和历史学家们争论不休。可是在文学领域，具体到小说领域或《公羊的节日》这本书上面，尽管那位闯入者使用的创作素材并非来自他的祖国，可他却能够通过写作，通过文学将它们变成属于他的东西。换句话说，通过文学和那些在小说里出场的人物，那个有历史根源的世界最终也变成了属于他的世界，而在数十万甚至数百万读者捧着那本书，阅读它的时刻，他们也同样拥有了那个世界。这是一种高于国家概念、国境线概念的疆域，每个人都能够阅读小说，进而把小说中的天地变成自己的私有财富。

加夫列尔·加西亚·马尔克斯曾于1989年出版了《迷宫中的将军》（*El general en su laberinto*），他试图以自己的写作风格和方式来从人的维度刻画西蒙·玻利瓦尔这个在官方历史中不可触碰的解放者。所以，当时不乏历史权威以冰冷的科研态度指责加西亚·马尔克斯，他们掏出*真正的历史材料*——也就是说，官方历史，指出《迷宫中的将军》里出现的那些明白无误的历史错误。研究玻利瓦尔的最权威的哥伦比亚学者赫尔曼·阿尔西涅加斯（Germán Arciniegas）就是个例子，他再次向我们展现了历史学家在面对小说这种虚构文学文体时能够多么轻易而又令人震惊地怒不可遏，就好像他们在读的是一部*历史类的*学术著作一样。后来，阿尔西涅加斯甚至摆出学术权威的架势，声称"加西亚·马尔克斯的那本小说是一部充满不准确信息的历史书"。他没有留意到的是，他说出了一种事实，这是无论昨日、今日还是明日小说这种文体都具有的清晰定义之一：充满不准确信息的历史书（或故事书，我来补充一点）。加西亚·马尔克斯从未说过他想写一部关于西蒙·玻利瓦尔的历史文论作品，而是一部关于那位美洲解放者在最脆弱的人生时刻中的状况的小说。不过哪怕如此重要的小说家——在那部小说出版数年之前他就获得了诺贝尔文学奖，如此明白无误地履行了借用历史人物进行小说创作的权利，他还是激怒了包括阿尔西涅加斯在内的众多历史学家。他们对历史和小说之间如此明白无误的差异性视而不见，这种差异性就和真实（也就是历史，尽管并非永远如此）与谎言（虚构文学，长短篇小说，它们永远都是"谎言"）之间的差异一样。这种事情经常发生在"淘气的"小说家身上，就像费尔南多·德尔帕索（Fernando del Paso）在许多年前说的那样，小说家们喜欢"搅动历史"，他们热衷于利用小说创作的魔法把历史现实进行改头换面。这正是委内瑞拉的"异教徒"弗朗西斯科·埃雷拉·卢克（Francisco Herrera Luque）一直在做的事情。他走进他的祖国、解放者玻利瓦尔的摇篮的官方历史，走进西蒙·玻利瓦尔神圣的个人史，然后写出了三本杰出的小说：《谷地之恋》（*Los amores del Valle*）、《在唾水之鱼的家中》（*En la casa del pez que escupe el agua*）和《"细嘴松鸡"博维斯》（*Boves, el Urogallo*），读者可以借此理解委内瑞拉的昨天、今天和明天。这三部作品具有极高的文学价值，而且表现出了作者在文学创作方面的大胆态度，值得那些被它们激怒的历史专家阅读。

　　《公羊的节日》再次引发了那场从未停止的（更准确地说：根深蒂固的）争论，这场争论是由那些固执己见的历史学家发起的。他们不明白历史本来就不是在成百上千年中亘古不变的东西，它也不是某种不可触碰的宗教，当然也不是只有自认掌握它的*内部秘密*

的那些人（历史学家）才能加以改变的信仰。为了创作《公羊的节日》，巴尔加斯·略萨阅读了许多多米尼加朋友提供给他的资料，从那部小说在多米尼加的编辑劳德斯与何塞·伊斯拉尔·奎略开始算起（那部小说就是献给他们以及"许多多米尼加朋友"的）。在巴尔加斯·略萨这位现实主义小说家设计那个故事、思考创作技巧时，尤其涉及主题方面时，他听从了熟悉多米尼加共和国历史和政治现实的朋友们的推荐，阅读了大量与那段历史相关的历史、文学和社会学著作，做了许多文献细读工作。可这位闯入者这样做绝不是为了进行严格的历史研究，而是在为文学创作寻找可以利用的素材。当然了，也有许多现实主义小说家在以历史人物或事件为原型创作小说时，过度沉浸在文献细读之中，乃至搞混了文献和信息的概念，最后过度依赖历史资料，在描绘某些情节时，让历史吞噬了虚构，最后不仅小说没写好，还真的让自己的创作成果被许多人归类为"历史纪实类"，这是种可以用"杂交"——取决于组成它的成分到底有哪些——一词形容的类型，在新闻写作领域很受欢迎，但历史学家和小说家常常很轻视这类作品。

《公羊的节日》是关于特鲁希略执政的历史的纪实类作品吗？正如上文提到的那样，至少某些学术派历史学家是这么认为的。不过，对于全世界讲西班牙语、用西班牙语进行阅读的任何一位读者来说，对于住在非西班牙语地区、用非西班牙语进行阅读的读者来说更是如此：《公羊的节日》是巴尔加斯·略萨又一次努力运用自己的文学创作天赋和技巧奉献出的文学作品。因此，我们可以再一次借用巴尔扎克（也是巴尔加斯·略萨喜爱的作家）的那句名言，认定《公羊的节日》是一个民族的秘史，或者说是一个民族在某个特定时刻的秘史，而那个时刻由书写它的小说家决定。类似的例子还有很多，譬如，阿尔贝·加缪创作《鼠疫》的经历。这位小说家当然不是专业的历史纪实类作家，而是通过虚构，以自己的方式重构一段真实历史，将之变成另一种历史的作家。因此，不考虑各种文体的特性就把历史著作和长久以来被视为"即将死去"的小说加以讨论，实际上毫无意义。从另一方面来看，学术界不断为小说创作设置藩篱，划定界限，排列等级，而且这种情况愈演愈烈，这本身也很让人吃惊，同时极不恰当。无论从起因还是结果的角度来看，他们这样做的目的都与保护历史书写无关，这里的"历史"二字应当着重强调。

哪怕《公羊的节日》对某些多米尼加共和国历史的研究权威来说是不可忍受的闯入者，他们也无法否认，时至今日，在多米尼加共和国的政治领域，无论是否经过了伪装，一切依然在或多或少地受到特鲁希略主义的影响。巴尔加斯·略萨携这部小说出现在圣多明各绝对算得上文学界和出版界的一件大事。同时，由于这部小说的内容被某些人认定是作者政治上的傲慢和自大的体现，巴尔加斯·略萨在访问那个岛国期间甚至收到了死亡威胁。在巴尔加斯·略萨到访圣多明各进行小说宣传之前几天，《民族报》报道称："作家已经从几位多米尼加朋友那里获得消息，这个国家的某些有钱人已经决定雇人行凶，使他永远无法再进行文学创作。报复行动将在那位作家出席的某场活动中展开。"原因是巴尔加斯·略萨激怒了"某些有权有势的家族中的人物，他们觉得自己是那部小说里描写的独裁统治期间某些纵情声色的人物的原型"。劳德斯·德奎略曾经承认，面对可能出现的袭击威胁，他们雇了保镖队伍，从巴尔加斯·略萨抵达圣多明各美洲机场的时刻起，就开始对作家及陪同他的家人进行不间断的保护。事实是在那个岛国，没有人能对那部小说表现得无动于衷。无论是特鲁希略主义者还是反特鲁希略人士,都再一次回忆起了四十年前发生的许多事情,某些在特鲁希略统治时期发生的令人羞愧的事件,以及刺杀独裁者特鲁希略的计划及相关细节,那是一段已经过去三十多年,人们本以为自己已经忘却的被诅咒的历史。那么,在多米尼加人做出了如此多的努力,想要尘封那段历史之后,为何这个秘鲁小说家想要把侵扰多米尼加人的那些古老魔鬼释放出来呢?他的目的是什么呢?他有权这么做吗?

巴尔加斯·略萨表示自己曾痴迷于阅读那个时期的某些报道(*它们*成了一种工具,在那部小说里扮演着关键角色),那些报道都是拉蒙·冯特·贝纳德(Ramón Font Bernard)不计得失地交到他手里的,后者"与特鲁希略主义走得很近",是多米尼加国家档案馆的馆长,是为巴尔加斯·略萨创作那部小说提供文献资料最多的人,那些文献大多是关于特鲁希略和被多米尼加政治界及普通民众称为"加勒比海地区的马基雅维利"的何塞·华金·巴拉格尔的。可是在读过《公羊的节日》后,冯特·贝纳德却发了火,在指出巴尔加斯·略萨是秘鲁人这一事实之后,他指责这位作家"不了解这个国家的现实,因此他使用的语言也不符合这里的说话风格,某些人物塑造得也很糟糕",因此在他看来,那部小说就像是"下水道里的秽物,无助于清除独裁政权的恶臭"。安东尼奥·德拉马萨的家人也表达出了类似的抗拒态度。从历史记录来看,安东尼奥·德拉马萨是刺杀特鲁希略行动的领头人,他的家人们对巴尔加斯·略萨对他们的家庭和他们的兄长的描写提出了抗议。"我们从来就不是特鲁希略主义者……"杜尔赛·德拉马萨在提到巴尔加斯·略萨的那部小说时这样说道,"您对我们的描写偏离了现实……有些事情并不像您写的那样……"她还表示:"我们从来就不是特鲁希略主义者。我们假装我们是，只是为了不让他们把我们杀掉。我们曾为了信仰问题付出了巨大的代价：我失去了六个兄弟。最后我们家只剩下了一个男性和六个女性。"她的女儿莉莉补充说，巴尔加斯·略萨在写那本小说之前从来没有跟他们一家提到过这个写作计划，直到有一天他来到了莫卡，"我们就是从那儿来的，有人当时给他说我们有个姑妈就住在拐角处，他就去找到她聊了十分钟，就这样"。

2000年4月26日周三，在严格的安保措施保护下，巴尔加斯·略萨在圣多明各的哈拉瓜酒店出席了《公羊的节日》的宣传活动。在他修改这部小说最后一个版本时，以及他多次赴多米尼加共和国进行文献搜集等调研工作时，他一直住在那家酒店里。一千多人挤进了活动现场。在介绍那部小说时，巴尔加斯·略萨获得了热烈的掌声。在那本小说刚刚出版时，无论特鲁希略主义者还是反特鲁希略人士，抗议的人都很多，不过在活动现场，人们发现实际上支持他的人并不比反对他的人少。"我们绝对不能允许特鲁希略这样的人再次出现"，他这样说道，以此在针对那本小说的最激烈的批评声面前自卫，也以此捍卫那些被称为"5月30日英雄"的人，1961年的那一天正是特鲁希略遇刺的日子。巴尔加斯·略萨可能并没有成功地用这些话平息在小说中出场的那些人物的家人的怒火，反倒是引发了又一场争议，在政治界、思想界、知识分子界的不断推演之下，甚至出现了一种丑闻式的论调，声称应当让那段过去的时光复生，可实际上那段时光并不比多米尼加人正在经历的2000年的时光要好，反而糟糕得多。不过那种论调反倒推动了《公羊的节日》的传播和阅读，到了那个5月的末尾几天，那本小说在多米尼加共和国已经卖出了一万册，成了人们在街头巷尾讨论的话题，也成了该国政治界争论的焦点。"我认为那本小说里写的东西都是事实,"第三届圣多明各国际书展组委会主席何塞·拉斐尔·兰蒂瓜说道,"既然那部小说成功地挑动了新老特鲁希略主义者及反特鲁希略人士的情绪,那就证明它已经成功了。"[1] 总而言之,不管作为秘鲁人还是拉美人,巴尔加斯·略萨都知道被他称为"二十一世纪的喷火巨龙"(独裁政权以及它在新千年理论上的消失)的东西,不只*独归*拉斐尔·莱昂尼达斯·特鲁希略统治时期的多米尼加共和国所有,而是组成并扭曲了拉丁美洲大部分国家的历史。它如此普遍,任何一位西班牙语美洲作家都能够选择同样的主题——独裁政权和独裁者的主题——进行文学创作。

多米尼加国内针对这部小说进行的政治和历史争论出现后,在西班牙和其他拉丁美洲国家,评论界的观点竟然出奇地一致。在短短一个多月内,成千上万的读者购买了《公羊的节日》,不仅令它成了一本畅销书,还引发了一股阅读浪潮。"很难找到某个读者在读过那本书后说他不满意的,他们没有提出建议,也没有提出疑问,尽管他们也许曾对那位出身自阿雷基帕的作家参与政治活动、创作情色小说的做法心生不满。"[2] 安东尼奥·洛桑托斯说道。洛桑托斯简单地回顾了文学评论界在阅读过《公羊的节日》后表现出的激动情绪,他提到胡安·A.马索利威尔在《先锋报》上发表了两个版面的文章《以海为背景的鲜血》,文章表示巴尔加斯·略萨凭借《公羊的节日》"重新找回了创作他的那些最伟大的作品时的感觉"。米格尔·加西亚-波萨达在《国家报》的副刊《巴别塔》上

---

[1] Delgado, Lola and Lozano, Daniel, Ignacio Ramírez 配图, "Vargas Llosa amenazado", *Interviú*, 2000.05.01, Madrid。

[2] Losantos, Antonio, "El eco unánime", *Diario de Teruel*, 2000.03.23.

用了"强大的叙事能力"的表述。在《阿贝赛报》文化版上,最了解巴尔加斯·略萨的人生及作品的西班牙文学评论家之一拉斐尔·孔德(他在幸福的六十年代末的巴黎结识了那位秘鲁小说家)认为那部小说"展现了巴尔加斯·略萨一贯的文学力量",此外他还提到自己在阅读那部作品时觉得它可以与巴尔加斯·略萨最重要的小说之一,不可撼动的三部曲中的《酒吧长谈》相媲美。不久之后,5月31日,罗德里格斯·拉富恩特教授在马德里的《世界报》上发表了题为《令人毛骨悚然的精确》的文章,他回忆起了自己九十年代初发表在布宜诺斯艾利斯《民族报》上的评论卡尔·波普尔的文章《历史论与虚构》里自问的那个问题:"那么,历史到底是什么?"罗德里格斯·拉富恩特继续写道:"我当时给出的答案是:一种多元而持续的即兴之作,一种让人亢奋的混乱状态,历史学家们试图赋予它表面上的秩序……但它总能打破人们用理智和思考给它强加的束缚。"在将特鲁希略作为"人"进行了一番描述后,拉富恩特在文章末尾评论道:"巴尔加斯·略萨最大的成功在于展现这样一个人物、这样一种境况究竟是如何成为人类命运迷宫的组成部分的。历史、虚构、政治、日常生活,这种种谜一样多元化的领域构成了那种现实,或者更准确地说,重塑了人们的记忆,勾勒出了那个悲惨时代的轮廓。"[1]出现了数十篇关于巴尔加斯·略萨的那部小说的报道,还有些媒体回顾了特鲁希略统治期间的历史,回溯了那位秘鲁小说家在小说里进行过特殊描写的某些事件。

由于这部小说的出版,巴尔加斯·略萨接受了多场访谈,也做

---

1 Rodríguez Lafuente, Fernando, "Una espeluznante precisión", El mundo del siglo XXI, 2001.05.31.

了许多次宣传活动。有人在不同场合指责他，说他的文论作品和小说之间存在差异，文论作品很多时候把持某些意识形态观点的人隔离在外了。巴尔加斯·略萨给出了一个和善、亲切又略带讽刺的回答："那就读我的小说好了，不要读我的文论、演讲词和访谈了。"《公羊的节日》的读者发现，小说家巴尔加斯·略萨在写作时往往会根据作品的内容和主题变化他想要侧重表达的意识形态思想，不过那些思想从传统的角度来看都是进步的（抱歉，这又是一种矛盾），可他的报刊文章、文论作品和演讲词却囊括了各种"反动分子俗套的意识形态说辞"。所以，他们觉得他在不同文体中的表现一个在天上，一个在地下，好像巴尔加斯·略萨在不断进行魔幻的变形，一种神奇的化学变化，就像是海德先生和杰基尔博士之间的变化[1]。巴尔加斯·略萨在写文论作品、文章、演讲词和抒发政治观点的时候会扮演起*批判性思考者*的角色，这时候他就成了"反动分子"，可是一旦他开始进行虚构文学创作时，就会变成*另一种人*，变成"我们中的一员"（按照循规蹈矩的进步人士的说法）。为了不深陷由谎言编织而成的摩尼教式的两分法中，我们就做一个简单的总结。文学写作使得巴尔加斯·略萨成了思想进步的作家，而报刊，演讲，政治文论甚至文学文论写作却使得巴尔加斯·略萨既换了皮肉，也换了灵魂，最后变成了"意识形态领域的反动分子"。我确信这种针对两个巴尔加斯·略萨——小说家巴尔加斯·略萨和文论家、演说家、散文家巴尔加斯·略萨——的讨论还将持续很长时间。世界文坛领军人物的意识形态思想具有两面性，在这方面，

---

[1] 英国小说家罗伯特·路易斯·史蒂文森的小说《化身博士》中的人物，海德先生即爱德华·海德，是医生杰基尔博士通过药剂把自己的人性中恶的一面分离出去后形成的人格。——译注

巴尔加斯·略萨不是第一位,也绝不是最后一位。不过,具体到这位秘鲁作家的例子上来,我倾向于认为所有类型的偏见和声讨(包括意识形态领域的)恰恰帮助我们描绘出了一个拥有良知和批判精神的作家的样貌,尽管那些有偏见的人——这也是我们经常陷入的另一种魔幻变形——常常会为了满足自己的道德虚荣心或攫取政治利益来将某些表面现象打造成不可辩驳的铁证。

除了《公羊的节日》引发的多米尼加共和国的"内部丑闻"和外界从文学、写作和政治的角度进行的评析之外,我们还得补充一个信息。那一年的 5 月初,也就是《公羊的节日》在多米尼加共和国的哈拉瓜酒店举行发布仪式短短几天之后,埃菲社从圣多明各发回了一条让人不安的消息。那条报道是这样开始的:"多米尼加作家利佩·科亚多(Lipe Collado)昨日指控秘鲁作家马里奥·巴尔加斯·略萨在《公羊的节日》里剽窃了他的小说《风停后》(*Después del viento*)——五百周年文学奖获奖作品——的创作思路。"利佩·科亚多展示了巴尔加斯·略萨的那部作品和他本人的小说《风停后》令人吃惊的雷同之处,利佩·科亚多还特意强调了两部小说主人公的相似之处:在他的小说《风停后》里,主人公是一个同自己的过去决裂,在多年后回到多米尼加共和国的男性;而在《公羊的节日》里,主人公则是一个多年后返回多米尼加共和国的女性,乌拉尼亚·卡布拉尔,她的出身背景也与《风停后》的男主人公有相似之处。同一篇报道写道,科亚多猜测巴尔加斯·略萨"利用了我的作品作为他解决问题的工具,最终变成了创作层面的剽窃"。"我很难受到一部我压根儿没读过的作品的影响。"巴尔加斯·略萨在面对利佩·科亚多的指控时这样答道。这个事件算得上打湿这位秘鲁作家的雨水中的一滴,因为当时已经有许多曾经为巴尔加斯·略萨提供写作材料的历史学家指责巴尔加斯·略萨剽窃他们的作品了,甚至有不少人威胁说要把这位秘鲁作家告上法庭。太阳底下无新事。巴尔加斯·略萨早就见识过类似的剽窃指控了,早在他出版《世界末日之战》的时候[1],他就被当头浇过一盆冷水了,在那部小说出版前后,许多具有国际声望的小说家和作家曾对他提出过类似的指控。在这种情况下,出于善意的提醒,也出于合情合理的推断,我们建议在写书时附上参考书目,便于进行阅读和比对,这样每个人都可以在第一时间发现那些令人震惊的相似之处,进而得出合理的推论了。

在《公羊的节日》出版几个月后,多米尼加共和国国内争议不断,愈演愈烈(这当然也推动了那本小说的传播和阅读)。举个例子,在岛内,《世纪报》于每周六出版的《文化》副刊上开始连载署名为佩德罗·孔德·斯图拉(Pedro Conde Sturla)的系列文章,在那之前,这些文章由于言辞犀利,具有毫无争议的攻击性思想而遭到了岛内其他媒体的拒绝。

系列文章的第四篇由于多米尼加共和国的媒体审查而未能发表。那篇文章题为《巴尔加斯·略萨的朝臣》。作者在那篇文章里罗列并描绘了多米尼加共和国真实历史中的一些人物,还描述了特鲁希略时期的*神圣的环境*,并做出了自己的思考,也提及了《公羊的节日》里对那些人物的改写。他提出巴尔加斯·略萨在那部小说里至少没有写到"'光荣时代'最令人不齿的人物之一,也是最令人厌恶的人物,他随意妄为,举个例子,他操纵篡改了特鲁希略时期的档案,洗白了许多贵族家族,包括他自己的家族"。孔德·斯图

---

[1] 参见"回归全景小说:《世界末日之战》(1981)"一章。

拉并没有指出那个人的姓名。与此同时，在提到"朝臣"亨利·奇里诺斯时，他指出巴尔加斯·略萨把多个人物原型的特征糅合到了一起，改换姓名创造出这个人物。这也是那位秘鲁作家在这部或其他小说里常用的写作手法，他不知道或者没记起那个名字——在这个例子里是巴尔加斯·略萨在民主阵线时期亲密的政治合作者之一的名字，此君后来叛变去了藤森和蒙特西诺斯的阵营，成了道德和政治层面上来看最坏的藤森分子之一。孔德·斯图拉写道："有些年纪的人会问自己奇里诺斯是谁，了解那段历史的人则会去调查这个问题的答案，他们认不出这个人物的身份，因为奇里诺斯是一个综合体，是糅合了多个朝臣形象的综合体……奇里诺斯是种混合药剂，鸡尾酒，体现了那些朝臣的嘴脸和他们的无耻行径！"至于小说里描绘的巴拉格尔的形象，孔德·斯图拉的表述显得严肃又决绝，"在巴尔加斯·略萨的那本小说里，只有巴拉格尔是唯一一个与原型人物一模一样的角色。此君的神秘之处不在于他的身份上，而在于他的个性上"，因此"他从叙事者那里获得了一些关注、好奇和一丁点儿病态的崇拜，可以肯定，那部小说里的大部分非赞扬类的形容词都用在了他身上"，作者甚至用这个人物试验了"所有人们能想象出的轻蔑性的影射……巴拉格尔有极强的权力欲，他竭尽所能建立起了一种基于腐败生成的机制，他让民众的道德思想染上了腐败恶疾，直到现在这里的人民也没能痊愈"。孔德·斯图拉无情地写道："可能他的身上有一小部分善，承认这一点没什么大不了的，不过从整体来看，他的全身都弥漫着恶的气息。所以他才活了近一百岁。没有什么能比憎恨存活的时间更久，这是一个我记不起名字的作家说的话，用在巴拉格尔身上刚好合适。"那篇具有毁灭性的文章以此结束。

系列文章中的第五篇，也是最后一篇，题为《巴尔加斯·略萨不可能完成的任务》。孔德·斯图拉在这篇文章里提到那位小说家经常会撞上一堵难以逾越的墙，"写自己不熟悉的生活和文化是有风险的，尤其在你还是个外国人的情况下"。他提到了*那个国家的语言*的问题，因为作者要让来自那个国家的许多人物出现在小说里，所以作者不仅要注意当地人在日常生活中使用的语言，这是种*不属于他的语言*，还要注意他自己的语言，以免无意间让穿梭于小说中的人物用作者的说话习惯讲话。孔德·斯图拉写道："经典作家们说过，写你知道的东西，写你周围的事情，写命运让你就近了解的事情"，因为小说"能体现作者的阅历优势，才有可能被写好"，出于同样的原因，"萨特写关于存在主义知识分子或患了存在主义病的人，这是一回事，高尔基写穷人，而卡夫卡自然写的是失败者。陀思妥耶夫斯基写精神病患者，福克纳写颓废堕落的人和酒鬼，海明威用极为幽默的笔触写爱冒险的人，米勒则喜欢写女人和性。只有巨人托尔斯泰能写农民的历史、官方战争史，只有他能在一部小说里驾驭一百五十九个人物，同时把拿破仑战争时期的俄国史写得入木三分"。有的文学作品是用阅历和经验造就的，有的则是用智慧造就的，孔德·斯图拉认为《公羊的节日》属于后者，"有点像《世界末日之战》，用一个冰冷的神话，一次对历史的重构，缩短了他和这个国家的距离"。在西班牙语文学领域，没有谁比巴列-因克兰更懂得如何"逍遥自在地穿越语言的藩篱"，所以在《公羊的节日》的例子里，对于多米尼加读者来说，有一些明显的语言问题，此外还有"一些更严重的问题，就像迪奥戈内斯·塞斯佩德斯指出的那样，包括句法上的问题和另外一些小失误"，毫无疑问，"如果能雇一个多米尼加人对文字进行润色的话，会避免这些问题"。除了所有这些对于巴尔加斯·略萨而言不可能完成的任务之外,"那部小说最糟糕的地方在于文字的纪实性色彩太过,很像迪德里希和克拉斯维勒的风格"。迪德里希是《公羊之死》(*The dead of goat*)的作者,这本书在多米尼加共和国以《独裁者之死》(*La muerte del dictador*)的书名流通,"也许这本是写得最好的关于5月30日刺杀事件的书"。而克拉斯维勒则写过一本"资料翔实的传记,书名是《特鲁希略,当权者的悲惨冒险》(*Trujillo, la trágica aventura del poder personal*)"。

巴尔加斯·略萨的确阅读过这两本书,将它们作为历史方面的参考资料。他严格地进行过资料细读工作,对待写作的严苛态度本就是这位秘鲁弑神者的创作特点之一。不可否认的是——对于许多多米尼加读者来说这也是显而易见的,*语言问题*是个非常复杂的问题,无法只靠*每天去听*来解决这个问题,概念、词汇、句子、表达、脏话或简单的俗语,这些东西从圣多明各到哈瓦那——同样是加勒比海地区国家的首都,从一个社区到另一个社区,从一个街角到另一个街角,都会有变化,甚至到了下一个礼拜,相关的说法也会发生变化,因为那些地区的说话方式非常灵活。哪怕是长期进行紧张的捕猎工作的猎人,也可能会漏掉一只鸽子,我们不能因此就认为他的打猎技术有问题。如果这样苛责他的人是另一批猎人,那就更加不可理喻了,无论他们批评的是狩猎的过程还是结果。一部像《公羊的节日》这样的小说不*仅仅*是写给多米尼加读者阅读的。刚好相反:这个脱胎自这个岛国的某个特定历史时期的故事传播到了其他所有讲西班牙语的国家,还被翻译成了十余种语言,其他语言的读者可以和西班牙语读者一样理解这部作品。也许《公羊的节日》算得上部纪实类小说,但真的像孔德·斯图拉和多米尼加共和国的一部分文学评论家认为的那样,只是一部纪实类小说吗?

"从文学的角度来看,《公羊的节日》的价值是值得讨论的。"孔德·斯图拉总结道,他补了一句,"值得庆幸的是,文学的重要性并不仅仅取决于文学性这一个因素,文学不像很多人认为的那样只是语言问题、思想问题,它还与历史和社会有关:它属于所有领域,自然也有一点属于意识形态领域的部分。"

在我看来,《公羊的节日》表现出的意识形态因素和文学因素是平行发展的,它很好地表现出了巴尔加斯·略萨在*两种写作方式*中展露的两种风格:一种是写出《自由面临的挑战》和《激情的语言》的文论家,这副面孔和他在《古老的乌托邦》里表现出的面孔一致;另一种是写出了他的所有小说作品的小说家,这次他又凭借《公羊的节日》在小说创作道路上达到了另一个高峰。《公羊的节日》是这两种风格的集中体现。对于许多读者来说,他们觉得写出两种风格的巴尔加斯·略萨不是同一个人。可是,哪怕在那*两种写作*中,巴尔加斯·略萨也始终在朝着同一个方向前进,因为它们都来自同一种文学和思想现实。

那位小说家、弑神者、具有挑衅精神的文论家,同时被因循守旧且虚伪的传统左翼人士和传统右翼人士厌恶的自由主义者,依然在坚持创作。那位年轻的士官生在经过了多年的努力和无数场决斗之后,变成了成熟老练的火枪手,没日没夜地与他体内的那些个体魔鬼、历史魔鬼和文学魔鬼进行战斗。他坚持写作,每天都写,在伦敦,在马德里,在巴黎,他依然坚守写作的纪律,也许出于自愿,也许出于执念——写作之癖。凡此种种,帮助他有了如今的样子,成了"受人尊敬的老爷爷"(这是他最近的一次自我介绍)。这位老爷爷依然带着和那位青年秘鲁作家同样的活力和梦想,那个小伙子曾在1958年1月的某个上午第一次飞往巴黎，进行一场他从少年时期起在利马就开始梦想要进行的奇异的冒险：变成真正的作家。他的名字叫马里奥·巴尔加斯·略萨。

译后记

二十年后……

由于工作繁忙,我已经很久没有写过译后记了,但是在翻译《写作之癖:巴尔加斯·略萨的人生与创作》之前乃至完稿之时,我都认为应该写一篇文章,来"补全"这部出版于二十世纪初的传记。我询问过此书作者 J.J. 阿玛斯·马塞洛是否愿意写这样一篇文章,但是他正忙于创作小说,"连一分钟写别的东西的时间也挤不出来",最后他还补了一句:"你既了解我,也了解马里奥,现在这本书不仅是'我的书'了,也成了'你的书',所以文章由你来写就好。"我想,西班牙人并不笨,他们也懂得如何让你心甘情愿地干活。

巴尔加斯·略萨是西班牙语文坛仍健在的最重要的作家,我们国内这几年也加大了对他的作品的译介力度,他的小说几乎全都有了中译本,而文学评论、报刊文章等作品也在陆续引进出版。尽管情况有所改善,但他在中国的知名度可能仍远远无法同加西亚·马尔克斯、豪尔赫·路易斯·博尔赫斯等作家相比。巴尔加斯·略萨是我个人最喜爱的作家,除了不断翻译他的作品之外,我也一直在思考如何能让更多中国读者接触这位杰出的作家。生活·读书·新知三联书店在出版《从马尔克斯到略萨：回溯"文学爆炸"》并引进了另一部关于"文学爆炸"的巨著《"文学爆炸"那些年》后，决定译介《写作之癖：巴尔加斯·略萨的人生与创作》，既推动了西班牙语文学汉译和传播事业的发展，也帮助我又实现了一些刚才提到的目标，我需要向三联书店表达衷心的感谢。

关于巴尔加斯·略萨的传记数量不多，也不能算少，其中最为人所熟知的应是他的回忆录《水中鱼》。此外，国内还出版过《马里奥·巴尔加斯·略萨：他的文学人生》，由美国学者雷蒙德·莱斯利·威廉姆斯撰写，赵德明教授也出版过《巴尔加斯·略萨传》。在此前未有汉译本的作家传记中，最有名的当属秘鲁作家、学者米格尔·奥维多所著《巴尔加斯·略萨：创造现实》，不过尽管意义非凡且充满真知灼见，可奥维多的这部作品只分析到巴尔加斯·略萨二十世纪七十年代的创作情况，可能更适合在巴尔加斯·略萨拥有了更广泛的阅读基础的时候引入我国。据说加西亚·马尔克斯的传记作者杰拉德·马丁也写过巴尔加斯·略萨的传记，但我从未见过。相比较而言，本书是我阅读已久的著作，其研究时间跨度也相对较长，一直写到《公羊的节日》出版的2000年，加上作者阿玛斯·马塞洛是巴尔加斯·略萨的好友，他使用了"亲历者"的视角将巴尔加斯·略萨的人生和文学创作情况娓娓道来，风格独特，价值较高。这部作品能够在我国出版，相信一定可以帮助更多读者进入这位诺贝尔文学奖得主的文学天地。

阿玛斯·马塞洛在这部传记里几乎提及了巴尔加斯·略萨在二十世纪创作的所有作品，按时间顺序略作排列，他提及的小说作品有：《首领们》（1959）、《城市与狗》（1963）、《绿房子》

（1967）、《崽儿们》（1967）、《酒吧长谈》（1969）、《潘达雷昂上尉和劳军女郎》（1973）、《胡利娅姨妈与作家》（1977）、《世界末日之战》（1981）、《狂人玛依塔》（1984）、《谁是杀人犯？》（1986）、《叙事人》（1987）、《继母颂》（1988）、《利图马在安第斯山》（1993）、《情爱笔记》（1997）和《公羊的节日》（2000）。他提及的文论作品包括：《解读鲁文·达里奥的基础问题》（1958）、《加西亚·马尔克斯：弑神者的历史》（1971）、《永恒的纵欲：福楼拜与〈包法利夫人〉》（1975）、《谎言中的真实》（1990）、《为骑士蒂朗下战书》（1991）和《古老的乌托邦：何塞·玛利亚·阿格达斯和土著主义文学》（1996）。提及的文集包括：《顶风破浪》三卷（1983，1986，1990）、《自由面临的挑战》（1994）和《激情的语言》（2000）。此外还提及了几部戏剧作品：《印加王的逃遁》（1952，未出版）、《塔克纳小姐》（1981）、《凯蒂与河马》（1983）、《琼加》（1986）和《阳台狂人》（1993）。

我尝试在这篇文字里将出版之后，也就是巴尔加斯·略萨在二十一世纪的创作情况做一次简单的梳理，以便读者更全面地了解作家的创作脉络。

实际上，在这部传记中，作者曾多次提及巴尔加斯·略萨的一项写作计划：以女权主义者弗洛拉·特里斯坦和她的外孙、画家保罗·高更为主人公创作的小说《天堂在另外那个街角》，这部小说最终于2003年出版。书名来源于秘鲁孩童常玩的游戏，每当被抓住，小孩子就会说："天堂在另外那个街角"，游戏就会继续进行下去，这实际上是在暗喻弗洛拉·特里斯坦和保罗·高更各自寻找"天堂"的过程，他们一个在现代文明社会寻找"天堂"，一个在原始的塔西提岛寻找"天堂",但"天堂"似乎永远在另外的地方,他们的追求可能也只是一种寻觅乌托邦般的梦想。

2006年,巴尔加斯·略萨出人意料地出版了爱情小说《坏女孩的恶作剧》,故事的主人公坏女孩出身低微,她从小立志要改变命运,哪怕不择手段。她不停地变换身份,有时是古巴革命女战士,有时是外交官的妻子,有时又是日本黑帮的情妇,一直喜爱她的男主人公里卡多为此饱受折磨。"作为像伦敦、巴黎、东京或马德里这些大都市动荡和兴盛时代的见证人,两个主人公的生活将始终交织缠绕在一起却又无法完全吻合。"这部情节流畅的小说出版后广受欢迎,还被改编成了电视剧集,甚至在我国还被改编成了舞台剧。

2010年,巴尔加斯·略萨推出了《凯尔特人之梦》。小说以爱尔兰人罗杰·凯瑟门特为主人公,作者再次使用了经典的单双数章节叙述不同故事的手段来展现罗杰·凯瑟门特的一生,单数章节聚焦主人公的狱中岁月,也就是他生命中最后三个月的情况,双数章节则叙述其一生的冒险经历。罗杰·凯瑟门特如何从被英王亲自颁发勋章的英雄人物变成被以"叛国罪"逮捕的阶下囚?在时隔近三十年后,巴尔加斯·略萨再次涉足历史小说领域,而且再次将故事的主要发生背景选择在秘鲁之外的地区,给读者带来了一部《世界末日之战》和《狂人玛依塔》的结合体般的小说。

在获得诺贝尔文学奖三年之后的2013年,巴尔加斯·略萨再次将目光移向祖国秘鲁,也移向他曾经在《继母颂》和《情爱笔记》中花大量笔墨描写刻画的堂里戈贝托、堂娜卢克莱西娅和丰奇托一家,这一家人再次成为故事的主要角色,同时小说还引入了另一条线索:皮乌拉市某运输公司老板菲利西托收到匿名勒索信,他选择报警,继而被皮乌拉市民视为英雄人物的故事。这部小说体现出了巴尔加斯·略萨新的"秘鲁观",皮乌拉已不再是《绿房子》时期的偏僻之地,而成了一座现代化城市,和他早期的小说相比,这部小说里的秘鲁人似乎也更乐观、更积极了,这虽然成为许多评论家批评的焦点,但也反映出巴尔加斯·略萨并未固守老路,而是在持续进行观察和思索。

2015年,巴尔加斯·略萨和表妹帕特丽西娅在庆祝金婚后的下一周突然分手,作家转而同菲律宾裔西班牙名媛伊莎贝尔·普瑞斯勒走到了一起,两人的关系最早是由西班牙知名娱乐杂志《你好》(*Hola*)曝光的。伊莎贝尔·普瑞斯勒一向是媒体关注的焦点。确立爱情关系后,巴尔加斯·略萨似乎也过上了另一种生活,他频繁出现在镜头前,甚至同女方一起参加综艺节目。不过,八卦媒体的跟踪报道也令巴尔加斯·略萨不堪其扰。不知是否受到私人生活的影响和启发,在2016年出版的《五个街角》中,八卦媒体《大曝光》就成了连接各条故事线索的主要元素,这部政治悬疑小说以曾与巴尔加斯·略萨竞选总统的阿尔韦托·藤森执政后期为背景,将推动藤森及其左膀右臂弗拉迪米罗·蒙特西诺斯下台的政治丑闻进行戏剧化改编,结合情色、恐怖主义等作家常用的创作元素,融合成了一部阅读性较强的小说。与巴尔加斯·略萨早期的小说相比,这一时期的小说结构相对简单,不过《五个街角》中的"乱象"一章再现了作家经典的对话波、连通器法等创作手法,能令读者再次体验到阅读《酒吧长谈》等作品的快感。

"如果说《酒吧长谈》想要回答的问题是'秘鲁是什么时候倒霉的',那么《艰辛时刻》想要回答的问题就是'拉丁美洲是什么时候倒霉的'。"这是丰泉出版社的主编比拉尔在2019年《艰辛时刻》的新书发布会上说的话。巴尔加斯·略萨再次写起了历史小说，也再次写了秘鲁之外的故事。这次他将视线投向了中美洲国家危地马拉，以二十世纪中叶发生在该国的和平土地改革及其后民选政府遭由美国支持的叛军推翻的故事为主要线索，生动地刻画了一系列真实存在的历史人物。在巴尔加斯·略萨看来，危地马拉和平改革的失败令包括他在内的一代拉美年轻人丧失了信念，后来，在古巴革命胜利的鼓舞下，许多年轻人走上了武装革命的不归路，拉美地区进而在泥潭中陷得越来越深，难以自拔。

差不多整整四年后，2023 年 10 月，巴尔加斯·略萨突然宣布将在该月 26 日出版的小说《沉默以对》将是他的最后一部小说作品，他也将在推出有关萨特的文论作品后封笔。为了创作这部小说，87 岁高龄的巴尔加斯·略萨多次赴秘鲁北部地区调研该地区的民间音乐情况。《沉默以对》的主人公正是秘鲁的一位克里奥尔音乐家，他拥有堂吉诃德般的精神，希望用音乐来化解那个国家内部的种种矛盾。在最后一部小说里，巴尔加斯·略萨回归秘鲁，用这样一个故事为他的文学天地画上了句号，不过在这终了之时他还埋下了一颗希望的种子，他希望包括音乐在内的艺术能够团结秘鲁所有的人民，进而拯救那个社会矛盾尖锐的国家。这是作家乌托邦式的美好愿望，也是其社会责任感的艺术体现。

除了长篇小说外，巴尔加斯·略萨分别于 2019 年和 2021 年在《自由文字》（*Letras libres*）杂志上发表了两则短篇小说：《黑衣》和《阵阵风声》。前者描写了发生在戏剧舞台上的故事，中译文刊登在了《小鸟文学》上，后者以生活在马德里的某位老人为主人公，评论界普遍认为此人是作家本人的化身，而且认为巴尔加斯·略萨通过这个人物表达了自己对当时的生活状况的不满。果然，在故事发表一年多后的 2023 年年初，巴尔加斯·略萨宣布与伊莎贝尔·普瑞斯勒分手。在接下来的几个月里，作家频繁与前妻帕特丽西娅及三个子女出入各种场合，在宣布封笔之时也表示到了"回归家庭"的时刻，这个一生钟爱冒险的"勇敢的小萨特"终于在晚年选择停止冒险，回到了最亲近的家人身边。

进入二十一世纪以来，巴尔加斯·略萨在非小说类作品创作方面也没有停下脚步。在 1997 年出版的《给青年小说家的信》中，巴尔加斯·略萨虚构出了一个给他写信询问写作问题的"青年小说家"，他通过回信的方式阐述自己的小说创作理念。该书被认为是理解巴尔加斯·略萨和现代小说创作的必读之作。

尽管于 1990 年总统大选中败北，但巴尔加斯·略萨从未停止对时事政治的关注和思考。2003 年和 2006 年，他同女儿莫尔加娜分别深入伊拉克、以色列和巴勒斯坦，作家本人负责撰文，莫尔加娜负责摄影，在旅程回来后出版了《伊拉克日记》（2003）和《以色列/巴勒斯坦：和平或圣战》（2006）两部作品，就伊拉克问题和巴以问题提出了自己的看法。

与此同时，巴尔加斯·略萨对于文学的思考也日益深入，分别于 2004 年、2008 年、2020 年和 2022 年出版了文论作品《不可能的诱惑：雨果与〈悲惨世界〉》《虚构之旅：胡安·卡洛斯·奥内蒂的文学世界》《略萨谈博尔赫斯：与博尔赫斯一起的半个世纪》和《不安的目光：评佩雷斯·加尔多斯》。《略萨谈博尔赫斯》一书收录了作家半个世纪以来所写的评析博尔赫斯的相关文章，其中《博尔赫斯的虚构》一文被评论界认为是进行博尔赫斯研究的必读文章。此外，该书还探讨了博尔赫斯与政治、博尔赫斯与女性等话题，具有一定的价值。《不可能的诱惑》源自巴尔加斯·略萨在英国讲授的一门文学课程，研究视角聚焦于《悲惨世界》这部作品，从叙事者、人物、情节等多重角度解读了这部巨著，为其增添了新的生命力。其余两部作品与《弑神者的历史》风格相似，巴尔加斯·略萨先对乌拉圭作家胡安·卡洛斯·奥内蒂和西班牙作家佩雷斯·加尔多斯的生平进行概述，再按照时间顺序，分别以"虚构与现实""历史与现实"两组概念为主线分析了两位作家的几乎全部作品，将宏观视角和微观视角相结合，帮助我们更好地理解和欣赏这两位优秀小说家的文学世界。实际上，巴尔加斯·略萨依然是在借助这些作家表现他本人对小说创作理念的理解。

2012年，巴尔加斯·略萨自1962年至2012年的报刊文章曾以三卷本的形式结集出版，书名即为他在西班牙《国家报》的专栏名称《试金石》，内容十分丰富。同年，他还出版了分析批判现今世界文化肤浅化、娱乐化问题的作品《娱乐的文明》，其中不乏真知灼见，是一部不可多得的佳作，也再次表现了作家的社会责任感。2018年，被作家本人誉为其思想自传的《部落的召唤》出版，巴尔加斯·略萨在这部作品中梳理剖析了对他影响最大的七位思想家的思想理论：亚当·斯密、何塞·奥尔特加·伊·加塞特、以赛亚·伯林、哈耶克、波普尔、何维勒及雷蒙·阿隆。这部书帮助我们了解了作家在二十世纪七十年代与古巴革命政府决裂后度过意识形态立场空当期的过程。

2023年，巴尔加斯·略萨当选法兰西学院院士，成为历史上第一位从未以法语作为首发语言出版著作的"不朽者"，他所撰写的包括当选院士发言稿在内的关于法国文化和文学的文章被收录成册，以《一个野蛮人在巴黎》为名在同年出版。与这部作品几乎同时推出的还有他关于文学、艺术、电影、电视等主题的文章的合集《想象的火焰》，其中收录了包括1967年罗慕洛·加列戈斯领奖词《文学是一团火》在内的诸多名篇,也收录了之前从未入选各种文选的《拉丁美洲的原始小说与创造性小说》等重要文章,具有十分重要的价值。

自二十世纪九十年代以来,巴尔加斯·略萨还出版了《一千个夜晚和一个夜晚》《瘟疫故事》等戏剧作品多部。他不仅创作剧本,还经常亲自登台演出其中的角色,表现出了作家对戏剧艺术的由衷热爱。

正如前文提及的那样,巴尔加斯·略萨在 2023 年 10 月表示自己的文学生涯将以一部关于法国思想家萨特的文论作品作为结尾。实际上,巴尔加斯·略萨在大学时期就获得了"勇敢的小萨特"的绰号,他关于萨特和加缪的文章也曾于 1981 年以《在萨特和加缪之间》为题出版。在与萨特分道扬镳数十年后,巴尔加斯·略萨选择以这一主题作为自己文学生涯的结束显然具有一定的象征意义,和《沉默以对》一样,这似乎也意味着一种"回归"。近年来,巴尔加斯·略萨曾多次撰文表达自己的忧虑。虽然他在思想领域早已不再追随萨特,但在发现如今在法国,研读萨特的人(尤其是年轻人)已寥寥无几的现实之后,他依然表达了自己的忧虑。他认为哪怕在当今时代,阅读萨特也依然具有重要的意义。他将如何在最后一部作品中表现其对萨特的持续思考,我们拭目以待。

在宣布封笔几天后接受采访时,巴尔加斯·略萨对自己的决定进行了补充,他说:"尽管《沉默以对》是我的最后一部小说,但我还是会坚持写作,写到生命的最后一刻,我的梦想是当死亡来临时,我正在写某个将永远无法写完的单词……"我对此的理解是,也许这位年近九旬的老人已无法再像当年一样写大部头的作品了,但还是会继续撰写和发表文章,还是会继续就我们这个时代的种种问题进行思考、发声，继续当阿玛斯·马塞洛在这部自传里提到的那个"让人扫兴的人"。

谨将此文并此书借花献佛，献给巴尔加斯·略萨先生，会有越来越多的读者读到您的作品，文学这团火也注定会烧得越来越旺。小萨，请好好享受生活吧！

侯健
2023 年 11 月 8 日于西安